맞바람을 핀다는 건

맞바람을 편다는 건 1

손세희 장편소설

초판 1쇄 찍은 날 | 2017년 3월 13일
초판 1쇄 펴낸 날 | 2017년 3월 20일

지은이 | 손세희
펴낸이 | 예경원

기획 | CL프로덕션
편집책임 | 박우진
편집 | 이즈플러스

펴낸곳 | 예원북스
등록번호 | 제396-2012-000132호
등록일자 | 2012. 7. 25
WFN | 제3-0012호

주소 | 경기도 고양시 일산동구 호수로 646-24 위너스21 II 빌딩 206A호 (우)10401
전화 | 031-819-9431 팩스 | 031-817-9432
E-mail | yewonbooks@naver.com

ISBN 979-11-6098-077-6 04810
979-11-6098-076-9 (set)

※ 이 도서의 국립중앙도서관 출판시도서목록(CIP)은 서지정보유통지원시스템 홈페이지(http://seoji.nl.go.kr)와 국가자료공동목록시스템(http://www.nl.go.kr/kolisnet)에서 이용하실 수 있습니다.

맞바람을 핀다는 건

손세희 장편소설

1

윤치

차례

프롤로그

헌팅턴 공작가는 우리 가문에서 운영하는 상단과 몇 대째 거래를 이어오고 있는 가장 큰 고객이었다.

공작을 실제로 본 적은 없지만 아버지는 몇 번 수도로 올라가 그를 만났고, 그의 보좌관이라는 로버츠 백작 또한 우리 가문의 영지로 내려와 가끔 볼일을 보았다.

챈들러가의 장녀인 나는 낯을 심하게 가리는 소극적인 성격이었다. 그래서 로버츠 백작과 저택 내에서 마주칠 때면 허둥거리며 기둥 뒤로 숨곤 했다. 수도에서 인기 많은 수려한 청년과 마주치는 건 내게 있어 굉장히 부담스러운 일이었다. 그와 눈조차 제대로 맞춘 적 없었기에 나는 이런 소극적인 모습이 젊은 백작의 눈에 띄었을 거라곤 조금도 생각하지 못했다.

한창 사춘기인 계집애답지 않게 주제 파악이 빨랐기에 나는 그가 작위조차 받지 못하는 시골 무지렁이 계집애를 신경 쓰지 않을 거라고 생각했던 것이다.

하지만 존재하는 모든 것은 존재하는 이상 어떤 식으로든 쓸모가 있는 법이었고 그 사실은 나보다는 머리깨나 굴릴 줄 아는 사람들이 더 잘 알았다.

어느 날, 수도에서 내게 약혼을 청하는 편지가 왔다. 집안에서는 난리가 났고 동생들은 로버츠 백작이 분명하다며, 그가 날 보는 눈빛이 심상치 않았다고 요란법석을 떨어댔다. 한마디라도 하실 법하건만 아버지는 어떤 설명도 없이 나를 수도로 올려 보내셨다. 올라가면서도 약혼을 하게 되었다는 사실이 실감나지 않았다. 수도의 귀족들은 소상단을 탐내기엔 지나치게 잘난 사람들이었고 콧대 높은 로버츠 백작이 나를 보고 반했을 가능성은 0에 수렴했기에 나는 어째서 그가 말 한 마디 섞어보지 않은 내게 약혼을 청한 건지 이해가 되질 않았다.

하나 수도에 도착하자 의문은 곧 해소되었다. 착각을 하고 있었다. 내가 약혼하게 된 남자는 로버츠 백작이 아닌 그의 상관 헌팅턴 공작이었던 것이다.

로버츠 백작은 단지 내가 공작이 필요로 하는 조건을 갖추었음을 알아보고 나를 추천했을 뿐이었다.

헌팅턴 공작은 반드시 정부인에게서 자식을 봐야 한다는 가신들의 압박에 못 이겨 귀족이면서도 자신의 일을 방해할 힘이 없어야 한다는 조건에 맞는 여인을 찾고 있었다.

그리고 로버츠 백작은 수도에서 거의 영향력을 행사할 수 없는 한미한 가문의 장녀인 내가 공작 부인의 자격에 딱 들어맞음을 알아보았다.

그렇게 나는 열여덟 살이라는 어린 나이에 새뮤얼 헌팅턴 공작의 약혼녀가 되었다. 다만 나는 알지 못했다. 약혼자에게 내 나이보다도 어린 정부가 있다는 사실을.

Chapter 1 신분이 바뀐다는 건

공저에 머무르게 된 지 두 달이나 지났건만 약혼자의 얼굴은 단 한 번도 볼 수 없었다. 그런 상황에서 나는 예비 공작 부인을 교육하기 위해 친히 방문한 교사들과 끊임없이 마찰을 일으켰다. 물론 의도한 건 아니다. 그러나 완벽한 영애들만 만나왔던 교사들은 귀족 여인이라면 반드시 갖춰야 하는 것이 무엇인지도 모르는 나를 못 견뎌 했다. 나는 노력했다. 단지 그 노력의 성과가 그들의 바람에 한참 못 미쳤을 뿐이다.

스트레스로 얼굴에는 트러블이 잔뜩 올라왔고 제대로 먹지 못해 그렇잖아도 마른 몸은 더 볼품없이 말라갔다. 그러던 어느 날, 외줄타기를 하듯 아슬아슬하게 지내던 나는 저택에 도착하고 얼마 되지 않아 조용히 언질을 받았던 약혼자의 어린 정부와 우연히 맞닥뜨리고 말았다.

천민이라고는 믿어지지 않을 만큼 화려하고 귀족적인 외모의 소녀를 본 순간 나는 할 말을 잃었다. 소녀는 요정처럼 신비롭고 아름다웠다. 순금처럼 근사한 빛이 나는 머리는 보기 좋게 말려 가슴쯤에서 구불거리고 있었고 반짝이는 눈동자 역시 귀한 금빛을 띠고 있었다. 소녀의 앞에서 나는 순식간에 보잘것없는 존재로 전락해 버렸다.

앞서 말했지만 나는 주제 파악이 빨랐다. 내가 단지 소녀의 존재를 가리기 위해 이곳에 있음을 모르지 않았다는 것이다. 그러나 내가 그들 사이에 낀 불순물 같은 존재임을 인정하고 있었음에도 불구하고 소녀와 눈을 마주친 순간에는 끔찍한 패배감이 들었다. 소녀는 그런 나를 물끄러미 바라보다 곧 웃음을 터뜨렸다. 그리고 멍청하게 서 있는 나를 지나쳤다. 발걸음마저 깃털처럼 가벼웠다. 둔탁한 발걸음으로 몇 번이나 지적을 받는 나와는 달리 말이다.

"챈들러 양, 이스튼 부인께서 기다리고 계십니다."

공작의 유모이자 저택 내부의 일을 총괄하는 수장 시녀인 무어 부인의 재촉에 나는 소녀의 뒤를 눈으로 따르다 결국 고개를 돌렸다.

단 한 번도 보지 못한 약혼자에게 애정을 느낄 리 없었지만 소녀의 존재가 기분 좋게 와 닿지는 않았다. 하지만 할 수 있는 건 아무것도 없다. 이 모든 것을 참고 관심 갖지 않는다는 조건으로 감히 올려다볼 수도 없었던 공작 부인이라는 자리를 갖게 되는 거였으니까.

그 과정에 내 의사가 반영되지 않았다고 해도 결론은 바뀌지 않았고 나는 그 사실을 누구보다 잘 알고 있었다.

"이런 식으로 하는 게 아니라고 했잖아요. 몇 번을 말해야 아시겠어요, 챈들러 양?"

이스튼 부인의 닦달에 실밥을 빼내고 다시 한 번 시도했다. 하지만 내 솜씨는 그녀의 엄격한 기준에 심히 못 미치는 듯했다. 달라진 콧김 소리가 그녀의 언짢음을 그대로 드러내고 있었다.

"다시 할게요."

노력하겠다는 말, 다시 해보겠다는 말은 며칠 동안이나 반복되고 있었다. 그러나 그녀는 그조차 허용하지 않겠다는 듯 하얀 손을 뻗어 내 손목을 잡아챘다.

"부인?"

내 부름에도 그녀는 나의 손목에서 한참 동안 시선을 떼지 않았다. 나는 그제야 내 손을 내려다보았다. 바늘로 손가락을 찌르는 실수를 저질렀던지 피가 방울방울 맺혀 흐르고 있다. 어째서 아픔을 느끼지 못한 건지는 모르겠으나 나 역시 이 상황이 매우 당황스럽다.

"챈들러 양."

몸조차 제대로 아끼지 못하냐며 꾸중할 것 같아 겁이 났다. 하지만 무표정을 고수하려 노력하며 대답한다.

"……네."

"챈들러 양은 앞으로 헌팅턴가의 안주인이 되어 저택 내부의 일을 책임지고 헌팅턴 공작 전하를 보조해야 하는 분입니다. 자신의 몸을 소중히 대하는 법을 모른다면 모든 일에 자격이 없다고 봐도 무방합니다."

내가 자격 미달이라는 사실을 말하고 싶은 건지 아니면 걱정을 해주는 건지 헷갈린다. 수도의 귀부인들은 이렇게 애매한 화법을 사용하며 나를 골릴 때가 많았다. 의도를 알고 싶어 눈을 뚫어져라 보아도 알아낼 수 있는 건 아무것도 없다.

"……명심하겠어요."

"오늘 교양 수업은 여기까지 하겠습니다. 자수는 하면 할수록 손이 적응하여 금방 늘게 되니 너무 조급하게 생각하지는 마세요."

"네, 고마워요. 오늘도 수고하셨습니다, 부인."

이스튼 부인을 보낸 뒤 다시 의자에 앉았다. 한숨이 나온다. 짐작하건대 나는 오늘 있었던 일을 곱씹으며 하루를 찝찝하게 보내게 될 것이다. 그녀가 날 걱정한 건지 아니면 내 모자람을 비웃은 건지를 한참 고민하면서.

그래도 차라리 이런 건 견딜 만하다. 챈들러에서는 접할 수조차 없었던 예법, 춤, 자수를 배울 수 있었으니까. 난 내가 부족한 사람이라는 것을 안다. 평범한 사람들은 자신의 부족함을 알아도 충족할 기회를 얻지 못한다. 그에 비하면 나는 얼마나 운 좋은 사람인가.

나를 정말 움츠러들게 하는 건 내 약혼자의 태도다. 그는 결혼식 전까지는 내 얼굴을 볼 생각이 없는 듯했다. 우연히 고용인들의 대화를 엿들었다. 그리고 알게 되었다. 항상 바빠서 저택에 들어오지 않는다는 내 약혼자는 매일같이 저택에 돌아와 그의 정부와 함께 밤을 보냈으며, 그의 시간은 나를 만나러 오기 어려울 정도로 부재한 적이 없었다는 사실을.

나를 제외한 이 저택 내의 모든 사람이 다 알았다. 바보가 된 것 같은 기분이 들었다. 하지만 그런 생각을 하는 것조차 우습다. 아무것도 할 수 없는 내가 어떤 사고를 한다고 해서 달라지는 건 없을 테니.

말 우는 소리에 자연스레 창밖으로 시선이 간다. 해 질 녘의 노을 아래로 번지는 붉은빛을 마치 꼬리인 양 달고 저택으로 들어오는 검은색 마차가 보였다. 두 달의 시간이 흐르는 동안, 나는 오직 약혼자만이 저 마차를 사용할 수 있다는 사실을 자연스럽게 알게 되었다.

처음에는 기대를 조금 가졌었다. 수도의 인기 많은 젊은 귀족, 그것도 고위급의 귀족. 그런 남자와 결혼을 하게 되었다는 사실은 나를 설레게 만들었으니까. 그래도 약혼녀인데 얼굴을 보러 부르진 않을까, 만약 순결을 내어달라 하면 어쩌나 들뜬 마음으로 고민한 적도 있었다.

그 우스운 생각도 며칠 만에 잿빛의 과거가 되었다. 이제 나는 기대하지 않았고 내 위치에 대해서도 분명히 자각하게 되었다. 저 검은 마차는 내게 있어 시각을 알리는 것 이상의 의미가 될 수 없다. 나는 천천히 돌아섰다.

똑똑.

오늘도 혼자 저녁 식사를 하게 되리라 믿어 의심치 않았기에 아침부터 열심히 매만진 머리를 치렁치렁하게 풀어 헤치고 있던 차였다. 생각지도 않았던 노크 소리가 들려오자 조금 당황스러웠다. 잠깐 망설이던 나는 이내 조심스럽게 입을 열었다.

"들어오세요."

방 안으로 들어온 이는 저택을 관리하는 집사인 로렌스였다.

"늦은 시간에 실례합니다, 챈들러 양."

"무슨 일이죠?"

"주인님께서 간만에 돌아오셨습니다."

입술에 침조차 바르지 않고 거짓을 말하는 그의 태도가 대단하게 여겨진다. 수도 사람들은 평민이든 귀족이든 가릴 것 없이 살벌하게 사는 듯하다. 그리고 이제는 내가 그 수도 사람이 되어야 한다.

"그렇군요."

로렌스는 약혼자가 내 얼굴을 보길 바란다는 말을 아주 길게 돌려 말했다. 듣는 내내 지루한 기분이 들었지만 용케 졸지는 않았다. 어쨌든, 나는 별로 만나고 싶지 않았다. 하지만 그의 뜻을 따르겠노라 말했다. 내 마음대로 하는 건 일찍이 포기하는 게 낫다는 사실을 알았기 때문이다.

달칵.

로렌스가 나갔다. 문이 닫히자마자 또 한숨이 나왔다. 큰 한숨을 내쉬는 건 더 이상 내게 드문 일이 아니게 되어버렸다. 입술을 꾹 깨물고 거울 앞에 섰다. 긴 머리카락이 잔뜩 엉킨 채 나풀대고 있었다. 주어진 시간이 많지 않았기에 나는 결국 머리카락을 질끈 묶어 버렸다.

머리를 해결하고 나니 허접한 옷차림이 돋보였다. 지금 입고 있는 검은색 드레스는 나를 무척이나 칙칙해 보이게 만들었지만 그럼에도 옷을 갈아입고 싶다는 마음은 들지 않았다. 솔직히 나를 두 달 동안이나 방치한 약혼자를 위해 공을 들일 필요성을 느끼지 못했다. 약혼자를 처음 만난다기엔 제법 끔찍한 모습이었지만 나는 개의치 않고 방을 나섰다.

로렌스는 나를 약혼자의 서재로 안내했다. 두 달 동안 저택에 머물렀으나 서재는 단 한 번도 올라와 보지 못했다. 약혼자만 이용할 수 있는 공간이라는 것이 그 이유였다. 굳이 책을 읽고 싶다며 서재를 들쑤셔 관심을 받는 행동을 하고 싶지는 않았기에 깔끔하게 책 읽는 것을 포기했던 기억이 난다.

"주인님, 로렌스입니다."

"들어와."

허락이 떨어지자 로렌스는 문을 살짝 밀어 열고 내게 들어가라는 듯 손짓했다. 나는 괜히 어깨를 으쓱하며 안으로 들어갔다. 서재 내부는 차가운 복도에 비해 훨씬 따뜻하고 포근한 공기로 가득 차 있었다. 그러나 긴장은 여전히 풀리지 않았다.

"처음 뵙겠습니다, 공작 전하. 챈들러의 스칼렛입니다."

약혼자는 벽난로 앞에 앉아 자신의 뒷모습만을 내게 보여주었다. 그의 앞으로 가서 인사를 해야 하는 건지 아니면 그가 얼굴을 보여줄 때까지 기다려야 하는지를 알 수 없었던 나는 그냥 그의 뒷모습에 대고 예를 갖추어 인사했다.

"고개를 들어도 좋습니다."

나는 그의 말에 따라 고개를 들고 처음으로 약혼자의 얼굴을 보았다. 적당하게 잘생긴 미남자였다. 키가 몇인지는 정확히 알 수는 없었으나 어깨가 딱 벌어져 있는 것이 작을 것 같지는 않았고 벽난로의 불빛이 눈에 비춰 일렁였기에 눈동자의 색이나 머리색은 분간할 수 없었다. 다른 이들에 비해 특출하게 잘생겼다거나 독특한 매력을 가진 것은 아니었지만 이상하게 흔한 귀족 남성의 느낌은 또 아니었다.

목소리는 듣기 거북하지 않은 나직한 저음이었지만 어쩐지 서늘한 냉기가 도는 것 같았다. 그리고 나를 바라보는 눈빛은 마치 벽을 보듯 무감정했다. 약혼녀를 대하는 것이라곤 믿기 힘들 정도로.

"새뮤얼 헌팅턴입니다, 영애. 그동안 일이 너무 바빠 영애에게 제대로 신경을 쓰지 못했습니다. 그 부분에 대해서는 영애에게 미안하게 생각하고 있습니다."

"미진하여 많은 것을 알지는 못합니다만, 공작 전하께서는 황제 폐하를 도와 제국을 보다 나은 방향으로 이끄는 것에 많은 기여를 하고 계시다고 들었습니다. 약혼을 한 귀족 남성이기에 앞서 제국에 충성을 바친 신하라는 것을 이해하고 있습니다."

내게 닥친 모든 수모를 참고 견뎌내야 한다는 것을 안다. 그러나 나 역시 사람이다. 미안함이라고는 조금도 없는 담담한 음성의 사과를 아무렇지 않게 받아줄 생각은 없었다. 그래서 부러 모르는 척 사과를 무시했다.

"영애는 마음 씀씀이가 넓으시군요."

옅은 미소를 지으며 건네는 약혼자의 칭찬이 이상하게 찝찝했다. 내 속내를 그가 간파했는지 아닌지를 가늠하기가 어려웠다.

"오늘 조이를 만났다고 들었습니다."

평소 그렇게 명석하지는 않아도 눈치 하나는 빠른 나다. 그의 입에서 나온 '조이'라는 이름을 가진 사람이 오늘 마주친 정부라는 사실을 금방 알아챌 수 있었다. 어떻게 대답해야 할지를 망설이던 나는 잠시 뒤 떨떠름한 얼굴로 고개를 끄덕이며 대답했다.

"네."

그리고 대답하는 순간 약혼자의 얼굴에 의미심장한 표정이 스쳐 지나갔다. 그래서 알 수 있었다. 나를 영영 보지 않고 박대할 것 같던 약혼자가 굳이 만나자고 한 이유가 무엇인지를.

"나는 영애가 나 아닌 다른 이들에게도 내 앞에서 보여준 넓은 마음씨로 아량을 베풀기를 바랍니다."

약혼자는 그저 자신의 정부를 만난 내가 어떤 반응을 보이고 있는지를 확인하고 내게 그녀에 대해 감수해야 한다는 사실을 알리기 위해 이 자리를 마련한 것이다. 속이 당황과 역겨움으로 울렁거려 대답까지 조금 시간을 지체해야 했다.

"……네. 헌팅턴가에 결코 부끄럽지 않은 덕목을 갖추도록 노력하겠습니다."

약혼자는 내 대답에 어느 정도 만족한 것 같았다. 그가 대화를 더 이어나가려는 의사를 보이지 않았기에 나는 양해를 구하고 서재에서 물러났다.

그러나 오늘은 정말 운이 없었다. 나가는 길에 다시 한 번 조이라는 그 소녀를 맞닥뜨리고 말았기 때문이다. 낮에 보았을 땐 어린 티를 벗지 못한 소녀 같았건만 지금은 무척이나 성숙해 보였다. 어쩌면 안이 거의 다 비치는 야한 살구색 슬립을 입었기 때문인지도 모른다. 약혼자가 이 어린 정부를 어째서 귀하게 여기는지 알 것만 같았다. 누구든 현혹할 수 있을 만치 아름다웠으니까.

"샘의 약혼녀라 했던가요?"

심술궂은 어린아이가 고요한 샘물에 커다란 돌멩이를 던진 것 같았다. 적막은 그녀의 청아한 음성으로 깨어졌다. 먼저 말을 건넬 거라고는 생각지도 못했기에 나는 흠칫 몸을 떨며 그 금안을 바라보았다. 그러면서 나는 깨달았다. 새뮤얼이라는 딱딱한 이름이 그렇게도 불릴 수 있다는 사실을.

나는 잠시 얼이 나가 오전에 그랬던 듯 그녀를 물끄러미 보기만 했다. 윗사람이 먼저 말을 건네지 않았음에도 입을 연 그 정부의 행동은 굉장히 무례한 것이었지만 이 저택 내에서 그를 지적할 사람은 없었고 그건 나 역시도 마찬가지였다.

"소개가 늦었군요. 조슈아라고 해요."

대꾸하지 않았음에도 그녀는 아랑곳하지 않고 제 이야기를 이어 나갔다.

"천민이 예쁜 얼굴을 가지고 있다는 건 불행한 일이죠. 제 이름이 남자 같은 건 그 때문이에요. 다행히 샘은 저에게 조이라는 예쁜 이름을 주었어요."

그녀가 활짝 웃었다. 하얗고 가지런한 치아가 드러났다.

"제가 그의 기쁨이고, 그의 사랑이라는 뜻이겠죠. 조슈아라는 이름을 그다지 좋아하지 않으니, 조이라고 불러주세요. 그리고 심심하시면 저를 부르셔도 좋아요. 기꺼이 말 상대가 되어드릴 수 있어요."

내가 공저에 도착하기 전까지 서재 안의 약혼자는 온전히 이 소녀의 것이었다. 지분을 나누게 된 상황에 정인의 부인이 될 사람에게 호감을 가질 바보는 없다. 눈앞의 상대가 마치 황족처럼 고귀한 여인의 모습으로 우아한 척 말하고 있더라도 방심은 금물이다. 모두가 쉬쉬하는 바람에 정확히 이야기를 들은 바는 없다. 그러나 빼어난 외모와 가지고 있는 내가 모를 매력이나 능력으로 저택에서 자리 잡았을 것임은 충분히 그려낼 수 있었다. 이런 상황에는 경계가 필요했다.

"늦었지만 공저에 오신 것을 환영해요. 참 멋있는 저택이죠?"

저택의 안주인이라도 된 것처럼 나를 환영하는 그 인사에 기분이

썩 좋지 않았다. 그러나 나는 아무 말도 할 수 없었다. 그녀가 나를 이렇게 대할 수 있는 건 분명 허용된 장난 중 하나일 테니까.

차마 입 밖으로 내뱉지 못한 헛웃음이 터졌다. 사랑받지 못하고 앞으로도 쭉 그럴 것이기에 나를 무시하는 건가, 아니면 자신의 가리개밖에 되지 못할 불우한 존재라 하여 동정이라도 하는 것인가.

"다음에 차라도 한잔해요."

기본적으로 높은 톤의 목소리가 귀에 몹시 거슬렸으나 억울하게도 이 소녀보다 내가 앞서는 건 그저 이름뿐인 귀족이란 지위밖에 없었다. 또한 그녀에 대한 경멸을 표할 수 있는 최선의 방법은 무시뿐이다. 나는 대꾸하지 않고 그녀를 지나쳤다. 그러는 동안에도 약혼자의 정부는 여유를 잃지 않았다.

잠시 뒤 나는 내게 주어진 방에 도착했다. 충분히 지쳐 있었으나 다리가 풀려 주저앉는다든지 하는 나약한 행동은 하지 않았다. 아직까지 방 안에 무어 부인이 남아 있었기 때문이다.

"세숫물을 준비해 드릴까요?"

"목욕물을 받아주세요."

무어 부인은 약혼자의 유모다. 아직 결혼을 하지 않았기에 정식으로 공작가의 사람이라 할 수 없는 나는 그녀에게 말을 낮출 수 없었다. 목욕물을 받기 위해 나가는 그녀의 뒷모습을 찬찬히 살피며 나는 홀로 웃었다. 사방이 감시자다. 형식적인 미소를 입에 걸고 있는 저 여인도 눈빛만은 나를 무시하고 있다.

나는 어떻게 해야 할까, 내 편으로 포섭하려는 시도라도 해봐야 할까. 대체 어떤 행동을 해야 이곳에 와 들러리 취급을 당하는 분한 내 마음이 풀리려나.

큰 욕심이 있는 것은 아니다. 하나 내 자존심을 상하게 하는 이 상황이 달가운 것도 아니었다. 그건 당연하다. 오늘도 결국 죄 없는 입술만 치아에 짓이겨졌다. 이 가여운 입술이 바로 내 처지일까.

참, 약하기도 하지.

약혼자의 정부인 조슈아는 복도에서 나를 처음 맞닥뜨렸던 2개월 전부터 지금까지 가끔 하녀를 보내어 만남을 청하기도 하고 직접 찾아오기도 했다. 오늘도 아침부터 하녀 하나가 나를 찾아와 기다리고 있었다. 주인의 닦달에 어쩔 수 없이 찾아왔을 하녀는 죄가 없다. 그러나 일어난 직후부터 그 이름을 들어야 한다는 건 내 기분을 무척이나 저조하게 했기에 나는 벽면에 붙어 있는 거울이나 들여다보며 어린 하녀를 외면했다.

거울에 비치는 다홍색 머리카락은 인구가 많고 민족이 다양한 제국 내에서도 찾아보기 힘든 색이다. 부모님 중 아무도 다홍색 머리가 아니었기에 사람들은 나를 신기한 눈으로, 또는 이상한 눈으로 보았었다. 아버지는 할머니께서 다홍색 머리카락을 가지고 있었다고 말씀하셨다. 그러나 아무 이야기든 지껄이는 것을 좋아하는 사람들은 어머니의 외도를 덮어주기 위해 아버지가 거짓말을 하는 거라고 조롱하곤 했다. 우리 가족은 귀족보다는 상인에 가까운 사람들이었기에 그런 모욕적인 말을 들어도 웃으며 넘겨야 했고 나는 사람들과 마주하는 게 싫어 외출도 삼갔었다.

그런 의미에서 수도는 나쁘지 않다. 고등교육을 받을 수 있는 것도, 훌륭한 식사를 즐기고 진귀한 차를 마실 수 있는 것도 내게는 더할 나위 없이 흡족하지만 나를 가장 유쾌하게 만드는 건 고향에서는 눈치를 보며 일부러 가리고 다녔던 다홍색 머리를 마음껏 드러낼 수 있다는 것이다. 시녀들의 노련한 손에 맡겨 유행에 맞는 예쁜 스타일의 머리를 연출할 때면 과거의 상처를 치유받는 느낌이 들기도 했다.

네 달 넘게 공저에서 지내면서 다른 건 몰라도 솜씨 좋은 시녀를 골라내는 실력은 출중해졌다. 노라는 오늘도 화려한 솜씨를 발휘해 머리를 땋아주고 있었다.

"저어……."

하녀는 고급 시녀만큼의 교육을 받지 못해서인지 나를 무어라 불러야 할지 확신이 들지 않는 모양이었다. 내가 아직 공작가의 완전한 여주인이 아니니 그럴 수밖에. 주인을 잘못 만났다는 이유로 죄인처럼 서 있어야 하는 하녀에게 동정심이 생긴 나는 결국 그 가여운 이에게 시선을 옮겼다.

"아가씨라 부르렴."

무어 부인의 표정이 굳어지는 것이 한눈에 보였지만 나는 그것을 일부러 무시했다.

"아, 아가씨, 조이 아가씨께서……."

"나는 무척이나 바쁘단다."

그러나 동정심을 발휘한 것도 잠시, 나는 단호하게 하녀의 말을 잘랐다. 느긋하게 오늘자 신문이나 읽으면서 시녀들에게 머리와 메이크업을 맡겨놓은 이가 할 소리는 아닌 듯하나 그렇다 해도 하녀가 그것을 판단할 권리는 없다. 어린 하녀는 우물쭈물하더니 결국 허리를 숙여 인사하고는 빠르게 사라졌다. 문이 닫히기가 무섭게 무어 부인이 나를 야단쳤다.

"챈들러 양, 어찌 그러십니까? '아가씨'라뇨. 챈들러 양께서는 저택의 안주인이 되실 분입니다!"

"그게 뭐 그리 대수인가요."

나는 냉소적으로 들리지 않게 은근한 노력을 기울이며 대수롭지 않다는 듯 웃었다.

"드높은 명예를 소유한 분의 마음을 얻은 여인도 '아가씨'라 불리는걸요."

무어 부인의 얼굴이 순식간에 굳었다. 딱히 그녀의 기분을 상하게 할 의도는 아니었으나 본의 아니게 마음에 상처를 입힌 듯했다. 그녀는 태어나자마자 죽은 딸을 대신해 약혼자에게 젖을 물렸고 제 자식인 것처럼 그를 사랑했다. 가끔씩 부인의 눈에 피어나는 애정으로 보아 추측건대, 그녀에게 약혼자는 정말 배로 낳은 자식과 다를 바 없을 것이다.

그래, 최소한 머리로는 이해한다. 그리 사랑을 주었는데 천민 따위에게 마음을 빼앗겨 매일같이 그 천한 아이만 찾아대니 무어의 가슴이 온전할 리가 있나.

"……공작 전하께서는 곧 마음을 돌리실 겁니다."

내게 건네는 위로라고 위장한 채 제 마음을 달래는 것이 퍽 안쓰러우나 그 이상의 의미는 되지 못했기에 나는 매끄럽게 주제를 전환했다.

"공작 전하께서 결혼 예물을 보라고 하시더군요."

어젯밤 로렌스가 갑자기 찾아와 전달한 말이다.

"공저에서 지낸 지 4개월이 넘었지만 따로 외출을 한 적이 없어 수도에서 유명한 곳을 알지 못해요. 다행히 저를 도와주는 분들은 모두 센스가 넘치시니 저를 대신하여 좋은 물건을 골라주리라 믿어요."

"직접 보시지 않고요?"

무어 부인은 표정을 잘 감추지 못한다. 이번에도 그녀는 의아한 얼굴을 숨기지 못하고 반문했다.

"네."

전해 듣기로는 가신들이 겨울 이전에 결혼식을 올리라고 압박하고 있었다. 정확한 시기는 아직 정해지지 않았지만 아마 이번 가을쯤 유부녀가 될 가능성이 크다. 결혼식까지 남은 시간이 많지 않았음에도 아직 수도 귀족처럼 완벽한 예법을 구사하지 못하는 나를 알고 있었기에 괜히 밖으로 나가 실수를 하고 싶지 않았다.

"보석을 고르는 안목이 출중한 이는 많아요. 제가 굳이 나서서 부족함을 드러낼 필요가 있을까요?"

챈들러 상단에서도 값진 보석을 취급하기는 했다. 보석을 보고 감정할 기회가 없었던 것이 아니기에 그런 쪽에서 내 안목은 부끄럽지 않을 정도는 된다. 그러나 굳이 그것을 드러내며 으스대고 싶지는 않다. 사실 이런저런 이유를 다 대어봐도 결정적인 건 그냥 귀찮다는 것이다. 이 냉랭한 결혼을 하면서 뭣하러 비위 좋게 보석이나 고르고 있겠나.

다, 쓸데없는 짓이다.

오전까지만 해도 그리 생각했으나 점심 식사 전 내 방에 당당히 찾아온 어린 정부와의 대면은 내 생각을 바뀌게 만들었다.

"오늘 결혼 예물을 보러 간다고 들었어요."

나긋나긋한 어조로 말하는 것이 겉으로만 봐서는 퍽 여유로워 보였다. 하지만 나는 그녀가 어딘가 위태위태하다는 사실을 눈치챘다. 조슈아는 내게 제 하녀를 보내 나의 속을 살살 긁을지언정 직접 찾아와 말을 건네는 일은 지양하곤 했다. 그런 조슈아가 성급한 행동을 보이는 경우는 단 한 가지밖에 없었다. 저와 나 사이의 메울 수 없는 격차를 느낄 때.

나 하나를 놓고 보면 남에게 그리 부러움을 살 만한 사람은 아니지만 제 남자와 결혼할 수 있는 귀족 신분을 가졌다는 것만으로도 달리 보이는 모양이었다. 조슈아가 보통 소녀들과 달리 영악하고 대범한 면이 있다 해도 아직은 어렸다. 그동안 겪어본 결과 제대로 된 예법도 모르는 그녀가 아직까지도 그 자리에서 약혼자를 붙잡고 버티고 있는 건 타고난 잔머리가 좋아서일 뿐이다.

하나 거기까지가 그녀의 한계인 듯했다. 조이는 신분과 계급에 대한 열등감을 태연하게 감추지 못했다. 그녀는 고작해야 하녀밖에 부릴 수 없는 자신과는 달리 나는 고급 시녀들을 대동하는 것, 나를 가르치기 위해 수도에서 이름난 귀족들이 찾아오는 것, 자신은 약혼자에게 선물을 받아야만 가질 수 있는 진귀한 보석과 드레스를 아무렇지도 않게 소유하고 있는 것들을 전부 견딜 수 없어 했다.

내가 이렇듯 잘 파악하고 있는 이유는 그녀가 가끔 제 속에 품은 열등감이 극에 달할 때면 나를 찾아와 입을 놀려대며 밑천을 드러냈기 때문이다. 반면 나는 그녀가 백 마디 말을 해도 결코 말을 섞지 않았다. 처음에는 조슈아에게 표할 수 있는 최고의 경멸이 침묵 외에는 없었기에 입을 다물었지만 나중에는 나와 대화를 나누려고 시도하는 것이 우스워 가만히 있다 보니 결국 이렇게 되어버렸다.

“아무리 거듭 거절해도 샘은 내게 항상 귀한 것들을 선물하곤 해요. 그러다 보니 의도하진 않았지만 보석에 대해서 잘 알게 되었죠.”

나는 입에 침도 바르지 않고 제 자존심을 세우려 발악하는 어린 계집의 꼬락서니를 두 눈에 똑똑히 담았다. 실소가 나오려는 것을 참으면서. 그런 내 속을 아는지 모르는지, 조슈아는 눈을 피하지 않았다.

“원한다면 같이 가 드릴게요. 시골에서 유행 지난 보석만 보다 올라왔으니 유행을 잘 모르실 것 같아 도움을 드리는 거예요."

"무례하군요."

무어 부인이 조이의 말을 차갑게 잘라냈다.

"이만 나가는 게 좋겠어요. 그런 말도 안 되는 이야길 하실 거라면."

"나는!"

"조슈아 양!"

무어 부인이 매섭게 일갈하자 그녀는 버티지 못하고 떠날 수밖에 없었다. 그러나 나는 기분이 나쁘지 않았다. 왜 굳이 나를 찾아와 허세를 부리는 건지를 금방 눈치챘기 때문이다.

결혼 예물.

아무리 귀한 보석을 선물 받아도 결혼 예물이라는 이름의 보석을 소유하지는 못 할 것이다. 조슈아 역시 그 사실을 알았기에 열등감이 다시 한 번 발동한 것일 터. 그래서 나는 기꺼이 예물을 보러 나가기로 결심했다. 조슈아가 아닌 척 나를 달가워하지 않는 것처럼 나 역시 약혼자에 대한 무감정과는 별개로 그녀를 좋아하지 않았다. 아니, 나와 달리 자유로워 보이는 조슈아를 싫어했다.

침묵 외에도 그녀의 기분을 상하게 할 수 있는 다른 방법이 있다면 그것만으로도 움직일 이유는 충분했다. 외출하겠다는 결정에 시녀들이 오히려 더 기뻐했다. 노라는 내 머리를 다시 살펴주었고 제인과 베스는 드레스룸에서 외출용 드레스를 가득 안아 들고 왔다.

외출 준비는 빠르게 끝났다. 나와 시녀들은 일관되게 청록색 드레스를 선택했고 그 드레스는 머리색과도 퍽 잘 어울렸다. 그러는 동안 무어 부인은 내 전담 교사들에게 수업이 힘들 것 같다는 연락을 넣어주었다.

나는 무어 부인은 물론이고 세 시녀를 모두 대동하고 공저를 나섰다. 모두들 내색하지 않으려 애쓰고 있긴 했지만 상당히 들뜬 것 같았다.

"요즘은 앙리의 보석점이 유명하다고 하더군요. 이국적인 보석이 많아서 신비로운 매력을 보여줄 수 있대요."

"거긴 난해한 구석이 있어서……. 결혼 예물이라면 티아라에 가는 게 좋지 않을까요?"

"티아라는 너무 고상한 것들만 취급해서 별론데. 에메랄드는 어때요?"

내가 보석을 볼 줄 안다고 해도 수도의 유행에 밝은 것은 아니었다. 이참에 수도의 유행이나 화제에 대해 파악해 보기로 하고, 나는 그들 모두의 의견을 수용하기로 결심했다.

"시간이 넉넉하니 모두 가보도록 해요. 어디든 나쁘겠어요?"

가장 먼저 방문하게 된 곳은 베스가 강력하게 추천한 티아라였다. 사실 귀부인들은 방문판매상으로부터 보석을 구매하거나 주문하기 때문에 보석점 안에서는 여인보다는 남성들을 더 쉽게 찾을 수 있었다.

그것이 시녀들을 설레게 한 모양이었다. 노라와 베스는 은근하게 귀족 남성들과 시선을 맞추었고 제인은 평소에는 하지도 않는 머리

정리를 하며 긴 속눈썹을 과장되게 깜빡거렸다. 무어 부인이 시녀들을 향해 혀를 끌끌 차는 것을 보았지만 나는 모르는 척하며 컬렉션 장식장 쪽으로 이동했다.

"찾으시는 것이 있으십니까?"

가게의 직원으로 보이는 멀끔한 차림새의 남성이 다가왔다.

"결혼 예물을 보러 왔어요. 이 가게에서 마음에 드는 보석을 발견할 수 있길 바라요."

늘 실수를 두려워하여 말을 아끼는 나를 대신하여 무어 부인이 대답했다. 그는 곧 자신이 안내하겠다며 미소와 함께 앞장섰다. 나는 자신을 미스터 폴이라 소개한 이 남자가 과연 가장 귀한 보석을 보여줄지에 대한 확신이 서지 않았으나 우선은 조용히 그를 따랐다. 그가 보이려는 보석이 흔한 것은 아닌지 우리는 한참이나 안으로 들어가야 했다.

보석점 내부의 깊숙한 곳까지 들어선 우리는 곧 커다란 탁자 앞에 앉았고, 미스터 폴은 가장 진귀한 것을 가지고 오겠다며 사라졌다.

"과연 어떤 것을 보여주려고 하는 걸까요?"

"티아라의 깊숙이까지 들어와 본 건 처음이에요."

시녀들은 신이 나서 재잘거렸지만 나는 크게 기대하지 않았다. 정말 귀한 물건은 그것을 빛나게 할 사람들에게만 보여주고 판매한다. 생리가 그랬다. 그저 돈 많은 졸부에게 물건을 판매하는 것보다는 대다수의 사람에게 존경받는 이에게 비싼 물건을 파는 것이 가장 탁월한 경제적 효과를 볼 수 있다는 사실은 장사치라면 누구나 잘 아는 사실이다. 그러나 나는 그냥 보기에도 유행을 만들 수 있는 정도의 빛나는 사람이 아니었다.

준비되어 있는 다과와 차를 마시며 기다리기를 잠시, 미스터 폴은 곧 화려한 보석 상자를 들고 들어왔다. 그리고 보석 상자를 내 앞에 펼쳐 보였다. 보석 상자 안에는 아쿠아마린 보석 세트가 제 가치를 극대화할 수 있는 모양새로 놓여 있었다. 알이 꽤 큰 아쿠아마린 목걸이, 그리고 아쿠아마린과 다이아몬드가 함께 장식되어 있는 귀고리, 청명한 아쿠아마린의 알만을 강조하려 한 듯 단순한 디자인의 두 쌍의 반지.

보석 세트를 천천히 내려다보면서, 나는 이것이 유행을 타지 않는 세련된 디자인이라는 결론을 내렸다.

"무척이나 아름다워요."

노라가 감탄사를 흘렸고 베스와 제인은 보석에 시선을 빼앗겨 감탄할 타이밍조차 놓친 것 같았다. 그리고 무어 부인은 그저 내 뜻을 존중하겠다는 생각인지 말을 아꼈다. 잠시가 지나자 시녀들은 금방이라도 이 보석 세트로 하자고 나를 조를 듯한 모양새였다. 하지만 나는 그들의 기대를 저버리고 보석 상자를 단호하게 닫아버렸다.

"어머."

베스가 자신도 모르게 낮은 신음을 내고는 스스로 놀라 손으로 입을 가렸다. 미스터 폴이 의아한 듯 허리를 앞으로 숙이며 내 얼굴을 살폈다. 그리고 그런 그에게 나는 차갑게 일갈했다.

"나는 결혼 예물이 필요하다고 말했습니다. 그런데 이런 팔리지도 않는 쓰레기를 가져온 건 나를 능멸하겠다는 뜻인가요?"

평소와 확실히 다른 내 거친 언사에 시녀들이 놀란 눈으로 나를 바라보았다. 도무지 영문을 모르겠다는 얼굴들을 무시한 채, 나는 미스터 폴의 눈을 뚫어져라 보았다. 그 역시 내 시선을 피하지 않았다.

"어째서 그러시는 건지……."

태연하게 이유를 들으려는 태도에 나는 더 볼 것 없이 자리에서 일어났다. 시녀들은 당황한 것 같았으나 그럼에도 주변을 빠르게 정리하고 일어섰다. 그제야 미스터 폴이 제대로 된 사과를 건넸다.

"귀한 분을 몰라 뵙고 실례를 범했습니다. 죄송합니다."

꽤 뻣뻣하던 허리를 접고 몇 번이나 무례를 사과하는 미스터 폴을 한참 동안 노려보던 나는 한참이 지나서야 다시 착석했다. 미스터 폴은 제대로 된 것을 내오겠다며 다시 또 몇 번을 사과한 뒤 얼른 사라졌다.

"마님, 보석에 문제라도 있었나요?"

베스가 궁금함을 참지 못하고 내게 질문했다. 아마 이 자리에서 상황을 제대로 파악한 사람은 없을 것이다. 그 아쿠아마린 보석 세트는 그냥 보기에도 무척이나 아름다웠고 디자인 역시 공들인 티가 났으니까. 그러나 그 보석들은 단품으로라면 몰라도 세트로는 결코 팔리지 않을 쓰레기나 마찬가지였다.

"아쿠아마린이 항해를 원활하게 해주고, 폭풍우로부터 선원들을 보호해 주는 보석이라는 미신을 들어본 적이 있으실 거예요."

"아, 들어본 것 같아요."

"저도요."

"물론 전혀 근거가 없는 이야기인 건 사실이에요. 그럼에도 결혼 예물로는 결코 아쿠아마린을 사용하지 않아요. 순항을 위해서는 '바람'이 필요하니까요. 굳이 불길한 느낌을 주는 보석을 결혼 예물로 선택하는 사람이 있을까요?"

내 말에 시녀들이 전혀 몰랐다며 이런저런 이야기를 늘어놓았다. 사실 운 좋게 아쿠아마린의 의미를 알고 있었을 뿐, 첫 번째로 들고 오는 보석은 어차피 무를 생각이었다. 내 역량을 가늠하기 위해 무엇이든 하자가 있는 것을 들고 오리라 예상했기 때문이다. 아쿠아마린처럼 대놓고 조롱하는 보석을 내놓을 거라고는 생각하지 못했지만.

이후 미스터 폴은 꽤 괜찮은 예물용 보석을 보여주었다. 나는 고심 끝에 금과 함께 장식된 페리도트 보석 세트를 헌팅턴가로 보내달라 요청했고, 그는 그제야 의문스러운 고객의 정체를 알게 되어 상당히 놀란 듯했다.

"처음에 보여줬던 아쿠아마린 보석 세트도 구매하겠어요."

불길한 미신을 가진 보석을 굳이 구매하겠다는 나의 말에 모두가 당황한 것 같았다. 그러나 나는 그들을 조금도 신경 쓰지 않았다.

"그것은 페리도트 세트와 함께 헌팅턴 공저로 보내면 되나, 지불은 달리하겠어요. 챈들러가로 청구서를 보내세요."

나는 체력이 좋지 않은 편이었다. 그래서인지 티아라만 거쳤을 뿐임에도 꽤 지치고 말았다. 무어 부인은 그런 나를 위해 나머지 보석점에서는 헌팅턴가에서 나왔음을 미리 밝혔다.

그들은 소란을 떨지 않고 괜찮은 보석들을 보여주었지만 보석 알맹이 하나로 나를 재어보고자 하는 그들의 태도에 신물이 났던 나는 결국 모든 보석을 사양했다. 웃어넘기기에는 과한 무례였기에 나는 불쾌함을 숨기지 않고 상점을 나왔다.

돌아오는 마차 안에서는 나뿐만 아니라 모두가 지쳐 말이 없었다. 마차에 난 작은 창으로 보이는 저녁 하늘은 벌써 어둑어둑했고 내 약혼자가 보편적으로 집에 돌아오는 시간도 훌쩍 넘어 있었다. 허기가 졌으나 그보다 피곤함이 더 극심했기에 나는 저택에 도착하면 곧장 씻고 수면을 취하리라 결심했다.

“오늘은 목욕물만 준비해 달라고 말하고 목욕 시중은 들 필요 없어요. 저녁 식사는 하지 않을 거예요.”

고급 시녀들은 주인이 저녁 식사를 마치면 곧장 퇴근을 한다. 미리 언질을 않으면 기약 없이 퇴근 시간을 기다려야 하는 이들이기에 나는 부러 목욕물만 준비하고 퇴근해도 좋다고 허락했다. 시녀들의 얼굴이 그나마 좀 밝아졌다. 나는 오늘 크게 고생해 준 이들에게 작은 보상을 내릴 수 없을까 고민하다가 슬쩍 졸았고 결국 잠에 푹 빠지고 말았다.

잠에서 깨보니 저택의 침대에 누워 있었다. 내가 깨는 것과 동시에 방으로 들어온 무어 부인은 그렇잖아도 목욕물이 데워질 때까지만 재울 생각이었다며 나를 일으켰다.

나는 욕실로 들어가 수도꼭지를 틀었다. 곧 뜨겁게 데워진 물이 나와 욕실은 모락모락 피어오르는 뿌연 김으로 가득 찼다. 수도꼭지를 보니 집 생각이 났다. 무역도시 트레베에서 처음 발명되어 나온 수도꼭지는 생활에 편리함을 가져다주었다. 물을 1층에서 방까지 퍼 날라야 하는 수고를 덜어주었으니까. 그것만으로도 사람들은 획기적인 발명이라 평했다.

챈들러가의 월셔 저택에서는 수도꼭지가 발명되자마자 곧바로 물이 필요한 모든 곳에 수도꼭지를 달고 고용인 몇 명을 내보냈다. 수도꼭지를 만드는 데에는 루빈 차의 요술이 필요해 처음 만들어졌을 당시에는 가격이 매우 높았다. 그러나 아버지께서는 미리 달아놓는 것이 장기적으로 이득이 될 거라고 말씀하셨다.

울적해졌다. 집을 떠올릴 수 있는 매개가 겨우 이런 수도꼭지뿐이라는 사실이 괜히 마음을 찡하게 했다.

또 하루가 시작되었다. 오전 일정을 소화하고 나서야 쉬는 시간을 가지게 된 나는 자리에 앉아 어제 일을 곰곰이 돌이켜 보았다.

안일한 생활이 지속되고 있었다. 결혼 예물을 직접 고르고 나서야 곧 결혼한다는 사실을 실감했으니 말이다. 처음에야 잔뜩 긴장한 상태로 수도에 올라왔지만 약혼자의 얼굴도 제대로 보지 못한 채 교육부터 받으니 어느새 수도의 생활에 익숙해져서 내가 결혼을 하러 왔다는 것을 생각하지 못하고 있었다.

너무 긴장을 놓고 있었다. 바보같이.

그러나 결혼에 대해 구체적인 생각 없이 시간을 보낸 건 약혼자의 탓도 컸다. 공저에서 머문 4개월 동안 그의 얼굴은 단 한 번밖에 보지 못했으니 결혼에 대해 실감할 리 없다. 입맛이 씁쓸하다. 약혼자의 냉랭한 태도는 앞으로의 결혼 생활이 어떨지를 단적으로 보여주고 있었다.

이 결혼이 정상적일까. 나는 그렇지 않다고 장담할 수 있다. 하나 그렇다고 해서 내 처지를 비관하고 우울감에 잠겨 있고 싶지는 않다. 그동안 나는 할 수 있는 최선의 노력을 기울여 왔다. 달라지기 위해 치열하게 노력한 것이다. 이렇게 노력하고도 결혼 생활이 견딜 수 없을 만큼 끔찍하다면 그건 어쩔 수 없다 체념해야 하는 문제일 것이다.

수도로 올라온 직후의 두 달은 지옥 같았던 것으로 기억한다. 아침마다 눈을 뜨기가 싫었다. 하나같이 그 분야에서 유명한 교사들이라 그런지 그들은 기본기조차 없는 나를 하찮게 여겼다. 그 당시의 내가 아무리 배움이 부족했어도 나를 무시하고 경멸하는 투를 모르지는 않았다. 그렇지만 그때마다 매번 그들을 원망하는 마음을 억누르고 더 독하게 배워야 한다는 생각으로 시간을 보냈다.

낯을 많이 가려서 처음 본 사람에게 말조차 제대로 건네지 못하던 나를 180도로 바뀌게 한 사교 담당의 메이슨 부인, 자수와 다도,

꽃꽂이 등 귀족 영애가 갖추고 있어야 할 기본적인 소양을 가르쳤던 이스튼 부인, 역사와 철학, 그리고 사상을 가르쳤던 베르토 남작, 예술을 가르쳤던 로제타 양까지. 모두들 내가 공작가의 안주인이 될 자격이 없다고 생각했다. 그리고 그들 자신의 판단을 내게 숨기지도 않았다.

그렇지만 지금은 그들 모두가 나, 스칼렛 챈들러 자체를 인정했다. 어쩌면 그런 성취감에 도취되어서 내 현실을 잊고 있었던 것인지도 모른다. 걱정과 체념이 뒤섞인 마음에 웃음이 나왔다.

"저, 챈들러 양?"

감상에 너무 빠져 있었다. 제인과 노라가 다과와 차를 치워도 되는지 내게 허락을 받으려고 오랜 시간 서 있었다. 그런 두 사람을 눈치챘음에도 태연한 내가 새삼 놀랍다.

"어머, 너무 오래 딴생각을 했네요. 치워주세요. 그리고 저녁 식사 전까지는 쉬어도 좋아요. 그때까지는 무어 부인이 나를 도와줄 거예요."

미안한 표정은 짓고 있으나 사과는 없다. 그러나 그 사실이 시녀들에게 크게 중요한 부분은 아닌 듯했다. 그들은 쉬어도 된다는 내 말에 그저 기뻐할 뿐이다. 나는 두 사람이 편하게 치울 수 있도록 자리에서 일어나 책꽂이 앞으로 걸어갔다. 메이슨 부인을 제외한 다른 교사들이 더 이상 가르칠 것이 없다고 선언했기에 그동안 바쁘게 달렸던 하루가 지금은 텅텅 비어버렸다.

갑자기 내게 주어진 그 시간은 허전함으로 채워지고 있었다. 아무것도 하지 않을 수는 없었기에 나는 며칠 전 노라를 통해 요즘 수도의 귀족들이 자주 읽는 책을 수소문하라 명하여 모조리 사들였다. 가벼운 사랑 이야기가 주인 유행 도서들이 내 마음에 차는 것은 아니었지만 수도 귀족들의 생활상을 자연스럽게 묘사하고 있었기에 유용한 부분은 있었다.

그리 큰 도움이 되지는 않겠지만 읽지 않는 것보다야 낫겠지.

"메이슨 부인이 기다리고 계십니다."

노라의 보고에 나는 일어섰다. 그렇잖아도 메이슨 부인이 곧 도착할 것을 예상하고 있었다. 다른 수업이 없는 요즘 그녀는 허락된 시간 중 자신이 원하는 시간대에 자유로이 방문하곤 했다. 오늘은 평소보다 조금 늦은 것 같다고 생각하며 나는 느긋하게 응접실로 들어섰다.

요즘 메이슨 부인과 진행하는 수업은 대화를 나누는 그 자체였다. 더 이상 예법이나 화법에 대해서는 배우지 않았다. 보통 수업은 물 흐르듯 자연스럽게 진행되곤 하지만 가끔 내가 틀릴 때면 메이슨 부인은 고슴도치처럼 가시를 세우고 나를 야단쳤다. 그래서 편안한 분위기인 듯해도 긴장을 늦출 수는 없었다.

"아, 챈들러 양께서는 킹슬리 대공이 수도로 입성했다는 소식을 들으셨나요?"

"킹슬리 대공이요?"

처음 듣는 이름이다. 그동안 그녀와 나의 대화에서 단 한 번도 언급된 적이 없는 주제였기에 나는 굳이 내 무지를 숨기지 않았다. 그런 내 모습에 잠깐 고개를 갸우뚱했던 메이슨 부인은 곧 손바닥을 맞부딪치며 사과했다.

"챈들러 양이 수도의 사정에 대해서 잘 모르신다는 사실을 잊고 있었어요."

"궁금하네요. 킹슬리라는 성 자체를 처음 들어보았어요."

"그럴 만도 해요. 그 성은 불과 몇 년 전까지만 해도 존재하지 않았으니까요. 아마 역사 공부를 하실 때에도 트로이 공국까지만 배우셨을 거예요. 지금은 트로이 공국이 사라졌잖아요."

"아, 기억해요. 네, 그랬었죠. 혹시 그 자리가 '킹슬리'가 된 건가요?"

내 물음에 메이슨 부인이 고개를 끄덕였다.

"네, 선황제께서 그 땅에 '킹슬리'라는 지명을 하사하셨어요."

"그러면 그곳을 다스리는 분이 킹슬리라는 성을 가지게 되었겠군요. 킹슬리 대공은 어떤 분이신가요?"

딱히 궁금한 내용은 아니었지만 관심 없는 대화라도 구색을 맞추는 건 중요하다. 그리고 대화를 나누는 상대인 메이슨 부인은 이 주제에 무척이나 관심이 많은 것 같았다.

"선황제 폐하의 마지막 황자님이세요. 선황제께선 현 황제이신 프레드릭 3세의 즉위 직전 황자께 킹슬리라는 성과 대공의 작위를 하사하시어 그곳으로 보내셨죠."

어디선가 들었던 이야기가 얼핏 기억났다. 프레드릭 3세의 즉위 당시 두 명의 황자가 죽고 한 명의 황자가 살아남았다는.

"선황제께서 킹슬리 대공을 무척 사랑하셨나 보군요."

내 추측에 메이슨 부인이 고개를 저었다.

“대부분의 귀족은 황위 싸움에 끼어들지 않았던 어린 아들에 대한 배려였다고 추측하지만 선황제께선 킹슬리 대공께 그리 특별한 애정을 가지지 않으셨다고 해요. 어쨌든 어린 나이에 그 척박한 땅으로 갔던 대공께서 8년 만에 수도에 방문하신다고 하니 야단인 거죠.”

“미혼이라면 수도의 영애들께 인기가 많겠군요.”

“바로 그거예요. 황위 계승 자격이 있는 데다 상당한 재력가이기도 하고요. 얼굴은 한 번도 뵌 적 없지만 아마 다른 황족들과 마찬가지로 아름다운 외모를 가지고 계실 거예요.”

메이슨 부인의 눈이 빛나는 것을 의아하게 생각하던 나는 곧 그녀에게 결혼 적령기의 딸이 있다는 사실을 기억해 냈다. 이런 대화를 하는 건 불행한 결혼을 앞둔 내게는 지루하고 짜증스러운 일이었다. 그러나 나는 애써 다시 질문을 던졌다.

“대공께서는 무슨 이유로 수도로 오신 건가요?”

그 질문을 기다린 듯 그녀는 흐뭇한 미소를 보였다.

“훌륭한 신랑이 되기 위해서겠죠. 대외적으로는 아마릴리스 공주님을 뵈러 오셨다고 하나, 그런 이유겠어요? 아무래도 킹슬리에서 신붓감을 찾기는 어려웠던 거라고 생각해요.”

그 뒤로도 나는 메이슨 부인과 몇 시간 동안 대화를 이어나갔다. 그리고 그동안 나는 단 한 번도 지적받지 않았다. 완벽한 예법이어서가 아니라 오늘 그녀의 기분이 좋아서였다. 훌륭한 신랑감. 그 말은 부모를 현혹시키곤 한다. 사실 내 부모님 역시 훌륭한 신랑감이라는 말에 다른 것을 살피지 않은 채 나를 이곳으로 보내지 않았나.

날짜가 정확하게 정해진 지 얼마 되지 않았건만 결혼식은 벌써 다음 날로 성큼 다가와 있었다. 공저에 머문 지도 벌써 5개월, 약혼자는 기대를 저버리지 않았다. 내가 그의 정부를 맞닥뜨렸던 그날을 제외하고는 단 한 번도 그의 얼굴을 보지 못했으니. 겉으로는 괜찮은 척했지만 식이 다가올수록 비참함을 느낄 수밖에 없었다.

이런 감정이 불행인 걸까? 혹은 이마저도 곧 무덤덤해질까?

얼굴조차 잘 기억나지 않는다. 아마 수도의 거리에서 마주친다 해도 그를 알아보지 못할 것이다. 시녀들은 불행한 신부가 될 나에 대한 동정을 숨기려 했으나 번번이 눈치챌 수밖에 없었다. 그렇다고 해서 그들을 고깝게 여기는 것은 아니다. 나라도 동정했을 것이며, 나라도 위로하고 싶은 마음이 들었을 것이다.

입장을 바꿔 보면 나 역시 그렇게 행동했을 거라는 생각이 들 때가 있다. 그럴 때면 나는 상대방을 꽤 쉽게 용서하는 편이었다. 그래서 나는 내 시녀들이나 무어 부인을 무례하다 생각지 않았으며, 같은 이유로 내 약혼자를 감히 끔찍하다고 생각했다.

"너무 따분한 느낌이 있군요. 전혀 다른 느낌으로 바꿔보도록 하죠."

노라는 결혼식 때 머리카락을 만져 달라는 내 부탁에 그런 중요한 임무를 맡기에는 자신이 너무 부족하다며 거절했다. 그녀의 마음을 이해했기에 나는 무어 부인의 도움을 받아 수도에서 꽤 유명하다는 미용사를 초빙했다.

마담 퐁파두르는 세브레 왕국 출신의 미용사였지만 테베의 유행을 잘 따라갔고 또 가끔은 유행을 선도하기도 했다. 그녀에 대한 평은 굉장히 좋은 편이었으며 훌륭한 솜씨는 많은 귀족의 사랑을 받았다. 그녀가 누군가의 입이 될 수도, 귀가 될 수도 있었기에 나는 네 시간째 거울 앞에서 꼿꼿이 허리를 펴고 앉아 있음에도 인상을 찌푸리거나 힘든 티를 내지 않았다.

"아무래도 이전까지의 헤어스타일은 정통적인 신부의 스타일이라 조금 고전적인 감이 있었는데 머리카락을 내려 목덜미를 가리니 훨씬 우아하군요."

마담 퐁파두르는 테베어에 익숙하지 않아서 그런 건지는 모르겠지만 꽤나 직설적인 단어를 사용했다. 그녀는 내 머리카락 색으로 인해 순수해 보여야 할 신부가 문란해 보일 수 있다고 지적했다. 또한 머리카락으로 인해 내 인상에서 성적인 느낌이 묻어나는 것이 우려된다며 목덜미나 목선을 드러내는 것은 그다지 좋은 선택이 되지 않을 거라고도 조언했다.

"이렇게 하시겠어요? 제 생각에는 결혼식에서 쓸 티아라와도 아주 잘 어울릴 것 같군요. 베일이나 드레스와도 궁합이 좋은 편이고요."

그녀의 물음에 나는 고개를 끄덕이며 거울을 들여다보았다. 군데군데 생화를 꽂아 넣어 심심하지 않게 땋아 내린 머리카락은 꽤 성의 있어 보였다. 머리색이 강렬해 단정한 흰색 드레스와도 제법 잘 어울렸다. 솔직한 말로 화려하고 아름다운 신부의 스타일은 아니었지만 나는 내 결혼식이면서도 그다지 튀고 싶은 마음이 없었기에 이런 모습에 그럭저럭 만족할 수 있었다.

"오늘 하루 수고가 많았네."

"아닙니다. 챈들러 영애께서도 긴 시간 동안 고생하셨습니다."

나는 무어 부인에게 마담 퐁파두르를 배웅하는 일을 맡기고 옷을 갈아입었다. 드레스는 오래 입고 있어봐야 좋을 것이 없다. 게다가 내가 고른 웨딩드레스는 유행이 꽤 지난 순백의 하얀색이라 때가 탈 우려가 있었다.

"제인, 다림질 잘해서 구겨지지 않게 걸어주렴."

결혼식 날짜가 확정된 후, 무어 부인은 내게 저택의 모든 이에게 말을 낮출 것을 부탁했다. 불편하다고 해서 그 권유를 받아들이지 않는 것은 내 평판 저하로 이어질 수 있었기에 나는 기꺼이 그리하겠다고 했다. 스스로도 놀란 부분이지만 하대는 생각했던 것처럼 어렵지 않았다.

단정하고 깨끗한 실내 드레스로 갈아입은 나는 곧 무어 부인에게 내 약혼자와 면담을 하고 싶으니 그에게 기별을 넣어달라 요청했다. 요즘 결혼하는 귀족들이 흔히 하는 것처럼 결혼 계약서를 쓸 것인지 말 것인지에 대한 이야기를 나누어야 한다고 생각했기 때문이다.

무어 부인이 나가고 얼마 지나지 않아 노크 소리가 들렸다. 들어오라는 말에 내 방에 발을 들인 건 그녀가 아닌 약혼자였다. 직접 올 것이라고는 생각지 못했기에 다소 놀랐지만 나는 내색하지 않으려 애쓰면서 베스에게 다과와 차를 부탁했다.

“오랜만에 뵙게 되는군요.”

거의 3개월 만이니 굉장히 오랜만이긴 했다. 소리가 나지 않게 귀족적으로 사뿐히 걸어온 그는 옷을 살짝 털며 깔끔하게 맞은편 의자에 앉았다. 나는 자연스럽게 그와 눈을 맞추며 그를 뜯어볼 기회를 가질 수 있었다.

밝은 곳에서 본 그의 머리카락은 밤색이었다. 나는 그 사실에 매우 안도했다. 약혼자의 서재가 너무 어두워 나는 그의 머리색이 푸른 계열일까 봐 걱정했었다. 파란색 머리와 다홍색 머리가 나란히 서 있으면 그 꼴이 꽤나 우스울 테니까. 또 상반되어 보이기도 할 것이고.

그 상반되어 보인다는 점이 내게 가장 걸리는 부분이었다. 그렇잖아도 수도에서 공작이 맞이한 약혼녀에게 전혀 관심이 없다는 소문이 돌고 있다는 소식을 들었다. 그런데 보이는 모습까지도 서로 동떨어져 있다면 그 소문에 신빙성을 더해 줄 것이다. 그런 부분에서는 다행이었다. 나는 기분이 그나마 괜찮아지고 있음을 느꼈다.

“공무가 바빠 영애를 많이 챙기지 못했습니다.”

“아닙니다. 무릇 하나에 신경을 쓰다 보면 나머지는 보이지 않는 법이죠."

예의 바른 내 말에 들어 있는 가시를 그가 신경이나 쓰는지 모르겠다. 그는 내 말을 듣고도 아무런 표정 변화 없이 베스가 다과를 놓고 나가기를 기다렸다.

"결혼 계약서가 필요하다고 생각하십니까?"

약혼자의 물음에 나는 잠시 망설였다. 한참 지난 뒤, 나는 조심스럽게 입을 열었다.

"만약 '계약서'라는 것이 불쾌하시다면 저 역시 계약서를 고집하고 싶은 마음은 없어요. 다만 사랑이 없는 결혼을 이어나가기 위해서는 몇 가지 협의 사항은 있어야 한다고 생각해요."

내 말에 약혼자는 금방 수긍했다. 그의 태도는 무척이나 담백했다. 그는 내가 결혼 계약서를 쓰자고 하면 쓰겠지만 그럴 필요가 없다고 판단되면 구태여 귀찮은 일을 만들고 싶지 않다는 태도를 분명히 했다.

"그러면 몇 가지 조건을 걸고 결혼 생활을 시작하는 것으로 하지요, 영애."

우선 약혼자가 먼저 몇 가지 조건을 제시했다. 그는 겉으로는 나쁘지 않은 부부 사이처럼 보이길 바랐으며, 또한 서로의 사생활을 보장하고 내가 안주인으로서 내조의 의무를 다하기를 원했다. 또한 부부 관계는 한 달에 1번 이상 하되, 내가 아이를 임신하면 그 관계를 중단할 것을 요청했다.

"직설적으로 말씀드리겠습니다. 사생활을 보장하기로 했으니 저 역시 영애께서 따로 애인을 만드는 것에 대해서 반대하지 않습니다. 하나 씨가 섞이지는 않도록 유의해 주십시오. 가신들과 트러블을 일으키고 싶지 않으니까 말입니다.”

약혼자의 말은 꽤 잔인한 데가 있었다. 한 번 만난 사람에게 큰 감정을 품을 리는 없으니 지금 내 가슴이 저릿한 통증을 느끼는 이유는 ‘그’의 말이 아파서가 아닌, 그의 ‘말’이 아픈 것이리라.

1년 전만 해도 나는 내가 사랑하는 사람과 결혼하게 되리라 생각했다. 부모님께서는 자식이 원하는 결혼을 하게 해주시겠다고 몇 번이나 말씀하셨으니까. 그럼에도 나는 괜히 가족의 눈치를 보며 열여덟의 적지 않은 나이가 되도록 남자와 손 한 번 잡아보지 않았다. 그런 이유로 당연히 나는 사랑하는 사람에게 온전한 나를 보여주기 위해 순결을 지켜왔다. 요즘 젊은 층과 맞지 않게 나는 순결에 큰 의미를 부여했다.

하지만 약혼자는 지금 내가 당연하게도 바람을 피우며 문란하게 놀 거라고 확신하는 듯했다. 그 말은 내게 큰 상처가 되었다.

“……네, 전하. 제가 내걸 조건은 저와의 사이에서 난 자식만 전하의 자식으로 인정하겠다는 약속이에요. 낳게 될 아이에게 상처를 주고 싶지 않아요.”

내 요청에 약혼자는 깊게 생각하지도 않고 고개를 끄덕였다. 그는 가문을 이을 제대로 된 자식을 보라는 가신들의 압박에 못 이겨 결혼을 생각하게 된 사람이다. 테베에서는 사생아가 지위를 이을 수 없었으므로 어차피 조슈아와의 사이에서 아이를 본다 해도 헌팅턴의 성을 붙이는 건 불가능했다.

그럼에도 내가 이런 조건을 들먹이는 이유는 조슈아의 자식이 내 자식 앞에서 약혼자를 아버지라 부르는 꼴을 보고 싶지 않아서다. 약혼자를 사랑하지 않는다 해서, 약혼자와의 사이에서 낳을 수 있는 아이까지 사랑하지 않는다는 보장은 없으니까.

"내일이면 부부가 되는군요, 영애."

나는 아무 대답도 하지 않고 눈을 내리 깔았다.

"사실 나는 영애에게 좋은 남편이 될 수는 없습니다. 그러나 나쁘지 않은 비즈니스 관계를 유지하길 바라고 있습니다. 앞으로 좋은 파트너가 되었으면 합니다."

자존심이 상했다. 그러나 아무 말도 할 수 없었다.

전통 있는 공작가와 세습되지 않는 작위를 가진 남작가, 명백한 갑을 관계.

이미 정해진 것을 내가 원한다고 깰 수 있을 리 없었고 함부로 행동할 수 없는 상황에서 부모님께 무리한 요청을 드릴 수도 없었다. 그래서 적응하려 노력했고 공작 부인의 자리에 어울리는 사람이 되기 위해 그렇게 매일같이 연습하고 또 연습한 것이다. 이 모든 건 온전히 내가 받아들이고 감당해야 할 몫이었다. 입에서 나온 건 결국 약혼자가 원하는 답이었다.

"저 역시 노력할게요, 전하."

"조이는 앞으로 별관을 쓰게 될 겁니다. 조이가 쓰는 비용은 모두 제 봉급에서 따로 빠질 것이고 영애께서 그녀에 관해 신경 쓸 일은 만들지 않겠습니다."

그 말인즉슨, 더 이상 저택 내에서 그녀를 마주치지 않아도 된다는 뜻이다. 그것만으로도 스트레스를 훨씬 덜어낼 수 있을 것 같았다. 나는 처음으로 그가 베푼 호의에 진심으로 고마운 마음을 가졌다.

"네, 전하."

"……."

"내일이 결혼식이니 이만 쉬어야 할 것 같아요."

그 말에 약혼자는 조금의 아쉬운 기색도 없이 자리에서 일어났다. 그 역시 나와의 시간이 그리 유쾌하지 않은 모양이었다. 예상은 했지만. 나가는 약혼자의 뒷모습을 빤히 보던 나는 자리에서 일어나 문을 닫았다.

허튼 생각을 오래 해서 그리 좋을 것은 없었다. 하지만 나는 침대에 몸을 뉘기 전 방 한가운데에 걸려 있는 웨딩드레스를 오랫동안 바라보았다. 사실 저 웨딩드레스는 내가 가장 마음에 들어 했던 드레스가 아니었다. 그저 촌뜨기라고 무시하거나 다홍색 머리카락이 문란해 보인다고 손가락질을 할까 봐 지레 겁을 먹고 유행하는 유색 드레스가 아닌 흰색 드레스를 선택했던 것이었다. 흰색은 정숙함과 순결함을 의미했으니.

정말 마음에 드는 드레스는 따로 있었지만 어쨌든 내일 저 드레스를 입고 결혼식을 끝마쳐야 한다. 한동안 드레스를 바라보던 나는 곧 커튼을 치고 침대에 누웠다. 이미 결정된 것을 계속 떠올려

봐야 피로만 더해질 뿐임을 알고 있었으나 머릿속의 생각은 쉬이 비워지지 않았다.

결국 수면 아래로 가라앉기 위해 협탁에 놓인 촛불을 껐다. 완벽한 어둠이 찾아왔다. 나를 깨우는 것은 내일 아침 내 얼굴을 간지럽힐 햇빛이면 충분했다.

생각보다 눈이 일찍 떠졌다. 아주 캄캄한 암흑은 아니나 여전히 어두운 것을 보면 새벽 시간인 듯했다. 목이 말랐다. 시녀들은 출근하지 않았고 무어 부인은 깊은 잠에 빠져 있을 것이다. 그렇잖아도 오늘 결혼식을 준비한다고 며칠간 피로에 절어 있었던 무어 부인을 깨우고 싶지는 않았다.

결론은 금방이었다. 몸을 일으키고 나니 사르륵 하는 느낌과 함께 실크 잠옷이 몸에 감겨왔다. 드리워진 커튼을 걷고 창문을 반 정도 열어 환기를 시킨 나는 은촛대에 불을 밝히고 조심스럽게 방을 나섰다. 실내화가 타박이는 소리와 함께 어디선가 불어오는 얕은 바람에 등골이 서늘해졌다. 오래된 저택은 심약한 이를 겁주기에 충분했다.

그때, 어디선가 이상한 소리가 들렸다. 나는 그 소리의 정체를 금방 눈치챌 수 있었다. 단 한 번도 혼자서 올 일이 없었기에 잊고 있었으나 식당으로 가는 길목의 복도는 모두 손님방이었다. 그리고 조슈아는 손님방 중 하나를 쓰고 있었다.

"하아…… 샘, 제발. 흐읏! 그, 그만! 그만 괴롭혀! 아, 아침부터 너무 짓궂잖아……."

짐승들이 내는 울음소리처럼 거친 소리가 문틈으로 새어 나와 내 귀에 똑똑히 들어왔다. 나는 너무나 놀라 발걸음조차 멈춘 채 입을 막고 가만히 그 자리에 굳어 있었다. 빨리 발을 움직여 그 자리에서 벗어나야 하는데 그럴 생각조차 하지 못했다. 지나치게 당황한 나머지 어떠한 의사 결정조차 내릴 수 없는 상태가 되어버린 것이다.

"흐으윽, 샘! 제발……."

"조이, 조이!"

절정에 오르는 두 남녀의 짧은 비명과 그 비명이 멎은 이후, 순식간에 멈춘 침대의 흔들리는 소리. 마치 시간이 멈추기라도 한 것 같은 느낌이었다. 잠시 뒤, 여인의 나른한 목소리가 문 밖으로 들릴 듯 말 듯 새어 나왔다.

"벌써 가는 거야?"

약혼자가 무어라 대답하는 것 같았지만 제대로 들리지는 않았다.

"결혼식 준비하러?"

"어쩔 수 없다는 거 알고 있잖아."

"그래도 서운해, 나는. 어쨌든 오늘 밤에도 올 거지?"

"조이."

그 이름을 부르는 다정한 목소리만큼은 분명하게 들렸다. 타이르는 어조였으나 그녀는 포기하지 않고 신경질을 냈다. 그 소리는 꽤 크기까지 해 속닥속닥 새어 나오던 소리가 바로 옆에서 말하듯 들렸다.

“그 여자의 월경 주기에 맞춘다고 했었잖아. 오늘은 아닐 거 아냐.”

“그렇지만 결혼이잖아, 조이. 기억해 둬. 너를 지키기 위해서, 오직 너를 위해서 억지로 하는 결혼이야.”

“알아. 하지만 네가 내 상황이라면 견딜 수 있겠어? 설사 내가 배우자를 사랑하지 않는다고 해도 그걸 눈 뜨고 볼 수 있겠냐고.”

“어제 그 얘기는 분명히 마무리 지었어, 조이.”

그의 짜증스러운 한숨이 여기까지 새어 나왔다. 어느 정도 정신을 차리고 발걸음을 돌리려던 나는 귀에 똑똑히 꽂히는 한마디에 순간 아찔해서 벽을 잡으며 버텨야 했다.

“어떤 의미도 부여하지 마. 그 여잔 그저 임신 기계일 뿐이야.”

벽을 잡은 손이 달달 떨렸다. 손을 떼자마자 휘청하고 넘어질 뻔했으나 나는 초인적인 인내력으로 발소리 없이 뒷걸음질 쳤다. 지금 저들에게 내 존재를 들켜봐야 하등 이로울 것이 없었다. 이렇게 나약한 모습마저 들켜 버리면 내가 너무 비참해지지 않나.

나는 혼란스러운 정신으로 겨우 내 방을 찾아 들어와 다시 자리에 누웠다. 마치 밖으로 나간 적 없는 것처럼, 그렇게. 너무 안이하게 생각했던 걸까. 자책감이 가슴을 때렸다. 동시에 듣지 않아도 되었을 말을 담아낸 바람에 상처받은 가슴은 아직 쿵쾅쿵쾅 날뛰었다. 금방 눈시울이 뜨거워졌지만 나는 울지 않으려고 애쓰며 돌아

누웠다.

오늘은 결혼식이고, 셀 수도 없이 많은 사람이 이 결혼식을 보러 올 것이다. 퉁퉁 부은 눈의 신부는 사연이 있어 보일 뿐만 아니라 가족들에게도 걱정만 안겨줄 것이다. 이성적으로 생각하려 노력하지만 감성에 더 쉽게 놀아나는 눈물은 결국 뚝뚝 떨어져 베개를 적셨다. 억울하고 슬펐다. 그러나 이상하게도 그들이 말했던 것처럼 그렇게 쉽게 당하고 싶지는 않았다.

무엇을 위해 얌전한 꼭두각시로 자리를 지켜야 하나. 어차피 작위를 이을 남자아이를 낳지 못하면 위태로울 뿐인 이 자리다. 내가 왜 그들이 바라는 대로 행동해야 하나. 대체 뭘 위해서. 혼란스러운 마음에 이런저런 생각이 마구잡이로 내 머릿속을 헤집었고 갈피를 잡지 못한 가슴은 외줄 타기를 하는 것처럼 아슬아슬하고 위태로웠다.

똑똑.

노크 소리에도 나는 미동 없이 침대를 지켰다. 들어오는 여인의 발소리가 둔탁한 것으로 보아 나이가 든 무어 부인이라는 것을 예상할 수 있었다. 그녀의 발소리가 가까워지자 나는 베갯잇을 적신 눈물 자국을 가리기 위해 잠투정을 하는 척 머리카락을 마구 흐트러뜨리며 뒤척였다.

"아직까지 자고 계시네. 일어나세요. 일찍 일어나셔야…… 어머나!"

무어 부인의 쇳소리가 너무 컸기에 나 역시도 화들짝 놀라며 자리에서 일어났다. 그럼에도 그녀는 나를 쳐다보지 않고 다른 쪽으로 시선을 고정하고 있었다. 자연히 나도 그녀가 보고 있는 쪽으로 고개를 돌렸다. 속눈썹에 눈물이 방울방울 맺혀 흐릿한 시야로 인해 제대로 보이지가 않아, 나는 옷깃으로 눈을 비비는 척 눈물을 닦아내고는 다시 무어 부인이 보고 있는 것을 보았다.

무어 부인이 보고 있는 것은 웨딩드레스였다. 내가 오늘 입어야 할.

분명 구김 없이 잘 펴져 있어야 할 드레스가 마치 누더기인 마냥 난도질이 되어 있었다. 비참한 나의 처지처럼. 완전히 걸레 조각이 되어 있는 드레스의 모습에 헛웃음이 나왔다. 무어 부인도 역시 충격을 받은 모양이었다. 그녀는 한동안 웨딩드레스에서 시선을 떼지 못하다 나에게로 천천히 고개를 돌렸다. 한동안 나와 무어 부인은 눈을 마주한 채 서로 아무 말도 하지 못하고 그렇게, 그렇게 있었다.

“분명 그 천한 년이 수를 쓴 거예요! 어찌 참을 수 있습니까! 제가 도련님께, 아니, 주인님께 직접 고하겠어요! 이것마저 양보할 수는 없습니다!”

뒤늦게 정신을 차린 그녀는 금방이라도 뺨을 올려붙일 기세로 조슈아를 찾아가려 했으나 나는 무어 부인의 섣부른 행동을 급히 말렸다. 그녀는 흥분한 나머지 살인이라도 할 것 같았다.

“그렇다면 주인님께 이걸 고하기라도 하겠어요!”

그것마저 못 하게 했다간 화병으로 쓰러질 것 같았기에 나는 그녀를 놓아줄 수밖에 없었다.

"하지만 조슈아가 했다는 증거는 어디에도 없으니 그저 있는 사실 그대로만 말하고 와야 해. 자네는 이런 일에 흔들리는 사람이어서는 안 돼. 믿겠어."

물론 그녀는 내 믿음에 전혀 부합하지 않는 모습이었다. 이미 눈에서는 이성을 찾아볼 수 없었으니 말이다. 그녀는 내 허락이 떨어지자마자 방 밖으로 뛰쳐나가듯 사라졌다. 나는 무어 부인이 자리를 떠난 틈을 타 드레스를 다시 한 번 살폈다. 갈가리 찢긴 드레스는 입을 수 없을 정도로 처참하게 망가져 있었다. 고결함을 상징하는 흰색 웨딩드레스가 복구할 수 없을 정도로 찢어져 있는 모습은 당연하지만 보기에 좋지 않았다. 미간이 다시 찌푸려졌다.

"……엉망이네, 정말."

당연하게도 공저는 발칵 뒤집혔다. 무어 부인이 어떤 소동을 일으킨 건지는 모르겠으나 7시도 되지 않은 이른 시각임에도 꽤 많은 이가 다급하게 달려오는 소리가 들렸다. 정신을 차리고 침착하게 침대 위에 앉아 있는 나와는 달리 몰려온 이들의 얼굴에는 당혹감이 어려 있었다. 어느새 약혼자 역시 내 방에 들어와 드레스를 살피고 있었다.

"……영애."

"일어나 보니 이렇게 되어 있었어요."

새벽에 일어나서 확인했을 때는 드레스가 멀쩡했다. 다만 내가 새벽에 일어나 문을 잠그지 않은 채 방을 비워둔 것은 부정할 수 없는 사실이었다. 나는 물을 마시러 갔다 왔음을 솔직하게 털어놓았다.

"그렇다면 그 짧은 시간에 드레스가 저렇게 되었다고 볼 수밖에 없겠군요."

인상을 잔뜩 찌푸린 그의 모습이 심상치 않았다. 어딘가 짐작되는 곳이 있는 듯한 모습에 내가 무심코 입을 열었다.

"짚이는 데라도 있으신 건가요?"

내 물음의 뜻은 분명했고 그 역시 질문에 대한 정답을 알았다. 하지만 약혼자는 고개를 저었다.

"……그럴 리가요."

짧은 부정이었다. 그러나 모인 사람들은 그렇게 생각하지 않는 것 같았다. 사실 약혼자 역시 입 밖에 꺼낼 수 없을 뿐 원흉이 조슈아라고 짐작하고 있을 것이다. 허울뿐인 약혼녀의 명예를 지키는 것보다 자신의 여인을 지키는 게 우선일 뿐.

"주인님, 이 해괴한 사건의 범인을 반드시 잡아내야 합니다. 어찌 공작가의 중요한 결혼식을 망칠 수가 있단 말입니까? 이 일을 수습하지 못하면 대외적인 망신이 될 겁니다!"

무어 부인이 다시금 울화통이 치미는 얼굴로 소리쳤다. 그러다 뒷목을 잡고 비틀거리자, 로렌스가 그런 무어 부인을 부축했다. 마치 한 편의 연극 같다. 누더기가 되어 있는 드레스, 망연자실한 사람들, 이 사건을 어떻게 수습해야 할지 망설이는 남자 주인공…….

그들을 한동안 지켜보던 내가 결국 앞으로 나섰다.

"웨딩드레스를 구입할 때 마음에 드는 드레스가 하나 더 있어서 혹시 피로연을 연다면 그때 입을 생각으로 사뒀었어요."

"아, 그 드레스! 하지만 수선이 전혀 되어 있지 않습니다, 마님."

무어 부인의 입에서 나오는 '마님' 소리에 약혼자의 인상이 미미하게 찌푸려졌다. 오늘이 결혼식인데 이제 마님 소리 들을 때도 되지 않았나. 임신 기계에게는 너무 과한 호칭이라 생각하는 걸까. 나는 약혼자의 표정을 살피는 것을 그만두고 침착하게 입을 열었다.

"수선이라면 당장 모두가 뛰어들어서 준비한다면 해결할 수 있을 거네. 전하, 우선은 이렇게라도 수습을 해야 할 듯싶어요. 제 방에 누군가가 몰래 침입했고 저주라도 하듯이 드레스를 찢고 사라진 건, 아시겠지만 저에게는 굉장한 불명예입니다."

틀린 말은 없었다. 약혼자는 침울한 얼굴로 고개를 끄덕였다.

"다만 시간이 없고, 이 일이 크게 알려져 봐야 좋을 것이 없으니 저는 이대로 묻도록 하겠습니다."

나는 일부러 그의 얼굴을 보지 않았다. 무어 부인은 내 말에 깜짝 놀란 듯 눈을 휘둥그레 뜨며 '마님!' 하고 비명을 질렀고 몰려온 다른 사람들 역시도 생각지도 못했다는 얼굴로 나를 쳐다보고 있었다. 그러나 나는 침착한 태도를 유지했다. 언제부터 이렇게 대담해진 건지 스스로 의심이 갈 정도로 오늘의 나는 평소와 달랐다.

"괜찮겠습니까, 영애?"

진정 이대로 조이의 행실을 묻어둘 수 있겠냐는 뜻일까. 그 소극적인 물음에 어이가 없어 웃음을 터뜨릴 뻔했지만 나는 겨우 그 표정을 감추며 눈을 내리깔았다.

"당장 중요한 건 결혼식이니까요, 전하. 저뿐만 아니라 전하께서도 빨리 준비를 하셔야 할 것 같네요. 아까운 시간을 이대로 낭비할 수는 없으니까요."

내 말에 자리가 불편한 듯 그가 서둘러 나가자 그제야 무어 부인이 씩씩거리며 한 소리를 했다.

"이런 짓을 할 사람은 단 한 명밖에 없지요! 끔찍하고, 천한 계집!"

"부인, 말을 삼가게. 비록 나쁜 일이 일어났다고는 하나, 오늘은 경사스러운 결혼식이 아닌가?"

내 말에 그녀는 납득하기 어렵다는 얼굴로 잠시간 나를 보았으나 결국은 고개를 떨어뜨렸다.

"……죄송합니다, 마님. 너무 화가 나서 그만……."

나는 민망하다는 듯 몸을 움츠리며 사죄하는 그녀의 마음을 이해하고 있었다. 그래서 그녀의 가까이로 가 다정하게 그녀의 어깨를 다독였다.

"우선 음식을 준비하는 인력을 제외하고는 모든 하녀와 시녀들을 내 방으로 불러 모으도록 하게. 내가 직접 적절한 일을 분배할 것이니. 모든 하녀와 시녀들이니 조슈아의 하녀들도 모두 내 방으로 올라와야 할 것이네."

"알겠습니다, 마님."

사람들이 바쁘게 흩어졌다. 그들은 저마다 얼굴에 유력한 대상에 대한 의심을 품고 있었다. 그것은 내게 은근한 쾌락을 느끼게 했다. 웨딩드레스 한 벌을 잃고 얻은 것이라고 치기에는 마진이 꽤 크게 남는 장사였다.

내 웨딩드레스를 찢었을 것으로 가장 유력하게 의심되는 사람은 조슈아다. 누구라도 그리 생각할 것이다. 그녀는 내가 공저로 들어오기 전까지만 해도 공작의 사랑을 듬뿍 받으며 저택에서 안주인 행세를 하고 다녔지만 정말 안주인이 될 나로 인해 입지가 크게 줄어들었으니까.

형편없는 모습으로 결혼식장에 선다면 나는 사교계에서 엄청난 조롱거리가 될 것이고 공작 부인으로서 당당하게 사교계에 데뷔하기 힘들어질 것이다. 내 명예가 실추되는 건 조슈아에게 충분히 고소한 일이 될 수 있었다. 가문의 위신 또한 함께 바닥으로 추락할 테지만 그녀가 그것에 대해 고민하리라고는 생각하기 어려웠다. 어떻든 동기는 충분하다는 것이다.

그러나 사람은 그렇게 멍청하지 않다. 아무리 바보라도 자신이 1순위로 용의 선상에 오를 것이 뻔한데 그걸 알면서도 그런 짓을 했을 리가. 혼자 남은 방 안에서 나는 마음껏 웃음을 터뜨렸다. 너무 웃어서 배가 아플 정도로, 미친 여자처럼.

주제를 모르고 바르작거리는 어린 계집을 다시 일어설 수 없도록 야무지게 밟아 누르는 건 더 가진 자에겐 쉬운 일이다. 오늘 그 첫 걸음을 뗐을 뿐이다. 야무지게 밟아 누를 것이다. 누가 위고, 누가 아래인지도 친절하게 알려줄 것이다. 애당초 정숙한 공작 부인의 모습으로 조용하게 내조할 생각을 했던 것이 오류였다. 나는 스스로에 대해 전혀 모르고 있었다.

임신 기계일 뿐이라는 그 한마디로 수동적인 모습 속에 감춰져 있던 진짜 내가 드디어 깨어났다. 그리고 나는 이제 막 일어나 기지개를 켜는 내 안의 악마를 누를 생각이 조금도 없다. 그래, 감히 내 앞에서 목을 빳빳하게 들려 한다면 나는 그 목뼈를 친히 꺾어줄 것이다.

그 결심을 굳히기 위해, 죽은 듯 조용하게 살아가겠다며 멍청한 자기 위안이나 일삼았던 나 자신을 조롱하기 위해 직접 칼을 들어 그 정숙하고 순백한 드레스를 갈가리 찢어버리지 않았나.

크림색에 금빛 자수가 화려하게 수놓아져 있는 머메이드라인의 웨딩드레스가 수선을 마치고 도착했다. 나는 그것을 찬찬히 살폈다. 몸에 딱 붙고 노출이 꽤 있는 이 드레스를 선택한 건 더 이상 정숙함이라는 거짓된 이미지로 나 자신을 가리지 않겠다는 무의식적인 결심이 반영된 것인지도 모른다. 드레스를 살피는 동안 무어 부인이 새로운 베일을 준비해 왔다. 사르륵 손에 감기는, 금사로 화려하게 장식되어 있는 베일이 무척이나 예뻤다.

만족스러움에 그럴 때가 아님에도 얼굴에 조용한 미소가 그려졌다. 웨딩드레스를 선택하러 갔을 때 이상하게도 평소에는 전혀 입지 않는, 몸에 바로 밀착되는 이 드레스가 곧장 눈에 들어왔다. 공저에 머무르게 된 이후 유별나 보일 만한 행동은 피하려고 노력했다. 하지만 이 드레스가 눈에서 떠나질 않아 결국 좀처럼 하지 않는 충동구매를 하고 말았다.

그때는 내 행동의 이유를 찾을 수 없었지만 이제는 조금 알 것 같았다. 이 드레스야말로 내게 맞는 드레스였다. 그래서 나를 이상하게 보는 시선까지 감수하며 드레스를 손에 넣었던 것이다. 드레스를 입기 전, 나는 화장을 먼저 시작했다. 노라는 내가 기분이 상했을 것이라 생각했는지 평소보다 훨씬 조심스러운 손길로 색조를 입히기 시작했다.

"잠시만, 노라."

"네, 마님."

"눈썹 산을 좀 더 올라가게 그려줘. 이렇게 처진 눈썹보다는 그것이 내게 더 잘 어울리고 오늘 입을 드레스와도 잘 맞을 테니."

노라는 내 말을 이해했는지 눈썹을 내가 원하는 바에 맞게 고쳐 그려주었다. 완성된 메이크업은 퍽 마음에 들었다. 만족감이 꽤 컸는지, 나는 마담 퐁파두르의 지각도 웃어넘겨 줄 수 있었다.

마담 퐁파두르는 여느 신부들과 마찬가지로 목선이 완벽하게 드러날 수 있도록 올림머리를 해달라는 내 요구에 당황스러운 표정을 지었다. 그러나 그녀를 설득시키기 위해 드레스가 찢어졌다는 정보를 줄 필요는 없다. 나는 얌전한 얼굴로 다시 한 번 지시했다.

"부탁해요."

"고객의 니즈를 충족시켜 주는 것이 제 역할이기는 하지만 어제

본 드레스와 어울릴지는 잘 모르겠네요."

그녀는 2시간 동안 공을 들여 내게 올림머리를 해준 후 베일을 예쁘게 씌웠다. 마담 퐁파두르는 베일이 어제와 다른 것을 확인하고 나서야 무언가 바뀌었음을 눈치챈 것 같았으나 변화에 대한 어떤 것도 입에 담지 않은 채 머리 정리를 끝마쳤다.

"잔머리가 어느 정도는 흘러나오는 게 더 예쁠 거예요. 얼마 전까지만 해도 잔머리를 면도기로 모두 밀어서 넓은 이마를 만드는 게 유행이었지만 요즘은 잔머리를 없애지 않고 두는 걸 선호하니까요."

"그대의 안목을 믿네."

머리 손질을 마친 마담 퐁파두르가 나가자 무어 부인이 완성된 드레스를 들고 방으로 들어왔다. 나는 시녀들의 도움을 받아 드레스를 입었다. 몸에 꼭 맞아 입을 때는 조금 불편했지만 막상 입고 나니 무척이나 예뻤다. 몸에 딱 달라붙으면서도 무릎 밑으로는 하늘하늘한 소재로 넓게 펼쳐지는 것이 훨씬 우아해 보였다. 내가 왜 그 전의 흰색 드레스를 선택했는지 의아할 정도였다. 그리고 시녀들 역시 나와 같은 감정을 공유하고 있는 듯했다.

"너무 예뻐요."

"정말 아름다워요, 마님."

나는 무거운 속눈썹을 깜빡이며 미소를 지었다. 거울 앞의 내 모습이 만족스러웠다. 단 한 번도 이런 식으로 드러내 보인 적 없었던 몸이다. 그러나 지금 거울에 비친 내 모습은 처음이라 어색해 보인다기보단 오히려 자신감 있고 당당해 보였다.

여린 목 선, 가슴골, 잘록한 허리 라인과 넓은 골반, 그리고 드러난 등허리까지. 감추고 싶은 듯 부끄러우면서도 남들 앞에 드러내 보인다는 것에 대해 해방감이 들었다. 묘한 감정에 몸이 부르르 떨려왔다.

"곧 식이 시작됩니다, 마님."

나는 아버지의 옛 타이로 묶고 어머니의 다이아몬드 브로치로 고정시킨 부케를 손에 쥐고 페리도트 귀고리와 목걸이를 모두 착용했다. 결혼식 예물인 페리도트가 이 드레스에 훨씬 잘 어울리는 느낌이 들어 기분이 더 좋아졌다. 진주가 알알이 박혀 있는 웨딩 슈즈는 굽이 높아서인지 허리가 절로 꼿꼿이 펴졌다. 치장하는 사이 손님이 하나둘 도착했는지 밖이 제법 시끌벅적했다.

"마님, 친가에서 찾아오셨습니다."

"어서 모시렴."

나는 부케가 상하지 않도록 탁자에 살짝 놓아둔 뒤 두 팔을 벌려 장장 5개월 만에 보는 내 가족을 안았다. 무뚝뚝한 편인 아버지와 어머니는 그저 나를 바라보기만 했지만, 남동생 조나단과 여동생 에리카는 내 드레스가 구겨지는 것을 아랑곳하지 않고 품 안으로 뛰어들었다. 보고 싶다는 마음에 꿈에서도 나왔던 가족이었다.

"아름답구나, 스칼렛."

너무 오랜만에 들어보는 내 이름에 왈칵 눈물을 쏟을 뻔했으나 화장이 번지면 곤란했기에 나는 눈물을 꾹꾹 눌러 참았다. 가족들의 얼굴을 드디어 눈에 담을 수 있음이 기뻤다. 떨어져 있던 동안 부모님은 얼굴에 주름살이 늘어난 것 같았고 존의 어깨는 더욱 넓어진 것 같았으며, 에리카는 미모에 성숙함이 더해진 것 같았다. 새삼, 내가 없어도 챈들러의 시간은 흘러간다는 것이 와 닿았다.

"언니, 정말 너무 예뻐. 언니처럼 아름다운 신부는 없을 거야. 그리고 공작 부인이 되는 거잖아. 나 수도에 놀러 와도 되지?"

"물론이지. 기꺼이 내 방의 침대도 빌려줄 거야."

우리는 5개월 동안 편지로 못다 한 이야기를 나누었다. 그러나 우리는 부족한 시간으로 인해 만족할 수 있을 만큼 대화를 많이 하지는 못 했다. 무어 부인이 미안한 표정으로 대화를 중단시켰기 때문이다. 가족과 10분도 채 있지 못해 무척이나 아쉬웠지만 무어 부인을 곤란하게 할 수는 없었다. 나는 조금 뒤 식이 시작될 예정이라는 무어 부인의 안내에 따라 가족을 밖으로 내보냈다.

"내려가 봐야겠네. 누나, 긴장된다고 실수하지 말고 당당하게 있어. 누나는 누가 뭐라고 해도 챈들러의 당당한 장녀잖아."

조나단의 말에 나는 다시 한 번 그 아이를 안았다. 물론 이런 스킨십을 부끄러워하는 조나단은 곧 나를 슬쩍 밀어내 버렸지만.

"내가 가족 앞에서 부끄러운 모습을 보일 것 같니?"

가족은 그에 대해 대답하지는 않았지만 내 힘을 북돋우는 미소를 보이며 사라졌다. 가족들이 나가자 시녀들은 다시 바쁘게 움직였다. 나는 노라가 베일을 얼굴 앞으로 당겨 내리는 동안 침착하게 기다리다 시녀들의 부축을 받아 결혼식장을 향해 조심스러운 발걸음을 내디뎠다.

"애야."

어린 하녀 하나가 예식장을 장식하고 남은 꽃을 저택 안으로 옮기고 있었다. 나는 무표정한 얼굴로 그 아이를 불렀다.

"조슈아가 제 방에서 꼼짝 않고 근신하고 있도록 네가 도와주렴. 만약 그녀가 제 방에서 한 발짝이라도 나온다면 나는 우선적으로 너를 벌할 거란다. 내 말 알겠니?"

하녀의 얼굴이 하얗게 질렸다. 좀처럼 자신 없는 표정이었다. 무어 부인에게 맡기면 될 일이나 아들과도 다름없는 주인의 결혼식을 보려는 그녀의 마음을 무시할 수는 없었다. 나는 너무할 정도로 매정한 주인이고 싶지는 않았다.

"힘들 것 같다면 다른 아이들과 함께 가도 좋단다."

대답은 굳이 들을 필요가 없다. 나는 제인과 베스에게 몸을 의탁하여 하녀를 쳐다보지도 않은 채 발을 움직였다. 평소에 높은 힐을 신지 않다 보니 조금 불안했다. 마구 뛰는 가슴을 진정시키려 노력했지만 냉정한 머릿속과는 달리 심장은 더욱 빨리 뛰었다. 식장에 가까워지면 가까워질수록 음악 소리와 사람들의 웅성대는 소리가 더 크게 들려왔다.

"마님, 손을 떨고 계세요. 부케를 놓칠 것 같아요."

제인의 말에 나는 그제야 정신을 차리고 부케를 고쳐 잡았다. 몇 발짝 남지 않았다. 로렌스와 또 한 명의 시종이 정원으로 가는 문을 잡고 있었다. 잠시 뒤 그들이 문을 열자 햇빛이 찬란하게 쏟아져 내려왔다. 경쾌한 음악 소리와 날리는 꽃잎, 그리고 이 결혼식을 축복하는 듯한 아름다운 날씨와 처음 보는 이들이 보내는 박수. 착각할 것만 같다. 가짜 주인공이면서도 이 결혼식의 진짜 주인공이라도 되는 것처럼.

발뒤꿈치가 다 까져서 피가 날 정도로 연습한 것의 결과물인지 내 걸음은 걷고 있는 내가 봐도 군더더기 없이 훌륭했다. 내 약혼자의, 이제는 내 남편이 될 남자의 모습이 점점 가까워지고 있었다. 그는 달라진 내 모습이 낯선 것 같았지만 그 외에 그의 얼굴에서 비치는 감정은 없었다. 남편의 앞에 다다르자, 그는 드레스를 구기지 않도록 조심하면서 나를 에스코트했다.

신랑과 신부는 원을 그리며 깔려 있는 레드 카펫을 함께 한 바퀴 돌며 결혼을 축복하러 와준 사람들을 위해 인사해야 한다. 가볍고 경쾌했던 음악 소리가 밝으면서도 약간은 무게를 주는 음악으로 바뀌었다.

"웃으십시오, 영애."

그의 말에 나는 정신을 차리고 겨우 미소를 지었다. 베일로 가렸지만 표정의 실루엣 정도는 보일 수 있었기 때문에 나는 일부러 더 화사하게 웃었다. 가족을 찾고 싶었지만 인파 속에서 가족을 찾기란 무척이나 어려운 일이었다. 게다가 너무 긴장을 해서인지 하객들이 그저 하나의 덩어리처럼 보여 일일이 살필 수가 없었다.

드디어 한 바퀴를 다 돌자, 그가 늙은 신관의 앞으로 나를 이끌었다. 누구인지는 모르겠지만 무려 헌팅턴가에서 결혼 서약을 위해 불러온 사람이니 꽤 고위 신관일 것이다. 나는 여전히 기쁜 얼굴로 위장한 채 공작의 곁에 가까이 붙어 그에게 기대었다.

"테베를 수호하는 여신 테티스의 축복을 받아 태어난 두 사람이 영원한 사랑의 맹세와 서약을 위해 이 자리에 있습니다."

신관이라 해봤자 볼품없는 늙은이라 목소리도 힘이 없을 줄 알았는데 생각보다 울림이 좋고 강직한 목소리였다. 하지만 그 목소리가 듣기 좋은 것과는 별개로 하는 말이 길어지면 길어질수록 빳빳하게 당기는 종아리가 고통스러웠다. 왼쪽 다리에는 쥐가 올라오기 시작했다.

"테티스의 딸 스칼렛, 그대는 남편을 진실로 사랑하고 존경하며, 기쁠 때나 슬플 때나 남편의 곁에서 그를 지지하여 유일한 편이 되어줄 것임을 맹세하겠습니까?"

"맹세합니다."

이제는 정말 남편이 되어버린 공작의 맹세 후에 이어진 내 맹세에 결혼 서약은 정말로 끝났다.

"여신의 앞에서 진실 된 맹세의 키스를 하십시오."

신관의 말에 남편은 능숙하게 내 허리를 감고 내게 입을 맞추었다. 박하 향이 입술에 닿았지만 나는 조금도 유쾌하지 않았다. 금방 멀어지려는 내 입술을 그가 자신의 입술 사이에 넣어 물었다.

"조금 더."

낮은 목소리를 누군가는 섹시하다고 느꼈을지도 모른다. 하지만 나에게 남편의 목소리는 조금의 감흥도 주지 못했다. 나는 그가 원한 대로 조금 더 그와 입술을 맞대어준 후 그에게서 벗어났다.

박수 소리가 결혼식장을 메웠다. 하늘은 여전히 아름다우며 바람은 따뜻하면서도 부드러웠다. 그러나 내 마음에는 그 바람이 조금도 깃들지 못했다.

아쉽게도.

결혼식이 끝나면 신랑은 하객이 모두 돌아갈 때까지 그들의 곁에서 비위를 맞춰줘야 하지만 신부의 역할은 선택적이었다. 합방을 준비해야 한다는 이유도 있지만 높은 힐과 끔찍한 코르셋을 졸라맨 신부들이 대화를 하다가 종종 기절하는 일이 있었기 때문이다. 나는 피곤하다는 핑계를 대며 방으로 올라와 구두부터 벗어 던졌다. 지쳐서 침대에 곧바로 드러누운 내 다리를 시녀들이 얼른 주물러주었다.

"잘 참으셨어요."

"코르셋도, 빨리."

위가 거의 터질 듯한 끔찍한 기분이 들었다. 전혀 괜찮지 않았던 남편과의 키스도 한몫을 했다. 나는 드레스를 거의 해체하듯이 벗기고 코르셋을 빠르게 풀어준 노라에게 반드시 보답하리라고 결심하며 그제야 숨을 몰아쉬었다.

"마님, 이불에 화장이 묻겠어요!"

제인이 첫날밤을 보낼 이불이라며 나를 말렸지만 나는 조금도 개의치 않고 몸을 쭉 뻗었다. 한참을 그렇게 뒹구는데 갑작스럽게 노크 소리가 들렸다.

"로렌스입니다, 마님."

제인이 황급히 내게 숄을 둘러주었다. 나는 그대로 누운 채, 로렌스를 맞이했다. 그 역시 결혼식 날의 신부가 얼마나 열악한 환경에 처해 있는지를 아는지 바닥에 시선을 고정시킨 채 전할 말만 간단하게 전했다.

"주인님께서 쉬다가 저녁 식사쯤에 내려오라고 하십니다. 원래는 피로연이 없을 예정이었지만 킹슬리 대공 전하께서 결혼식을 축하하러 오셨기에 평소 친분이 있는 소수의 인원과 함께 작은 파티를 하는 것으로 결정되었습니다."

킹슬리 대공이라면 메이슨 부인과의 대화에서 잠시 등장했던 남자다. 황제의 유일하게 남은 혈육이며 황위 계승권을 가진 남자.

하지만 중요한 건 황족의 방문이 아니었다. 휴식을 취할 수 없다는 사실에 한숨이 나왔다. 본식 드레스가 과했기에 나와 시녀들은 적당한 드레스를 찾기 위해 안방에 딸린 드레스룸으로 들어갔다. 그 짧은 걸음에도 종아리는 얼굴이 구겨질 정도로 욱신거리고 있었다.

나는 시녀들의 도움을 받아 드레스를 여러 벌 골라보았다. 그리고 마지막으로 집어 들었던 검은색 이브닝드레스를 입기로 결정했다. 천이 부드럽게 감겨 붙는 스타일이 아님에도 걸을 때마다 몸매가 드러나는 드레스였다. 등이 거의 노출되어 있는 점 역시도 내 마음에 꼭 들었다. 그러나 평소 내 스타일을 알고 있는 시녀들은 내가 이 드레스를 선택한 것이 이상하게 여겨지는 모양이었다.

"오늘 나는 새 신부지 않니? 평소처럼 꽁꽁 싸매고 있는 것보다는 과감하게 드러내는 편이 좋을 것 같구나."

"하긴, 웨딩드레스도 마님께 잘 어울리긴 했어요. 화장도 많이 수정할 필요는 없을 것 같아요."

나는 비교적 편한 힐로 구두를 갈아 신고 틀어 올린 머리카락을 풀어 지나치게 과한 노출은 절제했다. 그리고 거울을 한참 동안 들여다보았다. 어제의 나와는 전혀 다른 모습의 내가 보였다.

고양이 눈매처럼 추켜올라간 커다란 눈과 붉은 입술, 그리고 가슴께에서 넘실거리는 찰랑찰랑한 다홍색 머리카락, 노출된 가슴 선과 드러난 흰 어깨, 그리고 다리를 움직일 때마다 보이는 노골적인 몸의 라인이 내 모습이지만 야릇하게 느껴졌다.

"로렌스입니다, 마님."

노크와 함께 밖에서 들려오는 목소리에 나는 그제야 감상에서 벗어났다. 창밖을 보니 벌써 해가 져서 어둑어둑했다. 나는 기다리고 있을 로렌스에게 짧게 대답해 주고는 시녀들에게로 고개를 돌렸다.

"제인, 너는 조슈아가 별관으로 방을 옮겼는지 확인하고 내게 보고하렴. 그리고 그녀가 오늘 파티에 오려고 한다면 무어 부인과 함께 책임지고 막아서야 한다. 알겠니?"

"네, 마님."

충실하게 말을 듣는 시녀들이 어여뻤다. 결혼식 준비 기간 동안 나만큼 고생해 준 그녀들에게 포상 휴가라도 줘야겠다고 생각하면서 나는 문 밖을 나서 로렌스가 안내하는 길을 따라 걸었다.

"파티에 참석하는 인원은 몇이나 되며 갑작스러운 파티인데 어떻게 파티를 준비할 수 있었던 것인가?"

"결혼식 준비 때 동원된 악공들에게 추가 보수를 주어 계약 시간을 연장하였으며, 음식 준비 역시 마찬가지로 진행하였고, 협상은 제가 담당하였습니다."

로렌스의 일 처리는 정말로 확실하다. 확실히 갑작스레 파티가 준비되었다면 원래 사용하고 있는 인력을 그대로 사용하는 것이 가장 신속하고 합리적인 방법이다. 나는 아버지가 상단에 문제가 생기면 원래 일하던 사람들에게 평소의 보수의 2배를 지급하여 쓰던 것을 떠올렸다.

"앞으로는 이런 일이 있으면 묻기 전에 보고해 주었으면 하네."

"예, 마님. 오늘은 결혼식이 있었으니 피곤하실까 염려되어 내일 오후쯤 서류와 함께 보고드릴 생각이었습니다."

"그렇게 알고 있겠네."

로렌스가 안내한 곳은 잘 쓰지 않는 3층의 작은 파티 홀이었다. 5-60여 명의 귀족이 벌써 안에서 파티를 즐기고 있었다. 그리고 파티 홀 앞에서 남편이 나를 기다리고 있는 것이 보였다.

"늦었나요?"

"아닙니다. 들어가지요."

자유롭게 즐기는 파티라 뒤늦게 홀 안으로 들어온 우리를 신경 쓰는 사람은 없었다. 사람들은 먹고 마시거나, 혹은 춤을 추며 대화를 나누고 있었다. 홀은 내가 생각했던 것보다 훨씬 넓었고 간단하게 대화를 나눌 수 있는 응접실도 몇 개나 마련되어 있었다.

"공작 전하."

누군가 나와 남편에게 다가와 인사를 했다.

"다트머스 백, 결혼식에 참석해 주어 고맙네."

"결혼을 축하드리는 것은 당연한 일이 아니겠습니까, 공작 전하, 그리고 공작 부인. 오늘 결혼식에서 눈이 부실 정도로 아름다우셨습니다."

"고마워요."

내가 부끄럽다는 듯 미소를 짓자 남자도 나를 따라 웃었다. 남자의 웃는 얼굴을 보면서, 나는 메이슨 부인에게 들었던 소문을 떠올렸다.

"백의 부인은 오늘 함께 오지 않았나 보군."

남편의 말에 다트머스 백작의 얼굴이 살짝 굳었다. 그의 얼굴을 보며 나는 소문이 사실임을 확신했다. 메이슨 부인은 내게 다트머스 백작 부인과 다트머스 백작의 동생이 밀회를 가지다 들켜 친정에 가 있다는 이야기를 전해 주었다.

"예, 집사람이 몸이 좋지 않아서 말입니다. 오늘 킹슬리 대공 전하께서 오셨다고 들었는데 함께 계시지 않으십니까?"

"글쎄. 내가 그분이 어디에서 무엇을 하는지 일일이 감시할 수는 없잖은가. 저녁 식사는 했는가? 보아하니 오늘도 일 얘기를 하고 싶은 모양인데 식전이라면 함께 들지."

남편이 자연스럽게 그를 이끌다 나를 흘깃 바라보았다. 나는 미소를 지으며 고개를 저었다.

"남자들의 대화를 방해하고 싶지는 않아요."

"하지만 부인, 혼자 괜찮겠습니까?"

남편의 물음에 나는 대답 없이 그저 미소만을 지어 보였다. 결국 남편은 다트머스 백작과 둘이서만 식사가 준비되어 있는 홀로 향했다. 배가 고픈 건 사실이었으나 남자들의 재미없는 이야기를 들으며 입안에 꾸역꾸역 음식을 집어넣는 취미는 없었다.

"어머! 헌팅턴 부인, 이 파티의 주인공이 아닌가요?"

누군가 친밀한 척을 하며 내 손을 잡았다. 모르는 상대에게 허락 없이 신체적 접촉을 하는 것은 굉장히 무례한 것이라 배웠다. 그러나 메이슨 부인은 상대방이 그 접촉이 무례하다는 사실을 인지하지 못할 수도 있으므로 화를 내려거든 의도를 잘 파악하라고 충고했다. 가능하다면 상대방의 지위까지 완벽하게 아는 게 좋다고도 했었지.

나는 상대방이 무안하지 않게 조용히 손아귀 안에서 손을 빼내며 여인의 모습을 살폈다. 여자는 밝은 인상의 미인으로 나와 비슷한 연배거나 나이가 좀 더 많아 보였다. 그러나 그녀가 영애인지 부인인지는 알 길이 없었다. 나처럼 일찍 결혼하는 것이 수도에서는 드문 일이라고는 하나, 아예 없는 일은 아니었으니까.

다행히 그녀가 먼저 자신을 소개했다.

"웨스트미스가의 엘리사입니다, 부인. 오늘 결혼식 때 너무 아름다웠어요. 반가운 마음에 그만 실례를 범했군요."

방긋 웃는 얼굴 자체는 예뻤지만 그녀는 경계의 대상이었다. 나는 웨스트미스 영애가 누구인지 알고 있다. 웨스트미스가는 1년 전 외동딸의 요청에 의해 헌팅턴가에 혼담을 제의했다. 내가 아는 웨스트미스 영애는 수도에 단 한 명밖에 없으니 지금 내 앞의 여인이 바로 그 혼담이 들어왔던 여인일 터.

"아뇨, 저 역시 반가워요. 스칼렛 헌팅턴입니다. 오늘 저와 남편의 결혼을 축하하러 친히 발걸음해 주셨군요."

"당연한 일인걸요. 아무 여인에게도 관심이 없는 새뮤얼 님께서 결혼하신다는 소식에 부인이 어떤 분이신지 궁금하기는 했어요. 세간에서 정략결혼이니, 돈으로 결혼했다느니 하는 그런 불경한 소문이 돌고 있는 건 사실이니까요."

방긋방긋 웃는 예쁜 얼굴은 나를 모욕하는 데서 오는 기쁨으로 가득 차 있었다. 대답 없는 내가 재미가 없는지 어린 소녀가 한 번 더 나를 도발했다.

"어머, 모르셨나요? 아, 혹시 제가 실례한 건가요?"

"샘은……."

나는 조슈아가 내게 남편을 '샘'이라고 칭하던 것을 기억해 냈다. 그 의기양양한 태도, 사랑받는 여인의 당당함까지도 모두 나는 머릿속에 또렷이 담고 있다.

"제게 할 것 없고 질투심 많은 위인들이 떠드는 헛소문은 신경 쓰지 말라고 하더라고요. 대개 자신에게 거절당한 불쌍한 여인들이

퍼뜨리는 우스운 말이라고."

그러면서 나는 싱긋 웃었다. 마치 남편의 사랑을 담뿍 받고 있는 정부가 된 것처럼. 그런 내 모습에 웨스트미스 영애의 얼굴에서 피어올랐던 기쁨의 웃음은 삽시간에 사라졌다. 그리고 그런 그녀의 모습을 지켜보던 나는 진심으로 궁금해졌다. 나와 웨스트미스 영애의 기분은 언제부터 반비례했었나.

"아, 샘은 제 남편의 애칭이랍니다. 모르셨나요? 아, 바보 같은 질문을 했군요. 당연히 모르셨을 텐데."

나와 웨스트미스 영애의 대치에 영애들과 귀부인들의 관심이 쏠리는 것이 느껴졌다. 나는 픽 웃으며 그녀에게서 한 걸음 물러났다.

"얼굴이 창백하군요, 영애. 좀 쉬어야 하지 않겠어요? 휴식 공간은 저쪽 편에 마련되어 있으니 시종에게 말하고 쉬세요. 부디 안정을 취하시길 바라겠어요."

내가 한 발짝 물러나자 몇몇 영애가 곧바로 웨스트미스 영애를 부축하기 위해 달려왔다. 나는 힐난하는 기색으로 나를 쳐다보는 그녀들의 시선을 구태여 피하지 않았다.

"어머, 웨스트미스 영애, 괜찮은가요?"

"몸이 많이 좋지 않은 것 같군요."

"원한다면 휴식을 취할 때 함께 있어 드릴게요."

그들은 웨스트미스 영애를 부축하며 내게 눈을 흘겼다. 하지만 그 매서운 눈빛과는 달리 내게 한 마디의 비난조차 하지 못했다. 무엇을 바랄 수 있을까, 이곳에는 온통 비겁한 사람들뿐인데. 나 역시 다르지 않은 하나가 되어버렸지만.

웨스트미스 영애에게서 완전히 돌아서자 사람들이 여기저기서 나와 인사를 나누기 위해 다가왔다. 이들 역시 헌팅턴 공작가의 안주인이 된 어린 여자의 역량을 가늠해 보기 위해 접근하는 것임을 알 수 있었지만 나는 달아나지 않았다.

"그러면 공작 전하께서 그렇게 낭만적인 청혼을 하셨단 말씀이신가요? 어머나, 정말 부러워요, 부인."

"저는 사실 남들에게 티 내는 것을 별로 좋아하지 않는데 샘은 늘 저를 자랑하고 싶어 하더군요. 아, 저 역시 해밀턴 백작 각하께서 부인을 굉장히 사랑하셔서 바로 그저께 수도 제과점의 모든 케이크를 구매하셨다는 소문을 들었답니다."

"그게 소문이 났나요? 부끄럽네요."

메이슨 부인과 함께했던 티타임은 나의 첫 사교계 데뷔에 꽤 도움이 되었다. 나는 금슬에 대한 이야기가 나오자 기뻐 어쩔 줄 몰라 하는 해밀턴 백작 부인을 향해 거짓된 부러움의 시선을 보냈다. 그녀는 내 말이 진심이라 생각하는지 기쁨으로 얼굴을 잔뜩 붉혔다.

"정말 좋으시겠어요, 부인."

"뭘요. 사실 저는 캐스카트 영애가 얼마 전 약혼자에게 받았다는 꽃다발에 대한 소문을 들은 적 있는데, 영애, 말씀해 주시지 않을 건가요?"

"어머, 그런 소소한 일이 벌써 소문이 나다니 부끄럽네요."

생각했던 것보다 나쁘지는 않았지만 여인들의 틈바구니 속에 있는 것이 아직 익숙지 않았다. 내가 빠지면 어떤 이야기를 화제로 올려 대화를 나눌지 감히 짐작도 되지 않았지만 나는 결국 자리에서 빠져나왔다.

부인들과 함께 마신 와인의 도수가 높았는지 자꾸만 취기가 올라와 바람을 쐬고 싶어졌다. 향한 곳은 파티 홀에 붙어 있는 커다란 야외 정원이었다. 바람을 쐬고 싶은 이들이 꽤 있었는지 사람이 많이 보이진 않았으나 두런두런 말소리는 조금씩 들려왔다.

나는 쟁반을 들고 있는 시종을 지나며 물이 담겨 있는 새 잔을 집어 들었다. 쭉 걷다 보니 자그마한 벤치가 보였다. 조신하게 앉아 물을 마시던 나는 곧 화들짝 놀라고 말았다. 투명한 액체인지라 물인 줄 알았더니 술이었던 것이다. 그것도 꽤 도수가 높은 술인 듯했다. 목구멍이 화하게 뜨거워지며 몸이 부르르 떨렸다. 코로 뜨거운 알코올 향이 뿜어져 나왔다.

이런 술을 마셔본 적이 한 번도 없었던 나는 그만 잔을 놓치고 말았다. 쨍그랑 소리와 함께 유리 파편이 튀는 것이 느껴졌다. 다리 부근이 얼얼했다. 다리 부근을 조심스럽게 매만지는데 따끔한 감촉과 함께 붉은 피가 묻어났다. 다리를 살짝 들어보니 큼직한 유리 파편이 박혀 있었다. 또 그 파편의 반대쪽에 손가락까지 찔려 피가 덕지덕지 묻어 있었다.

다리도 찢어지고, 손가락도 베이고……. 총체적 난국이었다. 어떻게 이 상황을 타개해야 할지 몰라 한숨만 푹 쉬고 있는데 누군가가 내게 다가왔다.

"괜찮으십니까?"

나직한 음성에 나는 황급히 가슴께를 가리며 고개를 들었다. 그리고 눈앞의 남자를 티 나지 않게 훑었다. 꽤 훌륭한 외모를 가진 미남자다. 입고 있는 옷이나 옷의 원단, 그리고 착용한 구두 등을 보면 부유한 귀족인 듯하나 누구인지 판별하기에는 가진 정보가 너무 없었다.

"……괜찮아요."

"제 눈엔 그렇게 보이지 않습니다만. 다리를, 다친 부위를 보여주십시오."

"가련한 이의 상처를 돌봐주시려는 자상한 마음씨에는 감사드려요. 하지만 정말로 괜찮아요."

내 거절에 남자는 인상을 찌푸리며 대꾸했다.

"상처에 독이 오를 수 있습니다."

"마치 의술이라도 배우신 듯 말씀하시네요."

마치 귀한 몸이 다치기라도 한 것처럼 인상을 찌푸리는 남자가 흥미롭게 느껴졌다. 술기운 때문일까, 그럴 상황이 아니라는 것을 알았음에도 농담이 나왔다. 나쁜 의도는 아니었지만 남자는 놀림을 당했다고 생각하는지 조금 불쾌한 듯한 표정을 지었다. 나는 그 모습에 뒤늦게 사과했다.

"놀리려던 건 아니었어요. 그냥……."

"기사는 간단한 응급처치 정도는 할 수 있습니다. 살아남기 위해서는 필수적이지요."

"아, 기사님이셨나요?"

남자는 대답하지 않았다. 그저 아픔에 저절로 구부러진 내 다리를 막무가내로 잡아당겼을 뿐이다.

"아앗!"

아픔에 비명을 지르는데 남자는 신경도 쓰지 않는 것 같았다. 그는 아무렇지 않은 얼굴로 내 치맛자락을 잡아 올렸다. 그리고 뒤늦게야 생각났다는 듯 입을 열었다.

"실례하겠습니다."

술에 취한 와중에도 민망함에 얼굴이 화끈거렸다. 뭐 하는 짓인지 스스로 상황 판단이 되지 않았다. 하지만 따지기가 애매했다. 남자의 얼굴에는 흑심이라고는 없었고 그는 오해하기 어려울 정도로 진지하게 상처를 살피고 있었다.

"저기……."

"드레스의 뒤가 찢어져 있어 그 틈으로 드러난 다리에 유리 조각이 박혔습니다. 잠시 기다리십시오. 응급처치를 할 만한 것을 찾아오겠습니다."

"네?"

남자는 다리를 살피다 말고 갑자기 자리에서 일어나 저택 안으로 들어가 버렸다. 허벅지까지 드레스를 걷어놓고 떠난 남자의 빈자리에 시린 바람이 찾아들었다. 술기운에 온몸이 달아올랐던 탓에 얕은 바람 한 점에도 다리가 추웠다. 그리고 이렇게 치맛자락을 걷은 채 그를 기다리는 것도 민망했다.

일면식도 없는 남자이니 나를 이대로 두고 달아나도 알 길이 없다. 게다가 이러고 있는 사이 다른 사람이라도 온다면 큰일이지 않나. 나는 멍청하게 있었던 스스로를 질책하며 드레스를 다시 내렸다. 그리고 어느새 벗겨져 있던 구두를 신었다.

"기다리라 하지 않았습니까?"

그러나 몸을 채 일으키기도 전에 남자가 도착했다. 그는 아까부터 일어나는 것을 시도하고 있던 나를 도로 앉혔다. 그리고 내린 드레스 자락을 다시 걷었다. 차라리 시종을 부르는 게 낫겠다는 생각이 들었지만 어쩐지 그에게 그 말을 하고 싶지는 않았다.

이상한 기분이 들었다. 술기운일까, 아니면 남자를 처음 접해봐서일까. 내 상처를 자세히 살피고 있는 남자의 정수리를 보는 게 민망하면서도 야릇한 느낌이 들었다. 얼굴이 붉어진 것 같았지만 단지 술 때문이라 말하기는 어려웠다.

"따끔할 겁니다."

그 말대로 정말 따끔했다. 남자는 유리 조각을 빼낸 직후 곧바로 이상한 액체를 내 상처에 부었다. 눈물이 찔끔 날 정도로 쓰라렸다.

"너무 아파요."

남자의 잘못이 아님에도 그를 향한 원망이 슬그머니 고개를 들었다. 하지만 곧 남자가 깨끗한 수건으로 내 상처를 감싸주자 또 거짓말처럼 그 원망이 얕게 가라앉았다. 술기운 때문에 감정 기복이 심한 것 같았다.

"응급처치만 한 것이니 제대로 치료받고 싶거든 의사를 부르는 게 좋을 겁니다. 그럼."

자신이 상처를 치료해 준 여인의 이름조차 알고 싶지 않은 건지, 아무런 미련 없이 일어서 버리는 남자의 모습에 나는 괜히 아쉬움을 느꼈다.

"저기, 잠깐만요."

떠나는 그를 불러 세운 건 그 때문일까. 내 음성에 남자가 뒤를 돌아보았다.

"잠시, 다시 걸을 때까지만 같이 있어주세요. 지금 꼴이 너무 창피하잖아요. 누군가 온다면 정말 부끄러울 거예요."

단칼에 거절할 것 같던 남자는 의외로 선선히 고개를 끄덕인 뒤 내 옆자리에 자연스럽게 앉았다. 열기가 조금 가시고 나서야 나는 남자를 찬찬히 뜯어볼 수 있었다.

검은 머리, 보라색 눈동자, 하얀 피부. 검을 휘두르는 기사라기보다는 자기 관리를 잘한 귀공자에 가까운 외모였다. 그가 기사라는 것을 드러내는 건 손에 박힌 굳은살밖에 없었다. 얼굴도 잘생겼지만 넓은 어깨와 큰 키가 눈에 더욱 들어왔다.

"부탁을 들어주셔서 감사해요. 성함을 여쭈어봐도 괜찮을까요?"

"에드먼드입니다."

마지못해 이름을 알려주는 딱딱한 말투 때문인지 찬물을 끼얹은 듯 정신이 번쩍 들었다. 그러고 나서야 나는 내가 무언가에 홀려 있었음을 깨달았다. 잠시 판단력이 흐려졌던 게 분명하다.

오늘 아침 웨딩드레스를 찢었던 걸 잠시 잊었나. 제정신을 차리고 살아야 하고 필요 이상의 주의도 끌지 않는 편이 좋다. 그런데 지금 나는 무엇을 하고 있는 걸까? 다쳐서 절절매고 있는 내게 호의를 베풀어준 신사를 귀찮게 붙잡아두고 이름이며, 하고 있는 일이며 꼬치꼬치 캐묻고 있지 않았나.

행동에 대한 자각이 수치심을 불러왔다. 나는 낯 뜨거움에 얼굴도 제대로 들지 못하고 에드먼드라고 자신의 이름을 밝힌 남자에게 사과를 건넸다.

"다시 걸을 수 있을 것 같아요. 치료해 주시고 제 무례를 책하지 않으신 것, 감사합니다. 그럼 저는……."

너무 당황해서인지 말이 횡설수설 나왔다. 하지만 그마저도 내 손목을 잡아채는 남자로 인해 멈출 수밖에 없었다.

"본인의 이름을 밝히지도 않고 그렇게 자리를 뜨는 것이 무례합니다, 적어도 나에게는."

바보가 된 것 같았다. 가시지 않은 부끄러움에 얼굴이 화끈화끈 달아올랐지만 나는 애써 냉정함을 가장하고 고개를 끄덕였다.

"제가 당황해서 크게 실례를 했습니다. 부디 용서하시길. 그리고……."

변덕인지, 나는 결국 내 이름을 말하고 말았다. 이 묘하고 낯 뜨거운 심리의 본질을 조금도 이해하지 못한 채.

"스칼렛, 그게 제 이름이에요."

어떻게 온 건지도 모르겠다. 나는 거의 정신 나간 사람처럼 황급히 내 방으로 돌아왔다. 도착하고 나니 다리가 아픈 게 느껴졌다.

상처에는 신경조차 쓰지 않고 미친 듯이 걸었음이 분명하다.

"마님?"

내가 너무 빨리 돌아온 탓인지 무어 부인은 당황한 것 같았다. 하지만 지금의 나에게는 그녀를 신경 쓸 여력 따윈 없었다. 뒤늦게 덮쳐 오는 민망함과 부끄러움에 손에 파묻은 고개를 들 수조차 없었다. 만약 그 사람이 오늘의 신부였던 나를 알아차렸다면…….

창피함에 몸이 다시 뜨거워졌다. 생각지도 못하게 다쳤기 때문일까, 아니면 술기운 때문이었을까. 스스로의 행동이 아직도 이해되지 않았다. 한참 자책하던 나는 무어 부인의 재촉에 결국 씻기 위해 자리에서 일어났다.

결혼 첫날밤을 맞이하는 신부들은 첫날밤, 새신랑을 유혹하기 위해 으레 야한 슬립을 입고 침대 위에서 기다린다. 나 또한 다르지는 않았다. 나는 무어의 재촉으로 온몸에 향긋한 내음이 나는 향유를 바르고 그 위에 조금은 두터운 가운을 입었다.

"쉬어도 좋네."

"하지만 주인님께서 아직 오지 않으셨습니다."

무어 부인은 헌팅턴 공을 지나치게 사랑한 나머지 그의 첫날밤까지 세심하게 살피고 싶은 모양이었다. 그러나 나는 그것을 허용할 생각이 없었다.

"곧 오실 테니 그런 걱정은 하지 않아도 괜찮네."

"그래도……."

"내게는 내일 새벽 귀가하는 객들을 배웅할 의무가 있어. 고단함에 정신을 차리지 못한다면 자네가 날 도와야 하지 않겠는가?"

별다른 이유를 마련하지 못한 그녀는 아쉬운 얼굴로 돌아갔다. 그리고 얼마 지나지 않아 남편이 신방 안으로 들어왔다. 그는 파티가 거의 파하고 있는 분위기이며 반은 귀가하고 반은 손님방에 남아 머무르게 되었다고 알려주었다.

"많이 힘들지 않았습니까?"

"그렇게까지 힘들지는 않았어요."

"그랬군요."

어색한 분위기 속에서 대화는 갈수록 더 잦아들었다. 사실 나와 남편 간에는 공유할 만한 주제가 없었다. 게다가 막 씻고 나와 비누 냄새를 풍기는 젖은 머리의 남녀가 한 침대에 앉아 두런두런 얘기만 나누는 게 더 우스운 일이기도 했다.

"부인, 그럼 이제……."

"기억하기로 월경 주기에 맞추어 합방을 하기로 했었던 것 같은데, 아닌가요?"

"지금 그 말을 한다는 건……?"

"오늘은 임신할 수 있는 날이 아니니까요. 약속은 지켜져야 하는 거고요."

분위기는 순식간에 냉각되었다. 그는 한 대 맞은 것 같은 얼굴로 나를 쳐다보았다. 내 말이 믿기지 않는 모양이었다. 하지만 처음부터 나는 이 상황을 그리고 있었다. 그러니까, 드레스를 찢은 바로 그 순간부터.

손이 바들바들 떨려왔다. 긴장감 때문인지 희열 때문인지 나 자신도 알 수 없었다. 이미 일을 벌인 만큼 사실 무슨 감정인지는 중요치 않기도 했다. 여기서 중요한 건 내가 철저한 거래 관계로 남자는 메시지를 전달한 일이었다.

"아침에 이 방에서 나오지 않는다면 분명 말이 나올 겁니다."

"알아서 처신할 수 있어요."

내 대답에 헌팅턴 공은 나를 노려보았다. 나는 흙빛 눈에 담긴 감정을 분명하게 알아챌 수 있었다. 그는 전통을 무시한다거나 아내를 취하지 못한다는 생각에 화가 난 게 아니었다. 내가 일을 귀찮게 만들고 있다고 생각해 분노를 보이고 있는 거였다.

"혹시 성 경험이 없습니까?"

"……네?"

"남자와 밤을 보내보지 않았을 리는 없고, 내게 이러는 이유가 무엇입니까."

차분함을 잃지 않으려 했으나 이미 모멸감에 의한 화는 가슴을 달군 뒤였다. 생각지도 못했던 수치심에 분노가 피부 겉면까지 뻗쳐 왔다. 찬 공기에 노출된 살결에 소름이 돋아 올랐다. 모욕적이었다. 임신 기계라는 발언만큼이나.

사랑이라는 감정이 무엇일지, 얼마나 뜨거운 감정일지 궁금했던 멍청한 소녀는 자신을 찾아올 백마 탄 왕자와 가장 고결한 사랑을 나누기 위해 몸을 단정히 하며 운명을 만날 날을 기다렸다. 팔리듯 결혼하게 될 거라곤 생각지도 못하고.

'그럴 리는 없겠지만 혹시' 순결한 처녀냐는 그 물음은 어리석었던 소녀를 비웃고 그리던 미래를 완전히 산산조각 내버렸다. 이미 알고 있었지만 이 순간 완전하게 깨달았다. 남자와 여자의 차이를 안 순간부터 그려왔던 미래와 꿈꿔왔던 행복은 완전히 날 떠났음을.

"조슈아 양이 지금 무엇을 하고 있을지 궁금하지 않으신가요?"

"……."

"안주인의 자격으로 오늘 하루 종일 그녀를 별채에 감금해 두었어요. 그녀는 자신의 방에서 단 한 발짝도 나오지 못했죠."

헌팅턴 공은 소름이 돋을 정도로 음침한 웃음을 터뜨렸다. 그러다 돌연 웃음을 지우고 딱딱한 얼굴로 나를 쏘아보았다.

"왜 내게 그런 말을 하십니까?"

"이용하실 거라면 저를 얼마든지 이용하세요. 하지만 반드시 필요하지 않은 거라면 그 안에서는 약속된 사항을 지켜주셨으면 해요. 결혼식 날 밤 부부가 합방을 하는 건 따를 필요가 없는 관습이잖아요?"

그는 한참 동안 굳은 얼굴로 나를 응시했다. 나 역시 지지 않고 그와 시선을 마주했다. 아무런 결정이 나지 않은 상태에서 시간만이 계속 흘러갔다. 그럴수록 나는 이해가 되지 않았다. 어째서 그녀에게 가지 않고 버티는지가.

"좋은 밤, 보내십시오."

길고 긴 침묵 끝에 그가 딱딱한 음성으로 인사했다. 그리고 뒤도 돌아보지 않고 곧장 방을 나섰다. 살짝 열린 문 틈새로 들리는 남편의 발소리는 그가 복도를 벗어났음이 분명함에도 한동안 멎어들지 않았다. 별채로 가는 것이 분명했다.

그 발소리가 완전히 들리지 않게 되자 나는 그제야 침대 위로 쓰러졌다. 몰려드는 수치심과 모멸감, 그리고 부끄러움에 몸이 달달 떨려왔다. 일말의 기대도 품지 않겠다고 굳은 마음을 먹었음에도 자신도 인지하지 못한 사이 내 어리석었던 소녀 시절을 조롱한 남편의 말에 큰 상처를 입었다. 난 무엇을 바랐을까, 어떤 기대를 걸었던 걸까.

문득 준비된 와인에 시선이 머물렀다. 나는 무작정 잔에 와인을 넘칠 정도로 부었다. 그리고 잔이 가득 차기가 무섭게 입안으로 와인을 쏟아부었다. 숙성된 포도의 진한 향과 함께 달고 쓰고 떨떠름한 맛이 동시에 혀끝을 지나 목구멍으로 넘어갔다. 다음으로는 아예 병을 쥐고 목구멍을 와인으로 씻어 내렸다.

한 공기를 마시고 있었음이 역겨웠다. 그리고 헛구역질과 동시에 눈물이 볼을 타고 흘러내렸다. 허탈한 웃음도 신음처럼 터져 나왔다.

"하흐으윽……."

눈이 부은 새 신부는 많은 이의 입에 오르내릴 것임을 알았음에도 감정에, 술에 취한 나는 미친 듯이 흐느끼며 웃었다. 점점 실감이 났다. 내 인생이 그려왔던 것과는 완전히 바뀌었다는 사실이. 그리고 그것이 못 견딜 정도로 슬프고 괴로웠다.

불행한 미래가 내게 손을 흔들고 있었다. 나는 알 수 있다. 어렸을 적부터 꿈꿨던 것과 달리 결혼 생활에서는 어떠한 기쁨도 찾지 못하리라는 사실을.

남편의 멸시, 강압적인 성관계, 억지로 낳은 아이…….

이 가여운 삶에서 내게 허락된 단 하나의 행복은 아마 그 아이가 커가는 과정을 지켜본다는 것일 터. 내 삶도, 내 꿈도 이 결혼이 성사됨과 동시에 사라졌다. 하나 받아들이지 않는다면 나는, 나는…….

밤공기가 찼다. 처음으로 마셔본 술은 내 몸의 통제권을 완전히 앗아갔다. 비틀거리는 발걸음으로 벽을 짚어가며 간신히 복도를 걸었다. 은촛대를 든 손이 후들후들 떨려왔다. 흐릿한 시야는 제대로 된 길을 가는 것을 방해했고 나는 나조차 모르는 복도를 몇 번이나 지나고 나서야 익숙한 복도에 다다를 수 있었다.

몸이 뜨거웠다. 그 와인에 부부 관계를 도와주는 약이라도 들어 있었던 모양이다. 달아오른 몸은 나를 더 초라하게 했다. 결국 나는 몸의 떨림을 견디지 못하고 균형을 잃고 말았다.

"……으읏!"

그리고 그런 나를 잡아주는 단단한 손이 있었다.

"괜찮습니까?"

익숙한 음성. 나는 그것이 에드먼드, 나를 치료해 준 그 사람의 것임을 대번에 알아차렸다. 이상하게 눈물이 날 것 같았다. 손목을 잡은 단단한 손이 든든하게 느껴졌다. 그에게서 남자의 냄새가 났고 그것을 자각한 순간 눈물이 주르륵 흘러내렸다.

이 순간의 내가 너무나도 볼품없이 느껴졌다. 약 기운이 돌았어도 분명히 이성은 있었다. 하지만 약 기운의 핑계를 대며 처음 본 것이나 다름없는 남자에게 의지하고 싶었다.

"도와줘요."

"무슨……?"

복도 끝에서 문이 열리는 소리가 났다. 누군가가 복도로 나온 것 같았다.

"제발……."

외간 남자의 팔에 매달려 애원하고 있는 새 신부의 불쌍한 모습을 누군가 알아챈다면…….

다행히 에드먼드는 내가 나를 들키고 싶지 않아 한다는 사실만큼은 눈치챈 것 같았다. 그는 자연스럽게 내 손목을 잡아 바로 앞에 있던 방 안으로 내 몸을 밀어 넣은 뒤 문을 닫았다. 바깥의 소음이 어느 정도는 차단되었으나 조용하지는 않았다. 옆방에서 뒹구는 남녀의 신음이 새어 나오고 있었다.

눈물을 뚝뚝 흘리며 바닥을 보고 있던 나는 그가 놀랄 정도로 갑작스럽게 고개를 쳐들었다. 에드먼드는 묘한 얼굴로 나를 내려다보고 있었다. 막상 나를 숨겼으나 이후 어떻게 해야 할지 행동을 결정하지 못한 모습이었다.

"도와…… 줄래요?"

스스로에 대한 갈피도 잡지 못하는 주제에 나는, 그의 결정을 돕기 위해 입고 있던 긴 가운을 벗어 내렸다. 첫날밤을 위한 야한 슬립이 마치 목석같던 이 남자를 자극이라도 한 건지 그는 아주 자연스럽게 나를 침대에 눕혔다.

저항할 힘도, 생각도 없었다. 될 대로 되란 무책임한 생각이 잠시 떠올랐다 사라졌고 나는 눈을 질끈 감으며 그를 받아들일 준비를 마쳤다. 사르륵 소리와 함께 몸에 닿던 천의 감촉이 사라졌고 낯선 공기가 느껴졌다. 그리고 나를 어루만지는 손은 참 우습게도 따뜻했다.

누군가에게 순결을 바치기 위해 지켜온 것이 아니다. 그저 내 남편이 될 사랑하는 남자와 특별하고도 애틋한 사랑을 나누고 싶어 각별히 조심했던 것이다. 그런 나를 조롱한 사람에게 내가 사실은 순결한 여인이었음을 보여주고 싶지 않았다. 덜 비참해지기 위해 처음 본 남자의 손을 잡은 것이다. 이 남자에게 끌리고 있다는 사실을 배제하고서라도.

많은 생각을 하고 싶지는 않았다. 나는 그의 보라색 눈을 보았다. 조금 전까지만 해도 담백하던 눈은 욕정으로 번들거리고 있었다. 이 남자는 최소한 지금 이 순간만큼은 나를 원하고 있는 것이다, 진심으로.

"흐읏……."

누군가의 손이 닿아본 적 없는 보드라운 두 언덕을 어루만지는 손길이 이상하게도 조심스러웠다. 몸이 부르르 떨렸다. 한 번도 느껴보지 못한 묘하고 이상한 기분에 그의 팔을 잡았지만 에드먼드는 개의치 않고 손을 움직였다. 흥분감에 달뜬 신음이 절로 나왔다.

"정말 괜찮……."

"그냥, 아무것도 묻지 말고 나를……."

그는 곧 아래로 내려가 나의 하얀 다리를 벌리고 숨겨진 부분을 찾아냈다. 그리고 자신의 뜨겁고 촉촉한 입술로 나를 덮었다. 엄청난 감각이 정신을 깨우고 있었다. 계속 눈이 감겼다.

"흐흑……."

나는 참지 못하고 흐느꼈다. 그 소리는 아주 작아서 그에게는 들리지 않은 것 같았다. 붉은 혀로 꽃잎을 핥던 그는 돌연 자신의 옷을 벗었다. 두려움이 생겼지만 내색하지 않으려 애쓰며, 나는 그를 똑바로 보았다. 처음이라는 두려움과 별개로 나는 이 행위의 끝을 원하고 있었다. 그 쾌락을 알고 싶었다.

그리고, 몸이 겹쳐졌다.

뻐근한 통증에 인상을 찌푸리기도 잠시, 나는 에드먼드를 껴안아 그의 쇄골에 얼굴을 묻고 옅은 비명을 토해냈다. 잠깐, 눈물이 볼을 타고 흐른 것도 같았다.

잠시 정신을 잃었던 걸까. 나는 무거운 눈을 느릿하게 깜빡였다. 점차 의식과 함께 상실하고 있었던 감각이 돌아왔다. 머리와 아랫

배가 끔찍하게 아파왔다. 여전히 창밖으로 보이는 바깥은 어두웠고 내 어깻죽지에는 누군가의 더운 숨이 터져 나오고 있었다. 에드먼드였다.

"일어났습니까?"

낮게 깔린 목소리가 섹시했다. 우스웠다. 밤을 보낸 대상이 어제 처음 만난 남자였음에도 나는 참을 수 없는 흥분을 느꼈다. 뿐만 아니라 지금, 일어난 상태에서는 어떤 것을 공유했다는 묘한 연결감이 들었다. 타인일지라도 이러한데 사랑하는 이와의 행위였다면 얼마나, 나는 행복해했을까.

"네."

여러 가지 생각이 머릿속을 스쳐 지나갔지만 하등 쓸모없었다. 나는 숨을 고른 뒤 상체를 일으켰다. 그리고 침대 바깥으로 던져진 슬립과 가운을 주섬주섬 주워 입었다. 배가 너무나도 아팠지만 내색하고 싶지는 않았다.

"가십니까?"

그 물음에 나는 뒤를 돌아보았다. 그리고 에드먼드와 눈이 마주쳤다. 문득 내 첫 경험이 꿈꿔왔던 낭만적인 키스도 없이 이루어졌다는 생각이 들었다. 미친 짓이라는 생각이 들었지만 내 입은 이미 염치도 없이 그에게 우스운 부탁을 하고 있었다.

"내게 키스해 주세요."

에드먼드의 눈에 담긴 감정이 어떤 것인지 가늠조차 되지 않았다. 그 어떤 행동도 취하지 않는 그에게 나는 다시 한 번 간절하게 부탁했다. 어째서 이렇게 간절한지 스스로도 이해하지 못하고 있음에도 불구하고.

"단 한 번이면 돼요."

에드먼드는 아무런 표정 없이 일어선 내 목을 잡아당겼다. 잠시 뒤 메마른 두 입술이 닿았고 뜨거운 혀가 입안을 휘저었다. 생각했던 것만큼, 꿈꿔왔던 것만큼 그리 낭만적인 것만은 아니었다.

"고마웠어요."

비참할 것만 같았던 행위가 당장의 내 마음을 위로했다. 정신이 들었지만 후회는 들지 않았다. 에드먼드가 어떤 얼굴로 내 뒷모습을 보고 있는지는 알 수 없었지만 나는 더 호기심을 갖지 않고 문을 닫았다.

방으로 돌아오는 걸음이 무척이나 가벼웠다.

Chapter 2 적응을 한다는 건

어제부로 완전한 헌팅턴의 사람이 되었으나 여전히 외부인이라는 느낌이 들었다. 저택 안 어디에도 믿을 사람이 없었다. 시녀들조차 내가 고른 것이 아닌 남편의 심복인 무어 부인이 직접 뽑아서 붙여준 이들이었다. 완전히 내 편이 되어 날 도와줄 사람은 없다. 뭐든지 스스로 해야 했다.

나는 비상용으로 가지고 있었던 피임 약재를 차에 넣어 마셨다. 속이 더부룩했다. 잠시 쉬고 싶었지만 스스로를 내버려 두기에는 할 일이 아직 남아 있었다. 나는 베개 밑에서 작은 단도를 꺼내 보이지 않는 안쪽 팔목을 얕게 긁었다. 하얀 이불 위로 붉은 피가 뚝뚝 떨어진다. 이만하면 되었다 싶을 정도로 이불에 흔적이 묻어난 뒤 나는 깨끗한 천으로 그은 부위를 지혈했다. 굳이 거울을 확인하지는 않았지만 얼굴은 아마 창백하게 질려 있을 것이다.

이후에도 쉴 시간을 갖지는 못 했다. 단장한 뒤 객을 배웅하기 위해 1층의 홀로 나가야 했기 때문이다. 남편이 객들을 먼저 보냈는지 많은 사람이 남아 있지는 않았다. 그 남자, 에드먼드 역시 보이지 않았다.

"좋은 아침이에요."

"피곤하실 텐데 더 누워 계시지 않고요."

대답은 굳이 하지 않았다. 의미 없는 미소만을 지어 보였을 뿐. 벌써부터 신혼 티가 난다며 쑥덕대는 소리가 들렸지만 나는 쳐다보지도 않고 무시했다. 객을 배웅하는 일이 끝나자 나와 그는 식당으로 이동했다.

"간밤 편히 보내셨습니까?"

"네, 전하께서는……?"

가벼운 안부 인사를 나누기 위해 고개를 든 나는 그제야 사람들이 왜 금슬이 좋아 보인다고 얘기했는지를 알 수 있었다. 그의 드러난 목과 쇄골에 붉은 자국이 지저분하게 자리하고 있었다. 그는 내 시선이 향하는 곳을 내려다보고 나서야 그 사실을 눈치챈 듯 헛기침과 함께 재킷을 여몄다.

음식이 나올 때까지 우리의 대화는 중단되었다. 떨떠름한 침묵이 이 공간에 흘렀다. 남편도, 나도 불편한 기색을 감추지 않은 채 자리를 지켰다.

"이 식사 자리에……."

말문을 연 건 나였다.

"조슈아 양도 참석할 수 있었다면 이렇게 어색하진 않았을 것 같아요. 또 그녀가 혼자 식사를 한다고 생각하니 마음이 편하지가 않네요."

그 말에 하나씩 나오고 있는 음식에 시선을 고정하던 남편이 드디어 나를 보았다. 그 짙은 눈빛이 말하고 있었다. 그의 관심은 어린 정부가 독차지하고 있노라고.

"진심입니까? 지금, 그녀가 이 자리에 앉아 함께하길 바란다고 말하고 있는 겁니까?"

음성에는 은은한 노기가 스며 있었다. 나는 아무렇지 않게 물을 한 모금 마셨다. 공기가 좋지 않은 건지 텁텁하던 목이 물기를 머금어 그나마 조금 풀리는 것 같았다.

"오해의 여지가 있었네요. 저는 그저 조슈아 양이 여기서 식사를 하는 것이 그녀의 외로움과 전하의 근심을 덜 수 있다면 그렇게 하는 것이 좋겠다 말씀드리고 싶었던 거예요."

"그 말과 제 말의 어디가 다릅니까?"

"전 함께하지 않을 거예요. 애초에 전 혼자 식사하는 게 익숙해요. 괜찮다면 혼자 식사를 해야 할 가여운 조슈아 양과 함께 식사하시는 것이 어떨지를 권유드리는 거예요."

"어째서 그런 제안을 하는 겁니까?"

무너져 가는 자존감을 지키기 위해서라도 남편과 마주치는 것은 피하는 게 좋았다. 그러나 그는 그런 나를 조금도 이해하지 못하는 것 같았다. 물론 나는 그의 이해를 바라지 않았다.

"우리가 서로를 그다지 좋아하지도, 믿지도 않는다는 사실을 인정합니다. 그러나 사랑이 없어도 우정이 있다면 더 원만해질 사이가 아닙니까?"

"굳이 그런 감정을 쌓아놓지 않아도 약속은 지켜야 하니 목적은 달성할 수 있을 거예요. 그러니……."

"부인."

무척이나 찬 음성이었다. 순간 등골이 서늘해졌다. 무릎 위에 올려놓았던 손은 어느새 치마를 움켜쥐고 있었다. 이상한 두려움으로 손이 떨렸다.

"말귀가 어두우시군요. 번거롭게 굴지 말란 겁니다. 나는 정해진 틀에서 벗어나는 것을 용인할 필요성을 느끼지 못합니다."

그는 나를 상대하는 게 무척이나 짜증스러운 듯 일그러진 얼굴을 숨기지 않고 식당을 나가 버렸다. 나 역시 그의 뒷모습을 보지 않았다. 내 시선이 향한 곳은 움켜쥔 탓에 잔뜩 구겨진 실내용 원피스와 붉어진 손이었다.

짧지만 강한 경고였다. 나의 미약한 힘이나마 자기가 쥐여 준 것이니 반항하지 말고 고분고분하게 행동하라는. 그래서 깨달을 수 있었다. 내 행동이 경솔하고 성급했다는 사실 말이다.

남편은 성관계의 거부로 내게 감정이 좋지 않은 상태였을 텐데 그것을 고려하지 않고 지나치게 도발을 했다. 어쩌면 그는 나를 임신을 위한 도구로 이용할지언정 나와 얼굴을 붉히고 지내는 사이가 되려는 것은 아니었는지도 모른다.

그러나 그는 결국 경멸을 드러냈다. 앞으로의 관계가 어떻게 바뀔지는 모르겠지만 방금 전의 행동을 후회해야 하는 건지에 대해서는 답이 내려지지 않았다.

고민하던 나는 다시 식기를 들었다. 손대지 않은 음식들이 여전히 식지 않고 남아 있었다.

"어젯밤은 어땠니? 남편은 절륜하든?"

어머니의 속삭임에 나는 양산을 고쳐 잡으며 옅은 미소를 지었다. 그 질문에 답하는 것보다는 플로리치아 운하를 구경하는 두 동생과 저 멀리서 뱃삯을 흥정하는 아버지의 모습을 눈에 담고 싶었다.

"벌써 수줍음을 타는 거니?"

"그럴 리가요."

"……사실, 네 남편에게 정부가 있다는 이야기를 아버지로부터 들었단다. 그 계집에게 많은 돈을 쓴다던데."

어머니의 입에서 나올 거라고는 생각하지도 못했던 그 말에 놀란 심장이 거세게 뛰기 시작했다. 일그러지려는 입가를 겨우 올리며 나는 아무렇지 않은 척 고개를 끄덕였다. 어머니는 나의 이상함을 전혀 눈치채지 못한 듯 내 어깨를 쓰다듬으셨다.

"여인의 젊음이나 아름다움은 한철 장사란다, 스칼렛. 끝까지 남는 사람은 외적인 아름다움보다 빛나는 성품을 가진 여인이야. 헌팅턴 공작께서 아직 젊어 그 사실을 모르더라도 곧 너를 봐주실 거야. 그러니 근심은 접어두고 수도 생활을 즐기렴. 챈들러 영지보단 훨씬 즐겁지 않니?"

"잘 모르겠어요."

"곧 알게 될 거야. 정을 붙이도록 노력하고 소소한 즐거움을 찾으렴."

하고 싶은 말이 많았지만 나는 목구멍까지 차오른 말을 한 마디도 밖으로 꺼내지 않았다.

"스칼렛?"

"……물론이죠. 그럴 거예요."

미소 지은 얼굴이 일그러질 것 같았지만 나는 애써 고개를 끄덕이며 표정을 감추었다. 어머니의 손이 닿은 어깨가 움츠러들고 있는 것 같았다.

잠시 뒤 나와 가족들은 플로리치아 운하의 명물이라는 나룻배에 탑승했다. 여러 나라를 다녀보신 아버지께서는 이런 나룻배 탑승에 익숙한 것 같았지만 어머니와 나, 그리고 동생들은 이렇게 물 위에 떠 있을 수 있음이 신기했다. 감탄사를 연발하고 싶었지만 보는 눈이 많았기에 나는 허리를 꼿꼿이 세운 채 아무렇지도 않다는 듯 운하의 물을 내려다보았다.

물은 에메랄드색으로 무척이나 맑았다. 이 맑은 빛깔의 물은 테베의 자랑이자 황족의 상징이었다. 황족의 마법으로 만든 정화 구간에서 정화 장치가 돌아가기에 유지될 수 있는 빛깔이기 때문이었다. 새삼 마법이라는 것이 신기했다. 그러고 보니 이 운하가 선황의 여동생인 아마릴리스 공주의 소유라고 했었던가.

"물이 맑아요, 어머니."

"저는 수영을 하고 싶어요."

"하지만 조나단, 네가 여기에 몸을 담그면 그 대단한 황족들도 물을 정화하지 못할 텐데?"

여동생인 에리카의 놀림에 조나단이 발끈한 얼굴로 소리쳤다.

"뭐라고? 너!"

"야, 움직이지 마. 물이 들어와서 치맛자락이 다 젖는단 말이야!"

선선하게 부는 바람에 맑은 웃음소리가 멀리 흩어졌다. 평화로운 광경이었다. 더 이상 내가 안에 섞일 수 없음이 안타까울 정도로.

나는 가족과 오래 시간을 보내지 않고 금방 저택으로 돌아왔다. 몸이 좋지 않다는 핑계는 쉽게 먹혔다. 같은 여자인 어머니께서는 그럴 수 있다며 눈치 있게 나를 보내주었다. 그러나 같은 여자면서, 어머니께서는 왜 내게 이러셨을까.

배신감에 속이 끓어올랐다. 부모님은 남편의 정부에 대해서 이미 알고 계셨다. 알고 계셨으면서도 내 고통을 모른 척하고 결혼식 날 나를 응원하며 아무렇지도 않게 웃으셨던 거였다. 원래부터 데면데면했던 아버지는 그렇다 치더라도 어머니께서 알면서도 내 결혼에 동의하셨을 줄은 몰랐다.

공작과 연을 맺는 일이 필요했다고 해도 납득할 수 없었다. 나를 저버렸다는 생각에 가족과의 시간이 더 이상 행복하게 느껴지지 않았다. 상실감만이 가슴을 지배했다. 버림받은 느낌이다. 이 공저에서도, 가족에게서도.

부모님은 자식들에게 연애결혼을 허락하셨고 원하지 않는 이와의 정략혼을 강요하지 않겠다고 약속하셨다. 그래서 나는 극도의 스트레스 속에서도 부모님을 의심하거나 원망한 적이 없었다.

아버지도 어쩔 수 없었겠지.

설마 정부가 있다는 걸 알고도 나를 수도로 올려 보내셨을까.

사랑하는 사람이 있다면 누구든 결혼하라고 말씀하셨던 부모님께서!

이익 대비 적은 손실은 기꺼이 감수하시는 아버지였지만 그 적은 손실에 내 인생이 들어갈 거라고는 단 한 번도 생각한 적이 없었다. 최소한 남편의 정부에 대해 알지 못했기에 내 결혼을 수락한 거라고 생각했건만……. 다시 생각해 보니 상인이 고객의 정보를 모를 리가 없다. 부모님을 지나치게 믿은 걸까. 초조함에 입술을 잘근잘근 씹던 나는 결국 침대 위에 털썩 앉아버렸다.

"마님, 차를 올릴까요?"

차를 마시는 시간은 정해져 있었다. 그럼에도 이렇게 늦게 물어보는 건 내 안색이 그냥 보기에도 나빴기 때문이리라. 나는 고개를 저었다.

"괜찮아. 로렌스를 불러오고 너희들은 좀 쉬고 있으렴."

"네, 마님."

얼마 지나지 않아 노크 소리와 함께 문이 열렸다. 로렌스는 언제나 그렇듯 단정한 모습이었다.

"부르셨습니까, 마님?"

"앉게."

내가 손으로 맞은편의 의자를 가리키자 그는 가뿐한 걸음으로 다가와 앉았다. 오랜 고생으로 주름이 자글자글했지만 늘 그렇듯 눈은 총기 있게 빛났다. 나는 무어 부인에게 들어, 보통의 가주가 집사에게 의존하는 것 이상으로 남편이 로렌스에게 의지하고 있다는 사실을 알고 있었다.

"전하께서는 내가 안주인의 역할을 잘해 내길 바라시네. 생각해 보건대 그러기 위해서는 가문의 전체적인 내용에 대해 확실하게 알아야 할 것 같았어. 자네 생각은 어떤가?"

"마님께선 이미 헌팅턴가의 안주인이십니다. 가문에 대해 모를 이유는 없다고 생각합니다. 한데 정확히 어떤 도움이 필요하신 겁니까? 약혼 기간 동안 가문에 대한 전반적인 교육을 받으신 것으로 알고 있습니다만."

나는 담담하게 고개를 끄덕였다.

"사실이네. 하지만 이론으로 배운 것과 실제 일하는 건 다르지. 하나하나 차근차근 알아갈 생각이네. 가장 먼저, 저택의 자금이 어떻게 쓰이고 있는지를 알고 싶어."

"장부가 필요하십니까? 하지만 전체 장부는 1년의 막달에 추려 작성하고 그 전까지는 개별 장부를 사용하고 있습니다. 수십 가지가 넘어 오늘 안에 다 확인하시기는 어려움이 있을 겁니다."

"거래하는 상단별로 거래 품목을 정리한 장부가 있는가?"

"물론입니다."

"그게 필요하네. 가져다줄 수 있겠지?"

예상은 틀리지 않았다. 부모님이, 특히 아버지가 조슈아의 존재를 몰랐을 리가 없다. 로렌스가 가져다준 이 장부만으로도 충분히 유추할 수 있었다. 피임 차를 비롯하여 여인의 장신구, 구두, 드레스, 속옷 등 생활 전반에 필요한 것을 챈들러 상단에서 주문한 내역이 분명히 드러나 있었다.

배신감과 분노로 주먹에 힘이 꾹 들어갔다. 손톱이 살을 파고들고, 곧 따끔한 아픔이 느껴졌다. 그러나 이 육신의 고통보다는 정신적 고통이 더욱 컸다.

부모님께서 어찌 내게 이러나.

늘 부모님의 말을 잘 듣고 따랐던 착한 장녀였다. 사람들의 비난에 죄 없는 머리칼을 보자기로 둘둘 싸매고 그로도 모자라 어깨를 잔뜩 움츠리고 다니면서도 나를 원망했지, 부모님을 원망한 적은 없었다. 그렇게 어리석고 바보 같은 딸이었다.

상단 일을 배우며 이것저것을 도왔고 저녁에는 힘든 몸으로도 어머니를 위해 동생들을 돌봤다. 단 한 번도 부모님께 불평하거나 투정 부린 적 없는 착한 딸이라서 불행한 결혼도 그저 괜찮다 웃으며 받아들일 거라고 생각하셨던 걸까?

회한이 밀려왔다. 천한 가문에서 자라나 제대로 배워 먹지 못한 계집이라는 비난을 피하기 위해 온갖 멸시를 당하면서도 필사적으로 몇 달간 노력했다. 아마 내가 없는 집에서는 전과 마찬가지로 웃음이 떠나지 않았을 것이다. 이렇게 힘겨워할 거라고 생각지도 않았을 테니.

갈 곳 잃은 원망이 다시 내게로 돌아와 가슴을 아프게 찔렀다. 찔린 가슴에서 핏방울이 톡, 톡 떨어졌다. 그리고 그만큼의 눈물이 볼을 타고 흘러내렸다.

고통스러웠다, 말로 다 표현할 수 없을 만큼.

"잭, 막스, 존, 애버리, 로키, 데이브, 케빈, 자니, 개리, 카밀라, 매기, 애비, 수, 리자, 제인, 모두 앞으로 나오도록."

무어 부인의 명령에 이름이 불린 고용인들은 하나같이 긴장한 얼굴을 숨기지 못한 채 몸을 떨며 앞으로 걸어 나왔다. 공저에서 일하는 모든 고용인에게 인사를 받는 자리다. 그러나 나는 이 시간을 공저에 쥐새끼처럼 자리 잡고 있었던 간자를 색출하는 용도로 이용했다.

불려 나온 이들을 차갑게 훑어보자 그들은 하나같이 찔끔한 얼굴로 고개를 푹 숙였다. 한두 명이면 모를까, 저택 내에 이렇게 많은 간자가 심어져 있다는 건 그동안 나를 대리했을 무어 부인이 관리를 태만하게 했다는 뜻이다.

메이슨 부인으로부터 가문의 안주인이 가장 중요하게 여겨야 할 부분은 고용인 단속이라는 가르침을 받았다. 그 가르침에 충실히 따르기 위해 결혼식 일주일 전 챈들러가에 편지를 보냈다. 상단에서 쓰는 정보원들을 이용할 수 있게 해달라고.

큰 행사 전후인지라 간자들이 쉽게 눈에 띌 거라고 예상은 했지만 이렇게 많은 이가 그 짧은 시간 동안 발각될 거라고는 생각지 못했다. 분명 정보원들이 잡아내지 못한 숨은 간자도 있을 것이다. 그들을 전부 솎아내지 못했음에도 직접 나선 건 경고였다.

"모두 해고다. 로렌스, 이들에게 봉급과 퇴직금을 주게."

내 기분을 더 끔찍하게 만든 건 색출된 간자 중 얼마 전 조슈아의 하녀가 된 아이가 포함되어 있다는 것이다. 분명 어딘가에 남편의 정부에 대한 내용이 새어져 나갔을 것이다. 그 사실을 알고 난 뒤 그 하녀의 뒤를 집요하게 파헤쳐 보았지만 어떤 곳에 정보를 조달하는지는 알아낼 수 없었다.

조슈아를 끔찍이도 아끼면서 간자 하나 구별하지 못하고 하녀로 붙인 남편이 한심하게 느껴졌다. 그러나 할 수 있는 건 한숨을 푹 내어 쉬는 것뿐.

"마님, 억울합니다. 저는 죄를 지은 적이 없습니다!"

한 하녀가 내 앞으로 갑자기 뛰어들었다. 베스가 급히 막아서서 나에게 완전히 접근할 수는 없었지만 그녀의 행동은 충분히 위협적이었다. 나는 내게 뛰어든 이 하녀의 이름을 안다. 내 직속 시녀와 같은 이름을 가졌기 때문이다.

제인, 그 어린 하녀의 얼굴에는 억울함이 어려 있었다. 그러나 나는 안다. 이 계집이 웨스트미스 영애가 남편과 조금이라도 엮여보고자 심어놓은 간자라는 것을. 그럼에도 이 소녀는 앙증맞은 연기로 나를 속여 넘기려 한다.

"너……."

"……."

"나를 우습게 보는구나."

비소를 머금었다. 메이슨 부인은 아랫것들의 잘못을 훈계할 때 소리를 높이는 것보다는 오히려 목소리를 낮추고 깔보듯 내려다보는 게 더 효과적이라고 말했다. 침착할 수 있다면 미소를 지어 보이는 것도 나쁘지 않다고 팁을 주었었지. 그런 면에서 나는 그녀의 교육을 완벽하게 습득한 셈이다.

"특별사면이라고 들어보았니?"

"트, 특별사면, 말씀이십니까?"

이렇게 간이 작은데 정보를 이리저리 팔아 넘겼단 말이지. 나는 벌써부터 말을 더듬는 하녀의 어깨를 세게 움켜쥐었다. 긴 손톱이 가녀린 어깨를 파고드는 것이 내게도 느껴졌다.

"경사가 있을 때 죄수의 형벌을 면제하고 석방시키는 것을 이르는 말이란다. 그리고 나 역시, 그런 자비를 베풀고 있는 거야. 아니면 네가 어찌 멀쩡한 다리로 걸어서 공저를 나가겠니?"

소녀의 얼굴이 새파랗게 질렸다. 나는 혹여 자신의 이름이 불릴까 고개를 땅으로 처박고 덜덜 떨고 있는 고용인들을 전체적으로 훑어보았다.

“이번엔 사지 육신을 멀쩡히 붙여주겠으나 또 한 번 헌팅턴에 대해 입을 놀리고 다니는 간 큰 자가 있다는 이야기가 들린다면…….”

내가 드레스 자락을 잡고 휙 돌아섰다.

“그때는 목을 내놓아야 할 것이다.”

무대에서 읊어야 할 대사는 끝났다. 이제 평범한 사람이 되어 무대에서 내려와야 한다. 나는 천천히 다리를 움직였다. 무어 부인과 시녀들이 내 뒤를 따르는 것이 느껴졌다.

예정되어 있었던 오늘의 스케줄도 이렇게 끝이 났다. 가족들에 대한 배신감으로 힘들었지만 계획했던 일을 미루고 싶지 않았다. 오히려 나보다 아래에 있는 자들이 내 말 한 마디 한 마디에 바들바들 떠는 모습이 잔인하게도 내게 만족을 주었다.

하지만 그게 그리 나쁜 일은 아니지 않나.

잔인해야 살 수 있다면 잔인해지는 게 낫다. 가여운 사람들의 가여운 이야기를 듣고 가여운 마음을 가질 수 있는 건 내 자신은 그 상황에 처해 있지 않기 때문이다. 그래, 그런 불쌍한 이들의 이야기를 들으며 동정심을 가질 수는 있겠지. 그러나 그 모습을 본받고 싶지는 않다. 나는 남편의 사랑을 받지 못하고 가족에게도 버림받은 채, 병을 앓다 죽는 눈물겨운 역할이 되지 않을 것이다.

그럴 바에는 앞에선 웃고 뒤에서는 칼을 꽂는 악랄한 마녀가 되는 게 몇 배는 낫겠지.

이달에 참석하기로 되어 있는 사교 모임은 총 세 개였다. 해밀턴 부인의 다과회, 황제의 결혼 기념 무도회, 넬슨가의 자선 바자회 겸 가면 파티.

이번 대 황제가 즉위한 이후 황실에서는 좀처럼 무도회를 열지 않았다. 특히 현 황제와 황비는 사이가 나쁘기로 유명했다. 그럼에도 결혼기념일을 챙기기 위해 무도회를 연다는 건 전후 사정을 모른다면 이해할 수 없는 일이다. 그러나 수도의 귀족들은 왜 이번에 황궁 무도회가 열리는지를 알았다. 황제의 이복동생인 킹슬리 대공이 반려를 찾기 위해 수도에 왔다는 소문이 도는 만큼 황가에서도 성의를 보이려는 것이다.

본론으로 돌아와, 이달에 참석하는 세 개의 사교 모임 중 하나인 해밀턴 부인의 다과회가 바로 오늘로 예정되어 있었다. 피곤했지만 가기로 한 다과회에 불참할 수는 없었다. 나는 억지로 몸을 일으키며 이것저것을 따져 보았다.

결혼식 날의 파티에서 나와 해밀턴 부인은 몇 마디의 대화를 나누며 친분을 쌓았다. 그녀와의 친분을 최대한으로 이용하려면 이번 다과회에 참석해야 할 것이다.

나는 욕탕에 몸을 담그며 한숨을 쉬었다. 결혼 후 몸이 열 개라도 모자랐다. 왜 헌팅턴 공이 아내를 맞이하려 했는지를 알 수 있었을 정도로.

간자를 색출해 내는 일은 내가 반드시 해야 하는 일 중 무척이나 간단한 일에 속했다. 나는 결혼 이후 이 주가 넘는 기간 동안 몇십 개나 되는 장부를 샅샅이 살펴보고 일일이 비교해 보며 횡령 내역을 잡아내고 압류를 넣었다. 그러면서도 개인적으로 알아볼 일이 있어 챈들러 상단에 들렀다 플로리치아 운하까지도 방문하는 등 바쁜 일이 많았다. 피로가 쌓여가고 있었다.

그나마 오늘은 좀 쉴 수 있는 날이었는데, 생각해 보니 하필 해밀턴가에서 다과회가 열리는 날이라 결국 침대에 몇 시간 누워 있겠다는 소박한 꿈은 이룰 수 없었다. 그러나 사교 모임에 가서 웃고 떠드는 일이 마냥 쓸데없는 일은 아니다. 사교계에서 필요한 정보를 주고받기 위해서는 어떤 무리의 내집단 안에 들어가야만 한다. 한 달에 한 번 정도 사교 행사에 참여하는 것으로는 결코 그들과 어울릴 수 없었다.

대충 자리만 지키겠다는 생각이었다면 모르겠지만 나는 욕심이 있었다. 멍청하게 돈이나 쓰며 놀다 남편의 말 한 마디에 매가리 없이 나가떨어지는 비련의 공작 부인이 되고 싶지는 않았다. 그러니 어떻게든 굳건히 자리를 잡아야 한다.

결혼식 다음 날 아침에 있었던 것과 같은 멍청한 행동은 그것으로 마지막이어야 하니까.

"날씨가 추워지고 있으니 오늘은 얇은 장갑보다는 두꺼운 장갑을 준비하렴."

"손가락이 굵어 보일 수도 있는데, 괜찮을까요?"

나는 쳐다보지도 않고 대답했다.

"이 몸매를 보고 누가 내 손이 굵다는 생각을 할까. 장갑이 두껍다고 판단하겠지."

시녀들이 장난스러운 웃음을 터뜨린다. 나는 그들의 높은 웃음소리를 음악처럼 들으며 거울을 들여다보았다. 피부 상태가 많이 좋아졌다. 전문가에게 매일 밤 피부 관리를 받으니 상태가 확실하게 좋아지고 있었다.

몇 달 전만 해도 스트레스로 잔뜩 올라왔던 좁쌀 여드름은 어느새 있었는지도 모르게 사라져 있었고 피부는 껍질을 깐 달걀처럼 반질반질했다.

결혼식 날 봤던 부인들도 화장으로 덮었는지는 모르나 적어도 겉으로 보기에는 깔끔하고 고운 피부를 자랑하고 있었다. 잘 몰랐었던 나만 무심했지 수도의 여인들은 대부분 자기 관리를 잘했다. 내 시중을 드는 시녀들조차 피부가 예뻤으니.

달라진 피부를 이리저리 살피고 있으니 베스가 어떤 드레스를 들고 오면 좋을지 내게 물었다. 나는 그제야 정신을 차리고 거울에서 시선을 거두었다.

여인들끼리 만나는 자리이니 내가 요즘 즐겨 입는 머메이드라인보다는 유행하고 있는 파니에[1] 드레스를 입는 것이 친밀감을 높이

1 스커트를 바구니처럼 넓게 부풀린 스타일

는 데 도움이 될 것이다. 별다른 위화감 없이 섞이는 데도 도움이 될 테고. 나는 생각한 그대로를 시녀들에게 주문했다.

"아, 그리고 야외에서 다과회가 진행되니 햇빛을 막을 수 있는 넓은 챙 모자도 여러 개 들고 오는 게 좋겠구나. 노라, 오늘 머리는 챙 모자에 어울리게."

내가 저택 내에서 처리하라고 명령했던 일에 대해 무어 부인이 간단하게 보고하는 동안 세 시녀는 바쁘게 움직였다. 그들은 낑낑대면서도 드레스와 챙 모자, 그리고 장신구를 빠짐없이 들고 들어왔다. 나는 시녀들이 듣지 못하게 무어 부인의 말을 멈추었다.

"나중에 마차 안에서 다시 얘기하세."

"예, 마님."

은회색 드레스는 치마의 폭이 지나치게 넓어 야외 활동을 하기에는 적합하지 않았다. 머메이드라인 드레스와는 달리 파니에 드레스는 입을 때면 코르셋까지 착용해야 해서 더욱 답답하고 불편했다. 그러나 다른 여인들은 이렇게 입고 춤까지 춘다. 적응해야 할 문제인 것이다.

"구두도 같은 색으로 하시겠습니까?"

"응."

나는 결혼식 예물을 살 때 함께 구매했던 아쿠아마린 세트에서 브로치 하나만을 꺼내어 왼쪽 가슴에 달았다. 전체적으로 색이 통일되어 있는 데다 장갑이 꽤 화려해서 더 많은 장신구를 하면 멍청한 졸부의 딸처럼 보일 것 같았다. 나는 이 정도가 적당하다고 생각하며 치장을 마무리했다.

마차를 타고 가는 동안 나는 무어 부인의 나머지 보고를 노래처럼 가볍게 들었다. 웬만한 것들은 모두 정리를 해놓았기에 무어 부인의 보고는 특별할 것이 없었다.

“별채 상황은?”

“결혼식 때의 일이 있는 만큼 자중하고 있습니다. 주인님께서는 퇴근하시면 거의 대부분 별채에서 시간을 보내십니다. 피임 차는 매일 꾸준히 찾고 있습니다.”

그녀의 보고를 듣는 동안 마차가 멈추었다.

“나중에 얘기해.”

“예, 마님.”

마차에서 내린 나는 바로 앞에 손님을 맞이하기 위해 서 있는 해밀턴 백작 부인에게 다가가 그녀의 뺨에 가볍게 키스했다.

“어서 와요, 부인.”

“초대해 주어 고마워요. 사랑받는 여인은 나날이 아름다워진다는데 해밀턴 부인이 꼭 그런 것 같군요.”

입 발린 칭찬임에도 해밀턴 부인은 얼굴을 발그레하게 붉히며 천진하게 웃었다. 그녀는 나보다 어린 나이에 시집을 와서 나이가 있는 남편과 서먹한 사이였으나 얼마 전부터 금슬이 급격하게 좋아졌다는 소문이 돌고 있었다.

해밀턴 백작은 대외적으로 무뚝뚝하다고 소문난 사람이다. 그런 이가 부인을 위해 사람을 풀어 소문을 냈을 리 없다. 고로, 소문이 사실일 가능성이 몹시 높은 것이다. 내게는 부러워해야 할 만한 일이다. 마음이 그리 동하지는 않았지만.

나는 손님을 맞아야 하는 해밀턴 부인을 오래 잡아 두지는 않았다. 그녀를 지나쳐 예쁘게 꾸며져 있는 정원의 길을 따라 걷다 보니 넓은 잔디밭, 그리고 흰 보가 깔려 있는 탁자와 테이블이 눈에 들어왔다. 이미 여러 여인이 자리에 앉아 대화를 나누고 있었다.

"어머, 헌팅턴 부인. 오셨군요."

안면이 있는 캐스카트 영애가 나를 부르자 여러 사람의 시선이 내게 모여들었다. 낯익은 얼굴도 몇 있었으나 대부분 모르는 사람이었다. 나는 꾸며낸 미소를 입가에 머금고 앉아 있는 여인들에게 눈인사를 했다.

귀부인들은 세련된 모습으로 우아하게 앉아 있었다. 내가 호의적으로 다가가자 그들도 다정한 눈웃음을 지으며 내게 인사했다. 황족을 약혼자로 둔 캐스카트 영애가 나를 호의적으로 대하는데 그 앞에서 내게 부정적인 태도를 취하는 바보는 없을 거라고 생각하긴 했지만. 마음에서 우러나오는 호감과 꾸며진 가식을 구별할 필요성이 있을 것 같았다.

"영애, 못 본 사이 더 아름다워지셨군요."

"헌팅턴 부인도 마찬가지예요. 그리고 그 브로치, 정말 예뻐요."

캐스카트 영애는 아쿠아마린 브로치에 대한 칭찬과 함께 나를 자신이 앉아 있던 테이블로 이끌었다. 그곳에는 이미 아름다운 한 여인이 앉아 있었다. 그녀는 살짝 올라간 매혹적인 눈매를 가진 미녀로 마치 유혹이라도 하는 것처럼 나를 가만히 보고 있었다.

"여기는 어렸을 때부터 저와 우정을 나눈 제 소중한 친구, 메를린이랍니다."

"탕크빌가의 메를린입니다."

뜻밖의 거물에 나는 놀란 티를 내지 않기 위해 입가의 근육을 억지로 당겨야 했다.

"스칼렛 헌팅턴입니다, 영애."

탕크빌 영애는 수도의 유행을 주도하고 다니는 최고의 미녀로, 요즘에는 황제와 연인 관계를 맺어 수도를 다시 발칵 뒤집히게 만들었다. 그 밖에도 그녀는 여태까지 만나온 남자들과 늘 먼저 관계를 끊었던 일로도 유명했다. 그래서인지 얼마 전 공개적으로 드러난 황제와의 관계에서도 이별을 먼저 고하는 건 누가 될지에 많은 관심이 집중되고 있었다.

사실 영애를 직접 보기 전까지는 나 역시 메이슨 부인과 함께 이 주제로 수다를 떨곤 했지만 직접 보니 탕크빌 영애는 안줏거리로 씹히기에는 아까운 사람이었다. 눈에 띄는 또렷한 이목구비도, 어쩐지 야하게 느껴지는 나른한 웃음도 어딘가 남달랐다. 나는 탕크빌 영애가 마음에 들었다.

"부인의 이야기는 많이 들었어요. 결혼식에도 참석하고 싶었지만 몸이 그다지 좋지 않아서 가지 못했죠. 그래도 결혼을 진심으로 축하드려요."

"감사해요, 영애."

결혼식 날 황제와 데이트를 했다는 핑계가 더 설득력이 있을 거라는 생각이 들었지만 굳이 입 밖으로 뱉을 필요는 없다. 나는 챙 모자를 정돈하는 척하며 주변을 살폈다. 내가 앉아 있는 테이블의 남은 한 자리에 족족 도착하는 여인들의 시선이 머물렀다 사라졌다. 캐스카트 영애의 도움으로 나는 자연스럽게 내집단 안에 들이고 싶은 사람으로 관심을 받을 수 있었다. 우연은 아닐 것이다. 하지만 캐스카트 영애의 호의가 무슨 의미인지 생각하기에 앞서 이들과 대화에 집중해야 했다.

"그러고 보니 캐스카트 영애는 결혼식이 얼마 남지 않았다고 들었는데 바쁘진 않은가요?"

자신과 대화를 나누지 않은 게 섭섭하지도 않은지 캐스카트 영애는 딴청을 피우다가 갑작스럽게 나온 자신의 이름에 조금 놀란 웃음을 지으며 대답했다.

"원래는 그래야겠죠. 그렇지만 아마릴리스 공주 전하께서 준비를 도맡아서 해주시고 계셔요."

"그렇군요. 아마릴리스 공주께서는 특별한 걸 좋아한다고 들었어요. 이번에 영애의 결혼식에서 좀 색다른 풍경을 볼 수 있지 않을까요?"

"그렇잖아도 관습대로 하는 건 좀 지루할 것 같다며 고민하고 계세요. 전 어떤 것이든 나쁘지 않고요."

캐스카트 영애는 현 황제의 이복 누나인 아마릴리스 공주의 아들, 버컨 공자와 약혼한 상태다. 앞으로 그녀의 시모가 될 아마릴리스 공주에게는 이혼과 관련한 무성한 소문이 있었는데, 그 밖에도 전 남편을 미워했음에도 아들만큼은 끔찍이 아낀다는 이야기도 돌았다. 영애의 가장 큰 장애물이 아마릴리스 공주라는 이야기가 있을 정도로.

"그러고 보니 제 친우도 그렇지만 헌팅턴 부인께서도 어린 나이에 결혼을 하셨군요. 조금 억울하지 않나요? 저는 결혼 적령기의 마지막의 마지막까지 최대한 버틸 생각이거든요."

탕크빌 영애의 물음은 다소 직설적이었다. 무례하게 평가될 만한 부분이 있긴 했지만 악의를 품은 것 같지는 않았다. 나는 잠시 어떻게 대답을 해야 할지를 고민하다 목소리가 높아지지 않도록 신경을 쓰며 입을 열었다.

"그렇게까지 나쁘지는 않아요. 물론 모든 영애가 같은 환경이라고 단언할 수는 없겠지만 저는 결혼하기 전에도 그렇게 자유롭게 지냈다고는 볼 수 없거든요."

"자유롭지 않다고요? 어째서죠?"

"수도와 지방의 사교 환경에 조금 차이가 있거든요. 저는 결혼 후에 더 자유로이 사교 활동을 하는 것 같아요."

"음, 작년에 두 달 정도 지방에 있는 친척에게 가서 지냈던 적이 있어요. 생각해 보니 그때 제 또래인 레이나는 거의 저택 밖으로 나가는 일이 없었던 것 같아요. 부인의 말씀이 이해가 돼요."

탕크빌 영애의 대답에 캐스카트 영애도 그제야 고개를 끄덕였다. 잠시 뒤 초대받은 이들이 모두 도착했는지 해밀턴 부인이 미소를 지으며 티 테이블이 늘어선 정원으로 걸어 들어왔다.

"제가 친밀하게 생각하는 분들께만 초대장을 보냈어요. 즐거운 시간을 즐겨주셨으면 해요."

해밀턴 부인의 말에 다른 여인들 역시 웃으며 다시 한 번 초대해 주어 고맙다고 인사했다. 그녀는 자연스럽게 내가 앉은 테이블로 걸어왔고 나와 두 영애 역시 다시 한 번 초대에 대한 감사 인사를 한 후 다과를 들었다.

"얼마 전 남편과 승마를 하다 버컨 공자를 마주쳤어요. 굉장히 늠름하시더군요. 결혼을 앞두어서인지 훨씬 얼굴이 좋아 보였어요. 캐스카트 영애 덕분이겠죠?"

"어머, 저도 그랬으면 좋겠네요."

"분명 영애 덕분일 거예요. 그러고 보니 오늘 제 남편이 버컨 공자와 약속이 있다고 들었는데 알고 계신가요?"

해밀턴 부인의 물음에 캐스카트 영애가 고개를 끄덕였다.

"아, 들었어요. 판델에서 조선업을 하던 자에게 보물섬에 대한 정보를 들으러 간다던데."

"남자들은 참 허황된 소리에 귀를 잘 기울여요. 그렇죠?"

우리는 다 함께 웃음을 터뜨렸다. 그리 재미있는 이야기는 아니었지만 그렇다고 해서 똥 씹은 얼굴로 앉아 있을 순 없는 노릇이다. 나는 그때그때 상황에 적합한 표정을 꾸며내며 분위기를 맞췄다.

이윽고 해밀턴 부인이 일어나자 나도 그녀를 따랐다. 첫 사교 모임에서 같은 이들과 오래 앉아 있는 것은 바보짓이다. 또한 주최자가 나를 이끌어주는 친절을 베풀고 있다면 거절 않고 누리는 게 좋다. 언젠가는 나 역시 베풀어야 하는 친절이니.

새로운 자리에서 나는 도톰한 애교 살이 눈에 띄는 영애와 새로이 인사했다.

"루이스가의 아멜리예요. 반가워요, 부인."

"스칼렛 헌팅턴입니다. 저 역시 만나 뵙게 되어 반가워요. 와인색 장갑이 무척 예쁘군요."

"저 역시 부인이 낀 장갑이 고급스럽다고 생각했어요. 게다가 따뜻해 보이는군요."

루이스 영애는 특별히 눈에 띄는 외모를 가진 건 아니었으나 활발하고 웃음이 많아 호감을 이끌어내는 스타일인 것 같았다. 또 하나 나를 감탄하게 만든 건 그녀의 드레스 센스였다. 나를 포함한 대부분의 여인이 야외 드레스는 장신구를 비롯해서 구두까지 모든 색상을 통일하는 반면 루이스 영애는 다양한 색을 어울리게 매치하여 더욱 세련된 감각을 뽐내고 있었다. 나는 전형적인 수도 아가씨인 그녀와 친해지고 싶다고 생각했다.

"그러고 보니 루이스 영애는 좋으시겠어요. 대공 전하께서 수도에 오셨으니까요."

해밀턴 부인의 말에 루이스 영애의 입꼬리가 올라갔다. 나는 그녀가 나보다 두 살이나 많음에도 소녀처럼 천진한 얼굴을 할 수 있다는 사실이 신기하게 느껴졌다.

"몇 년 만에 오라버니를 뵈어 요즘 좋긴 해요. 부모님께서도 굉장히 흡족해하시고요. 저는 제가 시집가기 전까지 오라버니를 뵐 일은 없을 거라고 생각했거든요."

"아, 헌팅턴 부인께서는 잘 모르실 수도 있겠군요. 루이스 공자께서는 킹슬리 대공 전하의 호위 기사거든요. 몇 년간 킹슬리에 머무셨죠. 그래서 영애께서는 8년 만에 공자를 뵙는 거예요."

그제야 대화의 내용을 파악할 수 있었다. 나는 너무 많이 웃어 이제는 경련이 일어날 것 같은 입꼬리를 다시 올리며 그녀에게 축하의 말을 건넸다.

"좋으시겠어요. 저는 수도에 올라와서 6개월 정도 가족을 보지 못했는데 이번 결혼식 때 보니 정말 좋았거든요. 저는 겨우 6개월이었는데 영애는 8년이나 되는 시간이었으니……."

"대공 전하께서 최대한 늦게까지 있으셨으면 좋겠어요. 어렸을 때는 오라버니께서 절 천방지축이라 혼내고 꾸중하신 기억밖에 없는데, 이제는 다 커서 그런지 혼내지도 않으시고 잘 대해 주시더라고요."

나는 그녀와 함께 이런저런 대화를 나누었다. 해밀턴 부인이 계속 자랑하고 싶어 했던 특제 디저트가 나올 때쯤, 루이스 영애는 자신을 아멜리라고 불러달라며 내게 친밀함을 표했다.

"그렇다면 대공 전하께서는 이번에 신하도 많이 데리고 오신 거군요?"

"최대한 가족들과 많이 만나게 해주려고 아량을 베푸신 것 같아요. 케이스네스 백작 각하를 비롯해 킹슬리로 떠난다고 수도의 집을 처분하신 분들은 루이스가에 머무르고 계세요."

"그렇다면 대공 전하께서도 루이스가에 계신가요?"

"첫날은 그랬죠. 지금은 황궁에서 머무르고 계시다고 알고 있어요."

"어머나, 그렇군요. 이번 황궁 무도회가 대공 전하를 위해 열린다는 것이 거의 확실한 것 같네요. 호호호."

나는 킹슬리 대공에 대한 정보를 조금이라도 더 캐내기 위해 몰려드는 부인들을 피해 살짝 발을 뺐다. 아직 시간을 얼마 보내지 않았음에도 불구하고 기가 쪽쪽 빨리는 느낌이 들었다. 아직까지 잔뼈 굵은 수도의 귀부인들에 비해 나는 내공이 턱없이 부족했다.

그저 여인들의 수다일 뿐인데도 무척이나 피곤했던지, 나는 마차에 올라타자마자 곧장 잠이 들어버렸다. 마차 밖에서 문을 두드리지 않았더라면 아마 잠에서 깨어나지 못했을 것이다. 부스스 눈을 뜬 나는 손거울을 꺼내 비틀어진 모자를 바로잡고 번진 눈 화장을 손수건으로 살짝 지워낸 뒤에야 문을 열고 마차 밖으로 나왔다.

문을 두드린 이는 직속 시녀 중 하나인 노라였다.

"마님, 급히 가셔야 할 것 같습니다. 그, 공작 전하의 정부가……."

"말조심하렴. 여긴 밖이란다."

헌팅턴가의 땅이지만 이곳은 저택 내부가 아니었다. 나는 부주의하게 구는 노라를 일단은 막아선 뒤 앞장섰다. 긴장이 되니 습관적으로 치맛자락을 찾게 되었다. 그러나 나는 치마가 뒤로 묶여 있다는 사실을 깨닫고 장갑을 벗어 오른손에 쥐었다.

남편의 정부와 관계될 때면 무엇이든 잡지 않고는 버티지 못할 것 같았다. 남편을 사랑하지도 않으면서 뭐가 그리 불안한 건지 스스로도 알 수 없었지만 어쨌든, 그랬다. 무슨 일이 벌어지고 있는지를 알지 못했기에 더욱 그랬다. 마음이 급해진 건 당연한 일이었다. 발걸음 역시 마음만큼이나 다급해졌다.

저택 앞에 도착하자 역시 창백하게 질린 시종이 문을 열어주었다. 그가 문을 열자 소란스러운 복도의 광경이 눈앞에 펼쳐졌다. 무어 부인과 남편의 정부인 조슈아가 매서운 얼굴로 다투고 있었다.

"대체 이게 무슨 일인가?"

다투고 있던 두 여인이 나를 발견한 순간, 그들의 표정에서는 희비가 갈렸다. 조슈아의 얼굴은 밝아졌고 무어 부인의 얼굴은 딱딱하게 굳어졌다. 아무 말 하지 않았음에도 나는 그들의 표정이 엇갈리는 이유를 알 수 있었다.

무어 부인은 분명 내가 오기 전 일을 처리하지 못했다는 것에 자존심이 상했을 테고 조슈아는…….

"드디어 말이라는 걸 하는군요."

건방진 말투보다는 당당한 표정에 더 신경이 쓰였다. 무어 부인과 싸울 때에는 눈을 세모꼴로 만들고 있던 비천한 계집아이가 나를 볼 때는 풀린 얼굴을 했다. 당연히 내게 호감을 가졌기 때문은 아니었다.

조슈아는 나를 만만한 대상, 저가 충분히 이길 수 있는 대상으로 여기고 있기에 이렇게 자신만만한 태도를 보이는 것이다. 그 말도 안 되는 당당함에 웃음이 나왔다. 차라리 힘 뺄 것 없이 무어 부인에게 이 날뛰는 망아지의 처분을 맡길 것을 그랬나, 하는 후회도 잠깐 들었다.

"아무리 공저의 마님이라 할지라도 권력을 심하게 남용하시는군요."

배운 것 없는 주제에 꽤나 어려운 단어를 썼다 칭찬이라도 해야 하나 고민하던 차에 문이 열렸다. 남편이 일을 마치고 황궁에서 퇴근한 것이다. 그를 발견한 조슈아의 얼굴은 삽시간에 밝아졌다.

피곤한 얼굴로 들어오던 그는 여인들의 대치 상황에 잠시 눈을 크게 떴다 곧 인상을 찌푸렸다. 헌팅턴 공은 이 상황이 자신에게 가져다줄 피로감에 대해 생각하는 것 같아 보였다. 최소한 내가 보기에는 그랬다.

그의 눈치를 볼 수밖에 없는 여인들은 모두 입을 다물었고 이곳에 모여 있던 가문의 식솔들은 모두 남편을 바라보았다. 그가 이 일을 해결해 주길 바라는 눈치였다. 한참 굳어 있던 공은 딱딱한 얼굴로 입을 뗐다.

"조이."

"샘, 난 정말 억울해. 내가 무슨 수모를 당했……."

"뭐 하는 짓이지? 내가 별채에서 나와선 안 된다고 그리 일렀건만."

그녀를 책하는 행동에 모두가 놀랐다. 나도, 남편을 철석같이 믿고 있던 조슈아도 마찬가지인 듯했다. 그녀는 자신을 추궁할 거라고는 상상하지도 못 한 모양인지 얼굴이 새하얗게 질려 있었다. 이렇게 보니 어렸다.

"대답해."

예상치 못한 전개에 잠시 당황하긴 했지만 곧 남편의 의도를 눈치챌 수 있었다. 가문의 주인인 그가 공공연하게 그녀를 야단한 후에는 내가 건드리기 어려웠다. 그 얕은 수를 간파하자 슬그머니 헛웃음이 나올 것 같았다. 참 비겁하지 않나.

"나, 나는……."

저를 구해 주려는 남편의 의도도 간파하지 못한 멍청한 계집은 말도 잇지 못한 채 우물쭈물거렸다. 결국 남편의 거짓된 분노에서 그녀를 막아낸 건 나였다. 벌하지는 못 하더라도 왜 여기까지 찾아와 난동을 피우는지에 대해서는 들어야 할 것 같았다.

"이렇게 소동이 일어난 것은 공저를 제대로 관리하지 못한 제 탓이니 그녀를 더 책하지는 마세요."

"부인, 조이는 규칙을 어겼습니다."

"공저를 관리하는 제가 모르는 규칙도 있던가요? 그녀가 별채에서 지내는 건 알고 있지만 그것이 가문의 규칙으로 정해졌다는 이야긴 들은 적이 없어요. 어쨌든 조슈아 양은 제게 할 말이 있는 것 같군요."

우습게도 그녀는 내 말에 용기를 얻은 것 같았다. 아니면 저를 책망하더라도 제 연인의 앞이라고 믿고 까부는 건지도 모르겠지만.

"마님께서는 제가 아끼던 하녀를 마음대로 해고하시고 제게 말씀도 하지 않으셨고, 저를 감시할 계집을 대신 보내셨어요. 오전에 무어 부인과 그 아이가 대화하는 것을 보았다는 이가 있어요. 이건 정말 부당한 처사예요."

간혹 감정적인 모습을 내비친다는 건 알고 있었다. 그러나 이런 식일 줄은 꿈에도 알지 못했다. 반년 가까운 시간 동안 봐왔던 조슈아와 오늘의 조슈아가 이렇게 달라 보이는 이유는 대체 무엇일까. 스스로 이해가 되지 않아 무척이나 혼란스러웠다.

그저 마음을 달리 먹은 것뿐인데, 아래에서 위를 올려다보지 않고 위에서 아래를 내려다보고자 했을 뿐인데 이렇게 손쉬운 먹잇감이 되어버린 것일까. 나는 한참 동안 말을 잃은 채 조슈아를 응시했다. 이렇게 가벼운 아이를 내 적수라고 생각했던 과거의 내가 너무나도 한심하게 여겨졌다.

침묵은 남편의 깊은 한숨으로 깨어졌다. 그녀를 지키려던 계획은 이미 산산조각 난 지 오래였다. 헌팅턴 공은 불편한 얼굴로 고개를 돌린 채 이 상황을 관망하던 이들을 지나쳐 2층으로 올라갔다. 조슈아는 그런 남편의 뒷모습을 멍하니 바라보고만 있었다.

결국 상황을 정리해야 하는 건 나였다. 나는 딱딱한 얼굴로 무어 부인을 쳐다보았다.

"무어, 자네가 충분한 설명을 하지 않았는가?"

"기존의 하녀가 타 가문의 정보원이라는 사실을 미리 고지한 뒤, 하녀를 교체하였습니다."

"그렇다는구나."

내 말에 다른 곳을 쳐다보던 조슈아가 팔짱을 끼며 나를 돌아보았다. 자존심, 그 모습에서 굽히지 못하는 자존심이 묻어났다.

"좋아요. 결코 린다가 그럴 리는 없지만 그럴 수도 있다고 가능성만은 인정하겠어요. 하지만 마님, 오늘 새로 온 하녀와 무어 부인이 작당한 것은요?"

강경한 태도로 나를 밀어붙이려는 모양이나 그저 우스운 발버둥일 뿐이었다. 나는 픽 웃으며 무어 부인을 다시 불렀다.

"무어, 혹 내가 모르는 무슨 일이라도 있었던 건가?"

"그렇지 않습니다. 저는 보고드린 대로 일 처리를 진행하였습니다. 공저의 하녀들은 모두 제가 관리하고 있고 하녀들과의 면담 역시도 저의 일입니다."

"다른 하녀들과는 따로 만나는 일이 없잖아요. 안 그래요?"

조슈아는 여전히 납득할 수 없다는 듯 무어 부인의 말을 받아쳤다. 표정이 나빠지기는 했지만 무어 부인은 본분을 잃지 않고 침착하게 설명했다.

"셀라의 경우 새로 배정받은 지 얼마 되지 않은 하녀입니다. 저는 하녀들이 새로운 역할에 배치되면 부족한 점이나 불편한 점에 대해 짧게 대화를 나눕니다. 이것은 오래전부터 꾸준히 지켜지고 있었던 저택의 규칙입니다."

새로운 하녀는 아마 조슈아가 피임 차를 마시는지 아닌지, 남편이 조슈아를 얼마나 잦은 빈도로 찾는지, 또는 그들이 무슨 대화를 나누는지를 전달하는 무어 부인의 끄나풀일 것이다. 하지만 지금의 조슈아는 하녀의 죄를 밝혀낼 만한 권한도, 능력도 없다.

그녀는 이제야 스스로가 어떤 상황에 처해 있는지를 깨달은 모양인지 당혹스러움으로 얼굴을 물들였다.

"역시, 그렇다는구나."

잔뜩 비꼬는 나의 목소리에 조슈아의 얼굴은 다시금 붉게 달아올랐다. 이제는 더 상대하기조차 귀찮았다. 이런 비천한 것과 대화를 더 나누어봐야 시간만 아까웠다.

"네 당치도 않은 얘기를 피로함에도 불구하고 들어주었으니 너 역시도 선택해야겠구나."

나는 벗은 장갑과 모자를 제인에게 주며 조이에게 다가갔다. 또각또각 구두 소리가 이 재미있는 극의 긴장감을 절정으로 끌어 올리는 듯했다. 상황이 내게 우호적이라는 사실이 기뻐서인지 일부러 입꼬리를 올리지 않았음에도 절로 미소가 나왔다. 오늘 하루가 고달파서인지 발목이 꺾일 듯 아파왔지만 기분은 나쁘지 않았다.

속눈썹이 몇 가닥인지 셀 수 있을 만큼 그녀의 가까이 다가간 나는 나름대로 진지한 얼굴로 물었다.

"네 발로 돌아가고 싶니, 아니면 끌려가고 싶니?"

한 세 번 정도 눈을 깜빡였을까, 조슈아는 수치심에 물든 얼굴로 돌아섰다. 애교 부리는 것처럼 앙증맞은 뒤태가 귀엽고 멍청하게 느껴졌다. 극은 해피엔딩으로 끝났고, 그 주인공인 나는 유쾌한 걸음걸이로 그 자리를 떠났다.

"저녁 식사를 함께하자고 하십니다."

사실 로렌스가 올 것을 예상은 하고 있었다. 무심한 척 돌아서긴 했지만 그래도 계집은 남편이 아끼는 정부였다. 그렇잖아도 나를 눈엣가시처럼 여기고 있는데 그 소중한 계집이 내게 당한다고 생각하면 얼마나 화가 날까. 남편은 나를 불러내지 않을 수 없었을 것이다.

생각을 전개하면 할수록 헌팅턴 공에 대한 감정은 더욱 나빠졌다. 부록으로 딸린 계집도 만만치 않게 짜증이 났지만.

"기꺼이 그러겠노라 전해 주게."

내가 로렌스의 방문을 예상했듯, 로렌스 역시 내 대답을 이미 예상하고 있었던 듯하다. 그는 허리를 굽혀 깔끔하게 인사한 뒤 제 주인에게 그 답을 전달하기 위해 걸음을 재촉했다. 떠나는 모습을 보고 있던 나는 곧 시녀들에게 틀어 올려놓은 머리를 풀어달라 말했다. 머리카락에서 핀이 빠지자 두피가 욱신거리며 통증을 호소했다.

"조금 아프시겠지만 잠시만 참으세요, 마님."

곧 모든 핀을 빼내자, 노라가 내 머리카락을 정성스럽게 빗질해 주었다. 오늘 하루 혹사당했던 머리카락이 우수수 빠져 바닥으로 떨어졌다.

"이러다 탈모가 생기겠어."

"그럴 리가요, 마님께서는 아직 어리셔서 끄떡없답니다."

그 유쾌한 대답에 방 안의 모두가 까르르 웃음을 터뜨렸다. 하지만 무어 부인만은 표정을 굳힌 채 벽에 기대어 서 있었다. 못마땅함이 역력하게 드러나는 얼굴이라 묻지 않을 수가 없었다.

"자네, 표정이 좋지 않군."

"제가 어떻게 마음 편히 웃을 수 있겠습니까, 마님. 그 비천하고 더러운 계집이 마음대로 공저를 휘젓고 다니며 명예와 위신을 깎아내리고 있습니다. 왜 그 계집을 벌하지 않으셨는지 저는 잘 모르겠습니다."

그 진노한 음성에 시녀들이 눈치를 보며 눈을 내리깔았다. 나는 담담한 얼굴로 그녀와 시선을 마주했다. 무어 부인의 마음을 이해하지 못하는 건 아니지만 내가 생각하기에 그녀는 이 상황에 대해 지나치게 주관적으로 파악하고 있다.

"조슈아의 존재가 자네의 마음을 불편케 하는가?"

"당연한 물음이십니다."

"그렇다면 왜 공작 전하를 탓하지는 않지?"

내 물음에 그녀는 당황한 얼굴로 말을 더듬었다.

"그건……."

"자네는 지금 단단히 착각을 하고 있어. 조슈아가 제 발로 공저에 들어올 수 있었던 게 아니네. 공작 전하께서 그녀의 존재와 거주를 허용하셨기에 그녀가 그리 있을 수 있는 것이지. 그렇다면 그 계집보다는 공작 전하가 문제가 아니겠는가?"

"마님, 어떻게 그런 말씀을 하실 수가 있습니까? 공작 전하가 문제라니요!"

답답했다. 남편을 존경하는 무어의 마음을 모르는 건 아니다. 제 젖을 먹여 애지중지 키웠으니 얼마나 귀하고 사랑스러울까. 그러나 그 맹목적인 사랑과 존경이 그녀의 눈을 어둡게 하고 있었다. 그래서 무어 부인이 내가 아는 것을 모르는 것이다.

남편은 조슈아에게 결코 눈이 멀지 않았다. 그가 조슈아를 아끼고 사랑하는 것은 사실이나 사리분별을 못 할 정도로 빠진 것은 아니었다. 그전부터 어느 정도 눈치를 채고는 있었지만, 오늘 그가 보여준 단호하고 냉정한 태도에서 나는 확신을 얻었다. 조슈아를 사랑하는 마음은 진실일지도 모른다. 하지만 자기 자신보다 조슈아를 중하게 여기는 건 결코 아니었다.

"무어 부인, 내 자네가 공작 전하를 생각하는 마음은 잘 알아. 그러나 자네가 내 결정에 불만을 품고 내게 내색하는 건 나를 우습게 보는 게 아닌가."

"오해이십니다. 저는 다만……."

"오늘은 자네가 감정 제어를 제대로 하지 못하는 것 같군. 방으로 돌아가 쉬게."

권유를 가장한 명령에 무어 부인은 입술을 깨물며 일어났다. 그녀는 남편에 대한 충성심이 과한 나머지 가끔 자신의 분수를 모를 때가 있었다. 오늘도 역시 그랬다. 평소와 다른 건 그녀의 그런 태도를 너그러이 보아 넘기던 내가 오늘은 넘어가 주지 않았다는 것이다.

무어 부인이 나갔음에도 분위기는 오히려 더 밝아졌다. 나와 시녀들은 아무렇지 않게 다른 주제를 꺼내어 대화를 나누었고, 그러다 나는 식당으로 내려갔다. 남편은 먼저 식당에 도착해 있었다. 자리에 앉자 주방 하녀들이 음식을 나르기 시작했다.

"오늘도 집무에 시달려서 피곤하실 텐데 저를 위해 이렇게 시간을 내주셔도 괜찮으신가요?"

나는 아무 일도 일어나지 않은 것처럼 평온한 물음을 던졌다. 그 역시 적당히 말을 받았다.

"부인이야말로 결혼식 이후 계속 저택의 일에 바빴다 들었습니다. 로버츠 백작도 찾으셨다고 들었고……."

"약혼 기간 동안 교육을 받긴 했지만 장부 처리 과정에서 이해가 되지 않는 부분이 있어 도움을 받았어요."

"그렇군요. 음식이 다 나왔군요. 들지요."

남편의 말에 나는 식기를 들고 식사를 시작했다. 하루 종일 어깨에 힘을 주고 있었던 탓에 팔이 욱신욱신 아려왔다. 이럴 때는 그냥 식사고 뭐고 필요 없이 누워서 안마를 받는 게 최고지만 공에게 그런 사실을 어필할 수는 없었다. 입에 먹을 거라도 넣는 것이 최선이라는 생각에, 나는 꾸역꾸역 입으로 음식을 가져갔다.

"오늘 일로 마음에 근심이 남을까 우려됩니다, 부인."

식사 도중 남편이 갑작스럽게 말을 건넸다. 말의 본질을 파헤쳐 보면 내가 마음을 옹졸하게 써 조슈아에게 화를 품을까 염려한다는 뜻이었다.

기분이 나빴다. 남편은 분명 자신이 불리한 상황이 되면 망설임 없이 그녀를 버릴 것이다. 겨우 그 정도 마음을 품었음에도 조슈아와 엮일 때마다 나를 불러내어 넌지시 경고하는 것을 아는데 기분이 좋을 수가 없었다.

"그럴 리가요, 전하."

속마음과는 다르게 나는 가볍게 부정했다.

"과정이 어찌 되었든…… 나는 부인께 드릴 수 있는 모든 권한을 드렸습니다. 오늘과 같은 일이 있을 경우에 부인이 독립적으로 일을 처리해도 아무 말 않겠습니다."

그 말에 나는 눈을 동그랗게 뜨고 그를 보았다. 남편의 입에서 나온 말이 생각했던 것과 너무나도 다른 결론이었다.

"어째서 그런 말씀을 하시는 건가요?"

"이것이 부인의 당연한 권한이니까요. 더불어……."

아주 잠깐 동안은 숨소리조차 멈추었다.

"우리는 신뢰를 나누는 부부 사이가 아니겠습니까?"

공저에 들어온 이후, 나는 자그마한 작위를 가진 시골 상인의 장녀였던 때와는 비교도 안 될 정도로 많은 드레스를 구매하고, 선물을 받고, 버렸다.

챈들러 상단이 곤궁하지 않은 재력을 가진 상단이었다고는 하나 시골의 사교계는 수도와는 비교도 되지 않을 정도로 좁았고, 그런 내게 많은 드레스는 필요치 않았다. 그러나 나는 지금 수도의 사교계에 데뷔한 공작가의 안주인이다. 나에게는 수도의 유행을 따라가고 여인들과 잘 어울려 다닐 것이 요구되었다. 입지도 않는 드레스가 많이 필요한 건 그 때문이었다.

아멜리는 적당한 드레스를 고르기 위해서는 양장점 '비너스'가 좋을 거라며 내게 추천을 해주었고 나는 그녀의 친절한 도움을 기꺼이 받아들였다. 천천히 드레스를 구경하던 나는 꽤 아름다운 원단의 연하늘색 드레스에 손을 뻗었다. 옷감이 부드러워 보였고 오래 입고 있어도 편할 것 같았다. 그러나 뻗어진 나의 손은 다른 여인의 손과 겹쳐, 하마터면 그 여인의 손을 잡을 뻔했다.

"어머."

"어머, 어…… 헌팅턴 부인?"

"웨스트미스 영애."

전혀 반갑지 않은 여인이었다. 하지만 나와 그녀는 서로 아주 반가운 가족이라도 만난 듯 기쁜 미소를 띠었다.

"오랜만이에요, 정말 반가워요. 잘 지냈나요?"

"보시다시피 잘 지냈어요. 그러는 영애는, 아, 요즘 훌륭한 신사분을 만나고 계시다 들었어요."

나는 내가 은근히 악랄하다고 생각했다. 얼마 전 웨스트미스 영애가 정식 기사로 임명된 어린 공자와 만나다 이 주도 못 되어 헤어졌다는 소문은 파다하게 퍼져 있는 일이었다. 그녀는 얼굴을 일그러뜨리다시피 웃으며 손을 내저었다.

"소문이 와전된 것 같군요, 부인. 훌륭한 신사분께서 다과를 즐기며 이야기책을 읽고 싶다고 하시기에 친절을 베풀었는데 이런 소문이 날 줄은 몰랐네요. 정말 입이 무서워요. 그렇지 않나요?"

"영애의 말을 들어보니 그렇군요. 저는 못 본 사이 영애가 더욱 아름다워졌기에 당연히……. 실례를 범했군요. 용서해 주시겠죠?"

적을 만들지 않는 게 좋다는 것은 나 역시 알고 있는 사실이나 어차피 척을 질 사람이라면 나를 먼저 질리게 만드는 게 낫다. 이것 역시도 메이슨 부인의 가르침이었다. 내 속내를 그녀에게 들켰는지는 모르겠지만 웨스트미스 영애는 표정을 살짝 굳힌 채 고개를 저었다.

"아니에요. 누구나 실수는 할 수 있는 거 아니겠어요? 그나저나 어쩌죠? 이 드레스는 제가 구매할 생각이에요, 부인."

"안타깝게도 저 역시 이 드레스를 구매할 생각이었는데, 정말 어쩌면 좋을까요?"

나는 난처한 표정을 지으며 웨스트미스 영애를 쳐다보았다. 그녀는 얼굴에서 미소를 지우지 않은 채 아예 손을 뻗어 드레스를 집어 들었다.

"저는 아예 주문서를 쓰고 오는 길이랍니다, 부인. 분명 저는 한 시간 전부터 비너스에 있었는데 부인의 모습은 보이지 않았어요. 그렇다면 이 드레스는 제 것이 아닌가요?"

웨스트미스 영애의 말에서 나는 그녀가 나를 놀리려 한다는 사실을 알아차렸다. 그러나 이럴 때는 화를 내는 것보다는 어수룩한 척하는 것이 더욱 효과적일 터다. 나는 일부러 어리둥절한 얼굴로 어깨를 으쓱했다.

“주문서를 썼다고요? 제가 알기로 비너스는 맞춤 드레스를 제작하는 게 아닌 이상 주문서를 쓰지 않는데……. 아닌가요?”

그녀의 얼굴에 걸려 있던 웃음은 흔적도 없이 사라져 있었다. 나는 웨스트미스 영애와 그녀의 손에 들린 드레스를 번갈아 쳐다보다 빙긋 웃었다.

“어린애처럼 이런 흔한 드레스를 놓고 다툴 수는 없죠. 영애가 더 예쁘게 입어주세요.”

자존심을 떠나 보는 눈이 많은 이곳에서 웨스트미스 영애와 대치하는 것은 멍청한 행동이다. 게다가 영애는 사교계에서 무척이나 넓은 인맥을 자랑하고 있지 않나. 속이 쓰렸으나 나는 선심을 쓰듯 그녀에게 드레스를 양보했다.

“혹시 기분이 상하신 것은 아니죠?”

그런 내 마음을 간파한 듯이, 웨스트미스 영애가 얄미운 목소리로 물었다. 물론 나는 전혀 아니라는 듯 깔끔하게 고개를 내저었다. 그리고 아무 일도 없었다는 듯 그녀를 칭찬했다.

“그럴 리가요, 말씀드렸다시피 저희는 성숙한 어른인걸요. 좋은 하루 보내시기 바라요.”

불쾌해진 기분으로 쇼핑을 하고 싶지는 않았다. 나는 자세가 흐트러지지 않도록 신경을 쓰며 밖으로 걸어 나왔다. 바람을 좀 쐬자 천천히 마음이 가라앉으면서 조금 전의 내가 부끄러워졌다. 천방지축처럼 겨우 드레스 한 벌을 가지고 싸움을 할 뻔했다.

철부지 영애를 실컷 놀려주며 내게 질리게 하는 것이 목적이었지, 흔하게 널린 드레스로 그녀와 싸우려던 것은 아니었다. 그녀의 도전적인 눈빛이 내게도 영향을 미친 게 틀림없었다. 갑작스럽게 몰려오는 피로감에 관자놀이를 손가락으로 꾹꾹 누르자, 베스가 걱정스러운 얼굴로 물었다.

"마님, 괜찮으세요? 음료수라도 사올까요?"

"아니, 괜찮아."

걱정하는 시녀들에게 대충 대꾸를 하며 길거리를 눈으로 쭉 훑던 나는 적갈색 머리카락의 남자와 눈이 마주쳤다.

"아, 헌팅턴 부인."

안면이 있는 사람이었다. 이 사람이 반가울 이유는 조금도 없었지만 나는 태연하게 그를 반기는 척 웃음을 머금고 인사했다.

"오랜만이에요, 탕크빌 백. 이런 거리에서 마주칠 줄은 몰랐네요. 어디 가시는 건가요? 급해 보이시는군요."

"아, 사실 판델에서 조선업을 하다 왔다는 사람을 만나러 가는 길입니다. 보물섬에 대한 내용을 얘기해 준다고 하던데, 진짜인 것 같지는 않아도 보통 남자들은 이런 화제에 흥미를 갖곤 하지 않습니까."

그 말에 나는 눈을 반짝 떴다. 그러고 보니 해밀턴 백작의 다과회에서 그 비슷한 이야기를 들은 것도 같은데, 그때는 왜 놓쳤을까? 가슴이 몹시 두근거렸다. 그러나 나는 일단은 그 설렘을 감추며 물러났다.

"그렇다면 제가 바쁘신 분을 잡고 있었던 거군요. 이만 보내 드려야겠어요. 다음에 또 뵈어요."

"예, 부인. 짧지만 즐거운 시간이었습니다."

탕크빌 백작이 떠나는 뒷모습을 지켜보던 나는 잠시 뒤 긴 고민을 끝냈다. 그리고 곧장 근처에 있는 챈들러 상단의 수도 지부를 찾아갔다. 상단을 이용하게 되면 부모님께 내 일이 전달될 수도 있어 한동안 손을 벌리지 않았지만 오늘은 필요할 것 같았다.

용무를 끝내고 상단에서 나온 나는 곧바로 저택으로 돌아갔다. 드레스 구매를 깜빡했다는 사실은 저택에 도착하고 나서야 깨달았다.

양장점에서 디자이너까지 호출해서 맞췄던 드레스가 완성되어 저택에 도착했다. 그러나 나는 선약으로 인해 한번 입어보지도 못한 채 밖으로 나와야 했다. 드레스 하나를 입자고 중요할지도 모르는 선약을 깰 수 없었기 때문이다.

앞서 재촉한 탓인지 평소보다 훨씬 빠르게 달리는 마차로 인해 속이 울렁거렸다. 나는 구토감에서 벗어나기 위해 오늘 만나기로 한 사람을 떠올렸다. 그는 바로 디시마드 상단의 테베 지부장이었다.

디시마드 상단은 옆 나라 판델에 본점을 두고 테베까지 진출한 대상단으로, 어마어마한 자본을 갖추고 있었다. 게다가 테베뿐만 아니라 다른 나라에도 지부를 여러 개 가지고 있을 정도로 대륙 전체에 영향력을 끼치고 있었다. 그런 디시마드 상단의 테베 지부장을 만나는 이유는 판델에서 조선업을 하다가 테베로 왔다는 장인 마티아스 때문이었다.

"아, 사실 판델에서 조선업을 하다 왔다는 사람을 만나러 가는 길입니다. 보물섬에 대한 내용을 얘기해 준다고 하던데, 진짜인 것 같지는 않아도 보통 남자들은 이런 화제에 흥미를 갖곤 하지 않습니까."

탕크빌 백작의 말을 들은 순간, 무언가 번쩍하고 스쳐 지나가는 것 같았다. 판델은 삼면이 바다로 둘러싸여 있는 나라인지라 조선업이 특히 발달했다. 현재 내가 배를 필요로 하는 상황인지라 조선업에 종사했다는 판델인에게 특히 관심이 갔다.

문제는 내가 그 장인을 만날 수가 없다는 것이었다. 그는 디시마드 상단에 소속되어 있었고 그의 도움을 받기 위해서는 디시마드 상단과 먼저 협의해야 했다. 그래서 나는 디시마드 상단의 테베 지부장에게 만남을 요청할 수밖에 없었다.

마차가 멈췄다. 디시마드 상단의 테베 지부장과 만나기로 한 레스토랑 앞에 도착한 모양이었다. 마차에서 내린 나는 이름을 말하고 종업원의 안내에 따라 호화로운 룸으로 향했다. 나 역시 약속 시간보다 이르게 도착했음에도 불구, 디시마드 상단의 테베 지부장이 먼저 자리에 앉아 있었다. 그는 나를 보더니 밝은 미소와 함께 자리에서 일어났다.

"반갑습니다, 헌팅턴 부인. 디시마드 상단의 테베 지부장인 푸치니입니다."

그는 상인이라기보다는 훌륭한 인품의 신사 같은 느낌의 외모를 가진 40대 초중반의 미남자였다. 푸치니 씨가 내미는 손에 나는 장갑을 낀 채 그와 살짝 악수하며 미소 지었다.

"반가워요, 푸치니 씨. 스칼렛 헌팅턴입니다. 판델인이라고 들었는데 테베어를 굉장히 잘하시는군요."

분위기는 나쁘지 않았다. 나와 그는 여전히 서로에 대한 호의적인 태도를 지우지 않은 채 마주 앉았다. 점심 식사를 하고도 남았을 시간이어서인지 그와 마주 앉은 탁자에는 간단한 다과가 탁자에 놓여 있었다.

어떻게 말을 꺼내야 할지 생각을 하면서 왔는데도 말을 꺼내는 게 쉽지가 않았다. 따뜻한 찻잔을 손바닥으로 감싸 안으며 고민하던 그때, 푸치니 씨가 먼저 입을 열었다.

"헌팅턴 부인께서는 제가 아는 사람을 많이 닮으셨군요."

역시 상인인 걸까. 긴장을 풀기 위해 꺼낸 게 뻔한 듯한 주제에 나는 미소와 함께 그의 말을 받았다.

"어머, 그런가요? 저와 닮았다는 분은 판델인인가요, 테베인인가요?"

"판델인입니다. 제 오랜 친구죠."

"푸치니 씨와 함께 상업에 종사하시는 분인가요?"

내 장난스러운 물음에 푸치니 씨가 호탕하게 웃음을 터뜨렸다. 나는 그의 웃는 모습이 상당히 마음에 들었다. 장사꾼이니만큼 속까지 선하진 않겠지만 최소한 겉가죽은 보는 사람에게 호감을 일게 만들었다.

"아닙니다. 그 친구가 들으면 재미있어 하겠군요. 그녀는 주술사입니다."

"그렇군요. 음, 사실 푸치니 씨께 부탁드릴 것이 있어서 이렇게 따로 만나 뵙고 싶다고 청했었어요. 디시마드 상단에 소속된 마티아스 씨의 도움이 필요해서요."

"마티아스라면…… 아, 얼마 전 테베로 들어오게 된 그 친구를 말씀하시는 모양이군요. 찾으시는 이가 조선업을 하던 사람이 맞습니까?"

"네, 맞아요."

내 대답에 푸치니 씨는 눈썹을 살짝 찌푸리며 조금 전과는 달리 낮은 음성으로 중얼거리듯 말했다.

"만약 보물섬에 관련한 허황된 얘기 때문에 그를 찾으시는 거라면 마티아스는 도움이 될 수 없을 겁니다. 그건 그저……."

"그 사람이 보물섬이 어쩌고 하는 얘기를 떠들고 다닌다는 사실은 잘 알아요. 하지만 제가 필요한 건 그 사람의 혀가 아니라 그 사람의 손이에요."

내 말에 푸치니 씨가 잿빛 눈동자를 반짝였다. 내 대답이 그의 흥미를 동하게 만든 것 같았다. 사실 호기심을 가질 법도 했다. 다 같이 둘러앉아 수다나 떨어댈 것 같은 귀족 여자가 무엇 때문에 장인의 손으로 만든 배가 필요하단 말인가.

그러나 나는 푸치니 씨가 내게 이유를 묻는다 해도 대답해 줄 생각이 조금도 없었다. 아는 것은 힘이다. 나 혼자 생각했던 것을 남에게 얘기하는 순간, 그것은 남도 아는 내용이 되어버린다. 정말로 필요한 게 아니라면 구태여 푸치니 씨에게 구구절절 설명하고 싶진 않았다.

"죄송하지만 헌팅턴 부인, 마티아스는 아직 테베에 온 지 얼마 되지 않아 굉장히 바쁜 상태입니다. 일단은 그와 연락을 해본 뒤에 부인께 말씀을 드릴 수 있을 것 같군요."

"그렇다면……."

"최대한 긍정적인 답변을 드릴 수 있도록 노력하겠습니다."

푸치니 씨가 단호하게 내 말을 잘랐다. 그는 여전히 아까와 다를 바 없는 다감한 미소를 짓고 있었지만 나는 더 이상 그에게 조를 수 없다는 사실을 금방 읽어낼 수 있었다. 오늘 많은 것을 얻어 가리라고 기대하진 않았기에 나 역시 미련 없이 자리에서 일어났다.

"즐거운 시간이었습니다, 부인."

"저 역시도요. 연락을 손꼽아 기다리고 있겠어요."

나는 푸치니 씨와 의미 없는 인사를 나누며 내 계획의 실현에 무엇이 필요한지 등에 대해 구체적으로 알아보기로 결심했다.

“아, 부인. 손수건을 흘리셨군요.”

그는 돌아가기 위한 마차에 타려는 나를 붙잡아 레스토랑에서 흘리고 온 손수건을 깔끔하게 접어 건넸다. 제 물건 하나 제대로 챙기지 못하는 어수룩한 모습을 보였다는 것이 민망했다. 나는 얼굴을 붉히며 그 손수건을 받아 들었다.

“감사합니다.”

“당연한 일입니다, 헌팅턴 부인. 그런데 혹시, 처녀 적 성이 어떻게 되시는지 제게 알려주실 수 있으십니까?”

갑작스러운 푸치니 씨의 물음에 대답을 망설이던 나는 곧 미소와 함께 대답했다.

“챈들러예요. 스칼렛 챈들러.”

내 대답에 그는 의미심장한 미소를 띤 것도 같았다. 잘못 본 것인지도 모르지만…….

조슈아는 자신이 직접 뽑지 않았다는 이유로 죄 없는 하녀들을 끊임없이 괴롭혔다. 결국 하녀들이 단체로 일을 그만두겠다고 하고 나서야 그녀의 이야기는 내게 전해지게 되었다. 그 계집을 찾아가 뺨을 당장에라도 올려붙일 수 있겠지만 슬프게도 나는 그런 귀찮음을 감당하고 싶지 않았다.
“직접 뽑을 수 있게 해.”
중요한 일을 앞두고 있었기에 그녀에게 신경을 쓸 만큼의 여유가 없었다. 설사 그럴 만큼 한가하다 해도 그런 하찮은 존재에게 관심을 갖고 싶지 않았다. 오늘은 특히나 바빴다. 오전에 쏟아진 업무량도 어마어마했지만 오후에는 황궁 무도회에 참석하기 위해 단장해야 했기 때문이다.
바쁜 단장을 끝마치고 거울 앞에 선 나는 예쁜 라인으로 떨어지는 드레스를 눈으로 훑어 내리며 거울 앞에서 한 바퀴를 돌아보았다. 여인으로 산다는 건 상당히 고달픈 일이다. 속으로는 숨을 조르는 코르셋과 맞서 싸워야 하면서 겉으로는 아름답게 웃어야 한다니, 이런 고문도 따로 없을 것이다.
드레스를 입는 데만 1시간 가까이 걸렸기 때문에 머리를 만지는 것과 화장을 하는 것, 그리고 액세서리를 고르는 것은 동시에 이루어졌다. 노라가 열심히 머리를 매만지는 동안 나는 백금과 다이아로 장식된 보석을 착용한 뒤 상당히 공을 들여 화장을 끝마쳤다.
“정말 아름다우세요.”
“오늘 무도회에서 마님은 정말 빛이 나실 거예요.”
시녀들은 그들이 완성한 내 모습이 마음에 드는지 몇 번이나 칭찬을 해댔다. 결혼한 뒤부터는 흔하게 겪긴 했으나 나는 아직까지 내 외모에 대한 칭찬이 익숙지 않았다. 괜히 부끄러워진 나는 거울을 보며 반 묶음으로 땋아진 머리를 매만졌다.

잠시 뒤, 로렌스가 노크를 하고 들어와 남편이 아래층에서 기다리고 있다고 알리자 나는 그제야 남편과 드레스 코드를 맞춰볼 생각도 하지 않았음을 깨달았다. 그러나 이제 와 내가 옷을 바꿔 입거나 남편이 턱시도를 다르게 입을 수는 없었다. 고민해 봐야 해결될 일은 아니었으므로 나는 모른 척 밑으로 내려갔다.

"많이 기다리셨나요?"

"아닙니다, 부인."

다른 것보다 헌팅턴 공의 차림새가 먼저 눈에 들어왔다. 다행히 그는 어떤 파트너에게나 어울릴 법한 무난한 검은색 턱시도를 입었다. 그 짧은 인사가 우리 대화의 끝이었다. 마차가 출발한 지 꽤 되었음에도 안은 고요하기만 했다. 상당히 불편한 정적이었다.

"……돌체에 사는 베비트 헌팅턴 씨가 위독하시다는 소식을 들었어요. 그래서 적절한 위로금과 주치의를 보내 드렸어요."

남편이 베비트 헌팅턴이라는 방계 혈족을 모른다는 사실에 내 이름을 걸 수도 있다. 하나 무슨 말이라도 해야 한다는 압박감이 느껴질 정도로 분위기가 삭막했기에 먼저 입을 연 거였다. 이런 시간을 보내다 도착하면 입이 굳어버려 사람들 앞에서도 서로를 아끼고 사랑하는 부부인 척을 하기 힘들 것 같다는 생각이 들었다.

"수고가 많으시군요, 부인."

그 짧은 대꾸에 또다시 침묵이 흘렀다. 그러나 이번 침묵은 오래 가지 않았다.

"아시겠지만 오늘은 합방일을 받아놓은 날입니다."

"……그런가요?"

나는 침울한 기색을 숨기지 못한 채 대답했다. 헌팅턴 공은 내 안색이 좋지 않다는 사실을 눈치챈 듯했다.

"만약 오늘 피곤할 것 같다 하시면 날을 미루겠습니다."

"아뇨, 괜찮을 거예요."

그는 나를 한번 쳐다봤다가 다시 고개를 돌렸다. 그것을 끝으로 나와 그의 사이에는 더 이상 대화가 오가지 않았다.

황궁에 도착한 뒤, 헌팅턴 공은 내가 자신의 소중한 사람이라도 되는 것처럼 성의 있게 에스코트했다. 나는 내 허리에 그의 손이 감긴 순간 깨달았다. 그는 이런 종류의 연기에 숙련되어 있었다. 내 위에 조슈아를 겹쳐 보고 있을지도 모르지만 그는 금방 애처가의 모습을 연기해 냈다.

나는 놀란 마음을 진정시키기 위해 노력했다. 내가 남편과 결혼한 이유가 이 때문인데 새삼 놀랄 것도 없었다.

나와 남편은 천천히 홀 안으로 들어섰다. 많은 귀족이 먼저 무도회를 즐기고 있었지만 그중에서도 내 눈에 가장 먼저 들어온 건 웨스트미스 영애였다. 그녀는 내가 비너스에서 포기했던 그 드레스를 보란 듯이 입고 있었다. 그렇게 아름다운 드레스는 아니었지만 그 위풍당당한 모습에 배가 아픈 건 사실이었다. 그녀를 더 보고 있다간 정말 짜증이 날 것 같아 나는 고개를 다른 쪽으로 돌렸다.

황족들의 자리는 모두 비어 있었다. 아직 아무도 입장하지 않은 모양이었다. 다시 고개를 돌리자 내게 다가오고 있는 아멜리의 모습이 보였다. 나는 급히 헌팅턴 공에게 붙어 서서 다정한 체를 했다.

"어머, 아멜리, 오랜만이에요. 여보, 이분은 얼마 전 해밀턴 부인의 다과회에서 친해지게 된 루이스가의 영애세요."

한 번도 부른 적 없던 호칭이 조금 어색하게 느껴졌지만 남편은 전혀 그렇지 않다는 듯 자연스럽게 행동했다.

"예, 부인. 루이스 영애와는 이미 안면이 있는 사이입니다. 오랜만이군요, 영애."

"네, 오랜만에 뵈어요, 헌팅턴 공. 그동안 잘 지내셨나요?"

아멜리의 물음에 남편은 허리를 감은 손으로 내 허리를 다정하게 쓸어내리며 고개를 끄덕였다. 그 모습은 겉보기에는 퍽 자상하게 느껴졌다.

"물론입니다, 영애. 이번에 루이스 경이 귀환하셨다지요? 루이스 백의 얼굴에 요즘 화색이 돌더군요."

"그런가요? 아무래도 오랜만에 만났으니까요. 틈틈이 수도로 올라와서 뵙기는 했지만 이번처럼 장기적으로 머무르시는 건 드문 일이거든요."

아멜리와 이런저런 대화를 나누자 긴장감이 어느 정도 옅어졌다. 하지만 그와 함께하는 건 아무래도 불편했다. 티 나지 않게 눈알을 굴리던 나는 남편에게 인사하기 위해 다가오던 귀족 무리를 확인한 뒤 자연스럽게 그녀를 따라 자리를 벗어났다.

"헌팅턴 공께서는 스칼렛을 정말로 아끼시는 것 같아요. 아, 스칼렛에게 오라버니를 소개해 드리려고 했는데 오라버니께서 대체 어디에 가셨는지를 잘 모르겠네요."

"아쉽네요. 다음에 기회가 되면 소개해 주세요. 그나저나 오늘 드레스가 무척이나 아름답네요."

"글쎄요, 사실 저도 오늘 제 모습이 마음에 들었었는데 탕크빌 영애를 보고 나니까 만족도가 완전히 떨어졌어요. 장난이 아니더라고요."

"탕크빌 영애가요?"

나는 그녀의 모습을 확인하고 싶어 얼른 주변을 둘러보았다. 그러나 아무리 보아도 모습은 눈에 띄지 않았다. 그 정도로 시선을 잡아채는 여인이라면 보통 금방 발견하게 될 법한데도 보이지 않는다는 사실은 상당히 이상하게 느껴졌다. 내가 너무 오랫동안 그녀의 모습을 찾지 못하자 아멜리는 상냥하게 탕크빌 영애가 있는 쪽을 짚어주었다.

"저기예요."

아멜리의 손가락이 향하는 곳을 따라 시선을 옮긴 나는 금방 아연실색하고 말았다. 우글대는 남자들 사이에 둘러싸여서 탕크빌 영애의 모습이 가려져 있었던 것이다. 그녀의 금발이 이제야 눈에 들어왔다. 잠시 한 남자가 그녀에게서 비켜선 까닭에 드러난 전신에 나는 그제야 아멜리의 말에 공감할 수 있었다.

"대단하군요."

저절로 감탄사가 나왔다. 탕크빌 영애의 드레스는 여태까지 제국에서 보지 못했던 파격적인 디자인이었다. 몸에 완벽하게 밀착되는 미니 드레스는 튜브 탑에, 심지어 앞은 단추로 되어 있었다. 그녀가 몸을 움직일 때마다 단추와 단추 사이로 살짝 벌어져 드러나는 살색이 드레스 색과 대비되어 상상력을 자극했다.

"그렇죠? 정말 대단한 분이라니까요. 아, 스칼렛, 저기 캐스카트 영애가 오고 계시네요. 옆은 아마릴리스 공주 전하이신 것 같은데요?"

아멜리의 목소리에 나는 눈을 동그랗게 뜬 채 캐스카트 영애를 향해 시선을 옮겼다. 사실은 그녀보다는 함께 오고 있다는 아마릴리스 공주에게 더욱 신경이 쓰였지만. 그녀는 내가 오늘 반드시 만나야 하는 사람이었다. 이 무도회에 온 건 단순히 얼굴을 익히고 수다를 떨기 위해서가 아니었다.

마침 이름 모를 공자가 다가와 아멜리에게 춤을 신청했기에 나는 혼자서 그들을 마주할 수 있었다. 아마릴리스 공주는 괄괄한 성격으로 상당히 유명했는데, 그런 모습이 타인에게 호감을 주지 못하는 건 확실한지 곤란한 얼굴의 캐스카트 영애 이외에는 그녀에게 인사하러 오는 사람이 없어 보였다.

"공주 전하를 뵙게 되어 영광입니다. 스칼렛 헌팅턴입니다."

나는 예의 바른 미소와 함께 그녀에게 먼저 인사를 한 뒤 캐스카트 영애에게 고갯짓으로 가볍게 인사했다. 그녀는 붙잡혀 있는 자신을 제발 구해달라는 듯 간절한 눈빛이었지만 오늘 아마릴리스 공주에게 볼일이 있는 나는 캐스카트 영애가 원하는 대로 해줄 수가 없었다.

"반가워요. 내가 신경 쓸 일이 많아 헌팅턴 공작의 결혼식에는 참석하질 못했지."

아마릴리스 공주는 다행히 나를 박대하지 않았다. 그녀에게 좋은 인상을 주지는 못했어도 나쁜 인상을 준 건 아닌 모양이었다. 그녀가 마침 결혼식이라는 주제를 꺼내주었기에 나 역시 한창 거기에 신경이 집중되어 있을 그녀를 위해 다양한 이야기를 늘어놓았다.

아무래도 항상 위로 추켜세워졌던 여인이어서인지 적절한 타이밍에 호응을 해주지 않아 대화 진행에 불편함이 있었다. 그러나 캐스카트 영애의 도움으로 나는 그리 어렵지 않게 대화를 이어나갈 수 있었다.

"음, 필리아. 그럼 조만간 그 양장점의 디자이너를 만나 보도록 하자꾸나. 헌팅턴 부인이 이렇게까지 추천을 하시는데 믿을 만한 곳이지 않겠니?"

그 제안이 캐스카트 영애에게는 그리 달갑지 않은 듯했다. 그녀는 잠시 대답이 없더니 곧 억지스러운 딱딱한 웃음과 함께 대답했다.

"네, 전하. 저 역시 상당히 기대가 됩니다."

"그런데 마이클은 어디에 있니? 보이지 않는데……."

그 말에 캐스카트 영애는 기다렸다는 듯 버킨 공자를 찾아오겠다며 자리를 떴다. 마뜩찮은 얼굴로 캐스카트 영애의 뒷모습을 보며 혀를 차던 아마릴리스 공주는 다시 내게로 몸을 돌렸다. 나는 턱 끝을 살짝 들고 부드러운 미소를 띤 채 그녀와 시선을 마주했다.

"착각한 게 아니라면 헌팅턴 부인, 내게 할 말이 있어 보이는데."

나를 바라보는 그녀의 눈에는 어쩐지 서늘한 빛이 깃들어 있었다. 긴장 때문인지 부채를 쥔 손에 힘이 바싹 들어갔다.

"그렇습니다, 전하."

"결혼식에 대해 좋은 이야기를 많이 해주었으니 내게 할 이야기가 있다면 긍정적으로 들어보도록 하겠어요."

"감사합니다. 사실 저는 공주 전하께서 소유하고 계신 플로리치아 운하에 관심이 있습니다. 단도직입적으로 설명드리자면 운하에 대한 사업을 구상하고 있습니다. 사업 진행에 대한 허락을 구하고 싶습니다."

아주 재미없는 주제는 아닌지 그녀는 구미가 당긴다는 듯 고개를 오른쪽으로 틀며 진한 미소를 보였다. 그녀의 웃음에는 가진 자의 여유가 느껴졌다.

"아하, 설마 맨입은 아닐 거고. 내게 무엇을 대가로 지불하려는 거죠? 헌팅턴 부인이 내게 무엇을 얼마나 제공할 수 있을지 궁금하군요."

얼핏 별생각 없이 나오는 대로 말하는 것처럼 보이지만 사실 그녀가 묻는 것들은 하나하나 대답하기 곤란하고 집요한 것이었다. 나는 대답 없이 그저 미소를 보였다. 보통 대답을 회피하고 미소를 보이는 건 현재 당장 대답하기 어렵다는 뜻으로 통용되건만 그녀는 아예 직접적인 질문을 던졌다.

"거래를 청할 만한 능력은 있으나 그에 대해 공개하기는 싫다는 뜻인가요?"

난감함에 가슴이 떨렸다. 이 거래에서의 갑은 아마릴리스 공주다. 그녀 역시 그 사실을 아주 잘 알고 있었고, 그러니 소위 말하는 갑질을 할 수 있는 거였다. 그녀의 혈통, 작위, 재산, 그리고 이 거래에서 취할 수 있는 그 모든 것이 나를 을로 만들고 있었다.

이 영리한 갑에게 어디까지 얘기할 수 있을지, 과연 이 자리에서 모든 내용을 말해도 될지에 대한 확신이 서지 않았다. 대답을 하기가 난감했다. 바로 그때였다.

"누님, 여기 계셨군요."

나를 구해 준 것은 뜻밖에 나직한 남자의 음성이었다. 아마릴리스 공주를 '누님'으로 칭할 수 있는 남자는 단 한 명밖에 없으니 내 예상이 맞을 것이다. 나는 다가온 남자가 킹슬리 대공이라는 사실을 알고 몸을 돌렸다.

"대공 전하를 뵙습니다. 스칼렛 헌팅턴이라고 합니다, 전하."

"아, 헌팅턴 공작은 어렸을 적 내 말동무로 친한 사이였죠. 결혼식 날 본식에는 참석하지 못해서 부인과 인사를 나누지 못했었던 것으로 기억합니다. 반갑습니다. 조지 킹슬리입니다, 부인."

그가 내게 인사를 건네는 동안 찬찬히 살펴본 킹슬리 대공은 아마릴리스 공주와 혈연관계임을 증명이라도 하듯 마찬가지로 금발에 금안을 가지고 있었다. 그녀에 비해 묘하게 더 짙은 금안에 잠시 넋을 놓을 뻔했으나 나는 빠르게 마음을 가다듬었다. 이 순간 킹슬리 대공의 외모에 넋을 놓는 모습을 보이면 아마릴리스 공주가 얼마나 한심하게 볼지 그리 어렵지 않게 짐작할 수 있었기 때문이다.
“마침 잘 왔구나. 그렇잖아도 네 도움이 필요할 것 같았는데.”
“누님께서 필요로 하신다면 얼마든지 기쁘게 도와드릴 수 있을 겁니다. 무슨 일입니까?”
“달콤한 말만 늘어놓는구나, 조지. 다름 아니라 플로리치아 운하에 대해서 헌팅턴 부인과 얘기를 할 것이 좀 있단다. 네가 내 대리인이 되어 부인과 얘기해 보는 건 어떻겠니?”
돌아가는 상황이 잠시 이해가 되지 않았지만 나는 곧 그녀가 어째서 플로리치아 운하 협상을 대공에게 넘기는 건지 깨달을 수 있었다. 운하는 테베의 신화가 얽혀 있는 장소로, 소유는 ‘테베’의 성을 가진 사람만이 가능했다. 그녀의 아들인 버컨 공자는 테베의 성을 가지고 있지 않아 공주가 죽게 되면 다시 황가에 귀속될 수밖에 없었다. 그러나 그녀가 대공에게 운하를 양도한다면 이야기는 달라질 수 있었다. 나는 그 짧은 대화로 공주가 황제보다는 대공을 더 배려하고 있음을 알 수 있었다.
“플로리치아에 대해서 말입니까?”
나를 바라보는 그의 금안은 호기심으로 물들어가고 있었다.
“알다시피 마이클의 결혼식 준비만으로도 내겐 벅차. 이 일에 그다지 신경을 쓰고 싶지는 않구나. 네가 대신 처리해 주렴.”
“누님의 뜻이 그러하시다면 따를 수밖에요. 한데 벌써 마이클이 결혼할 때가 되었습니까?”
“소식이 느리구나, 조지. 아무리 내가 소식을 전하지 않았다 하나 이를 모르는 이는 없을진대. 저기, 남색 드레스를 입고 있는 필리아 캐스카트 영애가 마이클의 피앙세란다."

아마릴리스 공주는 아들을 찾았다는 사실이 그저 기쁜지 나와 킹슬리 대공만을 남겨둔 채 이 자리를 벗어나 버렸다. 자연스럽게 나와 그만이 멀뚱히 남아 서로를 마주하게 되었다. 어색한 기운이 감돌았지만 킹슬리 대공은 쾌활한 얼굴로 먼저 입을 열었다.

"테베 최고의 관광지인 만큼 그동안 플로리치아 운하에 관심을 가지는 귀족은 상당히 많았습니다만 그래도 부인께서 하실 이야기가 무엇인지는 상당히 궁금하군요."

"……대공 전하를 실망시킬 시시한 이야기는 아닐 거라고 생각해요. 하지만 이렇게 공개적인 장소에서 바로 이야기를 꺼내는 건 조금, 꺼려지네요."

"휴게실은 어떻습니까?"

젊은 남녀가 함께 밀폐된 공간으로 들어가는 모습이 발각될 경우 운이 나쁘면 어떤 소문이 나는지 모르지 않았다. 사실 수도의 분위기상 그런 스캔들이 특별한 이슈는 아니었지만 킹슬리 대공은 현재 수도 최고의 신랑감이었고 나는 결혼한 지 얼마 되지 않은 헌팅턴 공작의 새 신부였다. 조심할 필요성은 분명히 있었다.

"저는 아직까지는 타인의 눈이 두려워서 그 역시도 불가능할 것 같아요. 저는 플로리치아 운하의 허술한 나룻배를 개선하는 쪽의 사업을 구상하고 있어요. 혹시 시간이 괜찮으시다면 따로 찾아뵙고 이야기하고 싶은데……."

내 말에 킹슬리 대공의 눈이 살짝 휘어졌다. 나는 이 아름다운 남자가 나를 나쁘게 보지는 않는다는 느낌이 들었다.

"좋습니다, 부인. 따로 편지를 드리지요."

그 대답과 함께 음악이 바뀌고, 플로어에 있던 남녀의 동작이 빨라졌다.

"아, 제가 좋아하는 곡입니다. 혹시 한 곡 추시겠습니까?"

호감을 보이는 남자를 거부해서 좋을 것은 없었다. 또한 내가 생각하고 있는 거래가 성사되려면 아무래도 거래의 주도권을 쥐고 있는 쪽과 친분을 다지는 게 중요했다. 나는 기꺼이 치맛자락을 잡고 그를 따라나섰다.

그와 나는 사람들이 즐겁게 춤을 추고 있는 홀 가운데로 들어갔다. 화려하고, 또 빠른 리듬의 음악에 저절로 흥이 올랐다. 내 허리를 잡고 있는 남자에게 몸을 맡긴 채 다리를 움직이는 건 무척이나 즐거운 일이었다. 몸이 밀착되었다 다시 떨어졌고, 또 손을 마주잡았다 떼기를 반복하자 어느 정도 긴장감이 풀어지는 듯했다. 그와 나의 호흡은 생각보다 훨씬 더 잘 맞았다.

짧지 않은 시간이었음에도 불구하고 플로어에서의 시간이 너무 금방인 것처럼 느껴졌다. 나는 치마를 넓게 펼쳐 파트너로서 고생해 준 대공에게 인사를 하고, 숨을 고르기 위해 밖으로 걸어 나왔다.

벌써부터 피곤함이 몸을 덮쳤다. 휴게실에서 조금 쉬고 싶었지만 아직 황제가 입장하지 않아 자리를 비웠다간 예기치 못한 실수가 나올 수 있을 것 같았다. 나는 잠깐 동안 고민하다 결국 벽에 붙어 있는 푹신한 2인용 소파에 앉았다. 남들의 눈에 잘 띄지 않는 구석의 벽면이었기에 나는 눈치 보지 않고 마음껏 주변을 관찰할 수 있었다.

킹슬리 대공은 어느새 새로운 파트너를 구했는지 다른 여인과 즐겁게 춤을 추고 있었다. 그의 파트너는 여러 번 바뀌었고 그중에는 아멜리도 포함되어 있었다. 남편은 어디에 갔는지 보이지 않았으며 아마릴리스 공주는 버컨 공자와 함께 무대로 들어서고 있었다.

"레넌의 상징, 테베의 태양, 프레드릭 3세 황제 폐하께서 드십니다!"

태양이라고 칭하기는 했지만 실제 태양처럼 눈부신 사람은 아니었다. 레넌의 피를 이었다고는 하나 그 역시 사람이긴 했으니까. 하지만 그는 겉보기에는 보통 사람과 다를 바 없을지라도 테베의 국민을 위해 강력한 마법으로 은혜를 베풀어주는 신적인 존재였다. 나는 여타 귀족들과 마찬가지로 허리를 깊게 숙이고 무릎을 굽혀 통치자에 대한 경의를 표했다.

황제는 킹슬리 대공에 대한 언급을 따로 하지 않았다. 그는 피곤한 기색을 숨기지 못하고 무도회를 즐기라는 말과 함께 자리에 앉았다. 몸이 그다지 좋지 않다는 소문이 거짓은 아니었던 듯, 그는 아파 보였고 또 실제 나이보다 훨씬 늙어 보였다. 나는 다시 그 구석의 자리에 앉아 황제를 관찰했다.

황제는 자신에게 할 말이 있다는 듯 줄줄이 찾아드는 귀족들을 귀찮다는 듯 건성으로 대했지만 탕크빌 영애가 다가가자 언제 그런 기색을 보였냐는 듯 얼굴이 밝아졌다. 순간적으로 나이보다 다섯 살은 젊어 보이는 것 같았다.

너무 멀어 그들이 무슨 대화를 하는지 들리지 않았으나 그 내용을 혹 알지 못할까 봐 걱정이 되지는 않았다. 어차피 사교 모임에 나가게 되면 굳이 궁금해하지 않아도 탕크빌 영애와 황제 폐하께서 어떤 애정 표현을 하고 어떻게 로에나 황비를 물 먹였는지에 대해 신나게 떠드는 소리를 듣게 될 테니까.

홀 구석의 괘종시계를 본 나는 화들짝 놀라며 자리에서 일어났다. 벌써 무도회가 시작된 지 두 시간이나 지나 있었던 것이다. 나는 걸음을 재촉해 여인들의 틈에 끼어들었다.

"해밀턴 부인, 아까 전 각하와 함께 계신 것을 보았답니다. 방해가 될까 저어되어 굳이 인사하러 가지 않았어요."

이제는 입에 침조차 바르지 않아도 거짓말이 자연스럽게 나온다. 나는 해밀턴 부인에게 다가가 그녀에게 친한 척 말을 건넸다. 많은 여인 사이에 둘러싸여 있던 해밀턴 부인은 늘 그렇듯 다정히 웃으며 나를 맞이해 주었다.

"그랬군요. 그런 걱정은 하지 않아도 되는데, 역시 부인께서는 친절하시고 사려 깊으세요."

"무얼요. 그러고 보니 오늘 입으신 드레스가 무척 예쁘네요. 해밀턴 부인은 다 잘 어울리지만 이런 스타일은 특히 잘 어울리시는 것 같아요."

"그러는 헌팅턴 부인이야말로 오늘 무척이나 아름다우신걸요. 아마 헌팅턴 공이 두렵지 않았다면 많은 남자가 춤을 청했을 거예요."

나는 그녀의 말을 조금도 믿지 않았지만 부채로 입을 가리며 부끄럽다는 듯 가식적인 웃음을 흘렸다. 해밀턴 부인과 이런저런 이야기를 나누던 중 이스튼 부인이 끼어들었다.

"아까 전에 대공 전하와 춤을 추는 것을 보았어요, 부인."

이스튼 부인은 내게 자수나 꽃꽂이를 가르치던 약혼 시절의 교사다. 그녀와의 수업을 마친 지 상당히 오래되었기에 그녀를 정말 몇 달 만에 보는 거였다.

"오랜만이에요, 부인. 잘 지냈나요?"

"물론이죠. 요즘 사교 활동을 활발히 한다고 들었어요. 괜히 제가 마음이 흡족하더군요."

사실 사교를 가르쳤던 메이슨 부인이면 몰라도 이스튼 부인과의 이런 대화는 그다지 즐겁지 않았다. 이스튼 부인은 내가 천둥벌거숭이였던 때부터 나를 봐와서 그런지 어린 학생에게 하듯 나를 대하는 태도를 여전히 버리지 못한 것 같았다.

이미 내가 헌팅턴가의 안주인이 된 이상 헌팅턴가의 가신인 이스튼가의 여인이 내게 그런 언행을 보이는 것은 무례한 것임에도 불구하고.

"저를 그렇게 생각해 주니 고맙군요. 그럼 좋은 시간 보내시길."

지난날의 정을 생각해 가볍게 넘어가 준 것이다. 게다가 오늘은 무도회였고 나는 충분히 즐거워하고 있었다. 이 기분을 망치고 싶지는 않았다. 내가 미소를 지으며 자리를 벗어나려 하자 그녀가 민망한 얼굴로 나를 쳐다보았다. 물론 그건 행동을 결정하는 데 별다른 고려 요소가 되지 못했다.

"스칼렛, 찾고 있었어요."

나에게 포르르 다가온 아멜리가 높고 빠른 목소리로 지저귀듯이 나를 부른다.

"무슨 일인가요?"

늘 그렇듯 입꼬리를 올리며 아멜리를 돌아보았을 때, 나는 나도 모르게 비명을 지를 뻔했다. 목구멍까지 숨이 차올랐다. 너무 놀라 숨이 가빠왔지만 나는 억지로 가슴을 누르며 그녀의 옆에 선 남자와 마주했다. 무척이나 당혹스러웠다. 마음을 다스리려 해봤지만 평정을 되찾기는 몹시 어려웠다. 아멜리는 그런 나를 눈치채지 못하고 예의 그 미소를 지은 채 제 옆의 남자를 소개했다.

"아까 전에 제 오라버니를 소개하겠다고 말씀드렸잖아요, 스칼렛."

아멜리는 무척이나 신이 난 채 남자를 손바닥으로 가리켰다.

"이쪽은 저의 오라버니이신 에드먼드 루이스 경이세요. 가문의 후계자이시지만 지금은 킹슬리 대공 전하의 호위 기사로 계세요. 오라버니, 이분은 저와 마음이 잘 맞아 최근에 친분을 쌓게 된 스칼렛 헌팅턴 부인이세요."

아멜리가 소개한 아멜리의 혈육은 결혼식 날 나와 밤을 보냈던 바로 그 남자였다. 남자 역시도 당황한 기색을 숨기지 못한 모습이었다. 눈가가 파르르 떨렸다. 어떻게 행동해야 좋을지 갈피를 잡을 수 없었다. 분명한 건 이 자리에서 그와 나의 이상한 기류를 들켜봐야 좋을 게 없다는 것이었다.

먼저 입을 연 건 나였다. 나는 일부러 바닥으로 시선을 고정하여 그와 눈을 마주하지 않았다. 내 눈꺼풀의 떨림을 그가 눈치챘는지는 알 길이 없다.

"반가워요, 경. 스칼렛 헌팅턴입니다."

"오라버니께서 대공 전하를 호위하셔야 해서 부인의 결혼식 날 저녁에 있었던 파티에만 참가하셨다고 해요. 그렇죠, 오라버니?"

우스운 상황이었다.

"……만나 뵙게 되어 영광입니다, 부인."

어쩌면 세상은 이리도 좁을까. 다시는 볼 일이 없을 것만 같던 그날 밤의 남자가 아멜리의 오빠일 줄이야. 나는 속으로 깊은 한숨을 삼켰다.

복잡한 마음으로 돌아온 나는 남편과의 첫날밤을 준비하기 위해 곧장 욕실로 향했다. 시녀들은 모두 퇴근했지만 무어 부인은 아직 내 방에 남아 있었다. 그녀는 오늘만큼은 남편이 조슈아의 방을 찾지 않을 거라는 사실에 몹시 신이 난 듯, 이 야밤에 시트를 깨끗하게 갈아 오겠다고 고집을 부렸다.

물론 나는 그녀가 그런 소란을 피우도록 내버려 두지 않았다. 저택을 시끄럽게 한다면 다시는 이렇게 도움을 받지 않을 거라고 엄포를 놓자 그녀는 그제야 조금 잠잠해졌다. 무어 부인을 다루는 일은 상당히 쉬운 편이었다. 남편과 관련된 일에서 손을 떼게끔 하겠다는 한마디 말만으로도 쉽게 겁을 먹었으니.

뜨거운 물은 쌓인 피로를 모두 풀어주는 것 같았다. 오늘은 정말 조슈아의 하녀를 선별하는 문제부터 시작해서 생각보다 많은 일을 쳐냈다. 그러나 그토록 많은 일이 있었음에도 내 뇌리에 가장 깊게 남은 건 에드먼드 루이스, 그 남자였다. 다시 만날 줄 몰랐고, 또 이런 상황으로 만날 거라고 생각하지도 못 했다.

지나치게 경솔했다. 아무리 정신이 없는 상황이었다고 해도 수도의 귀족 사회가 좁다는 것을 잊어서는 안 되는 거였다. 문득 걱정이 되었다. 그 남자가 나와 잤다는 사실을 아멜리에게 말하지는 않을까? 네가 요즘 친하게 지낸다는 그 여자는 결혼식 날 다른 남자와 잠자리를 하는 천박한 여자이니 절대 어울리지 말라고 경고하지는 않을까?

사람의 입은 무섭다. 그리고 에드먼드 루이스 경 역시도 사람이다. 내가 겁을 먹는 건 이상한 일이 아니었다. 하지만 잠시 뒤 생각해 보니, 내 고민이 우스워졌다. 남편은 집 안에 아예 조슈아의 거처까지 마련해 바람을 피우고 있었다. 그에 비하면 나와 에드먼드 루이스 경 사이에 있었던 일은 아주 사소한 사고 정도가 아닌가.

연속되는 생각을 떨쳐 내기 위해 얼른 향유를 풀고 몸을 씻어냈다. 나는 뽀송뽀송한 하얀 수건으로 몸을 닦으며 점점 눈꺼풀이 무거워지는 것을 느꼈다. 금방이라도 잠이 들 것처럼 졸렸다.

하지만 무어 부인이 있었기에 나는 잠들지 않을 수 있었다. 그녀는 혹 헌팅턴 공이 나와 제대로 동침을 하지 못할까 염려라도 하는 건지 오던 잠도 달아날 정도로 거칠게 내 머리카락의 물기를 털어 댔다. 그럼에도 내가 꾸벅꾸벅 졸자, 무어 부인은 결국 실수인 척 내 머리카락 한 올을 세게 잡아당겨 내 졸음을 달아나게 했다.

“와인을 준비할까요?”

“그러도록 하게.”

무어 부인은 막상 내 잠을 깨우고 나니 스스로도 민망한지 와인을 준비하겠다며 사라졌다. 무엇을 입을지 고르던 나는 몸을 감싸고 있던 수건을 풀고 에드먼드 루이스 경과의 첫 경험 때 입었던 잠옷을 꺼내 들었다.

다른 남자와의 정사 때 입었던 잠옷을 그대로 입은 채 남편과의 첫날밤을 맞이하는 건 어쩐지 재미있을 것 같다는 생각이 들었다. 내 선에서 할 수 있는 나름대로의 복수이면서도 남편이 알아챌 수는 없으니 더욱 구미가 당겼다.

어느새 방 안으로 들어온 무어 부인은 와인과 와인 잔을 세팅했다. 그리고 자신이 또 거들 일은 없는지를 샅샅이 뒤져 댔다. 나는 주인의 사생활을 살피고 싶어 하는 그녀의 마음을 알아채고 얼른 무어 부인을 내보냈다. 그리고 얼마 지나지 않아 머리칼을 촉촉하게 적신 남편이 방 안으로 들어왔다.

"와인 한잔하실래요?"

나의 권유에 남편은 곧 고개를 끄덕였다. 나는 두 개의 잔에 붉은 와인을 따라 한 잔을 남편에게 건넸다. 우리는 함께 잔을 쳤다. 유리와 유리가 맞닿는 맑은 소리도 잠깐, 곧 내 목구멍으로 와인이 넘어갔다.

와인은 상당히 독했다. 나는 인상을 찌푸리며 잔에서 입술을 뗐다. 잔을 탁자에 올려두고 침대 위로 다가가자 남편은 손바람으로 불을 끄고는 손목을 잡아 나를 끌어당겼다. 푹신한 침대와 살결에 스치는 이불보는 기분을 좋게 했다. 하지만 앞으로 일어날 일은 이렇게 순탄치만은 않을 것임을 알고 있었기에 나는 편안하게 긴장을 풀 수가 없었다.

마차 안에서와 같은 어색한 침묵이 다시 나와 남편의 사이에 자리했다. 한동안 나도, 남편도 아무런 행동을 취하지 않았다. 그나마 먼저 움직인 건 헌팅턴 공이었다. 그는 이런 상황이 그다지 낯설지 않은 듯 익숙했다. 남편이 내 잠옷을 벗겨내자 달빛에 하얗고 보드라운 여체가 드러났다.

곧 그의 손이 아무것도 걸치지 않은 나의 피부에 닿았다. 그렇잖아도 잔뜩 긴장해 있던 몸이 더욱 굳어지고 있었다. 입술 사이로 새어 나오는 낮은 웃음에 나는 바닥을 보고 있던 눈을 들어 올려 그를 바라보았다. 어둠으로 인해 얼굴이 잘 보이지 않았지만 그가 짓고 있는 미소가 호의적인 것과는 거리가 멀다는 사실을 알 수 있었다.

"떨리십니까?"

"……아뇨."

"그렇다면 긴장하지 마십시오, 부인."

헷갈렸다. 내가 정말 긴장하지 않길 바라는 건지, 아니면 나를 우습게 여겨 조롱하는 건지가. 그가 나를 비웃다고 생각하자 그나마 긴장이 조금 풀어졌다. 나는 루이스 경과의 밤을 떠올리며 천천히 마음을 가라앉혔다. 아주 잘 알지는 못해도 조금은 아는 상태에서 공과의 밤을 맞이할 수 있다는 건 차라리 다행스럽게 느껴졌다.

하룻밤의 불유쾌한 게임일 뿐이다. 잠시 참고 넘기면 금방 끝날 수 있는. 나는 떨리는 손에 힘을 꾹 준 채 그의 어깨를 껴안았다. 그리고 한 점의 감정도 없는 시린 손이 내 가슴과 허리를 쓸어내리기 시작했다.

가까워진 남편에게서는 향긋한 비누 냄새가 났다. 그러나 그것이 매력적이라든가, 섹시하다든가, 여하튼 호감과 같은 느낌으로 다가오지는 못 했다. 헌팅턴 공의 손이 더 깊은 곳을 탐할수록 겨우 풀었던 몸은 다시 굳어지고 있었다. 나는 그 손길이 역겹고 더럽게 느껴졌다.

"정말 처녀이기라도 한 겁니까, 부인?"

갑작스런 남편의 음성에 나는 화들짝 놀라 나도 모르게 꼭 감고 있었던 눈을 동그랗게 떴다. 그러다 곧 수치심에 몸을 떨었다. 나는 그의 말을 완전히 이해할 수가 없었고, 그가 뭘 바라는 건지도 알아챌 수 없었다.

"무슨 뜻이죠?"

"왜 그렇게 굳어 있느냐고 묻는 겁니다. 내가 부인께 편안함을 드리지 못해서? 아니면 계약으로 묶인 이 관계에 구토감이 치밀어 오르기라도 한 겁니까?"

"……이해할 수 없어요. 그럼 제가 몸 파는 창녀처럼 행동하기라도 해야 한단 건가요?"

나를 아래로 보고 있지 않다면 이런 말을 할 수는 없을 것이다. 무반응으로 일관하려 했으나 이미 기분은 상할 대로 상한 상태였다. 헌팅턴 공은 내게서 완전히 떨어져 침대에서 내려가며 냉랭한 음성으로 물었다.

"어차피 억지로 하는 관계, 목석같이 누워 있는 매력 없는 여인에게 동하는 남자는 없습니다."

"지금 전하께서 말씀하시는 그 여인……."

"대체 부인의 역할이 뭐라고 생각하십니까?"

내 말을 자르고 묻는 그의 행동이 당혹스럽기도 잠시, 나는 점점 화가 났다. 비협조적인 태도에 기분이 상할 수도 있지만 이렇게 뻔뻔하게 모욕할 거라고 생각지 못했기 때문일까. 나는 헌팅턴 공이 처음부터 끝까지 나를 자신의 아랫사람, 돈을 주고 구매한 소유물 정도로 보고 있었다는 사실을 알아차렸다.

"공저를 관리하고 안주인으로서의 역할에 충실히 해내는 것이겠지요."

"틀렸습니다."

남편은 단호하게 내 대답을 부정했다. 그리고 서릿발 같은 목소리로 내 가슴에 비수를 꽂았다.

"부인의 역할은 헌팅턴가를 이을 씨앗을 받아내는 것입니다. 내가 그러기 위해 부인께 지불하고 있는 대가가 있지 않습니까?"

"……대가라뇨?"

"그 자리에 앉아 부인이 누리고 있는 그 모든 것은 제게서 나오는 겁니다. 챈들러 상단이 분수에 맞지 않게 많은 이익을 챙기고 그로도 모자라 수도에서의 사업을 확장해 나가고 있는 것도 모두 다, 제가 부인 때문에 지불한 대가입니다. 그러니 해야 할 일은 바로 하십시오."

그 말을 마침과 동시에 남편은 와인을 병째로 나에게 주며 명령했다.

"드십시오, 부인."

"저에게는 술이 필요하지 않아요."

내 거부에도 불구하고 남편은 와인 병을 쥔 채 내게 다가와 머리칼을 세게 쥐어 잡았다. 그리고 목을 억지로 젖히게 한 후 벌어진 입안으로 술을 부어버렸다. 알싸한 알코올 냄새와 술에 다 잠기지 않은 독특한 향이 느껴지더니 순식간에 온몸이 뜨겁게 달아오르고 머리가 어질어질해졌다. 남편은 미친 듯이 기침을 하고 있는 나의 귓가에 서늘한 목소리로 속삭였다.

"저도 이렇게까지 하고 싶지는 않았습니다, 부인."

기억을 도려내 버리고 싶을 정도로 끔찍했던 긴 시간은 겨우 끝이 났다. 방금 전의 일이 모두 거짓말이라도 되는 것처럼, 약물로 인해 멍하고 혼미해졌던 정신과 비정상적으로 반응했던 몸이 조금씩 원래대로 돌아오기 시작했다.

“딱 이렇게만 하면 됩니다, 부인. 날 더 이상 귀찮게 하지 마십시오.”

남편은 그 말만을 남기고 떠났다. 나는 눈물로 베갯잇을 적시면서도 무의식적으로 남편의 발걸음을 셌다.

하나, 둘, 셋, 넷…… 아흔여덟, 아흔아홉…….

더 이상 들리지 않을 때까지 나는 열심히 그의 발걸음을 셌다. 그는 별채로 가고 있었다. 온몸에 힘이 풀려서 아무것도 할 수 없었다. 초점 없이 허공만을 바라보던 내 눈에 문득 와인 병이 놓여 있는 탁자가 눈에 들어왔다. 그 탁자 위에는 원래는 보지 못했던 자그마한 약병 하나가 놓여 있었다.

예상대로 남편은 내게 미약을 먹였다. 신경이 아찔해졌다. 미약은 복용한 이가 하루를 꼬박 앓아야 하는 부작용이 있기 때문에 양지에서는 결코 쓰일 수가 없었다. 미약을 사용했다는 이유로 남편에게 이혼을 청구한다면 그는 아무 말 없이 받아들여야 했다. 그럼에도 공이 이걸 사용했다는 건 내가 이혼을 청구할 수 없다는 계산을 끝마친 거라고 봐야 했다.

씨받이. 남편은 언행이 일치하는 몇 안 되는 사람 중 하나였던지 정말 나를 딱 씨받이만큼 취급했다. 눈물이 뚝뚝 흘러내렸다. 몸이 불편한 것보다 마음에 받은 상처가 더욱 크게 다가왔다. 차라리 심장을 도려내어 이 아픔을 내게서 떨어뜨려 놓고 싶을 정도였다.

죽어버리고 싶었다. 동시에 남편을 죽여 버리고 싶었다. 치욕스럽고 끔찍했다. 모든 게 내 착각이었다. 나는 그 어떤 것에도 익숙해지지 않았고, 여전히 내 현실에 적응하지 못하고 있었다.

Chapter 3 만남이 있다는 건

이른 새벽, 욕실에 쓰러져 있던 나를 발견한 건 무어 부인이었다. 그녀는 내게 굳이 듣지 않아도 무슨 일이 있었는지 정도는 대충 눈치챈 모양이었다. 무어 부인은 나를 조심스럽게 씻기고 두꺼운 잠옷을 입혀 침대에 뉘였다. 그리고 아무도 모르게 침대 옆 탁자에 놓여 있는 빈 약병을 품 안에 감추었다.

그녀는 남편의 치부가 드러나길 바라지 않는 사람이니 이 일은 새어 나갈 일이 없을 것이다. 비참하지만 차라리 이런 이유라도 마음 놓고 잠에 빠질 수 있는 건 그나마 다행스러웠다. 나는 밤의 흔적을 치워도 되는지 묻는 그녀에게 고개를 끄덕인 뒤 이내 의식을 잃었다.

나는 완벽한 패배자였다. 다른 부부에게는 기쁨이자 행복이 될 첫날밤이 우리 부부에게는 그저 기 싸움일 뿐이었다. 기억하기도 싫은 어젯밤의 그 시간 속에서 나는 그저 약자였다. 남편의 얼굴을 다시 보기 두려울 정도로 나는 남편에게 완전하게 꺾였다.

두렵고, 무섭고, 아프고, 고통스러웠다. 말로는 표현하기 어려울 정도로 깊디깊은 좌절이 이불을 대신해서 내 몸을 덮었다. 몸이 아픈 건 사실 그리 큰 문제가 되지 않았다. 그러나 다친 마음은, 짓밟힌 영혼은…….

아, 나는 내 자신을 어떻게 돌보아야 할지, 어떻게 회복을 꾀해야 할지 조금도 알 수 없었다. 남편이 무서웠다. 그리고 여전히 남편을 파악할 수 없었다. 그는 내게 공저의 안주인으로서 권리를 행사해도 된다고 말했었다. 그러나 어젯밤은 조금의 반항도 허용하지 않겠다는 듯 내게 지독한 상처를 입혔다.

나는 헌팅턴 공이 도대체 내게 무엇을 원하는지 알 수가 없었다. 그가 내게 허용하는 범위가 어디까지인지, 궁극적으로 내게 바라는 행동이 무엇인지, 나를 어떻게 생각하는지 전혀 갈피를 잡을 수가 없었다. 혼란스러운 마음 때문인지 꿈속에서조차 휴식을 취할 수가 없었다.

눈을 뜬 건 점심이 한참 지난 오후였다. 몸을 잠시 일으키려 한 것뿐임에도 온몸의 근육이 비명을 질렀다. 하지만 아파도 일어나야 했다. 오늘 푸치니 씨와 선약이 있었다. 그리고 그와의 약속은 앞으로 내 입지를 다지는 데 있어서 중요한 초석이 될 것이었다.

나는 제대로 떠지지 않는 눈을 억지로 깜빡이며 정신을 깨우려고 노력했다. 문득 옆을 돌아보니 탁자에 생크림 케이크 하나가 놓여 있었다. 그리고 그 케이크 위에는 열여덟 개의 초가 꽂혀 있었다. 모두 세고, 또다시 세고 나서야 오늘이 내 생일임을 깨달았다. 깨달음 뒤에 온 건 참담함이었다.

시녀들은 내가 이렇게 우울한 얼굴을 하고 있을지는 몰랐던지 난감한 표정으로 눈치만 보았다. 오늘은 내 인생에서 최악의 생일이 될 테지만 순수하게 나를 축하해 주려 했던 시녀들에게는 아무 죄가 없었다. 나는 억지로 입꼬리를 당기며 입을 열었다.

"아니에요, 마님. 저희가 마님이 몸이 안 좋으신지 모르고…… 스프를 준비했는데 드릴까요?"

"둘 다 생각이 없구나. 4시에 약속이 있단다. 준비를 시작해야 할 것 같으니 도와주겠니?"

시녀들은 곧 바쁘게 움직이기 시작했다. 베스는 따뜻한 물에 적신 수건을 가져와 내 얼굴을 조심스럽게 닦았고, 노라는 어제의 무어 부인과는 달리 내 머리카락을 조심스럽게 빗어주었다. 제인은 최대한 움직이기 편할 법한 드레스를 들고 와서 힘없이 축 늘어져 있는 내 몸을 조심스럽게 잡아 드레스를 입혔다.

나만 정신을 제대로 차리지 못하고 있었을 뿐, 준비 자체는 간단하게 끝났다. 시녀들은 내 상태가 아무래도 나빠 보인다며 약속을 미룰 수 없느냐고 물었지만 그에 대한 고마움과는 별개로 약속을 취소할 수는 없었다. 오늘 푸치니 씨와의 만남은 곧 있을 킹슬리 대공과의 대면에 앞서 무척이나 중요한 일이었다. 나는 미안함에 시녀들과 눈도 제대로 맞추지 못한 채 마차에 올랐다.

약속 장소는 디시마드 상단 테베 지부였다. 안내원에게 방문 목적을 말하자 그는 금방 화려하게 꾸며져 있는 응접실로 나를 안내해 주었다. 시간에 딱 맞추어 도착했기 때문에 나는 얼마 기다리지 않아 푸치니 씨를 만날 수 있었다.

“못 본 사이 더욱 아름다워지신 것 같군요, 부인.”

“과찬이세요. 잘 지내셨나요?”

“걱정해 주신 덕분에.”

나는 푸치니 씨와 가볍게 악수를 나눈 뒤 자리에 앉았다. 그는 이야기를 빙빙 돌려 하지 않고 곧바로 본론으로 들어갔다.

“마티아스는 긍정적인 대답을 주었습니다. 귀부인이 배를 필요로 한다는 데서 호기심을 느낀 것 같더군요.”

“다행스러운 일이네요.”

일단 장인 마티아스가 긍정적으로 생각하고 있다는 사실에 나는 커다란 안도감을 느꼈다. 이제 그를 움직일 수 있는 권한을 가지고 있는 푸치니 씨만 설득하면 되는 것이다. 목표에 한 발짝 다가선 느낌이 들었으나 애석하게도 협상은 아직 끝나지 않았다.

“하지만 부인께서 장인 마티아스를 일정 기간 고용하실 생각이라면 우리 상단에 그 사유와 그에게 어떻게 대금을 지불할 것인지에 대해서 알려주셔야 합니다.”

올 것이 왔다. 이 순간을 기다리고 있었고 동시에 이 순간이 올 것을 두려워하고 있었다. 그러나 성취를 위해서는 협상에 반드시 성공해야만 한다.

푸치니 씨는 겉보기에는 인자한 외모를 가지고 있으나 그가 보이는 것만큼 평범한 사람이었다면 테베 지부의 지부장까지 올라올 수 없었을 것이다. 그는 보통 수완을 가진 사람이 아니었다. 그리고 그런 푸치니 씨에 비하면 나는 막 알을 깨고 나온 햇병아리에 불과했다. 이럴 때는 정면으로 부딪히는 게 차라리 나았다.

"빙 돌려 말하는 건 별로 좋아하지 않아요. 그러니 본론부터 얘기할게요. 푸치니 씨, 저는 디시마드 상단에서 제 사업에 투자해 주길 바라고 있어요."

몸이 너무나도 좋지 않았다. 말을 할 때 떨리는 성대의 울림조차 내게 고통을 주었다. 하지만 지금은 내가 아픔을 마구 드러내도 좋을 만한 자리가 아니었다. 투자자가 될지도 모르는 사람 앞에, 나는 사업에 대한 자신감을 보여줘야 했다. 위장이 터져 버릴 것 같았지만 나는 억지로 허리를 편 채 그를 똑바로 쳐다보았다. 허세라고 해도 좋았다. 지금은 이런 허세가 필요했다.

"무슨 말씀이십니까, 부인?"

모르는 척 시치미를 떼고 있었으나 푸치니 씨는 내가 무엇을 요구하는지 분명하게 알고 있었다. 마주한 눈빛에서 그가 나를 관찰하고 있다는 사실을 읽어냈다. 직접 확인하고 나니 긴장감은 배가 되었다.

"저는 플로리치아 운하의 경관을 개선하는 사업을 추진할 생각이에요. 혹시 푸치니 씨께서는 플로리치아 운하에 가보셨나요?"

내 물음에 푸치니 씨가 흥미로운 듯 눈을 빛내며 고개를 끄덕였다.

"예, 가보았습니다."

"거기에 가보셨다면 아시겠군요. 플로리치아 운하에서 현재 관광객들을 대상으로 운행되고 있는 나룻배는 무척이나 허술해요. 운하는 아름답고 깨끗하지만 나룻배가 그 아름다움을 갉아먹고 있죠."

다행히도 내 말은 푸치니 씨의 흥미를 여전히 자극하고 있는 모양이었다. 나는 계속해서 그의 관심을 유도할 수 있기를 간절히 바라며 재차 입을 열었다.

"나룻배를 타면 옷자락이 모두 젖는 불편함이 있어요. 게다가 속도가 느려 경치 구경에도 지루하죠. 저는 그걸 개선할 생각이고, 그 때문에 마티아스 씨가 필요한 거예요."

"무슨 말씀인지는 알겠지만 부인, 플로리치아 운하에서 사업을 벌이기 위해서는 아마릴리스 공주의 승인이 필요합니다. 그러나 황족들은 공공에 도움이 되지 않으면 사업에 대해 좀처럼 허락하지 않지요. 준비한 바가 있습니까?"

날카로운 물음에 나는 자신 있게 고개를 끄덕였다. 그의 질문은 며칠 밤낮을 머리를 싸매고 고민했던 내용이었다.

"새로운 배가 뜨면 원래 있던 나룻배는 폐기되어야 하겠죠. 하지만 저는 늦은 밤부터 이른 아침까지는 나룻배가 운행되게끔 할 생각이에요. 평민들을 위해서요."

"평민들을 위해서?"

"네. 이동하거나 화물을 운반하는 데에는 용이할 테니 말이죠."

확실한 정황 파악을 위해 몇 번이나 알아본 결과, 현재 플로리치아 운하를 떠다니는 그 낡은 나룻배를 이용하는 인원의 대다수는 귀족 또는 관광객이었다. 하지만 워낙 볼품없는 모습으로 이용객은 점차 줄어들어 사공 역시 일자리를 잃어가고 있었다.

나룻배의 이용객은 거대 소비자이며, 이용이 감소하는 이유는 낡은 나룻배가 그들의 높은 눈에 차지 않아서다. 그렇다면 해결법은 간단하다. 그들의 구미에 맞는 화려한 배를 만들어 운영하면 되는 것이다. 그리고 그 수익금의 일부로 사공들에게 급여를 주어 나룻배를 무료로 이용할 수 있게 한다면 공공의 이익에도 도움이 될 터다.

"더 자세히 들어보고 싶군요."

다행히 열변을 토한 보람이 없지는 않은 것 같았다. 나는 푸치니 씨의 눈을 바라보며 내 성공을 확신했다.

고된 몸을 이끌고 저택으로 돌아온 나는 방 안으로 들어서자마자 침대 위로 힘없이 쓰러졌다. 남편과의 끔찍한 밤을 지새 후에도 쉬지 않고 무리한 탓인지 온몸이 통증을 호소했다. 그러나 아픈 몸보다는 내가 결국 해내고야 말았다는 그 성취감이 더 크게 다가왔다.

피식 웃음이 나왔다. 겨우 이런 일로 기뻐하는 나 자신이 우스웠다.

"마님, 챈들러가에서 마님의 생일을 축하하는 선물이 왔어요. 풀어보시겠어요?"

나는 푸치니 씨와의 협상 내용을 정리해 보던 것을 멈추고 건성으로 고개를 끄덕였다. 시녀들은 내가 누워 있는 침대 앞에서 챈들러가에서 온 수많은 선물을 늘어놓으며 탄성을 내질렀다. 하지만 흔한 보석 머리핀과 구두 등은 그다지 내 마음을 설레게 하지 못했다. 눈으로 대충 훑어보던 나는 그 사이에 끼어 있는 하얀색 편지지를 발견하고 손을 뻗었다.

그럴 리는 없겠지만 혹 사과 편지와 같은 게 아닐까 싶은 마음이 들었다. 나는 어리석은 희망을 버리지 못한 채 급히 편지지를 뜯었다.

사랑하는 스칼렛.

잘 지내고 있니? 수도까지 너무 멀다 보니 좀처럼 네 소식을 듣는 게 어려워 이렇게 편지를 보낸다. 우선 생일 축하한다.

그리고 기억하는지는 모르겠다만, 에리카가 수도에 있는 아카데미에 입학하고 싶어 했잖니. 결국 떼를 쓰는 데 못 당해 수도에 보내기로 결정이 되었단다. 겨울이 지나고 봄이 오면 에리카는 아카데미에 입학하게 될 거야.

그래서 부탁을 하나 하려고 한다. 에리카를 곧 수도로 올려 보낼 테니, 그 아이가 수도의 귀족들에게 무시당하지 않게 기본적인 예법 교육을 좀 시켜주렴. 겨울이 끝날 때까지 데리고 있는 게 가장 좋지만 부담이 된다면 교육을 마치는 대로 다시 내려 보내도 괜찮단다.

긍정적인 답변을 기다리마. 다시 한 번 생일 축하한다.

엄마가.

나는 다시 한 번 편지를 읽어 보았다. 그러나 아무리 찾아봐도 생일을 축하한다는 말 외에는 나에 대한 내용은 조금도 적혀 있지 않았다. 도대체 왜 이런 편지에 생일 축하라는 이름을 붙여 보낸 건지 이해할 수가 없었다.

가슴이 뻐근하게 아파왔다. 흘러넘치는 실망감에 눈물이 펑펑 쏟아질 것 같았지만 감정을 억누르는 것은 그리 어렵지 않았다. 흘릴 눈물도 아까웠다. 나는 무표정한 얼굴로 베스에게 편지를 내밀었다. 그녀는 내 의중을 파악하지 못해 당황한 채로 편지를 받아 들었다.

“태우렴, 내가 보는 앞에서.”

그녀는 아무 말 없이 편지를 벽난로에 던졌다. 자리에서 일어난 내가 부지깽이로 장작을 몇 번 뒤적거리자 편지는 있었던 흔적도 없이 불타 사라졌다. 한참 동안 그 모습을 바라보던 나는 노라에게 엽서 한 장을 들고 오라고 명령했다.

“적으렴. 받는 이는 챈들러 영지 월셔 저택, 엘레나 챈들러 부인. ‘그렇게 하세요’라고 쓰면 된다.”

“네?”

"말 그대로란다. 다들 나가주겠니? 피곤해서 쉬고 싶어."

모두가 밖으로 나가고, 이 넓은 방 안에는 나 혼자만이 남아 있었다. 무척이나 고요했다. 이런 고독이 전날 밤에는 견디기 어려웠으나 지금은 내게 평온을 주고 있었다. 사실, 나는 지금의 내가 무섭다. 스스로가 무척이나 위태롭다는 사실을 모르지 않았다. 하루에도 열두 번은 넘게 기분이 오르락내리락했다.

정신병에 걸린 것은 아닐까. 나는 이 불안정한 정신 상태가 몹시 의심스러웠다.

비가 한바탕 쏟아진 이후 날씨는 급격하게 추워졌다. 가을에 입던 드레스들은 대부분 옷장 한구석에 처박혔고 양장점의 디자이너는 유행에 맞춘 겨울 드레스 여러 벌을 지어 보내주었다. 드레스가 공저로 배달된 날, 에리카도 거의 동시에 공저에 도착했다. 에리카는 수도의 생활이 무척 기대된다는 듯 연분홍빛 뺨을 붉히며 내게 달려왔다.

"언니!"

간만에 보니 별거 아닌 일에도 머리를 뜯고 다퉈댔던 그 모든 시간이 완벽한 과거가 되었다는 사실이 더욱 와 닿았다. 이렇게 작고 어린 아이와 옷과 책, 음식을 가지고 다퉈왔다는 게 믿기지가 않았다. 어쩐지 서글프면서도 그리웠다. 이제는 결코 그 과거의 시간으로 돌아갈 수 없을 것임을 알아서일까.

"왔어?"

나는 그 작고 여린 어깨를 반갑게 다독인 뒤 에리카를 저택 안으로 안내했다. 기대감이 가득한 그 초롱초롱한 눈빛에 나는 내 여동생이 나의 생활에 대해 정말 아무것도 모른다는 사실을 확신할 수 있었다. 화려한 내저를 둘러보던 에리카는 계속해서 짧은 탄성을 내질렀다.

"너무 부러워! 이런 곳에서 지내다니, 정말…… 나라면 매일매일이 행복할 것 같아. 세상에."

에리카는 부러움 가득한 눈으로 나를 바라보았다. 부러움의 대상은 지금 입은 아름다운 드레스와 넓고 큰 방, 그리고 화려한 수도의 생활일 것이다. 하지만 이 호화로운 생활의 뒷면은 이보다 더 어두울 수 없는 검은 그늘이 져 있다. 속은 쓰렸지만 부드럽게 미소 짓는 일은 어렵지 않았다. 내 사랑스러운 여동생은 굳이 더러운 것에 대해 알 필요가 없다.

그러나 질투의 마음을 억누르는 건 어려웠다. 에리카가 얼마든지 누릴 수 있는 그 평화로운 일상이 못내 부러웠다.

"언니?"

그 또래 소녀 같은 높은 음성에 나는 정신을 차리고 에리카의 눈을 내려다보았다.

"아, 너무 오랜만에 본 탓에 믿기지가 않아서 잠시 정신을 놓고 있었어."

"언니도 참, 왜 그래? 앞으로도 쭉 볼 텐데. 결혼을 하면 사람이 달라진다더니 언니도 성격이 변한 거야?"

"그럴 리가. 아, 앞으로 일정에 대해 말해줄게. 내일부터 너는 저명한 교사들에게 여러 수업을 받게 될 거야. 공저 내에서는 아니고 그 교사의 수업실에 방문해야 해. 그건 내 시녀들이 도와줄 거야. 네가 배울 내용은 네 또래 수도 귀족들은 이미 오래전에 익힌 내용이니 착실하게 따라가야 한다. 알겠지?"

"응! 물론이지. 그런데 난 어떤 방을 쓰는 거야?"

나는 잠시 고민했다. 아마 에리카와 함께하는 시간은 이번이 마지막일 것이다. 끝이 예정되어 있는 이 시간 동안은 최대한 가깝게 지내고 싶다는 욕심이 들었다. 하지만 물리적인 거리가 가까우면 가까울수록 내 불행을 들키기 쉬울 것 같았다.

에리카가 내가 행복하다고 알고 돌아가길 바랐다. 내 개인의 불행이 이 작은 아이의 마음까지 다치게 하지는 않았으면 했다. 아쉬웠지만 답은 정해져 있었다.

"손님방에서. 조금 멀리 떨어져 있기는 하지만 한 저택이니까. 무어 부인, 에리카의 짐을 정돈되어 있는 방으로 옮겨주게."

"예, 마님."

무어 부인이 정중하게 허리를 숙인 뒤 밖으로 나가자 에리카는 눈을 빛내며 소리쳤다.

"언니, 정말 신기해. 이제야 언니가 진짜 공작 부인인 것 같아."

나는 신기한 듯 방방 뛰는 모습을 보며 저택 내에서 큰 소릴 내는 저 버릇도 고쳐 줘야겠다고 생각했다. 자꾸 앞으로 흘러나오는 에리카의 곱슬머리를 쓸어 넘기며, 나는 조용히 속삭였다.

"진짜 공작 부인이 맞으니 그럴 수밖에."

"그러네? 그럼 나는 공작 부인인 언니를 가진 대단한 사람이네!"

순수한 웃음에 순수한 마음으로 답하기는 어려웠다. 간만에 만난 여동생에게는 미안하지만 나는 부디 에리카가 창피당하지 않을 정도의 예법만 배우고 다시 돌아갔으면 했다. 진실을 들키고 싶지 않아서였다. 이 불행을 눈치챈다면 이 아이는 분명 나의 슬픔을 나누려 할 것이다. 그 때문에 나는 더욱 괴로워질 테고.

"……조나단은 잘 지내니?"

생각 없이 꺼낸 질문에 에리카가 환하게 웃으며 대답한다.

"응, 존은 견습 기사가 됐어! 아마 무슨 큰 잘못을 저지르지 않는 이상은 기사 시험을 보고 정식 기사가 될 수 있을 거래."

내가 아는 존은 결코 쟁쟁한 경쟁률을 뚫고 견습 기사가 될 수 있는 아이가 아니다. 납득할 수 없다는 내 눈빛을 눈치챈 건지 아니면 더 설명을 듣기를 바란다고 생각한 건지, 에리카는 어깨를 으쓱하며 입을 열었다.

"다 언니 덕분이지 뭐."

"내…… 덕분이라니?"

"로버츠 백작, 그러니까 언니를 수도로 데리고 갔던 그분께서 조나단을 후원해 주시기로 했거든. 언니 결혼식이 끝나고 나서 영지로 돌아가니 존이 견습 기사가 되었다고 집에 편지가 왔더라고. 아마 헌팅턴 공께서 우리를 돌봐주시려는 것이 아닐까?"

생각지도 못한 말에 가슴이 쿵 내려앉았다. 그 놀람이 얼굴로 드러났는지 에리카는 이상하다는 얼굴로 물었다.

"뭐야, 언니 정말 몰랐던 거야? 공작께서 언니를 정말 아끼시나 봐. 티 나지 않게 할 정도면."

손이 덜덜 떨려왔다. 나는 그것을 들키지 않으려 애쓰며 자연스럽게 손을 등 뒤로 감췄다. 그리고 다시 한 번 억지 미소를 지어 보였다. 마침 무어 부인이 들어오기에 나는 그녀를 가리키며 에리카에게 제안했다.

"그런가 봐. 에리카, 언니는 좀 쉬어야겠어. 나중에 같이 식사하자. 우선 무어 부인과 함께 네 방이라도 구경하는 게 어떠니?"

"물론 좋지! 언니 나중에 봐!"

신이 나서 나가는 에리카의 뒷모습을 한참이나 바라보던 나는 결국 고개를 돌림과 동시에 눈물을 떨어뜨리고 말았다. 이제야 알았다. 바보처럼 이제야 알았다. 조금만 더 관심을 기울였다면 오래전에 알 수 있었을 텐데.

정말로 내 부모님은 모든 것을 알고 나를 남편에게 판 것이다. 아버지는 언제나 존이 상인이 아닌 기사가 되어 작위를 얻길 바라셨다. 그래서 존은 상단에 기웃거리는 것조차 금지당한 채 아버지가 초빙해 온 저명한 검술 선생들에게 검을 배웠었다.

결국 아버지는 상대적으로 쓸모없는 딸을 팔아 당신의 소원을 이루셨다. 얼마나 좋으실까, 또 얼마나 행복하실까. 아무리 많은 돈을 쥐어 준다고 해도 권력 없이는 할 수 없는 일을 결국 이루어 내셨다. 내 불행을 팔아 이뤄낸 행복으로 월셔 저택에는 웃음이 떠나지 않겠지.

그러나 나는? 이곳에 외롭게, 쓸쓸하게 혼자 남은 나는 얼마나 더 비참해져야 하는 걸까. 얼마나 더 지옥 같은 상황에 처해져야 내 불행은 끝이 날까. 눈물이 뚝뚝 떨어졌다. 어떤 기분을 느끼고 어떤 행동을 해야 하는 건지도 알 수가 없었다.

내 주변을 둘러싼 비정상적인 상황은 조금도 나아질 기미가 보이지 않았다. 내 고난이 여기서 끝나지 않을 것임을 잘 알았기에 더욱, 참담했다.

주치의가 다녀갔다. 그는 입을 여는 것조차 송구하다는 얼굴로 아기가 생기지 않았음을 내게 알렸다. 남편과 보낸 첫날밤은 내게 상처 외에는 아무것도 안겨주지 않았다.

고통스러웠다지만 겨우 하룻밤일 뿐이다. 그럼에도 아기가 생기지 않았다는 사실에 아쉬움과 두려움이 짙게 남았다. 그것이 남편과 다시 한 번 그 끔찍한 밤을 보내야 한다는 것을 의미하기 때문인지도 모른다. 남편과 한 번 더 함께한다는 게 몸서리치게 무섭고 싫었다.

끔찍했다. 그리고 두려웠다. 그날 이후 나는 헌팅턴 공을 마주하는 게 싫어 퇴근 시간대에는 방 밖조차 나가지 않았다. 그런 사람과 다시 밤을 보내야 한다고? 순간적으로 정신이 혼미해질 지경이었다.

내 의사와는 상관없이 나는 다시 한 번 부부의 의무를 다해야 할 것이다. 나를 죽고 싶게 만들었던 그 엄청난 수치심과 공포를 상기하자 토가 나올 것만 같았다. 나는 아직까지도 그날 밤 다친 영혼을 추스르지 못했다. 이 저택에 내 편이 없으므로 정신을 똑바로 차려야 한다는 사실을 잘 알고 있으나 지금의 나는 마음을 컨트롤할 수가 없었다.

과연 그날 일을 잊고 아무렇지 않을 수 있을까? 슬픈 웃음이 나왔다. 내가 그 혐오스러운 기억을 결코 잊지 못하리라는 사실은 나이기에, 더 잘 알 수 있었다.

주치의가 돌아가고 난 이후, 나는 그 질척한 기억을 떨쳐 내기 위해 일부러 옷을 갈아입고 새로 단장했다. 넬슨가의 자선 바자회 및 가면 파티에 가기 위한 준비를 이미 끝낸 후였으나 지금은 무어라도 해야 그 기억으로부터 벗어날 수 있을 것만 같았다.

별 이유도 없이 드레스를 갈아입고 싶다 말했건만 시녀들은 군소리 없이 일을 진행했다. 주치의의 견해를 함께 들었던 만큼 내 기분이 그리 좋지 못하리라는 사실을 짐작할 수 있었던 모양이다. 그들은 따로 명령하지 않았음에도 결혼 예물을 고르러 갔다 구매한 아쿠아마린 보석 세트를 가져와 목과 팔, 그리고 귀에 걸어주었다.

출발하기 전, 나는 가면 파티가 시작될 때 갈아입을 드레스와 보석들을 모두 챙겼다. 많은 고민을 하고 싶지 않았던 나는 가발은 쓰지 않기로 결심하고 시녀들과 함께 마차에 올랐다. 그리고 자리에 앉아 담요를 무릎 위로 덮어놓은 다음 내 마음대로 꾸며놓은 마차 안을 다시 구경했다.

얼마 전, 나는 따로 비용을 들여 마차 안에 푹신한 방석과 쿠션, 그리고 두꺼운 담요를 구비해 놓았다. 평소 몸의 실루엣이 드러나는 드레스를 즐겨 입는 내가 사교 모임이나 그 외의 약속으로 인해 밖으로 나갈 때마다 감기에 걸려 돌아왔기 때문이다.

허울뿐인 공작 부인이라 할지라도 이런 부분에서는 참 편하지 않나.

넬슨가의 윈들즈햄 저택은 수도에서 가장 비싼 거각으로 이름난 곳이다. 그저 소문일 뿐이라 여겼건만 정말로 웅장한 위용을 자랑하는 저택의 모습에 나는 낮은 탄성을 터뜨렸다. 수도로 올라오기 전에 봤던 가장 큰 건물이 챈들러 상단의 건물인지라 공저의 크기도 내게 압도적으로 여겨졌는데 윈들즈햄 저택은 아예 상상을 뛰어넘었다.

상아빛의 벽돌이 촘촘히 쌓여 있는 저택의 옆면이 무척이나 예뻤다. 숲이라고 불러도 좋을 정도의 드넓은 정원 역시 내 마음에 쏙 들었다. 아름다운 저택의 모습에 한동안 정신이 팔려 있던 나는 뒤

이어 도착하는 마차의 삐걱거리는 소리를 듣고 나서야 넬슨 부인에게 다가갔다. 그녀는 장미색 드레스를 입은 채 밝은 미소로 손님을 맞이하고 있었다.

"헌팅턴 부인, 와주어서 고마워요."

"뜻깊은 일을 한다는데 도와드려야죠. 이런 좋은 행사에 초대해 주어 고마워요, 넬슨 부인. 그리고 만나서 반가워요, 넬슨 영애."

"넬슨가의 에밀리라고 합니다, 부인. 만나 뵙게 되어 반가워요."

자기 관리를 그렇게 잘한다는 말이 허언이 아닌 듯, 넬슨 부인의 외모는 많아 봐야 30대 중반으로 보였다. 넬슨 영애가 나와 비슷한 또래였음에도 불구하고 말이다. 나는 그들과 짧게 인사를 나눈 뒤, 손님을 맞이하느라 정신이 없는 두 여인을 위해 그들을 지나쳐 안으로 들어왔다.

보통 사교 모임은 여인들의 전유물이라는 관념이 팽배했지만 윈들즈햄 저택에서 열리는 자선 바자회는 이후 가면 파티가 준비되어 있어서인지 남자도 꽤 많았다. 고개를 돌리자 귀족 여인들이 꽃같이 단장을 한 채 한데 모여 남자들을 평가하는 모습이 보였다.

"어머, 헌팅턴 부인."

탕크빌 영애였다. 그녀는 나를 자신의 무리 속으로 끌어당겼다. 나는 못 이긴 척 그 사이로 들어가며 오늘 그녀가 입은 드레스를 관찰했다. 무척이나 정숙한 분위기의 드레스였다. 하지만 나는 가면 파티가 시작된 이후의 그녀는 지금과는 완전히 다를 것임을 확신했다. 탕크빌 영애가 노는 방식은 다른 여인들이 범접할 수가 없을 정도로 문란하다고 들었다. 나는 오늘 이 자리에 참석해 준 그녀에게 속으로 감사를 표했다.

내가 소소한 사고를 친다고 해도 탕크빌 영애가 터뜨리는 가십이나 스캔들로 쉽게 묻힐 것이다.

"반가워요, 영애. 오늘 기분이 좋아 보이는군요."

"네, 좋은 날이잖아요? 사실 불우한 평민들을 돕는다는 것은 제 마음속 깊은 곳의 여린 부분을 자극하곤 해요. 제가 남을 도울 수 있다는 게 얼마나 기쁜지."

그 귀여운 거짓말에 나는 진심으로 웃음을 터뜨릴 뻔했다. 가면 파티에서 실컷 노닐 생각으로 기분이 한껏 상승했다는 데 지금 착용하고 있는 보석 세트를 걸 수도 있는데 말이다. 나는 웃음을 간신히 참은 채 그녀의 고운 마음씨를 칭찬했다.

"본받을 만한 마음가짐이네요."

"무엇을요. 부인께서는 오늘 가면 파티에 참석하실 건가요?"

"아직 확실하지가 않아서 잘 모르겠어요. 영애는요?"

"글쎄요. 아, 그러고 보니 부인께서는 가면 파티가 처음이겠네요. 혹시나 해서 말씀드리는 건데 배가 나온 남자, 무조건 조심하세요."

"네?"

뜻 모를 말에 되물었으나 탕크빌 영애는 다른 말 없이 사라졌다.

요즘 부쩍 가깝게 지내는 아멜리는 선약이 있다며 자선 바자회에 참가하지 않았다. 그런 이유로 나는 낯선 이들 사이에서 새로운 인맥을 쌓아야 했는데, 의외로 처음 말을 섞어보는 여인들과의 대화도 나쁘지는 않았다. 역시 사람은 만나 보고 대화를 나눠봐야 알 수 있는 것이다. 물론 이 사람들과의 만남을 괜찮게 여긴다고 해서 이들의 진가를 모두 파악했다는 오만한 생각을 하고 있는 것은 아니지만.

여인들과 대화를 나누다 보니 어느새 시간이 되어 자선 바자회가 시작되었다. 사실 이 중 절반이 자선 바자회에 대해서는 딱히 관심이 없는 사람들일 테지만, 첫 시작에는 그와 상관없이 집중하는 모습을 보이는 게 예의였다.

큰돈을 가지고 있는 것도 신경이 쓰였고, 가장 큰 관심이 모일 때 돋보이고 싶다는 욕심이 있었기에 나는 첫 물건이 나오자마자 모든 돈을 내놓았다.

"오만 테르요?"

모든 이의 시선이 집중되는 것이 느껴졌다. 그들은 이례적으로 큰 금액에 상당히 놀란 것 같았다. 나는 여유로운 미소와 함께 고개를 끄덕였다.

"네. 적은 금액이나마 도움이 되기를 바라요."

배곯는 아이들이 싸구려 천으로 만든 손수건 따위에 오만 테르는 무척이나 큰 금액이었다. 그러나 나의 지불 능력에 비하면 그 금액은 아무것도 아니었다. 이곳의 다른 귀족에게도 마찬가지일 것이다. 하지만 그들은 돈을 쓰지 않았고 나는 썼다는 데서 이미 차이는 벌어지고 있었다.

추위와 배고픔에 떠는 가여운 이들을 위해 큰돈을 내놓는 것, 보이기 위함이라지만 그조차 아무나 하는 것은 아니었다. 이 자선 바자회는 성공적일 것이다. 오만한 귀족들은 다음에 나올 물건에 오만 테르보다 적은 금액을 쓰느니 차라리 돈을 풀지 않는 것을 선택할 테니.

예상대로 자선 바자회는 유례없이 큰 수익을 기록하며 성황리에 끝을 맺었다. 넬슨 부인은 내게 다가와 감사의 인사를 전했고 사람들은 헌팅턴가의 넓은 마음에 감동했다며 나를 추켜세웠다. 우습게도 나보다 큰 금액을 썼던 이들은 내가 거둔 것의 반도 얻어 가지 못했다.

이래서 선점은 중요하다. 문득 남편을 선점한 조슈아가 생각나, 나는 쓰게 웃었다.

넬슨가에서는 손님들을 식당으로 안내했으나 여인들 중 식당으로 향한 이는 드물었다. 나 역시도 식당이 아닌 휴게실로 향했다.

메이슨 부인은 평소 우아한 태도를 잃지 않아야 하는 여인들이 파격적으로 변신할 수 있는 기회는 바로 가면 파티라고 말했다. 가면을 쓴다는 것은 거의 꽁꽁 싸매다시피 하는 드레스를 벗고 노출이 심한 드레스를 입으며, 입을 가리지 않고 마음껏 웃고, 눈치 보지 않고 미친 듯이 음주를 해도 된다는 것을 의미했다.

보통 노출이 심한 드레스를 입을 때 여인들은 식사를 하지 않는다. 대다수의 여인이 식사를 포기했다는 데서, 나는 오늘 여인들이 입은 드레스의 노출 수위가 높을 것이라는 사실을 예상할 수 있었다.

나 역시 시녀들의 도움을 받아 드레스를 갈아입었다. 남색의 시스루 드레스는 몸의 라인을 예쁘게 보이게 했다. 노라가 머리카락을 풀어 왼쪽으로 땋아 내려주자, 제인은 아쿠아마린 보석 세트를 내 몸에서 빼기 시작했다.

"아, 제인, 보석은 그냥 두렴. 아쿠아마린이 더 잘 어울릴 것 같구나."

"하지만 가발도 쓰지 않으시는걸요."

"정말 아까 전에 무엇을 입었고, 어떤 보석을 착용했는지 관심을 가지는 사람이 있을 거라고 생각하니?"

시녀들은 질문에 대한 대답을 하지 못했다. 단장을 끝낸 나는 천천히 휴게실을 몇 번 거닐어 보았다. 이후 드레스의 착용감이 나쁘지 않자, 나는 화려한 깃털과 큐빅으로 장식된 하얀색 반가면을 쓰고 거울 앞에 섰다.

"마님, 무척 아름다우세요."

"아마 마님만큼 매혹적인 분은 없을 거예요."

시녀들이 입을 모아 칭찬했지만, 나는 그들의 말을 그다지 귀담아듣지 않았다. 애초에 사람의 인상을 좌지우지한다는 눈이 가려져 있는데 어떻게 아름다움을 논할 수 있겠냐는 것이 내 생각이었다.

"너희들, 이만 퇴근하는 것이 좋겠구나."

"하지만 마님, 마차를 잡기 힘들지 않으실까요? 공저에 기별을 따로 넣을 사람도 필요한데…….”

나는 그들의 의견을 간단하게 묵살했다. 귀가하는 데 불편함을 느끼는 것보다 시녀들이 쉬지도 못 한 채 이 휴게실에서 기다리는 것이 더 싫었다.

“넬슨 부인에게 부탁할 거란다. 만약 마차를 잡기가 힘들면 손님방에서 자고 내일 출발해도 되겠지. 걱정하지 않아도 된단다.”

겨우 집으로 갈 마차 하나 때문에 오늘 하루 종일 고생한 시녀들을 늦게까지 기다리게 하고 싶지는 않았다. 오늘만 일할 것도 아니면서, 열과 성을 다해서 나를 보필하려는 시녀들이 고마웠다. 그러나 고마운 것과 그들의 성의를 받아들이는 건 별개였다. 게다가 시녀들은 내일 다시 나의 시중을 들어야 했다. 이렇게까지 잘라 말하자 그들은 수긍한 뒤 돌아갔다.

가면 파티가 시작되었지만 나는 한동안 휴게실에 머물러 있었다. 생각할 거리가 남아 있었기 때문이다. 공저에서는 최근 생각할 여유를 가지지 못했다. 연말이 다가오자 세금과 관련된 부분이라든지, 신년의 지출 내역을 추린다든지 하는 자잘한 일이 많아 바빴기 때문이다. 그나마 쉴 수 있는 시간이면 친분을 유지할 가치가 있는 여인들에게 편지를 쓰고 사교 모임의 초대장을 검토해야 했다.

일이 너무 빡빡한 나머지 에리카와 함께 보내는 시간도 여의치 않을 정도였다. 최근의 나는 정말 자는 시간을 제하고는 그 어떤 시간도 보내기 힘들었다. 그러나 조용히 생각할 시간은 필요했다.

대체 내가 무엇을 하고 있는지, 무엇을 바라고 있는지와 같은 기본적인 문제에 대해서는 생각을 정리해야 했으니 말이다. 이건 본질적인 고민이었다. 그동안은 워낙에 숨 가쁘게 달려온 탓에 이런 고민을 제대로 할 여유가 없었다.

나는 무언가를 배우는 데 바빴고, 배신감에 고통을 받았고, 우울감에 사로잡혀 있었고, 그 감정에서 벗어나는 것에 집중해 있었다. 며칠 뒤에 만날 킹슬리 대공과 상의할 내용을 정리하기에 앞서 내가 이렇게 애를 쓰는 이유가 무엇인지를 정의할 필요가 있었다.

힘을 가져야 한다는 사실을 알았다. 내 입지를 다지고 자리를 굳건히 하고 싶었으니까. 하지만 이는 본질적인 이유가 될 수 없었다.

내 행동의 이유를 알기 위해선 인정할 필요가 있었다. 내가 무작정 공작 부인의 자리에서 벗어나고 싶은 건 아니라는 사실을. 이미 권력의 맛을 보았다. 사람들을 위에서 내려다보고 다스려 보기도 했다. 그런 내가 이제 와서 예전의 그 시골뜨기로 돌아가고 싶어 할까? 나는 나를 알았다. 그래서 아니라는 사실도 알았다.

예전부터 나는 욕심이 많았다. 물론 헌팅턴 공과의 첫날밤과 같은 수모를 다시 겪고 싶지는 않았다. 그럴 바에는 옛날의 그 가여운 스칼렛 챈들러가 나았다. 그러나 도망친다고 해서 반드시 최악의 길로 가야 한다는 법은 없지 않나.

믿었던 부모님에 대한 신뢰는 깨진 지 오래다. 또한 부모님이 이미 나를 조나단의 기사직과 교환했기 때문에 가문에 대한 신뢰나 믿음을 떠나서도, 나는 챈들러가로 돌아갈 수가 없었다. 아마도 나는 결코 그곳에 섞일 수 없을 것이다.

결론의 윤곽이 뚜렷해지고 있었다. 챈들러가로 돌아갈 수도 없지만, 갖은 수모를 겪으면서 공작 부인의 자리에 머물러 있고 싶지도 않았다. 권력의 맛은 달콤했고 상류층과 동등하게 어울리는 일은 만족감을 주었다.

이제 목표는 뚜렷해졌다. 그동안 무언가를 해야 한다는 강박만 있었지, 왜 해야 하는지에 대한 이유가 불분명해 100%의 집중력을 발휘할 수 없었다. 내일 킹슬리 대공을 만나게 된다면…….

"어머!"

갑작스럽게 열린 문에 비명을 지르기도 전에 옷이 반쯤 벗겨진 여인이 소리를 질렀다. 그녀는 건장한 어깨를 가진 남자에게 둘러메어져 있었는데 둘 다 깜짝 놀랐는지 빠른 속도로 문을 닫고 사라졌다. 다른 빈방을 찾는 모양이었다.

파티가 시작된 지 얼마나 지났다고 벌써 저러나 싶은 마음에 고개를 돌려 시계를 본 나는 어느새 1시간이 넘는 시간이 흘렀다는 사실에 놀라며 자리에서 일어났다. 이러다간 원하는 만큼 놀아보지도 못하고 집으로 가야 할는지도 모른다. 끝나지 않을 고민에 시간을 낭비하는 것보다는 쌓인 스트레스라도 푸는 게 낫다는 판단이 섰다. 고민의 시간은 충분했고, 남은 시간은 그리 길지 않았다.

음악은 황궁 무도회에서 들었던 것보다 훨씬 끈적끈적하고 느렸다. 가면을 쓴 채 붙어 선 남녀는 춤을 추는 척, 음흉한 마음을 가리지 않은 손길로 서로를 탐했다. 사실 쓰고 있는 저 가면으로 인해 저들은 평소에 쓰고 있는 가면을 벗을 수 있는 것이다.

사람은 같다. 얼굴만 가리면 그들은 평소에 결코 하지 않을 일들을 아무런 죄책감 없이 행할 수 있다. 물론 나 역시 그들과 다르다고 말할 수는 없겠지만.

"한 곡 추실까요?"

한 남자가 내게 다가왔다. 지금은 고고한 척하는 공작 부인일 필요가 없었기에 고개는 쉽게 끄덕여졌다.

"좋아요."

마침 플로어로 나가자 음악이 바뀌었다. 빠른 템포의 이 음악은 내게 춤을 가르쳤던 로제타 양이 워낙 좋아해 내게도 자주 연습을 시켰던 곡이었다.

"쉽지 않은 무곡인데 춤을 잘 추시는군요."

"옆에서 춤을 추고 계시는 분들과 달리, 와인을 한 잔도 마시지 않았거든요."

"이런 파티가 익숙지 않으신 겁니까?"

"글쎄요. 그런 건 아니에요. 사실 와인을 마시면서 조금 취해 볼까 했는데, 신사분께서 오시지 않았나요?"

"보기 드문 아리따운 숙녀분께서 이런 파티에서 홀로 외로이 계신 것을 보기가 힘들었습니다."

남자의 대답이 마음에 들지 않았다. 느끼하지 않은 목소리와 달리 남자는 이런 화법을 즐겨 구사하는 듯했다. 나는 춤이 끝나면 곧장 헤어져야겠다고 생각하며 건성으로 대답했다.

"짓궂으시네요."

의미 없는 말을 주고받는 것은 상당히 지루한 일이었다. 곡이 끝나자 나는 작별 인사와 함께 플로어를 빠져나왔다. 그러나 남자는 그런 나를 자꾸만 따라왔다.

"당신에 대해 알고 싶습니다."

유감스럽게도 나는 아니었다. 직설적으로 말해야 할지 아니면 피하는 게 나을지에 대해서 고민하느라 입이 쉽게 떨어지지 않았다. 이렇게까지 곤란한 모습을 보이면 조심스럽게 사라질 법도 한데 인내심 있게 기다리는 남자를 보자 한숨이 절로 나왔다. 결국 나는 고개를 내저었다.

"잘 모르겠네요. 알고 나면 흥미가 떨어질 수도 있지 않을까요? 가면 안의 얼굴에 대해 궁금해하지 않고 즐기는 것이 이런 파티예요. 그러니 저는 알고 싶지도, 알려 드리고 싶지도 않아요."

나는 지나가던 시종이 든 트레이에서 와인 두 잔을 잡아 한 잔을 그에게 건네며 조심스럽게 거절의 뜻을 밝혔다. 그러나 그는 끈질기게 나를 설득하려 했다.

"그건 고리타분한 발상입니다. 다들 상대방과 즐기기 위해, 그리고 마음에 드는 상대방과 시간을 보내기 위해 이런 어수선한 파티장에서 웃음을 흘리고 있는 겁니다."

"그렇겠죠. 아마 저를 제외한 대부분의 사람은 고리타분한 발상에서 벗어났을 거예요. 안타깝게도 저는 여전히 고리타분한 생각에 갇혀 있을 거고요. 그러니 다른 여성분을 찾아보시는 건 어떨까요?"

남자가 말을 잇지 못하자, 나는 미소와 함께 마시고 있던 잔을 남자에게 건넸다.

"좋은 시간 보내시길."

남자에게서 벗어난 나는 여인들이 모여 있는 곳으로 발걸음을 돌렸다. 걸으면서도 내 행동이 우스워 웃음이 나왔다. 엉망으로 놀고 싶어 이 시간까지 파티에 남아 있는 것이면서도, 막상 다가오는 남자에게는 매몰차다니. 고리타분하고 재미없는 할머니가 된 것 같은 기분이 들었다.

"웨스트미스 영애는 벌써 뒹굴고 있더군요. 그녀인 게 분명해요. 발걸음이 좀 특이하잖아요? 방정맞은 꼴이. 제 생각에 웨스트미스 영애와 함께 있는 남자는 크리스 공자 같았어요."

여인들끼리 모여 있는 곳에서는 다른 여인에 대한 즐거운 뒷담화가 한창이었다. 나는 그들 사이에 조심스럽게 끼어들었다. 짙게 풍기는 향수 냄새가 코끝으로 들어와 금방이라도 재채기가 나올 것 같았다.

"맞아요. 아까 그 남자가 낀 반지, 캐런 영애와의 약혼반지 같던데."

"설마요, 이런 파티에 약혼반지를 끼고 올 리가."

"들키지 않을 거라고 생각한다면 가능한 일이지 않나요?"

여인들이 소리를 높여 웃었다. 나는 그녀들이 웃을 때마다 아슬아슬하게 가슴 위에서 나부끼는, 거의 벗겨질 듯한 천 조각들을 조마조마한 심정으로 바라보았다. 그때였다.

"그러는 당신들도 이런 파티에 얼굴을 가리는 가면을 쓰고 야한 드레스를 입은 채, 발정 난 것처럼 남자를 유혹하고 있지 않나요?"

한 여인의 냉랭한 음성에 여인들의 고개가 일제히 돌아갔다. 목소리가 무척이나 익숙했다.

잠시 생각하던 나는 곧 그녀의 목소리가 탕크빌 영애와 닮았다는 사실을 알아챘다. 한 방 맞은 여인들은 무어라 반박을 하려고 했으나 그녀는 틈을 허용하지 않았다.

"크리스 공자는 저녁 식사를 마치고 캐런 영애와의 데이트가 있다며 돌아갔답니다. 즐기자고 있는 파티에 그런 요란한 드레스를 걸쳤으면서 자신은 고고하고 순백한 백조인 양 남을 평가하는 게 참 우습네요."

탕크빌 영애는 실제로도 우습다는 듯 짧게 코웃음을 쳤다.

"그리고 이 자리는 무슨 선택받지 못한 여자들의 모임인가요? 부끄럽네요. 여기 있다간 나까지 동급으로 취급되겠어. 그리 계시는 것도 뭐, 심심치는 않아 보이네요. 수고들 하세요."

탕크빌 영애가 도도하게 몸을 돌려 사라지자 모여 있던 여인들 역시 김이 샌 듯 뿔뿔이 흩어졌다. 나는 시종에게 와인을 한 잔 더 건네받으며, 그녀는 정말 종잡을 수 없는 사람이라고 생각했다.

평소에는 체면을 따지느라 결코 하지 않았을 행동이지만 오늘만큼은 아무렇지 않게 입안으로 술을 털어 넣었다. 술이 적당히 들어가서일까, 지금의 내가 퍽 재미없게 굴고 있다는 사실을 깨달았다.

이런 파티에서 시시하게 구는 건 멍청한 짓이다. 내가 선택한 사교 모임이 천박한 분위기라면 나 역시 암묵적인 룰에 따르는 것이 맞을 터.

만약 내가 선을 넘게 된다 해도 딱히 문제되지는 않을 것이다. 외도라고 명명할 수 있다 하더라도 남편은 신경 쓰지 않을 테니까. 나와 그는 서로에게 아무런 영향력도 미치지 못하는 법적인 약속에 의해 강제로 묶여 있는 불행한 관계일 뿐이다.

하루쯤은 괜찮겠지, 내 결혼식 날 밤 역시 그렇게 허무하게 흘러가지 않았나.

“춤 한 곡 어때요?”

와인을 세 잔째 입에 털어 넣은 나는 반은 내 의지로, 반은 취기로 움직이기 시작했다. 먼저 접근한 남자는 체격이 있고 걸음걸이가 중후한 남자였다. 나이가 꽤 있는 것 같았지만 한 곡, 조금 마음에 든다면 하룻밤 정도만을 보낼 남자에게 기대치는 그다지 높지 않았다. 그저 한 곡이 흘러가는 시간 동안 알아가는 재미를 탐할 뿐.

“나이가 어떻게 되오?”

“많지도, 적지도 않아요.”

“결혼했소?”

그 질문에 나는 깔깔 웃으며 고개를 저었다. 동시에 음악에 맞춰 남자의 어깨를 잡고 한 바퀴를 돌았다.

“글쎄요.”

"나이가 어린 것 같군."

"나이가 많아 보이길 바라는 여자가 있나요?"

남자에게서 어떤 흠을 잡아낼 수는 없었지만 왠지 끌리지가 않았다. 나는 그의 물음에 대충 대답하며 곡이 끝나기만을 기다렸다.

"몇 살이오?"

"제가 묻지 않듯, 더 이상 묻지 마세요."

대답과 함께 음악은 끝이 났다. 남자는 내게 휴게실로 가서 함께 쉬는 게 어떠냐며 은근히 졸라댔고, 나는 부드러운 어투로 말을 빙빙 돌리며 그를 거절했다. 이후로도 몇 사람과 함께 춤을 추며 대화를 나누었지만 느낌이 오는 사람은 없었다. 그리 소극적이지 않은 스킨십이 오갔음에도 불구하고 말이다.

파티의 분위기가 점점 달아올랐음에도 나는 발목의 통증 외에는 아무것도 느낄 수가 없었다. 결국 공저로 돌아가야겠다는 결론을 내릴 수밖에 없었다.

스스로의 시시한 태도에 웃음이 나왔지만 더 이상 시간을 낭비하고 싶지는 않았다. 나는 마지막으로 춤을 춘 남자의 뺨에 가볍게 키스한 뒤 돌아가기 위해 복도로 걸어 나왔다.

그때, 누군가가 뒤에서 나의 허리를 잡고 세게 끌어당겼다. 비명이 터져 나올 새도 없었을 정도로 순식간의 일이었다.

"누구세요!"

"나요."

목소리를 듣자마자 알아차릴 수 있었다. 남자는 내가 두 번째로 춤을 췄던, 지나치게 많은 질문을 던져 대던 남자였다. 나는 허리를 잡고 있던 그의 손을 너무 매정하지 않게 뿌리치며 남자에게서 떨어졌다.

"무슨 용건이라도 있으신가요?"

"용건이라면 당연히."

"무슨……."

말을 끝마치기도 전에 남자는 내 몸을 번쩍 들어 자신의 어깨에 둘러멨다. 술을 너무 많이 마신 탓에 머리가 바닥을 향하자 심한 현기증이 났다. 그때부터는 거의 정신이 없었다. 파티장을 벗어난 복도는 매우 어두웠고 이곳을 얼씬거리는 사람은 아무도 없었다. 나는 남자의 등허리를 주먹으로 두드리며 발버둥을 쳤다.

"뭐 하는 짓이에요? 아무도 없어요? 도와주세요!"

화가 나기도 하고, 무섭기도 했다. 그러다 나중에는 눈물이 날 것 같았다. 남자가 향하는 방향이 휴게실이라는 사실에 나는 앞으로의 내가 어떻게 될지 그리 어렵지 않게 짐작할 수 있었다. 간단하게 노는 것도 좋고 마음이 맞으면 잠자리를 할 수도 있겠지만 누구인지도 모르는 이런 남자에게 험한 꼴을 당하고 싶지는 않았다.

생각만 해도 손이 떨렸다. 자의에 의한 관계라면 모르나 이렇게 반강제적인 건 당연히 끔찍하기만 했다. 호신용 무기라도 있다면 이 남자의 목덜미라도 찔러 달아나고 싶을 정도로 두려웠다. 할 수 있는 건 미친 듯이 몸을 움직여 대는 것밖에 없었다.

"멈춰라."

누군가의 등장에 남자의 발걸음이 멈췄다. 어느새 눈물은 얼굴을 흥건하게 적셔 시야를 확보하는 것조차 방해하고 있었다. 나는 펑펑 울며 소리쳤다.

"흐흑, 도와주세요!"

"오해 마시오. 이 여잔 내 아내요. 다른 남자와 놀고 있기에 내가……."

"페리에 남작, 그대는 얼마 전 이혼당해 아내가 없는 것으로 알고 있는데."

그 차가운 음성의 주인공이 나를 구해 줄 수 있을 것 같다는 생각이 들었다. 그것이 단지 나의 착각이라 할지라도 희망을 버릴 수는 없었다.

"……누구요?"

등장한 이의 말처럼 남자의 정체는 페리에 남작이 맞는 듯했다. 그 이름이라면 나 역시 들어본 적이 있었다. 세 번이나 이혼을 했고, 또 이혼했던 여인들이 남작의 가학적인 성 취향에 대해 떠들고 다녔으므로 모를 수가 없었다.

"네깟 놈이 알 이유는 없다. 당장 그분을 내려 드려라."

페리에 남작은 자신에 대해서 알고 있는 남자가 두려웠던 것인지 슬그머니 나를 내려놓고 뒷걸음질 쳐서 사라졌다. 나는 곧바로 바닥에 주저앉아 눈물을 쏟아냈다. 최대한 참으려 해봤지만 너무 놀란 탓인지 울음이 미친 듯이 터져 나왔다.

"괜찮습니까?"

감사 인사를 해야 할 상황이었음에도 불구하고 아무 말도 할 수가 없었다. 놀란 가슴은 좀처럼 진정이 되질 않았다. 남작이 달아나긴 했어도 혼자 울고 있는 나를 내버려 둘 수는 없었던 건지 남자는 나를 부축하여 휴게실로 향했다. 안으로 들어왔음에도 불구하고 울음은 그치지 않았고, 나는 그를 앞에 두고도 한참 동안이나 울었다.

"물입니다. 마시면 조금이라도 진정이 될 겁니다."

"흐흑, 고마…… 워요."

말이 잘 나오지 않았지만 그는 충분히 알아들은 듯했다. 나는 물을 쭉 들이켠 뒤에도 한참이 지나고 나서야 어느 정도 진정할 수 있었다. 어느 정도 울음이 멎자 가면을 벗고 눈물을 닦아내고 싶다는 생각이 들었다. 하지만 구해 준 남자가 신경이 쓰였다. 나는 내가 누구인지를 남자에게 밝혀도 좋을지에 대한 확신이 잘 들지 않았다.

그런 내 마음을 알아채기라도 한 것일까, 남자가 먼저 자신의 가면을 벗었다. 그러면서 내게 말을 건넸다.

"괜찮습니다, 스칼렛."

놀랍게도, 나를 구해 준 그 남자는 바로 아멜리의 혈육이자 나의 첫 경험을 공유했던 에드먼드 루이스였다. 그는 천천히 손을 뻗어 내 얼굴을 가리고 있는 가면을 벗겨냈다. 그리고 자신의 손수건을 꺼내어 젖은 얼굴을 정성스럽게 닦아주었다.

"어떻게……."

다시 왈칵 눈물이 쏟아졌다. 그는 나를 달래려고 애쓰며 내가 발버둥을 치는 동안 잔뜩 흐트러졌던 머리카락을 귀 뒤로 넘겨주었다.

“계속 당신을 눈으로 좇았습니다.”

“대체 왜?”

내뱉지 못한 많은 의문이 입안에서 동동 떠다녔다. 나는 눈물이 뚝뚝 떨어지는 눈으로 그를 바라보았다. 아직까지도 혼란스러웠다.

“당신이라는 것을 한눈에 알아봤으니까.”

나는 이 상황에 대해 제대로 인지하는 것이 어려웠다. 에드먼드의 말이 잘 이해가 되지 않았다. 그는 그런 나의 상태를 알아차렸는지 전보다 다시 한 번 말을 꺼냈다.

“불친절하거나 무례하지는 않습니다만, 그렇다 해도 아무에게나 선뜻 친절을 베푸는 사람은 아닙니다. 그래서 그런 제가 이상하다고 생각했던 그날, 당신과 함께 밤을 보내게 되었습니다. 묻고 싶습니다, 스칼렛. 왜 그날이 당신의 결혼식 날이었음에도 불구하고 나를 거부하지 않았습니까?”

“……저는, 대체 무슨 말씀을 하시는 건지 이해가 잘 되지 않아요.”

“당신은 나에게 이성적인 호감을 보이지 않았습니다. 그럼에도 불구하고 나와 그 밤을 함께 보냈습니다. 당신에게 소중하고 의미있는 것이 아니었습니까? 왜 누구인지도 모를 저와 밤을 보냈습니까? 당신이 그 결혼식의 신부였음을 알았을 때, 저는 제가 당신이 지켜왔던 신념을 무너뜨린 건지도 모른다는 생각을 했습니다.”

뻔한 여자처럼 계속 울고 싶지 않았지만 이 마음을 무감정한 가면으로 가리기에는 내가 아직 너무나도 미숙하고 약한 사람이었다. 눈물이 마르지 않는 샘처럼 퐁퐁 솟아나고 있었다.

정말 이상했다. 이 남자는 정말 이상했다. 위기의 상황에서 척척 나타나 나를 구해 주는 것뿐만이 아니라 그 누구도, 심지어 내 부모조차 알아차리지 못했던 나의 염원을 한순간에 알아채고 묻는다. 묻으려고 했던 마음을 들켜서인지 감정의 떨림이 가라앉질 않았다.

"흐흑, 그런 건 아니었어요. 그건, 흐흑, 제 선택이었으니까요."

"어째서?"

"제가 묻고 싶어요. 어째서, 어째서 제게 소중하다고 생각하셨나요?"

자꾸만 목이 메어 완성된 한 문장을 말하는 것이 너무나도 어려웠지만 에드먼드에게 반드시 듣고 싶다는 생각이 들었다. 그리고 그는 나를 오래 기다리게 하지 않았다.

"결혼식까지 지켜왔다면 당연히 그런 의미일 거라고 생각했습니다. 요구해서는 안 될 것을 요구했다는 죄책감이 마음을 덮었습니다. 그날, 제가 먼저 다가갔으니까요. 못할 짓을 한 것 같아 마음이 무거웠습니다."

그 누구도 몰랐던 것, 소중하게 여겼던 것이 내 발목을 잡는 약점이 될까 두려워 버리듯 주었던 그 경험, 내가 지켜왔던 순결함의 가치를 처음으로 알아준 사람이 있다는 것에 자꾸 눈물이 났다.

"미안합니다. 그렇게 말하고 싶었습니다. 알고 난 이후부터,

줄곧.”

“그렇게 생각하실 필요가, 흐흑, 없어요. 왜냐하면…….”

나는 말을 이을 수가 없었다. 에드먼드의 생각지 못한 사과에 그간 서러웠던 일들이 스쳐 지나가며 감정 제어가 잘 되질 않았다. 사과할 필요가 없는 것에 대해 용서를 구하는 에드먼드의 모습에 다른 아픔들까지도 치유받는 듯한 느낌이었다.

힘들게 하는 일은 너무나도 많았다. 나는 내 자리를 보장받기 위해, 이리저리 내 가치를 증명하기 위해 애를 쓰면서도 내 아픔을 정면으로 바라봐 주고 위로해 줄 사람을 필요로 했다. 아무렇지 않은 얼굴로 가면을 쓰고 있으면서도 누군가는 나를 봐주길 바라왔던 것이다.

그런데 생각지도 못한 사람이 그런 나를 알아봐 주었다. 그는 진심으로 내게 사과했다. 에드먼드의 얼굴에는 내 아픔에 혹 가담한 게 아닐지, 내게 상처를 입힌 건 아닐지, 또 내게 얻어 가선 안 될 것을 갈취한 것이 되지는 않았을지에 대한 고민의 흔적이 역력했다.

“그건 제 선택이었잖아요. 충분히 밀어낼 수 있었다는 것, 알고 계시잖아요. 경과 잊을 수 없는 밤을 보내서 정말 다행이었다고 생각해요. 흐흑, 이 말은 정말…….”

이 고백은 정말로, 진실했다.

“진심이에요.”

누가 먼저랄 것도 없었다. 눈이 마주친 순간, 우리는 서로에게 이

끌린 것처럼 급속도로 가까워졌다. 눈물 젖은 입술에 닿은 그의 입술은 무척이나 따뜻하고 촉촉했다. 조심스럽게 내 입안을 맛보는 혀는 내 마음까지 적시듯 뜨거웠다.

"괜찮…… 겠습니까?"

입술이 떨어진 그 잠깐 사이, 에드먼드는 조심스럽게 내 머리카락을 넘기며 물었다. 그리고 나는 아무 대답 없이 에드먼드의 목을 껴안고 그의 입술을 내 입술로 덮었다. 그는 놀랄 만큼 부드럽게 나를 안아 들고 침대 위에 눕혔다. 설레는 마음이 감당이 되질 않았던 나는 눈을 질끈 감으며 그에게 부탁했다.

"불을 꺼주세요."

에드먼드는 하던 일을 모두 멈추고 자리에서 일어나 문을 꼼꼼하게 잠그고 필요한 하나의 초 외에는 모든 촛불을 다 끈 뒤 내게 다가왔다. 그리고 부끄러워하는 나를 아주 작은 빛조차 닿지 않게 넓은 어깨로 감싸 안았다.

내 눈이 담을 수 있는 건 그 사람 하나였다. 에드먼드는 내 드레스를 조심스럽게 벗겨냈다. 나 역시 그를 도와주기 위해서 몸을 들어주며 단단한 몸을 조심스럽게 어루만졌다. 그러면서 턱시도를 벗기려 노력했지만 경험이 거의 없는 서툰 손길은 그에게 투박하게 닿을 뿐이었다. 결국 에드먼드는 낮은 웃음을 흘렸고 나는 부끄러움으로 얼굴을 붉혔다.

"정말로, 어떻게 나라는 걸 알았어요?"

"자선 바자회 때부터 주의를 기울이고 있었습니다. 그리고 스칼렛, 당신의 머리카락은 가발과는 다른 느낌입니다."

"어떻게 나를 적절한 타이밍에 도왔네요."

이런 상황에서 대화를 나누는 건 막연히 생각했던 것과는 달리 그다지 어색하지 않았다. 연속된 그의 입맞춤에 기분이 좋아졌다. 발끝이 저절로 오므려졌고 달아오른 몸은 혹 그 열기를 잃기라도 할까 그에게 더욱 가깝게 다가가고자 했다. 어느새 완전한 여인이 된 나는 그의 앞에서 더욱 매혹적으로 보이길 바라며 본능에 모든 것을 맡긴 채 에드먼드를 유혹했다. 경험이 많지 않았기에 행동은 몹시 서툴렀지만 다행히도 그 어설픈 행동은 그에게 충분히 도움이 된 것 같았다.

"……제가 더, 가까워져도 괜찮겠습니까?"

예의를 잃어도 이상할 것이 없는 뜨거운 상황 속임에도 불구하고 그의 물음은 무척이나 정중하고 단정했다. 그리고 그 모습은 에드먼드를 더욱 섹시하게 여기도록 했다. 나는 흐려지는 눈으로 정면을 바라보다, 곧 그의 목을 끌어당겨 입을 맞춤으로써 승낙의 뜻을 전했다.

"아플지도 모릅니다."

귓가를 간질이는 다정한 음성에 나는 거의 처음으로, 여인으로서의 만족감과 비슷한 것을 느꼈다. 벅차오르는 감정에 다시 한 번 찡한 무언가가 올라오며 눈물이 터질 것 같았다. 겨우 마음을 다스리며 나는 그를 안심시키듯 중얼거렸다.

"아프지 않을 거예요. 분명히."

무의식적으로 입꼬리가 올라간 것 같기도 했다. 그리고 그는,

"스칼렛……."

내 이름을 부르며 내 안으로 들어왔다. 그러면서 나를 소중한 이를 대하듯 조심스럽게 그러안았다. 뜨거운 체온이 그대로 느껴졌다. 나는 잠시 동안 눈을 감은 채 에드먼드라는 한 사람을 느꼈다.

그의 심장은 바쁘게 뛰고 있었다. 굴곡진 가슴 언저리는 몹시 따뜻했고 내 몸을 매만지는 그의 손은 여전히 부드럽고 다정했다. 입술과 입술이 다시 한 번 겹쳐졌다. 그 느낌은 몹시도 감미로웠고, 이후 다시 한 번 나와 에드먼드의 몸이 겹쳐졌다. 나는 내 모든 것을 믿고 맡긴 채 그와 사랑을 나누었다. 그리고 잠시 뒤, 동시에 쾌락의 정점을 찍었다.

하나가 된 느낌, 누군가 나를 발견해 주었다는 느낌, 그 느낌이 내게는 눈물이 날 정도로 뜨겁게 다가왔다. 눈을 감았다. 오롯하게 그를 느끼고 싶었다. 한동안 나는 그의 품에서 이 기분을 만끽했다.

"괜찮았느냐고 묻는다면, 제가 지나치게 멋없어 보이겠습니까."

"좋았느냐고 묻는다면 저는, 쉽고 시시한 여자 같을까요?"

"진실로 그것을 묻고자 한다면 기꺼이 대답해 드릴 수 있을 겁니다. 당신을 보내고 싶지 않을 정도라고."

그 대답조차 신사적이어서일까, 나는 나도 모르게 만족스러운 미소를 짓고 말았다. 스스로의 웃음에 당황한 내가 몸을 빼려 하자, 에드먼드는 갑자기 나를 세게 끌어당겨 자신의 품에 다시 한 번 가두었다.

"보내고 싶지 않다는 말은 결코 거짓말이 아닙니다. 그때처럼 허무하게 당신과 헤어질 수는 없습니다, 스칼렛."

단순히 상대방을 기쁘게 하려는 의도에서 나온 말이었다면 기꺼이 웃어넘길 수 있었을 것이다. 하지만 기분이 이상했다. 왠지 에드먼드의 말이 한 여인을 마음에 품은 남자의 마음처럼 여겨진 것이다.

"무슨…… 말씀이세요?"

그래서일까, 불에 달구어졌던 것처럼 뜨거웠던 몸이 차갑게 식어갔고 설레던 마음 역시 더불어 냉정을 되찾아가고 있었다. 나는 굳은 표정을 겨우 숨기며 아무렇지 않은 척 에드먼드에게 질문을 던졌다. 그 말뜻을 정확하게 알아야 할 것 같다는 생각이 들어서였다.

"그때, 그렇게 사라져 버리지 않았습니까. 오늘은 당신을 그렇게 보내지 않겠다는 겁니다."

"이해가 잘 안 돼요. 그 말씀은……."

"예상하시는 것처럼, 제가 당신에 대해서 더 알아가고 싶다는 뜻입니다."

더 큰 혼란이 나를 찾아왔다. 나는 멍하니 그를 바라보다 에드먼드의 입에서 나왔던 말을 조심히 따라 읊어보았다. 그러다 문득, 나를 처음으로 이해해 준 이 사람이 나를 마음에 담았을지도 모른다는 사실을 깨달았다. 내가 결혼한 남자가 있다는 것을 알고 있음에도 불구하고 말이다.

"착각이겠지만, 정말 말도 안 되지만 방금 그 말……. 아니죠?"

말하면서도 믿기지 않았다. 나는 내가 착각한 것임이 틀림없다고 생각하며 불안을 없애기 위해 일부러 몸까지 과장되게 떨며 소리 높여 웃었다. 하지만 에드먼드의 말은 반 억지로 웃던 얼굴조차 그대로 굳혀 버렸다.

"왜 아니라고 생각하십니까?"

농담이어야 했다. 나를 놀리기 위해 장난을 치는 것이어야 했다. 반드시, 그래야만 했다. 나는 당황한 음색을 지우지도 못한 채 겨우 입을 열었다.

"말도 안 돼요. 우리 겨우, 세 번 봤어요. 그리고 저는…… 결혼을 했잖아요. 놀리려거든 차라리 다른 농담을 하세요. 그런 농담은 저는, 별로 재미없어요. 정말로."

"무슨 말씀을 해야 당신을 납득시킬 수 있겠습니까?"

"아무 말도, 아무 말도 하지 않는 게 좋을 것 같아요."

나는 서둘러 일어나며 드레스를 찾았다. 빠르게 도망치려는 나의 모습에 에드먼드는 되레 당황한 듯 침대에서 일어나 나를 가만히 바라보기만 했다. 그는 한참 뒤에서야 겨우 한마디를 뱉어냈다.

"스칼렛, 저는……."

"죄송하지만 더 대화를 하는 건 안 될 것 같아요. 늦어서 이만 돌아가야……."

"스칼렛."

그가 단호하게 내 이름을 부르고 나서야, 나는 급하게 옷을 걸치던 손을 떨어뜨리고 에드먼드를 향해 몸을 돌렸다. 마침 촛농이 다

탄 초가 꺼져 버린 게 다행이었다. 어둠 속에서는 어떤 표정을 짓든 보이지 않으니 말이다.

"하실 말씀이 남았다면, 하세요."

"하……."

그는 잠시 크게 한숨을 내쉬었다. 그러더니 곧 결심한 듯 말을 시작했다.

"저도 제 감정에 대해 분명하게 정의하기는 어렵습니다. 하지만 스칼렛, 정말 이상하게도 저는 당신이 신경 쓰이고, 자꾸만 눈에 밟힙니다."

"이해해요."

"예?"

"저라도 그럴 테니까요. 몸을 섞은 여인에게 관심이 가는 건 당연한 일이에요. 저라도 보통 사람보다는 저와 하룻밤을 보냈던 사람이 더 신경 쓰일 테니까요."

잠깐의 침묵이 흘렀다. 에드먼드는 할 말을 찾지 못한 게 분명했고 나는 그사이 그를 거절하겠다는 뜻을 확실하게 했다. 그에게 고마운 마음을 가지고 있었다. 그 누구도 알아봐 주지 않았던 나라는 사람을 알아봐 준 이 사람이 특별하게 여겨지는 것 역시 사실이었다. 그러나 그 때문에 연인 사이가 되고 싶지 않았다.

수도에서는 불륜이 흔하다고 하지만, 나는 남에게 손가락질 받을 여지가 분명한 그런 관계에 이 특별한 사람을 끌어들이고 싶지 않았다. 끝이 명확한 관계였기에 더욱 시작하고 싶지 않기도 했다.

"스칼렛."

"집으로 돌아가야 해요. 오늘 도와줘서 고마웠어요. 그리고 조심히, 살펴 가세요."

좀처럼 보이는 법이 없는, 사뭇 단호한 태도였다.

지난밤에는 넬슨가의 마차를 빌려 타고 자정이 넘어서야 집에 도착했다. 하지만 공저에서 그런 나를 신경 쓰는 사람은 아무도 없었다. 그 사실은 내게 자유로움을 느끼게 하면서도 동시에, 이곳은 내가 있을 곳이 아니라는 사실을 깨닫게 만들었다. 그러나 버텨야 했다. 최소한 스스로 일어설 수 있을 때까지는 그래야 했다.

오늘은 사실 끔찍한 날이었다. 피로를 다 풀지 못했음에도 킹슬리 대공과의 약속을 지키기 위해 쉬지도 못 하고 오전 집무를 끝마쳐야 했으니 말이다. 점심 식사 전, 나는 시녀들에게 에리카의 식사를 부탁하고는 바쁘게 준비했다.

내 눈과 비슷한 에메랄드색의 벨라인 드레스에 재킷까지 꼼꼼하게 껴입은 나는 장갑을 끼는 것으로 모든 준비를 마치고 얼른 마차에 올랐다.

"마님, 잠시만요! 부채요!"

나는 발이 빠져라 뛰어온 제인이 숨을 헉헉대며 챙겨주는 부채를 빠르게 잡아챘다. 그리고 그와 동시에 마차는 출발했다. 따각따각

거리는 말굽 소리가 오늘따라 무슨 리듬감처럼 느껴져 몸이 절로 들썩였다. 컨디션은 나빴지만 입은 드레스, 신은 구두, 헤어스타일, 화장까지 모든 게 다 준수한 편이었다. 어쩐지 이야기가 잘될 것 같다는 기분이 들었다. 아니, 이야기는 잘돼야만 했다.

미리 예약한 레스토랑의 프라이빗 룸으로 들어가 앉은 지 얼마 되지 않았음에도 킹슬리 대공은 금방 룸으로 들어왔다. 약속 시간보다 정확하게 5분이 빠른 때였다. 나는 얼른 자리에서 일어나 황족에 대한 예를 갖추었다.

“그렇게 거창한 인사를 할 필요는 없습니다, 헌팅턴 부인. 일부러 식사를 같이하는 게 좋을 것 같아 이 시간으로 약속을 잡았는데 식사는 괜찮으십니까?”

“예, 물론이죠.”

그와 같은 코스 요리를 선택한 나는 정장을 깔끔하게 갖춰 입은 종업원이 메뉴판을 다시 가져갈 때까지 아무 말도 하지 않고 기다렸다. 잠시 뒤 단둘이 되자, 킹슬리 대공이 먼저 입을 열었다.

“궁금했습니다, 부인. 오랜 옛날, 저는 무도회에서의 부인처럼 열정적인 눈빛을 가진 이를 만난 적이 있었습니다. 그는 제가 기대를 걸 만큼 큰 열망을 가지고 있었지요.”

“그렇군요. 그는 전하의 기대를 충족시켰었나요?”

“아쉽게도 그렇게 하지 못했습니다. 다음 달, 마차에 치이는 불행한 사고를 당한 탓에.”

“유감이네요.”

나는 무감정하게 들리지 않도록 애쓰며 주어진 보를 펼쳐 무릎 위에 올려놓았다.

"사실 그런 이유로 부인에게 사업에 대한 이야기를 얼른 듣고 싶습니다."

"지금 대화를 나누길 원하시는 건가요?"

"그랬으면 하지만 개인적으로, 식사 도중의 일 얘기는 좋아하지 않습니다. 예의도 아니라 생각하고. 그러니 우선 식사 후 사업 이야기를 하는 것으로 하죠."

킹슬리 대공이 측근을 통해 추천한 레스토랑이라 그런지 나오는 요리들은 하나같이 맛이 좋았다. 나는 두꺼운 면의 파스타를 함께 나오는 크림소스에 푹 적셔 입안으로 넣었다. 느끼한 맛이 내 취향에 맞았다.

그가 꺼내는 화제에 대해 맞장구를 치거나 질문에 응답하는 일은 그리 어려운 일이 아니었다. 좋아하는 와인과 함께이기에 그 시간이 더욱 괜찮게 여겨졌는지도 모른다.

"개인적으로 저는 플로랑스산보다는 테베산 와인을 더 좋아하는 편이에요, 전하."

"테베산은 플로랑스산에 비해 독하지 않습니까? 그래서 여인들은 플로랑스 와인을 더 즐겨 찾는 것으로 알고 있습니다만."

아주 전문가는 아니었지만 주워들은 이야기는 있었다. 신빙성이 있는 이야기였다. 무려 챈들러 상가의 주류 전문가에게 들은 이야기였으니까. 잘난 척을 하는 것처럼 보이고 싶지 않았기에, 나는 조심스럽게 의견을 어필했다.

“취향 차이겠지만, 저는 플로랑스의 와인이 테베 와인에 비해 질이 떨어지기 때문에 꺼려하는 편이에요.”

“질이 떨어진다는 것에는 동의하기 힘듭니다, 부인. 플로랑스에서 수입하는 와인들은 대개 최상의 등급을 받은 것들로 알고 있습니다. 지금 우리의 식탁에 올라와 있는 이 와인도 마찬가지죠.”

“그 최상의 등급은 플로랑스에 있을 때 받은 것이지요.”

내 말에 킹슬리 대공은 호기심이 인 듯 눈을 빛내며 물었다.

“플로랑스에서 최상의 등급을 받았어도 테베에서는 최상급이 아니라는 겁니까? 부인의 말씀은 내게 그렇게 들리는군요.”

“바로 맞히셨어요.”

나는 장난스러운 웃음과 함께 들고 있던 와인을 한 모금 마셨다. 킹슬리 대공은 멀리서 잔을 치는 시늉을 하며 더욱 편안한 대화 분위기를 만들어갔다. 사실 아마릴리스 공주와의 대화가 너무 지겨웠던 터라 황족은 다 그럴 거라는 막연한 생각이 있었다. 그러나 그는 이런 위트 있는 태도를 보이며 황족에 대한 내 편견을 완전히 깨부숴 주었다.

“와인을 운반할 때에는 충격이 가지 않도록 주의해야 하고 병이 심하게 흔들려서도 안 된답니다. 급격한 온도 변화도 조심해야 하고요. 그러나 플로랑스에서 테베로 오는 길은 산맥이 있어 길이 험해요. 또 산은 낮과 밤의 온도 차이가 심하고요.”

“아하, 그래서 플로랑스에서 최상급을 받았어도 테베에서는 최상급일 수 없다는 겁니까? 부인의 말을 모두 수긍하기는 어렵지만 일리는 있군요. 훌륭합니다."

대충 알아본 바에 의하면 대공은 인재를 사랑하는 사람이었다. 우연히 머리에 넣고 있었던 지식으로 그의 호감을 샀다고 생각하니 어쩐지 안도감이 들었다.

나와 대공의 식사 자리는 그렇게, 훈훈한 분위기에서 끝이 났다. 하지만 그럼에도 불구하고 구상한 사업으로 그를 설득해야 한다는 생각이 들자 점점 긴장이 되어왔다. 심적인 압박감 때문인지 아랫배 역시 묵직하게 아려왔다.

"기대되는군요. 플로리치아 운하의 나룻배를 어떻게 개선할 것인지, 또 내게 어떻게 허락을 구할 것인지 진심으로 궁금했습니다."

킹슬리 대공과의 만남에 앞서, 나는 많은 것을 준비했다. 이미 뜻을 함께하기로 했던 푸치니 씨는 적극적인 협조를 해주었고 장인 마티아스와는 얼마 전 대화를 마무리 지었다. 바로 며칠 전까지도, 나는 마티아스를 만나 어떤 배를 운하에 띄우는 것이 적절할지에 대해서 여러 가지 배 모형을 늘어놓고 치열하게 토론을 벌였었다. 나는 그와 함께 도출한 결과물이 가장 최상의 것이라고 생각한다. 이것을 통해 이 남자를 설득하는 건 이제 오롯한 내 몫이었다.

나는 마티아스가 만들어준 새로운 배의 모형을 꺼냈다. 손이 파들파들 떨려왔지만 긴장한 모습을 티내고 싶지는 않았다. 자신 없는 모습은 신뢰감을 깎아먹게 마련이다. 나는 대범한 척하기 위해 몸에 힘을 주며 일부러 느릿하게 행동했다.

탁자 위에 올려놓은 것은 '곤돌라'라고 이름 붙여진 배의 모형이었다. 킹슬리 대공이 흥미로운 눈으로 그 모형을 훑어보는 동안, 나는 머릿속으로 침착하게 내 사업에 대해서 어떻게 설명할지 정리했다.

"이 배의 이름은 '곤돌라'예요. 고대어로는 '흔들리다'라는 뜻을 가지고 있죠. 사공을 포함하여 최대 6명까지 태울 수 있고 사공은 나룻배와는 다른 기다란 노를 저어 배를 운행할 거예요."

"새로운 형태의 배군요. 단 한 번도 보지 못한 모양입니다."

"곤돌라는 배의 바닥이 깊지만 벽은 높아 플로리치아 운하의 나룻배처럼 물이 배 안으로 들어와 옷을 적시게 만드는 일이 없을 거예요. 균형을 잃을 걱정도 거의 없고요. 또 날렵한 형태라서 좁은 곳을 빠르게 누벼야 하는 플로리치아 운하의 환경에도 훨씬 적합해요."

곤돌라 자체에 대한 설명은 끝났다. 예상했던 일이지만 킹슬리 대공은 그다지 반응을 보이지 않고 그저 모형을 살펴보고 있을 뿐이었다. 그러다가 그는 갑자기 모형들 간의 차이점을 발견한 듯, 직접 손에 들고 자세히 관찰하기 시작했다.

"……디자인이 모두 다르군요."

"현재 나룻배의 이용객을 조사해 보니 열 명 중 여덟, 아홉 명이 테베의 귀족 아니면 타국의 돈 많은 관광객이더라고요. 그에 초점을 맞춰 배를 디자인해 봤어요."

더 설명할까 고민했지만 킹슬리 대공에게는 곤돌라 모형을 자세히 살펴볼 시간이 필요한 것 같았다. 잠시 뒤 그가 고개를 끄덕이며 계속 설명을 하라는 뜻을 비치자 나는 그제야 설명을 이어나갔다.

"배 바깥은 물에 잘 벗겨지지 않는 특수 안료를 사용해 깔끔한 모양새를 유지할 예정이고, 배 안쪽은 다양한 주제를 가지고 꾸며볼 생각이에요. 특히 이 두 개의 곤돌라를 봐주셨으면 해요."

그가 반응을 보이고 있다고 생각하니 더 긴장이 되어서인지 몸이 잘게 떨렸다. 나는 그 떨림을 드러내지 않기 위해 이를 꽉 깨문 채 조심스럽게 곤돌라 모형을 건넸다. 킹슬리 대공은 찬찬히 모형을 살펴보았다.

"방금 드린 두 개의 곤돌라는 귀족 여성들이 상당히 좋아할 법한 디자인이에요. 플로리치아 운하는 허술한 나룻배만 아니면 데이트 장소로 적합하다는 사실을 알고 계시겠죠."

킹슬리 대공의 표정을 살펴보았지만 읽어낼 수 있는 건 아무것도 없었다. 결국 나는 그 어떤 것도 가늠하지 못한 채 설명을 계속할 수밖에 없었다.

"전하께서 허락하시어 플로리치아 운하에 곤돌라가 운행될 수 있게 된다면, 저는 곤돌라들의 가격을 저마다 다르게 책정할 생각이에요."

잠시간 침묵이 흘렀다. 그의 표정은 좋지도, 나쁘지도 않았다. 의중을 파악할 수 없어서인지 더욱 애가 탔다.

"……좋은 아이디어입니다. 그러나 부인, 곤돌라가 들어오게 되면 현재 운행되는 나룻배는 어떻게 할 겁니까? 멀쩡한 나룻배를 폐기하는 건 손해일 수밖에 없습니다."

킹슬리 대공의 말에 나는 자신 있는 태도로 나룻배는 평민들을 위해서 새벽과 밤에 운행할 생각이라고 설명했다.

"좋은 생각입니다만, 겨우 곤돌라로 사람들의 이목을 끌 수 있을 거라고 생각합니까? 저는 관광지 발전에 있어 곤돌라의 효과는 아주 미미할 것 같다는 생각이 듭니다. 잘 알겠지만 특이한 모양의 배는 타국에도 많습니다."

그 역시 고려해 보지 않은 게 아니었다. 그래서 더 자신 있고 당당하게 설명할 수 있었다.

"특이한 모양의 배는 많겠지만 곤돌리에는 타국에 없을 거예요. 확신할 수 있어요."

나는 잠깐, 로제타 양과의 만남을 떠올렸다. 로제타 양은 내가 헌팅턴 공의 약혼녀이던 시절 내게 예술을 가르쳤던 사람으로, 수도의 시내에서 예술 학원을 운영하고 있었다. 푸치니 씨와의 만남이 있고 얼마 되지 않은 어느 날, 나는 에리카를 맡아달라고 부탁하기 위해 그녀가 운영하는 학원을 찾았다.

예술 학원은 크게 미술과 음악으로 나누어져 있었는데, 그곳에서 나는 성악을 배우려는 수많은 남성을 발견할 수 있었다. 그때, 갑자기 어떤 아이디어가 떠올랐다.

아름다운 플로리치아 운하의 경치와 즐겁고도 아슬아슬한 뱃놀이, 그리고 심심해질 때면 그것을 달래줄 음악.

배를 젓는 사공이 아름답게 노래를 부른다면 사람들의 반응은 어떨까? 나는 곧 그 순간 떠오른 아이디어가 굉장한 사업 아이템이라는 사실을 확신할 수 있었다. 나는 에리카를 맡아달라고 부탁하기 위해 그곳에 갔다는 것도 잊은 채, 로제타 양에게 학원에 다니면서 성악을 배우는 남자들이 보통 어떤 진로를 가지게 되느냐고 물었다.

그녀는 씁쓸한 얼굴로 일부는 극장에 들어가지만, 극장에 들어가지 못한 사람들은 좋은 목소리를 가지고도 길거리 공연이나 하며 겨우겨우 어려운 생활을 연명한다는 대답을 주었다. 보통 남자라면 노 젓는 법에 대해서는 얼마든지 배울 수 있을 것이었다. 아무리 생각해 봐도 좋은 아이디어였다.

취향에 맞게 꾸며진 곤돌라와 아름다운 풍경, 그리고 낭만적인 노래.

나는 삼박자가 갖춰진 곤돌라 사업이 엄청난 성공을 거둘 수 있을 거라는 확신이 들었다. 그래서 곤돌라의 노를 젓는 사공을 '곤돌리에'라고 명명하고 그 자격 여부를 노래로 결정짓기로 결심했다. 곤돌라 하나에 한 명의 사공. 보수 역시 극장의 주연 배우만큼이나 높게 책정할 테지만 곤돌라의 가격을 비싸게 할 테니 그것은 딱히 문제가 되지 않았다.

"곤돌리에라고요?"

"뱃놀이는 처음에는 재미있게 느껴지고 낭만적일지도 모르나 자칫 지루할 수가 있어요. 아무래도 긴 시간 동안 계속 물 위에서 지나치는 풍경만을 보는 것이니까요."

킹슬리 대공 역시 내 말이 틀렸다고 생각하지 않는 듯, 천천히 고개를 끄덕였다. 그가 순순히 동의를 표해서일까, 점점 더 설명하는 데 자신감이 붙었다.

“사공이 노를 저으며 즐거운 이야기를 담은 노래나 상황에 맞는 노래를 아름답게 부른다면 탑승객들은 어떻게 느낄까요? 다른 곳에서도 경험할 수 있다고 생각할까요?”

“희소성이 있겠군요.”

“맞아요. 타국 어디에서도 그런 사공을 찾을 수 없을 테니까요.”

킹슬리 대공은 신중한 얼굴로 잠시 입을 닫았다. 그는 아무 말하지 않았지만 왠지 나의 시도가 성공할 것 같다는 좋은 예감이 들었다. 한참 동안 기다린 끝에 그가 고개를 끄덕이는 모습을 볼 수 있었다.

“긍정적으로 검토하여 서류를 보내겠습니다.”

순간, 햇빛을 받아 눈부시게 빛나는 금발이 더욱 찬란하게 느껴졌다. 열여덟 해를 살아오면서 본 사람들 중 단연 첫 번째로 꼽을 수 있을 정도로 아름다운 외모를 가진 남자지만 지금 이 순간에는 더욱 멋있게 보였다.

그 정도로 기뻤다. 정말 날아갈 것 같은 기분이어서일까, 나는 피어오르는 웃음을 감추지 못했다. 킹슬리 대공에게는 그저 많은 사업 중 하나에 허가를 준 것뿐일 테지만 내게는 무척이나 뜻깊은 일이었다.

“그런데 부인, 어째서 공작은 이 사업에 대해 모르는 겁니까?”

갑작스러운 킹슬리 대공의 말에 나는 입가를 파사삭 굳혔다. 잠시 잊고 있었다. 킹슬리 대공은 나와 남편의 결혼식에 참석할 만큼, 그리고 황궁 무도회에서 그와의 친분을 언급할 만큼 가까운 사이였다. 그는 당황해서 말을 제대로 잇지 못하는 내게 은밀하게 속살거리듯 물었다.

"남편에게도 알리고 싶지 않은 사업입니까?"

대공의 눈이 위험하게 빛나고 있었다.

"부군께 저와의 만남에 대해 알리셨나요? 제가 사업을 구상 중이라는 것도?"

내 물음에 킹슬리 대공은 웃으며 고개를 저었다. 피부가 두드러질 정도로 하얗기 때문인지 그 웃음은 상황과 더욱 어울리지 않게 느껴졌다.

"그럴 리가요. 사업에 대한 이야기를 함부로 발설하고 다니지는 않습니다. 그러나 사업에 대한 계약을 체결할 이에 대해서 알아보는 것은 당연한 일이지요. 부디 언짢게 생각 마시길 바랍니다, 부인."

"……."

"비밀을 만드는 건 부인의 권리입니다. 반려라 해도 모든 것을 나누지 않는 부부가 훨씬 더 많지요. 정략적으로 이루어진 결혼이라면 더더욱."

그제야 마음이 조금 놓이는 듯했다. 순간 긴장했던 가슴을 풀며 숨을 들이쉬려던 바로 그때, 킹슬리 대공은 마치 장난이라도 치듯 내 심장을 한 번 더 놀라게 했다.

"그러나 제가 비밀을 지켜주어야 할 의무는 없지요."

"……혹 제게 무언가, 바라는 것이 있으신 건가요?"

그는 일순간 긴장감을 놓게 만들 정도로 편안한 미소를 지어 보였다.

"예, 있긴 합니다. 부인과 함께 다음 주 금요일 저녁에 있을 오페라를 보러 가고 싶군요."

공저로 돌아가는 동안 내 머릿속은 여전히 킹슬리 대공에 관한 생각으로 가득했다. 그의 의도를 전혀 파악할 수가 없었다. 친절한 사람이라고 생각하기는 했으나 그때는 그저 몸에 밴 매너로 치부하고 넘어갔다. 그러나 대공은, 분명 내게 데이트 신청을 했다. 태어나 처음 받아본 데이트 신청이었다.

공저에서 관리를 받으며 타 귀족 여인들에게 뒤떨어지지 않는 정도로 발전하기는 했다. 하지만 내 얼굴은 여전히 탕크빌 영애나 데셔 부인 등 손꼽히는 미인들에 비해서는 평범한 정도였다. 물론 사람의 취향은 다 다를 수 있지만 평범하기만 한 내게 특별히 관심을 보이는 건 이해하기 어려운 일이다.

오늘 입은 옷이 예뻤나?

나는 입고 있던 드레스를 내려다보았다. 깔끔하고 고급스러웠지만 동시에 지극히 평범했다. 도무지 알 수 없는 노릇이다. 너무 고민을 했더니 머리가 지끈거릴 정도였다. 나는 휴식을 취하기 위해 눈을 감으며 쿠션에 등을 기댔다. 머릿속으로 아까 전 마주했던 킹슬리 대공의 눈이 그려졌다.

황금색, 아주 진귀한 보물 같은 눈이었다. 그리고 그 눈빛은 의미심장했다. 이성적인 의미가 아니라 여러 의미로. 사실 호감을 담고 있다고 확신하기는 어려운 눈빛이다. 처음부터 끝까지 내게 친절하긴 했지만…….

이상하게도 결혼식을 올린 이후부터 괜히 남자가 꼬이는 기분이 들었다. 에드먼드나 킹슬리 대공과 같이 수도에서 괜찮은 신랑감이라고 여겨지는 이들이 내게 관심을 보이는 건 도무지 이해할 수 없는 일이다. 공작 부인이라는 자리에 이성을 현혹시키는 마력이라도 있는 걸까.

멍청한 생각에 빠져 있던 사이 마차는 나를 무사히 공저에 데려다주었다. 노라의 도움을 받아 무거운 드레스를 벗고 실내복으로 갈아입은 나는 다시 한 번 책상에 앉았다. 사업에 필요한 비용과 감수해야 할 적자 등에 대해 계산해 봐야 했기 때문이다.

그러나 종이를 꺼내기도 전, 무어 부인이 가쁜 숨을 내쉬며 내 방으로 뛰어 들어왔다. 노크조차 하지 않은 무례한 행동에 왈칵 짜증이 나 평소 그냥 넘기는 것과 달리 그녀를 꾸짖어 보려 했으나, 무어 부인이 나보다 먼저 입을 열었다.

"마님! 그 계집애가, 그 천한 계집애가……."

나오는 소리가 거친 데다 문장조차 제대로 완성시키지 못하니 짜증이 나는 건 당연한 일이다. 하지만 나는 그녀에게 고압적인 태도를 취할 수 없었다. 그 입에서 뱉어진 말 때문이었다.

"임신을 했답니다! 감히 주인님의 아이를!"

시녀들은 숨을 들이켰고 무어 부인은 그 자리에 주저앉아 어린애처럼 섧게 울기 시작했으며, 나는 그들의 충격받은 얼굴을 살필 정도의 여유를 가졌다. 스스로도 조금 의외라고 생각하지만 나는 그들처럼 심하게 놀라지 않았다. 그저 '왜?'라는 의문만이 머릿속을 지배할 뿐이었다.

무어 부인은 얼마 전, 조슈아가 피임 차를 꾸준히 복용하고 있다는 보고를 올렸다. 그런데 어째서 내게 소녀의 임신 소식을 전달하는 걸까.

"피임 차를 꾸준히 마시고 있다 하지 않았는가?"

"마시는 척을 한 것이겠지요. 흐흑, 그 계집이 감히 마님보다 먼저 주인님의 씨앗을 품다니! 어찌 이럴 수가 있단 말입니까? 그 천한 배에서! 그 천한 배에서!"

나는 흥분을 감추지 못하고 날뛰는 그녀가 피곤하게 느껴졌다. 어차피 화를 내고 울어봐야 해결이 될 일이 아니지 않나. 한참 동안 무어 부인을 관찰하던 나는 이내 그녀를 좋은 말로 위로했다.

"자네 마음, 충분히 이해하네. 나가서 진정하고 오게."

"마님은, 마님은 이 상황이 화가 나지도 않으십니까!"

그러나 마치 우박이라도 내리듯 쏟아진 고함에 겨우 가라앉히려던 짜증은 다시 올라오고 말았다. 나는 자신처럼 감정적으로 행동해 봐야 아무 소용이 없음에도 나에게까지 분노할 것을 종용하는 무어 부인이 이해가 되질 않았다.

딱히 공감하고 싶지 않았다. 그렇게 붙어 있다면 무슨 일이 생겨도 생길 수 있는데도 불구하고 미숙하게 행동했다는 점을 인정할 뿐이다. 그래, 안일했다. 피임 차를 복용한다 해도 만분의 일 확률로 아이가 생길 수도 있는 일이 아닌가.

가장 안전한 방법은 두 사람이 함께 밤을 보내지 않는 것이지만 그들은 떨어지려 하지를 않았다. 조슈아의 임신에 대한 책임은 미흡했던 나와 헌팅턴 공에게 있었다.

"무어, 화를 내면 무엇이 더 나아지지?"

"마님!"

귀가 쩌렁쩌렁하게 울렸다. 정말 머리가 아플 정도였다.

"그 고함에 귀가 너무 아파. 이만 나가보게."

"마님, 어째서 그러십니까? 어째서 분노하지도 않으십니까!"

그 외침에 나는 한참 대답 없이 그녀를 내려다보았다. 내 모습을 스스로 볼 수 없음에도 그녀를 바라보는 눈빛에 경멸이 담겨 있다는 사실을 알 수 있었다.

"……노라, 무어가 많이 흥분한 것 같으니 방까지 안내해 쉬게 하렴."

여전히 납득할 수 없다며 씩씩대는 그녀의 모습은 한심하기 짝이 없었다. 나는 무어 부인이 공작의 유모였다는 이유로 이 공저를 관리하고 있기는 하나 실제 능력은 그에 미치지 못하는 것 같다고 생각했다. 그리고 그녀는 내 사람이 아닌 헌팅턴 공의 사람이었다.

결혼 이후 확실히 두드러지는 그녀의 단점은 이 저택 내에서 무어가 없으면 어떨까, 하고 막연히 생각해 보게 만든다. 나는 에리카를 그녀에게 떠맡겨 저택의 일에 차차 손 떼게 해야겠다고 생각하며 자리에서 일어났다.

욕실에서 뜨거운 물로 목욕을 하고 나오니 기분이 훨씬 나아졌다. 나는 노라가 건네는 보송보송한 수건으로 몸을 닦아낸 뒤 가운을 대충 입고 침대 위로 쓰러졌다.

"마님, 저녁은 어떻게 할까요?"

"요즘 살이 찐 것 같지 않니? 오늘은 거를 테니 너희들은 이만 퇴근하렴. 아, 협탁 위에 주전자 물만 채워놓고."

퇴근 시간이 빨라졌으니 기뻐할 만함에도 불구하고 시녀들은 마냥 즐거워하지 못하는 얼굴들이었다. 나는 평소와 다른 그들의 행동이 이상하게 여겨졌다.

"왜 그러니?"

평소 내가 질문을 던지면 척척 대답하는 성실한 아이들이다. 하지만 오늘은 정말 이상하게도 아무런 대답도 않은 채 내 눈을 피하기만 했다. 다시 한 번 질문을 던지자 결국 가장 당돌한 편인 제인이 더듬거리며 대답했다.

"마님, 기분이 좋지 않으시면 저희에게 차라리 화를 내세요."

베스와 노라 역시 그녀의 말에 동조했다. 나는 그제야 이 아이들이 무슨 생각을 하고 있는지를 알아차렸다. 하지만 내 시녀들은 나의 우울함이나 슬픔을 나눌 필요가 없었다.

"너희 몫이 아니잖아. 얼른 퇴근이나 하렴."

부드럽지만 단호한 명령에 시녀들은 그제야 후다닥 밖으로 나갔다. 나는 시녀들이, 그리고 무어 부인이 무엇을 걱정하고 있는지를 잘 알았다. 그러나 내게도 생각이 있었다. 헌팅턴 공은 나와 그의 사이에서 태어난 아이만이 헌팅턴의 성과 함께 작위를 물려받게 될 거라는 약속을 했으니까.

설사 그가 약속을 어긴다고 해도 마냥 손 놓고 있지는 않을 것이다. 나는 가문의 안주인으로서 모든 직 · 방계를 관리할 의무가 있었으니 말이다. 사실 다 필요 없이 내가 이 저택에서 탈출할 수 있으면 가장 좋겠지만…….

바보 같은 생각에 나는 혼자 웃었다. 아직은 현실과 거리가 먼 생각이었다.

새벽부터 잠이 깨버렸다. 무척이나 추워진 날씨 탓에 아침 산책을 하다가는 얼어 죽을 지경이었지만 무슨 변덕인지 자연이 느끼게 하는 푸릇푸릇한 냄새를 맡으며 아침을 시작하고 싶었다. 그렇다 해도 감기에 걸리는 건 딱 질색인지라, 나는 잠옷 위에 두꺼운 재킷과 숄을 두 개나 겹쳐 입고 토끼털 머플러까지 목에 감은 채 밖으로 나왔다.

너무 이른 시간이어서일까, 주방 쪽 외에는 불이 켜진 곳이 없었다. 조용한 복도를 따라 정원으로 내려간 나는 순식간에 몸을 떨게 하는 한기에 잠시 숨을 멈추었다. 차가운 공기에 섞인 풀 냄새가 코끝을 살살 건드렸다.

주변을 쭉 둘러보아도 결혼식 때 봤던 것과 같은 아름다운 꽃은 없었다. 계절 변화 때문인지 지금은 추위에도 견디는 억센 풀만이 얼굴을 내밀고 있었다. 살짝 얼어 있는 이슬에도 주눅 들지 않고 고개를 세우고 있는 그 모습이 보기에 나쁘지 않았다.

나는 천천히 발걸음을 내디뎠다. 걸을 때마다 들리는 잠옷 자락 속으로 찬 공기가 들어와 내 몸을 떨리게 만들었지만, 그래도 이 정원에서 혼자만의 시간을 보내는 건 상당히 즐거운 일이었다. 그러다 문득, 내가 오롯이 혼자일 수밖에 없었을 때 내게 다가왔던 그 남자가 생각이 났다.

에드먼드 루이스, 그 묘한 사람 말이다.

나를 생각하는 그 사람의 마음은 저 풀과 같을까, 아니면 이미 져버린 꽃과 같을까. 어느 쪽이든 크게 상관은 없었다. 나를 향한 에드먼드의 마음이 그의 솔직한 사과처럼 진실이라 할지라도 결코 이루어질 수 없는 관계였다.

외도나 불륜 따위를 나쁘게 생각하는 건 아니었다. 헌팅턴 공에게 사랑을 구걸할 생각은 없었으며 연인을 두는 게 그에게 크게 거슬릴 일은 아닐 테니까. 게다가 수도의 귀족들 사이에서는 정부를 두는 일이 흔하기도 했다.

그러나 상심한 마음을 달래기 위해, 무너진 자존심을 회복하기 위해 이용할 사람이 에드먼드이길 바라지는 않았다. 다른 사람은 다 괜찮겠지만 그는 정말로 안 될 것 같았다. 내게 의미 있는 사람이기에 더욱 그랬다. 그 '의미'라는 것은 남녀 간의 사랑이라는 감정과는 별개였다.

에드먼드는 내가 중요하게 여겼던 가치를 의미 있다고 말해준 유일한 사람이다. 상처를 받아 잔뜩 곤두서 있던 마음이 그 한마디로 거짓말처럼 풀렸다. 딱 세 번밖에 보지 않은 사람이지만 그 누구에게보다 고마운 마음을 가지게 되었다.

앞으로도 나는 많은 시간을 보내며 살아갈 것이다. 그러나 죽기 전까지의 시간 동안 에드먼드처럼 다정하고 친절한 사람을 만날 수 있을 거라고는 확신할 수 없었다. 그래서 더, 그의 존재는 중했다.

그런 사람이 보잘것없는 나를 마음에 담았다면 진심으로, 감사한 일이다. 그러나 지금의 나는 누군가를 행복하게 해줄 수 있는 사람이 아니었다. 에드먼드처럼 좋은 남자는 내가 아닌 다른 괜찮은 영애와 정상적으로 만나 정상적인 사랑을 하는 게 맞다.

그가 나를 사랑한다는 이유로 또 다른 스칼렛을 만든다면 내가 그에게 가지는 모든 의미가 상실되어버릴 것이다. 그래서 싫었다. 한편으로는 또 알고 있기도 했다. 내게 중요한 의미, 훼손되지 않아야 하는 의미로 남아야 한다며 멋대로 선을 그어놓고 에드먼드가 그 선을 넘지 않길 바라는 마음이 이기적이라는 사실 말이다.

그러나 어쩔 수 없었다. 닥친 불행 앞에서 나는, 슬프게도 나밖에 모르는 사람이었다. 그리고 이렇게라도 하지 않으면 버틸 수 없을 것 같았다.

산책을 마치고 돌아오니 그제야 해가 떴다. 창밖으로 들어오는 햇살은 조심스럽게 영역을 넓히며 이불보까지 슬금슬금 손을 뻗으려 하고 있었다. 얼마 지나지 않아 무어 부인이 나를 깨우기 위해 들어왔다, 깨어 있는 나를 발견하고 놀란 얼굴로 멈춰 섰다.

"밖에 나갔다 오셨습니까?"

그녀는 내 옷자락에 묻어 있는 촉촉한 흙을 발견한 모양이었다. 사실 차림새만 봐도 밖에 나갔다 왔다는 것은 금방 짐작할 수 있는 일이었지만.

"아침 산책을 했네."

"어제는 제가 경솔했습니다. 죄송합니다, 마님."

무어 부인은 허리를 깊게 숙였다. 그러나 그 사죄는 내게 그렇게 와 닿지는 않았다. 만약 그녀가 바닥에 닿을 정도로 허리를 숙였다 해도 지금의 감상과 별반 다를 게 없었을 것이다. 나는 무어 부인을 용서할 수 있었다. 그러나 아직은 용서하고 싶지 않았다. 나는 아무런 대답도 주지 않고 재킷과 숄을 팽개치듯 벗고 머플러까지 풀어냈다.

"허기가 지는군. 아침 식사를 준비하게."

"예, 마님."

아침 식사가 준비되는 동안, 나는 뜨거운 김이 모락모락 피어나는 욕조에 몸을 담가 한기를 떨쳐 냈다. 날씨가 추워져서인지 요즘 자주 목욕을 즐기게 되는 것 같았다. 따끈한 물에 몸을 담그면 피로가 풀리고 마음이 편안해졌다. 어쩌면 온전히 혼자 있을 수 있는 공간이라 모든 긴장을 다 풀 수 있어서 목욕 시간이 늘어나는 건지도 몰랐다.

목욕을 마치고 드레스의 단추를 여몄다. 그러고 나니 무어 부인이 아침 식사를 담은 카트를 밀며 방 안으로 들어왔다. 카트에 놓여 있는 접시를 탁자에 차곡차곡 놓아두는 무어 부인을 보면서, 나는 그녀에게 시키기 적합한 일을 생각해 냈다.

이런 일이라면 누구보다 무어가 가장 잘할 수 있을 것이다. 이 공저에서 필요가 없을지도 모른다고 생각했건만 아예 쓸모가 없는 건 아닌 듯했다. 그녀에게 더욱 다행스럽게도.

"내 자네에게 긴히 부탁할 것이 있다네."

무어 부인은 가만히 고개를 숙인 채 내 말을 경청했다. 어제 조금 혼쭐이 났다고 기가 죽은 얼굴을 하고 있는 것이 우습고 가증스러웠지만 나는 그 감정을 전혀 내색하지 않았다.

"가문의 주치의가 아닌 다른 의사를 구해 보게."

"의사를 부르라 하심은……."

"어렵다면 낙태 약에 대해서 잘 알고 있는 약사도 좋고. 비용이 얼마가 들어도 좋으니 신뢰할 수 있는 자로 엄선하게."

결코 유쾌한 명령이 아님에도 불구하고 무어 부인의 얼굴에는 언제 쓸쓸한 기운이 감돌았냐는 듯 화색이 돌고 있었다. 그녀는 내 치맛자락이라도 잡고 매달릴 기세로 마구 머리를 조아렸다. 늙은 주름 사이를 타고 흐르는 눈물은 기쁨의 눈물인 듯했다.

"세상에, 마, 맡겨만 주십시오, 마님."

아마 가장 바라고 있던 일일 터다. 금방이라도 뛰쳐나갈 것 같은 기세에 나는 일단은 그녀를 진정시키며 주의 사항을 단단히 일러주었다. 가령 절대 가문의 이름이 발설되어서는 안 되며, 공저로 직접 데리고 와서는 안 된다는 것과 같은 기본적인 내용이었다.

"그 어떤 실수도 없이 완벽하게, 반드시 완벽하게 처리하겠습니다."

"자네를 믿네."

최소한 이런 부분에서는.

무어 부인의 얼굴이 워낙에 의기양양했기에 나는 못 이긴 척 고개를 끄덕였다. 제 자식도 아니건만, 그녀는 가엾게도 헌팅턴 공에게 뜨겁고 끈질긴 모성애를 갖고 있었다. 그러나 우스웠다. 저가 남편을 생각하는 마음은 끔찍하면서도 남편의 씨앗을 밴 조슈아의 모성애는 고려조차 않는 모양새라니.

나는 진득한 비웃음을 감추고 그 이기적인 모성애에 대해 나름대로의 경의를 표했다.

에리카와는 간만에 점심 식사를 함께했다. 여동생의 얼굴을 본다고 해서 챈들러가에 품은 악감정이 누그러지는 건 아니었으나 그와 별개로 동생들은 사랑하는 내 혈육이었다.

"제인, 에리카를 로제타 양의 학원에 데려다줘."

"네, 마님."

"벌써?"

에리카는 조금 더 있고 싶다는 듯 입술을 둥그런 모양으로 쭉 내밀었다. 교육을 위해 수도로 올라왔다는 것을 잊었는지, 에리카는 항상 나에게 소풍을 가거나 쇼핑을 가자며 졸라대곤 했다. 나 역시 많은 시간을 보내고 싶었지만 공작가에는 일이 무척이나 많았다.

나는 엉덩이를 의자에 딱 붙인 채 징징거릴 기세인 여동생을 보다 제인에게 손짓했다. 앞으로 에리카를 학원에 데려다주고 데려오는 건 무어 부인이 할 일이 되겠지만 그녀가 아직 약을 제조해 줄 사람을 찾지 못했으므로 당분간은 제인이 계속 수고를 해주어야 했다.

"아가씨, 일어나시죠."

"아, 정말……. 언니 너무해! 제인도 너무하고!"

에리카의 외침을 한 귀로 듣고 흘린 나는 연말이라 잔뜩 몰려오는 일거리를 처리하기 위해 다시 책상에 앉았다. 곤돌라 사업에 대해 구상하고 싶었지만 일이 너무 많아 그마저도 여의치가 않았다. 나는 한숨을 푹 쉬고는 몇 해 전의 장부와 올해의 장부를 하나하나 비교 · 대조해 보며 손을 바쁘게 움직였다.

"마님."

집중을 깨뜨리는 목소리에 나도 모르게 인상이 써졌나 보다. 베스가 겁먹은 얼굴로 얼른 고개를 숙이는 모습이 보였다. 나는 부드러운 음성으로 말하려 애쓰며 입을 열었다.

"무슨 일이니?"

"그, 그녀가 찾아왔습니다."

베스가 말하는 '그녀'는 아마 조슈아일 것이다. 그 사실은 그리 어렵지 않게 예상할 수 있었다. 하지만 나는 전혀 모르겠다는 어리둥절한 얼굴로 펜을 놓아둔 채 뒤를 돌아보았다.

"그녀가 누군데?"

"……조슈아 양입니다, 마님."

방문 이유가 뭘까. 짐작 가는 데는 없었다. 무어 부인이 약을 구하러 간다는 얘기라도 들은 걸까, 아니면 이제 헌팅턴 공의 아이를 가졌으니 자리를 비키라고 선전포고라도 하러 온 걸까.

어쨌든 급하게 찾아왔다면 이유가 있을 것이다. 그러나 내가 그 아이를 굳이 만날 필요는 없었다. 문득 방음이 되지 않는 문 앞에서 조마조마한 심정으로 기다리고 있을 어린 조슈아의 표정이 궁금해졌다.

요즘 들어 매 순간 새롭게 깨닫게 되지만, 나는 정말로 심술궂고 사악했다.

"약속도 잡지 않고 찾아오는 이를 만날 이유는 없단다. 그럴 만한 여유도 없다는 건 네가 더 잘 알겠지? 정중하게 돌려보내렴."

내용과 달리 목소리는 무척이나 유쾌했다. 베스는 영리한 아이인지라 금방 내 의도를 알아챘는지 곧바로 문을 닫고 사라졌다. 그로부터 얼마 지나지 않아 조슈아의 갈라지는 비명이 닫힌 문틈으로 새어 들어왔다.

"저를 만나주세요, 마님! 제발! 오래 걸리지 않을 거예요!"

처음 조슈아를 만났을 때, 나는 저 아이의 목소리를 아름답고 청아하다고 느꼈다. 하지만 지금은 그 목소리가 헤어 나올 수 없는 구렁텅이에 빠진 사람처럼 절망적이었다.

무슨 일인지는 모르겠지만 본인이 급하다면 분명 다시 한 번 나를 찾게 될 것이다. 현재 갑은 나고 을은 저 가여운 계집이다. 안타깝지만 강자에게는 약하고 약자에게는 강한 것이야말로 세상을 살아가는 가장 영리한 방법이다. 그리고 나는 이제 그것을 안다.

무어는 꼬박 일주일이 지나고 나서야 낙태 약을 제조하는 이를 겨우 찾아냈다며 내게 알렸다. 그녀는 입을 철저하게 다물 수 있는 자를 찾는 과정이 어려웠다며 변명을 늘어놓았지만 내게 그 말은 그다지 신빙성 있게 들리지 않았다.

그리고 조슈아는 무어 부인이 약사를 찾아내기 전까지 다섯 번도 넘게 나를 찾아왔다. 계집은 하루 종일 내 방문 앞에서 울부짖거나 아무 말 없이 방문 앞에 앉아 있는 것으로 자신과 만나달라는 시위를 했다.

가엾게도 그런 행동은 조슈아를 만나지 않겠다는 내 결심을 번복하게 하지는 못 했다. 오히려 자꾸 지겹게 하는 통에 처음에 가졌던 호기심조차 희미해지고 있었다. 연말이라 일이 밀려들었고 밖으로는 벌여놓은 곤돌라 사업도 있었다. 신경 쓸 것이 무척이나 많은 상황에 조슈아의 행동까지 더해지자 내 피로함은 거의 극에 달했다.

그래서일까, 차라리 약사를 만나러 가는 길이 유쾌하게 느껴졌다.

"그것이 그 약인가?"

어두운 베일로 얼굴을 가리고 있었기에, 나는 약사의 모습을 제대로 볼 수 없었다. 살짝 비치는 실루엣만이 남자가 어떤 행동을 취하고 있음을 보여주었다. 그는 덜덜 떨리는 손으로 내게 두 개의 약병을 내밀었다. 자세히 살펴보니, 약병 안에는 초록색의 가루와 노란색의 가루가 각각 담겨 있었다.

"엄밀히 말하면 낙태 약은 아닙니다. 이 진녹색의 가루는 영양초로, 귀족 마님들께서 보통은 피부 관리를 위해 갈아 쓰십니다. 직접적인 섭취도 가능하지요."

"이것은 뭐지?"

"그 노란색을 띠는 가루는 피임을 위한 약입니다. 피임 차의 주재료로 들어가는 약초이기 때문에 여성들에게는 친숙한 것입니다."

약사는 잠시 말을 멈추고 침을 꼴깍 삼켰다. 지나치게 긴장한 모습이 조금 의심스러웠지만 나는 내색 없이 고개를 끄덕였다.

"다만 영양초와 비네를 두 달 정도 동시 복용하면 시중에 낙태 약이라고 알려져 있는 것과 같은 효과를 낼 수 있습니다. 겉보기에는 자연유산처럼 보이기 때문에 쓰임새는 훨씬……."

그는 말을 끝까지 잇지 못했다. 덜덜 떨리는 목소리는 겁에 질려 있었다. 그래, 정직하게 살아온 이라 들었다. 그러나 부인의 도박으로 집이 넘어갈 정도로 위태로운 지경이라고. 평생 생명을 구하는 약을 제조하며 살아온 이가 생명을 죽이는 일에 동참하게 되었다. 제 욕심도 아닌 가족의 과오로 인해.

내 앞에 마주 앉은 이 약사만 봐도 알 수 있듯, 사람 인생은 정말 한 치 앞도 가늠할 수 없는 것이 아닌가.

"챙기게."

나는 저 가여운 남자의 말을 믿어보기로 했다. 무어 부인이 자그마한 병 두 개를 잽싸게 품 안으로 감추는 것을 확인한 나는 남자의 앞에 돈이 든 주머니를 내밀었다.

"야, 야, 약속한 돈은 천오백 테르입니다, 나으리."

조심스럽게 주머니를 열어 본 남자는 자기가 생각했던 것보다 훨씬 큰 금액에 소스라치게 놀라며 주머니를 놓치기까지 했다. 내가 넣은 돈은 원래 약속한 금액의 세 배가량인 오천 테르였다.

"나머지는 무거워야 할 자네의 입에 대한 대가네."

혹시 몰라 나와 무어 부인은 세 번이나 마차를 갈아타고서야 공저에 돌아왔다. 무어는 조슈아의 아이를 얼른 떼어버리고 싶은지 무척이나 서둘렀다. 나까지 행동이 급해질 것 같았다. 공저에 도착해 마차에서 내리자, 마구를 관리하는 마부라도 되는 양 조슈아가 마차 앞에서 대기를 하고 있었다. 이쯤 되니 그 집요함에 절로 박수가 나올 것 같았다.

"무슨 일이지?"

내 물음에 조슈아가 눈물범벅이 된 얼굴로 고개를 들었다. 계집과 대면한 건 임신 소식이 전해지고 나서 처음이었다. 그간 의도적으로 이 계집과의 만남을 피해 왔으니.

"마님께 드릴 말씀이 있어요. 제발 저에게 딱 10분만이라도 시간을……."

그러나 조슈아는 끝까지 말을 다 잇지 못했다. 무어 부인이 조슈아의 머리채를 잡아 뜯을 기세로 고함을 지르며 조슈아의 말을 끊었기 때문이다.

"더러운 계집이 어디 감히 마님께 대화를 청한단 말이냐? 당장 별채로 돌아가지 못하겠느냐? 주인님의 총애를 믿고 의기양양해서는! 여우 같은 계집!"

너무 큰 소란을 일으키는 것은 피하고 싶었다. 나는 흥분해서 미친 여자처럼 날뛰는 무어 부인을 잡아 내 뒤로 밀어냈다.

"부인은 들어가게."

"마님!"

언제나 나와 무어 부인은 서로를 이해하지 못했다. 나는 그녀를 이해하려고 시도하지 않았고 그녀도 나를 이해시키려 노력하지 않았다. 그 점이 지금 너무나도 큰 장애물로 다가오고 있었다. 나는 무어가 더 이상 나를 방해하지 않길 바랐다.

간절한 부름에도 불구하고 미동 없이 서 있자, 무어는 결국 고개를 숙인 채 씩씩대며 저택으로 들어갔다. 방해꾼이 사라지자 나는 그녀에게로 다시 고개를 돌렸다.

나와 조슈아는 저택을 향해 뻗어 있는 가로수 길에서 그 누구의 방해도 받지 않은 채 서로를 마주했다.

"……살려주세요."

단언컨대, 청자가 내가 아닌 다른 이였다면 그 절절한 음성에 마음이 흔들렸을 것이다. 그러나 나는 그녀의 마음을 이해하고 그 가련한 상황에 공감해 주기에는 조슈아와 너무나도 얽인 게 많은 사람이었다.

"부탁…… 드릴게요."

"어째서 내게 살려달라고 하는 거지? 네 배에 품고 있는 아기를 죽이겠다고 말한 기억은 없는 것 같은데."

내 물음에 대한 대답을 하려는 듯 입을 뻐끔거리던 조슈아는 차마 말할 수 없는 듯 다시 손을 들어 제 입을 막았다. 설움이 차올라 울음이 터진 것 같았다. 그녀의 눈빛이 일순 흐릿해지더니 곧 눈물이 흰 피부를 적셨다. 울음을 참기 위해 깨문 붉은 입술이 눈에 들어왔다.

저택에 온 것을 환영한다던 오만한 창부는 어디에도 없고 그저 자신의 아기를 지키려는 어린 소녀만이 내 앞에 우뚝 서 있다. 그녀는 분명 내게 할 말이 있다. 그래서 그리도 집요하게 나를 찾았겠지.

그러나 상황이 충족된 지금은 내게 말하길 망설이고 있다. 혼란스러워하는 소녀를 보는 내 마음에는 한 치의 동요도 일지 않았다. 나는 이 아이가 눈물을 흘리면서도 영악하게 내 얼굴을 관찰하고 있다는 사실을 눈치챘다. 내 표정에 빈틈이 없자 조슈아는 결국 쥐고 있는 주먹을 가늘게 떨며 뒤돌아섰다.

당연하게도 나는 계집을 잡지 않았다.

다시, 합방일이었다.

나는 뜨거운 물이 가득 채워져 있는 욕조에 떠다니는 약초와 꽃잎을 톡톡 건드려 보았다. 이 약초들은 조슈아가 아기를 가졌다는 사실이 알려진 그날부터 내 욕조에 들어가게 된 것들이다. 누구에게도 묻지 않았으나 나는 이 약초의 정체를 금방 파악할 수 있었다.

임신에 효과가 있다는 약초들. 빨리 자식을 봐야 하는 여인들이 종종 목욕물에 넣어 사용한다고 알려진 것들이었다. 냄새가 진하게 올라왔지만 그리 불쾌한 향은 아니었다. 그렇다고 해서 유쾌한 건 절대 아니었지만.

나는 평소보다 조금 이르게 목욕을 마치고 밖으로 나왔다. 아직 퇴근하지 않은 유일한 시녀인 노라가 수건으로 머리카락의 물기를 짜주었다. 머리가 어느 정도 마르자 그녀는 내 머리를 예쁘게 땋아 주었다.

“무엇하러 이 늦은 시간에 그런 수고를 하는 거니?”

나는 나른한 얼굴로 소파에 몸을 기댔다. 연이은 일로 피로가 심하게 쌓여 있었다. 노라는 그런 내 몸에 두꺼운 담요를 덮어주었다.

“그냥요, 마님. 여자는 언제나 예뻐 보이고 싶어 하니까요.”

"미안하지만 노라, 내가 이런 치장을 한다고 해서 어린 조슈아보다 아름다울 수는 없단다."

"마님, 어찌 그런 말씀을 하세요? 조슈아는 그냥 어릴 뿐이에요. 어리기 때문에 매력적인 거예요. 저는 그 계집애가 예쁘다고 생각해 본 적이 없어요."

안타깝게도 노라의 말에 동의할 수가 없다. 조슈아는 남편이 그리 아끼고 도는 것이 이해가 될 만큼이나 아름답다. 빛나는 황금색 눈동자와 같은 색의 머리카락은 전설 속에 나오는 드래곤이 쌓아놓고 있다는 금은보화가 부럽지 않을 정도였다.

그 찬란한 아름다움은 결코 흔한 것이 아니다. 천박한 출신이 믿기지 않을 만큼 고급스럽고 오묘한 미를 지닌 그 아이는 미모로는 어디서도 기죽지 않을 탕크빌 영애조차 생기를 잃게 할 것이다. 그를 알고 있을진대 내가 어찌 조슈아의 아름다움이 어린 나이에서부터 비롯되었다는 말에 동의할 수 있을까.

"나는 외적인 아름다움을 그리 중요하게 생각지 않아. 남들은 중요하게 여기지만 그렇다 해서 내 판단 기준이 될 수는 없다는 거야. 그러니 노라, 굳이 내게 그런 위로를 할 필요는 없단다."

"하지만 마님!"

"무어 부인을 닮아가는 거니?"

농담이 반쯤 섞인 물음에 노라는 얼굴을 붉히며 도리질을 쳤다. 나는 그녀를 퇴근시키고 긴장되는 마음을 다스리기 위해 방 안을 가볍게 거닐었다. 저녁을 먹지 않아서 그런지 허기가 졌다. 아래에서 쉬고 있을 무어 부인에게 간식거리라도 부탁할까 하는데, 노크 소리가 들려왔다. 예상했지만 방 안으로 들어온 이는 헌팅턴 공이었다. 얼굴을 본 순간 구토감으로 인해 식욕이 순식간에 달아났다.

"오셨어요?"

눈을 마주치고 싶지 않았다. 나는 눈을 얌전하게 내리깔며 무미건조한 인사말을 건넨다. 남편과의 불행한 첫날밤 이후 그를 제대로 마주한 적이 없다. 가끔 복도에서 마주칠 때에도 고개 숙여 인사한 뒤 도망치듯 방으로 달아났으니. 그 기억이 내게 안겨준 수치심과 비참함은 쉬이 극복할 수 있는 종류의 것이 아니었다.

나는 헌팅턴 공이 무슨 행동이라도 취하길 가만히 기다렸다. 나를 향한 시선이 잠시 느껴졌으나 그는 아무 말도 건네지 않은 채 탁자 쪽으로 걸어갔다. 준비해 놓은 와인이 없건만 코르크 마개를 따는 소리가 들리는 것을 보니 그가 와인이라도 준비해 온 모양이다. 잠시 뒤 나는 탁 소리와 함께 탁자 위에 놓인, 첫날밤에 봤던 것과 동일하게 생긴 작은 병을 응시했다.

"소량이니 긴장을 완화시키는 데 도움이 될 겁니다."

자세히 보니 헌팅턴 공이 가져온 작은 병에는 아직 약이 반 넘게 남아 있었다. 얼결에 잔을 부딪친 나는 그가 약을 탔음에도 불구하고 서슴없이 와인을 마시는 모습을 보고 나서야 함께 와인을 들이켰다. 술기운이 올라왔다. 그러나 저번처럼 이성을 잠재우는 느낌은 그다지 들지 않았다.

"나와 눈을 맞추지 않는군요."

그 말이 자존심 상하게 느껴졌다. 약 기운 때문인지 묘하게 긴장감이 풀렸고, 나는 그를 아무렇지 않게 쳐다볼 수 있었다. 헌팅턴 공은 그런 내게 다가왔다. 그리고 배려 없는 손길로 잠옷을 벗겨냈다.

소중하게 대해 줄 생각이 전혀 없어 보이는 거친 손길에 가슴께가 욱신거렸다. 그러나 불쾌감보다는 약 기운으로 인한 인위적인 쾌감이 앞섰다. 나는 눈을 감았다. 미약은 내 신체적인 감각은 속일 수 있을지라도 정신까지 지배하지는 못 할 것이다. 그러니 나는 도피해야 했다. 그래야 한다고 생각했다.

하지만 다음 순간, 나는 다시 한 번 눈을 떴다. 헌팅턴 공과의 관계를 매번 참는다는 개념으로 접근한다면 버티는 것도 얼마 가지 못하리라는 판단에서였다. 나는 내가 약 기운에 의해 흥분하는 것이 아니라고 암시를 걸며 그의 손길에 응했다. 그리고 남편의 몸을 조심스럽게 어루만졌다.

패배하고 싶지 않았다. 또한 더 이상 혼자 비탄에 잠겨 있고 싶지도 않았다. 이 상황에 어떻게든 적응을 해야 했다. 이 남편이 누군가에게는 우스워 보일지라도 나 자신을 위해, 나는 무엇이든 해야 했다.

"괜찮습니까?"

다정한 척 위장조차 않는 음성에 나는 고개를 끄덕였다. 그러자 그가 픽 웃으며 물었다.

"나를 피하는 것이 아니었습니까? 그동안 내게서 도망치려 애쓰는 것처럼 보였는데 말입니다."

"유쾌하지는 않았어요."

"안타까운 일입니다."

헌팅턴 공이 나를 조롱하고 있는 건지, 아니면 말버릇처럼 튀어나온 말인지는 알 수 없었지만 기분이 나쁜 것만은 분명했다. 순간적으로 명치가 아플 정도로 화가 났으니까.

"저를 괴롭히고 싶으신 건가요?"

"그럴 리가."

나와 달리 그는 여전히 웃고 있었다.

"귀족들은 아주 어렸을 때부터 타인을 대하는 법을 배웁니다."

그 뒤부터는 어떤 말도 이어지지 않았다. 그러나 나는 헌팅턴 공이 내게 하고자 했던 말이 어떤 것인지를 알아차릴 수 있었다. 그는 나를 대할 때 굳이 내 눈치를 볼 필요가 없다고 말하고 있는 거였다. 마치 시중인 앞에서 편하게 행동하는 것처럼.

모욕적이었다. 그러나 대책 없이 그를 도발해 봐야 이득이 될 것이 없다는 사실을 잘 알고 있었기에 나는 아무 말도 할 수가 없었다. 입술을 꾹 깨물었으나 턱의 떨림은 멎지 않았다. 나는 치욕스러움으로 자꾸 오그라드는 손바닥을 쭉 펴고 뻣뻣하게 그의 몸을 쓸어내렸다.

"이제 그만 시작하십시오."

금방이라도 달아나고 싶었지만, 나는 남편의 말을 거역하지 않았다. 아무리 역겹고 또 아무리 싫어도 해야 했다. 지금 이 순간에 집중해야 할 것은 나의 무너져 가는 자존심이 아닌 약이 불러일으키는 쾌감이었다.

쏟아지려는 눈물을 꾹 참아내는 건 그리 어렵지 않았다. 나는 행위에 집중했다. 이 지옥에서 빠르게 벗어나고 싶다는 바람은 나를 필사적으로 만들었다. 그리 오래지 않아 나와 그는 서로에게 의무적인 마지막 숨결을 토해내며 떨어졌다.

악몽의 시간은 끝났다. 나는 그가 곧바로 떠날 수 있도록 침대 아래에서 완전히 내려왔다. 그러나 헌팅턴 공은 일어나지 않았다.

"할 말이 있습니다."

"……네, 말씀하세요."

"조이를 건들지 마십시오. 이건 당부이자 경고입니다. 부인에게는 그녀와 아이를 해할 권리가 없다는 것을 기억해야 할 겁니다."

헛웃음이 터져 나올 것 같았지만 나는 내색하지 않고 눈을 내리깔았다.

"네, 전하."

그는 내 대답이 떨어지고 나서야 자리에서 일어났다. 이제 나는 더 이상 그의 걸음을 헤아리지 않았다. 어디로 향하는지는 굳이 걸음을 세어보지 않아도 알 수 있었다. 나는 헌팅턴 공과 뒹굴었던 흔적이 남아 있는 더러운 침대 이불을 바닥으로 던져 놓고 소파에서 담요를 가지고 와 몸을 덮었다. 그리고 눈을 감았다.

내일 아침까지는 그 무엇도 내 잠을 방해하지 않았으면.

킹슬리 대공이 보낸 플로리치아 운하 사업 허가 서류는 침울했던 기분을 그나마 나아지게 했다. 문서에 특별한 점이 없었으므로, 나는 미리 적어놓았던 편지와 허가 서류를 함께 동봉해 푸치니 씨에게 전달했다. 그리고 루이스가에 송년회에 초대해 주어 고맙다는 답변을 적고 나서야 자리에서 일어났다.

"에리카를 데려와."

"네, 마님."

곧 점심 식사 시간이다. 저녁에 킹슬리 대공과의 약속이 있었기에 에리카와 조금 이르게 식사를 할 필요가 있었다. 나는 책상 위에 정신 사납게 흩어져 있는 서류를 치우며 동생과의 시간을 준비했다.

"마님! 에, 에리카 아가씨가……."

거의 경기를 일으키다시피 하는 음성에 나는 화들짝 놀라며 자리에서 일어났다. 고급 시녀로 교육받은 제인이 저 정도로 소란을 피울 정도면 심상치 않은 일이 벌어진 게 틀림없었다. 나는 들고 있던 서류를 노라에게 안겨준 뒤 밖으로 뛰어나왔다. 1층에서 날카로운 고함이 들려왔다.

나는 빠르게 계단을 뛰어 내려왔다. 1층에 가까워질수록 비명인지 고함인지 구분하기 어려운 괴성이 크게 들려오고 있었다. 새파랗게 질린 고용인들이 뻣뻣하게 서 있었고 그 가운데 두 소녀가 대치하고 있었다. 조슈아와 에리카였다.

"너 따위 더러운 계집애가 공저에 엉덩이를 들이밀고 있는 자체가 불결하고 천박해."

"그 못생긴 얼굴이나 어떻게 하지 그러세요? 시골 촌뜨기가 수도에 올라왔다고 해서 달라지는 건 아니거든요."

"뭐라고?"

에리카는 조슈아의 머리채를 잡기 위해 앞으로 발을 뻗었다. 나는 곧바로 그들 사이에 끼어들었다.

"그만하렴, 둘 다."

둘 다 이제야 나를 발견한 모양이었다. 나는 굳은 얼굴을 지우지 않은 채 그들을 차례대로 쳐다보았다.

"어, 언니?"

"올라가렴. 곧 식사를 해야 할 테니까."

"하지만……."

"얼른."

차가운 재촉에 에리카는 잔뜩 기죽은 얼굴로 나를 지나쳐 올라갔다. 둘 중 하나를 보냈으니 상황은 마무리되어야 하지만 어떻게 끝을 내야 할지 알 수가 없었다. 애초에 두 사람은 부딪힐 이유가 없지 않나.

에리카는 단 한 번, 조슈아가 누구고 왜 내 방문 앞에서 울고 있느냐고 물은 적이 있었다. 솔직하게 대답할 이유가 없었기에, 나는 공작가에서 후원하고 있는 평민 소녀라며 그녀를 설명했다. 사소한 잘못을 저질러 잘못을 비는 거라고 덧붙였었고. 그런데 왜 두 사람이 이렇게 소리를 높여 싸우고 있었던 걸까.

곰곰이 생각하던 나는 에리카가 조슈아를 '더러운 계집애'라고 칭한 것을 떠올렸다. 낙태약을 구해 온 뒤부터, 에리카에 대한 관리는 무어 부인이 전적으로 떠맡고 있었다. 결론이 도출되기까지는 그리 오랜 시간이 필요치 않았다.

"본채에는 무슨 일로 온 거니?"

"저는 그저 정원에서 산책을 하고 있었어요. 그런데 흐흐흑, 저 못된 계집애가 먼저 나쁜 말을 하면서 시비를 걸었어요. 제가 이유 없는 욕설을 듣고도 흐흑, 무조건 참아야 하는 건가요?"

조슈아는 어찌나 억울하고 분했던지 설움을 참지 못하고 울음을 터뜨렸다. 매인 목으로 제 결백을 주장하는 그녀를 가만히 바라보던 나는 잠시 뒤 손수건을 꺼내어 내밀었다.

"닦으렴."

내가 이런 행동을 보일 거라고는 생각도 못했는지, 조슈아는 제게 내밀어진 손수건을 받아 들지 않고 한참 동안 망설이는 기색으로 나를 쳐다보았다. 그러다 물었다.

"저, 저를 벌하지 않으세요?"

"임산부지 않니. 스트레스는 좋지 않으니 가서 눈물을 닦고 쉬렴."

"제가 마님의 동생과 다투었는데 어째서……."

굳이 설명할 필요는 없었다. 나는 아무런 대답도 하지 않고 하녀 중 하나를 지목해 명령했다.

"별채로 데리고 가렴."

그러고는 돌아섰다. 2층으로 올라가자 에리카가 요란한 발소리를 내며 내게 달려왔다.

"언니, 그 계집애가 뭐라고 그랬어? 언니한테 나쁜 말을 하지는 않았어? 뻔뻔한 계집애 같으니라고!"

그 커다란 목소리에 나는 더 이상 참을 수 없었다. 어젯밤부터 쌓여온 스트레스가 내 이성을 마구 흔들어댔다. 분노를 담은 음성이 조금도 가다듬어지지 않은 채 그대로 목구멍에서 터져 나왔다.

"그 애랑 왜 싸운 거니, 에리카?"

그러나 에리카는 그때까지도 내가 무엇 때문에 화가 난 건지 조금도 눈치채지 못한 듯했다.

"무어 부인이 그 계집애가 공작 전하께 붙어서 언니를 방해한다고 하잖아! 이번에 임신까지 했다며? 여우 같은 년."

"에리카, 어쩜 그렇게 천박한 말을 입 밖에 내는 거니? 어떻게 이렇게 조심성이 없어!"

"언니, 난 지금 언니 편을 들고 있는 거야!"

에리카는 내 행동을 조금도 납득할 수 없는 것 같았다. 그래, 모르지 않았다. 아직 여러 가지를 한 번에 고려하는 데 익숙하지 않은 내 어린 여동생은 제 딴엔 날 지켜보겠다고 그런 일을 저질렀을 것이다. 그러나 그래서는 안 되는 거였다. 헌팅턴 공이 조슈아와 그녀가 품은 아이를 비호하고 있었으니까.

"내가 언제 네게 그런 부탁을 한 적이 있니?"

"그게 무슨……."

"난 네게 도움을 청한 적이 없어. 바라지도 않았고. 그런데 어째서 그렇게 생각이 없는 행동을 한 거니? 날더러 어쩌라고!"

답답한 상황에 대한 분노가 죄 없는 에리카를 향해 터져 나왔다. 주의를 줄 수는 있어도 혼을 내서는 안 된다는 사실을 알고 있었지만 도무지 나 자신을 통제할 수가 없었다. 에리카는 당황한 표정으로 나를 보다 곧 눈물을 뚝뚝 떨어뜨렸다.

"나는 언니가 왜 나한테 화를 내는지 이해가 안 돼. 내가 뭘 잘못했어?"

설움에 못 이겨 흘리는 눈물이 보였으나 내게 에리카의 기분을 고려할 만한 여유는 없었다. 꾹 눌러왔던 스트레스가 순간적으로 폭발한 것 같았다.

"제인, 로렌스에게 가서 천 테르를 받아 오렴. 베스, 무어를 데리고 와."

화를 억누른 목소리가 미세하게 떨렸다. 무언가 심상치 않다는 느낌을 받았는지 에리카는 울음소리 하나 내지 않고 입을 꾹 다물었다. 얼마 지나지 않아 무어 부인이 방 안으로 들어왔다.

"부르셨습니까, 마님."

"내가 왜 자네를 불렀는지 아는가?"

내 매서운 눈초리에 무어는 순간적으로 대답을 하지 못하고 입을 삐끔거렸다. 그 기세를 몰아, 나는 그녀에게 그대로 쏘아붙였다.

"내 자네를 믿고 에리카를 자네에게 부탁했네. 그런데 자네는 내 믿음을 그대로 저버렸어. 공저 내의 사사로운 일을 외부인에게 발설하는 것이 자네가 공저에 충성하는 방식인가?"

"마님, 그것은……."

"정신이 있는 건가, 없는 건가!"

변명을 하겠답시고 입을 여는 무어 부인이 참을 수 없을 정도로 괘씸하게 여겨졌다. 나는 참지 못하고 고함을 쳤다. 몇 번이나 경고했음에도 불구하고 이런 행동을 벌인 그녀를 쉬이 용서할 수 없었다.

에리카는 내 여동생이지만, 그래도 결국 외부인에 지나지 않는다. 하나 무어는 자신의 사적인 감정을 해소하기 위해 에리카의 귀에 공저 내부의 비밀스러운 일을 들어가게 했다. 결국 이 일에 내 여동생까지 관련되게 만든 그녀의 행동에 참을 수 없는 분노가 일었다.

"자네는 시중인들을 관리하는 직책을 가지고 있네. 한데 자네는 모시는 주인의 사생활에 대해 외부인에게 함부로 발설하고 그도 모자라 내 앞에서 감히 변명을 하고 있어. 지금 자네가 입이 열 개라도 할 말이 있는가!"

"마, 마님, 제가 잘못했습니다. 부디 늙은 저의 실책이라 생각하시고 마음을 풀어주십시오."

늙은 여인이 손수건으로 눈물을 찍어 닦아냈지만 가련하다면 가련해 보일 그 모습은 얼어붙은 내 마음까지 녹이지는 못 했다. 오히려 쉽게 눈물을 보이는 그 모습에 나는 더욱 화가 치밀었다.

"주인의 사생활에 대해 입을 놀릴 때에도 나는 그저 주인을 공경

하는 마음에서 나온 것이라 좋게 생각하며 참았어. 그러나 더 이상 자네의 잘못에 대해 넘어갈 수가 없네."

"마님! 부디 한 번만 더 기회를 주십시오!"

무릎을 꿇으며 울부짖는 그녀의 모습은 내 짜증을 더욱 부추기기만 했다. 마침 로렌스에게 다녀온 제인이 눈치를 보며 내게 돈주머니를 건네자, 나는 그것을 무어 부인의 앞에 거칠게 던져 버렸다.

"일주일간 유급 휴가를 줄 테니 쉬는 동안 자네가 무엇을 잘못했는지 되새겨 보게."

유한 벌이라고 생각했다. 죽으라고 자리를 깔아준 것도 아니니까. 그러나 무어 부인에게는 그게 죽음보다 더한 벌로 느껴졌는지 이제는 경기까지 일으켰다.

"제발 용서해 주십시오, 마님. 제발!"

"자네 목소리를 듣고 싶지 않네. 제인, 베스. 너희들은 무어 부인이 휴가를 떠날 수 있도록 지금 당장 짐 꾸리는 것을 도와 저택 밖까지 배웅해."

처음 보는 이런 내 모습에 에리카가 놀라 헛숨을 들이켜는 소리가 들렸다. 시녀들의 표정도 심상치 않게 굳어졌지만 나는 조금도 개의치 않았다. 무어는 명백한 자신의 잘못임에도 반성보다는 서러움과 억울함이 앞섰는지 다시 울음을 터뜨렸다.

"흐으으윽, 마님!"

그러나 나는 매정하게 뒤를 돌았다. 상황은 금방 정리가 되었다. 제인과 베스는 무어를 부축해 밖으로 나갔고, 노라는 무어의 짐을

싸러 그녀의 방으로 향했다.

그들이 사라지자 나는 그제야 몸을 돌려 에리카를 쳐다보았다. 여동생의 얼굴은 하얗게 질려 있었다.

예외 없이 독설을 퍼붓고 잘못을 추궁하고 싶었다. 하지만 이 아이가 다른 이유 때문이 아니라 오롯이 날 위해서, 가여운 제 언니를 위해서 그런 행동을 저질렀음을 알고 있었다.

"주제넘는 짓을 삼가렴. 네 못난 언니가 아무리 허울뿐인 공작 부인이라고 해도 최소한, 너만은 지키고 싶어."

"어, 언니……."

"그 아이는 공의 총애를 받고 있는 데다 그분의 씨를 뱄어. 대체 어쩌려고 그런 행동을 했는지는 모르겠지만 다시는, 다시는 그런 짓을 해서는 안 된다."

"언니 나는, 흐흑, 그냥 언니를 도와주고 싶었어. 그 쪼그마한 계집애가 너무 괘씸해서……."

에리카는 울먹이며 내게 매달렸다. 그러나 나는 예전처럼 에리카의 등을 쓸어주며 달래주지 않았다.

"세상은 네게 두 번의 기회를 주지 않아. 어떤 이유가 있다고 해서 자비를 베풀어주지도 않을 거고. 앞으로는 그 아이와 절대 관계되어서는 안 돼."

"응, 미안해, 언니……."

"휴, 다신 부딪히지 않겠다고 내게 맹세하렴."

"맹세할게, 흐흑. 미안해. 나는 언니가 곤란해질 거라는 생각은 조금도 못하고 그냥 그 계집애가 눈에 보이기에…….”

왜 그 마음을 모를까. 에리카는 나와 십 년이 넘는 시간 동안 함께한 아이이다. 그 아이가 무슨 생각을 했을지, 어떤 마음이었는지를 짐작하지 못하는 게 아니었다. 나는 결국 몸을 떨며 우는 에리카를 안아 달랬다.

“눈물 그치렴. 다 알고 있어, 다만 네가 날 보호하고 싶어 하듯 나 역시 최대한 너를 보호하고 싶은 것뿐이야.”

평화로운 점심 식사는 물 건너갔지만 무어 부인을 일주일이라도 보지 않을 수 있다는 건 그나마 위안이 되는 일이었다. 나는 시녀들에게 그녀가 혹시라도 출근하려 하거든 출입을 통제하라고 단단히 주의를 시킨 뒤 킹슬리 대공과의 약속을 지키기 위해 준비를 시작했다.

기분이 무척이나 가라앉아 있었기에 가식적인 미소가 제대로 나올지가 염려되었으나 그렇다고 해서 약속을 취소할 수는 없는 노릇이었다. 나는 시녀들에게 최대한 발랄하고 생기 있는 모습이었으면 좋겠다고 말하며 드레스룸으로 향했다.

오늘은 평소 즐겨 입는 머메이드라인 드레스나 일자 드레스를 포기하고 풍성하고 두툼한 벨라인의 드레스를 선택했다. 한참 동안이나 고르던 내가 결국 집어 든 건 내 머리색과 같은 다홍색의 드레스였다. 다홍색 드레스에 하얀 재킷을 입은 뒤 머리카락을 위로 올려 묶어보니 확실히 평소에 비해 밝아 보였다.

“완벽해요, 마님.”

"더 말할 필요가 없어요."

시녀들은 평소보다 훨씬 과한 칭찬을 늘어놓았다. 거짓말에 속아 넘어갈 내가 아니지만 그렇다고 노력하는 그들을 무시할 필요는 없었다. 나는 하얀색 에나멜 구두를 준비하라 말하며 거울 앞에 앉았다. 피부의 홍조가 비치게끔 연한 화장을 하고 나니 딱 내 나이처럼 보였다.

사업을 논해야 할지도 모르는 자리에 어린 영애의 모습으로 가는 게 조금 걱정이 되기는 했지만 우울하거나 사연 있어 보이는 모습보다는 나을 거라는 생각이 들었다.

극장까지는 그리 멀지 않아 금방 도착할 수 있었다. 유니폼을 입은 극장의 직원은 나를 VIP를 위한 특별한 방으로 데려다주었다. 얼마 기다리지 않아 나는 듣기 좋은 저음의 목소리를 귀에 담을 수 있었다.

"이미 와 계셨군요. 숙녀를 기다리게 하는 것은 예의가 아닌데 말입니다."

킹슬리 대공은 곧바로 내게 다가와 장갑을 끼지 않은 내 손등에 입을 맞추었다. 그리고 미소 지었다.

"오늘 무척이나 아름다우십니다. 저를 위해 이렇게 아름다운 모습으로 여기에 있다고 생각해도 되겠지요?"

"글쎄요."

미소를 억지로 꾸며내는 일은 그리 어렵지 않았다. 그는 그런 나를 무대를 볼 수 있는 커다란 창 바로 앞의 소파까지 안내했고, 그 뒤 내 옆에 자연스럽게 착석했다.

"오늘 관람할 오페라의 내용에 대해 알고 계십니까?"

"들어오면서 포스터를 보았어요. 인간으로 현신한 레드 드래곤과 후에 왕이 되는 인간의 사랑 이야기라고……."

"때로는 광고가 내용을 제대로 담아내지 못해 흥행에 성공하지 못하는 경우도 있지요. 다행히 이 오페라는 흥행에 성공해 몇 번이나 재연을 하고 있지만……."

"이전에도 보신 적이 있으신가요?"

"예. 몇 년 만에 보는 것이라 배우는 바뀌었습니다만, 또 다른 배우가 새로운 연기를 보여줄 것 같아 기대가 됩니다."

재치 있는 답변이 떠오르지 않았다. 시골에서 자란 내가 오페라와 같은 고상한 문화생활에 익숙할 리가 없잖은가. 나는 대답을 하지 않은 채 고개만 묵묵히 끄덕였다.

"사실 부인과 함께 이 오페라를 관람하고 싶었습니다."

"저와요?"

"사랑스러운 분과 함께하는 시간이니 무엇을 하든 즐겁겠지만 이런 사랑 이야기를 담은 오페라를 함께 감상하는 건 성공 확률을 높이기도 한다더군요."

농담인지 진담인지 구별이 되지 않았다. 당혹감이 들었으나 나는 더욱 아무렇지 않게 웃으며 대꾸했다.

"흥미로운 이야기네요."

불이 꺼지고, 웅장한 음악 소리와 함께 오페라가 시작되었다. 조명이 무대 가운데로 쏟아져 내렸고 그 조명 아래에는 붉은색 머리카락을 가진 배우가 두 팔을 벌린 채 눈을 감고 서 있었다. 음악이 시작되자 그 배우는 눈을 번쩍 뜨며 노래를 시작했다.

"탐욕스러운 인간들이여!
감히 나의 새끼를 해치다니.
내 너희들에게 피의 복수를 하리!
전쟁을 준비하라! 전쟁을 준비하라!
최후의 날을 기다리며 칼을 갈고,
피의 축제를 기리는 노래를 부르라!"

드래곤의 가디언으로 분장한 배우들이 합창을 시작했다. 나는 가사와 음이 딱 맞아떨어지는 게 신기하다고 생각하며 관람에 집중했다. 바로 그때, 허리 쪽으로 단단한 팔이 슬며시 들어왔다. 어색함에 엉덩이를 뗐다 붙이려는데 그 손이 나의 몸을 제 쪽으로 끌어당겼다. 너무 무방비한 상태였기에 나는 그 어떤 반항도 하지 못하고 쉽게 그가 앉은 쪽으로 끌려갔다.

어떤 표정을 지어야 할지 알 수 없었다. 나는 일부러 그와 눈을 마주치지 않으며 무대에 집중하려고 노력했다. 그러나 이미 집중력은 흩어진 지 오래였다. 온몸에 힘이 바짝 들어가 있었고 살짝 주먹을 쥔 손의 손바닥은 땀에 젖어 흥건했다.

"아아, 사랑을 했다오.
당신의 루비 같은 눈에 반해서."

"당신은 왜 인간이며
주제에 왜 내 마음에 들어왔나.
이 상황을 끊어내지 못함이
굴욕적이나 행복하네."

배우들의 감미로운 노랫소리가 들려왔으나 이미 극의 흐름은 놓친 지 오래였다. 그리고 얼마 지나지 않아 1막이 끝났다. 나는 무대의 불이 꺼지자마자 자리에서 일어났다. 그리고 그때가 되어서야 킹슬리 대공의 품에 거의 안기다시피 있었음을 깨달았다.

"어디 갈 데가 있으십니까? 와인이 필요하시다면……."

"아뇨, 괜찮아요."

나는 빠르게 그의 말을 끊어버리고 달아나다시피 나와 버렸다. 그리고 여인들이 화장을 고칠 수 있도록 준비되어 있는 휴게실로 부리나케 달려갔다. 휴게실 안은 내 예상과는 달리 칸막이 식으로 나누어져 있었다. 나는 얼른 맨 안쪽의 칸막이로 뛰어 들어가 커튼을 쳐버렸다.

칸막이 안의 거울에 비친 내 얼굴은 붉게 달아올라 있었다. 머리카락과 얼굴의 색이 구분되지 않을 정도로. 평소 상황 파악이 빠름에도 불구하고 정리가 잘되지 않았다.

갑자기 이런 식의 행동을 보이는 그의 행동에서 개연성을 찾을 수가 없었다. 연애가 자유로운 사회라고는 하나 지인과 결혼 관계에 있는 사람은 피하는 게 예의였다. 하지만 킹슬리 대공은 어째서 이런 행동을 보이는 걸까? 분명 처음 만났을 때 헌팅턴 공과 어렸을 적부터 알던 사이라고 자신을 소개하지 않았나.

납득되지 않는 상황이었으나 분명한 건 지금 헌팅턴 대공이 내게 분명한 대시를 하고 있다는 거였다. 결코 착각일 수가 없었다. 그리고 이 상황에서 내가 취할 수 있는 선택지는 단 두 가지뿐이었다.

하나, 그를 받아들이는 것. 또 하나, 그를 받아들이지 않는 것.

둘 다 구미가 당기지는 않았다. 그러나 2부가 시작되기 전까지는 방 안으로 돌아가야 했고 그 전까지 마음의 결정을 내려야 했다. 킹슬리 대공은 내게 고민할 여유를 주지 않을 것 같았다. 그렇다고 몸이 좋지 않다는 핑계로 귀가한다면 곤돌라 사업의 장애물로 다시 나타날지도 모른다.

내 감정만을 말하자면, 그래, 끌리지 않았다. 일전에 에드먼드 루이스 경에게 느꼈던 그런 끌림이 킹슬리 대공에게는 조금도 없었다. 그저 당황스러울 뿐이었다. 왜 이런 행동을 하는 건지 분석해 볼 만큼의 침착함은 남아 있었으나 잘생긴 남자가 내게 어필한다는 그 행동에 대한 설렘은 전혀 없었다.

한숨이 절로 나왔다. 거울 안의 내 모습 역시 혼란스러워 보였다. 다른 여인들에게 뒤처지지 않을 정도의 준수한 외모를 가졌으나 남자들을 한 번에 홀릴 만한 매력은 없는 것 같건만 나는 어째서 이런 상황에 처해 있나. 물론 불확실하다고 해서 거절하는 것이 능사는 아니라는 사실을 안다만…….

킹슬리 대공과 연인 관계가 된다고 해서 남편과의 약속을 어기는 건 아니니 문제가 될 건 없다. 오히려 사업에 있어서도, 레넌의 피를 이은 황족의 마법에 대해서도 알 기회가 생길 테니 유익한 점이 더 많을지도 모른다. 거절해서 어색한 사이가 되는 것보다는 눈 한 번 감고 즐긴다는 생각으로 관계에 임하는 게 앞으로의 미래에 괜찮은 선택지가 될 것이다.

하나 찝찝하다. 고민하던 나는 조금 지나고 나서야 원인을 알아낼 수 있었다. 킹슬리 대공과 나는 만난 지 얼마 되지 않았다.

딱 세 번의 만남이었다. 그러나 에드먼드와 킹슬리 대공은 나와 딱 세 번을 만나고 내게 관심을 표했다.

수도로 오기 전까지만 해도 남자들과 눈조차 맞추지 못했던 보잘것없던 계집이었으나 수도에 올라와 공작 부인이 되자 많은 남자가 내게 관심을 표했다.

어렸을 적 남자들에게 인기가 많았으면 좋겠다고 막연하게 생각해 본 적은 있지만 막상 현실 속에서 이런 상황을 맞닥뜨리니 그렇게 흡족한 마음이 들지는 않았다. 나를 거쳐 가는 모든 일이 비정상적이게 느껴진다. 수도로 올라온 뒤 상식적으로 이해할 수 있을 만한 일이 있기는 했나.

"철옹성 같던 헌팅턴 공작이 그럴 거라곤 아무도 몰랐을 거예요. 상상조차 안 되네요."

한참 전부터 휴게실로 들어온 여자들이 수다를 이어나가고 있었으나 생각에 빠져 신경조차 쓰지 않고 있었다. 그러나 그 속에서 들리는 '헌팅턴'이라는 이름마저 모른 척할 수는 없었다. 나는 아래로 처박고 있었던 고개를 번쩍 들며 그들의 말소리에 집중했다.

"그러니까요. 그 촌뜨기 부인이 별로 마음에 들지 않았던 모양이죠? 이상한 일이네요. 적색 머리카락을 가진 이들은 밤일을 잘한다고 하던데. 호호호."

"어머, 못 들으셨어요? 버컨 남작은 아마릴리스 공주와 결혼하고도 제 아들을 돌보던 유모의 하얀 허벅지를 잡아 벌렸다잖아요. 아무리 괜찮은 여자와 결혼해도 다른 여자에게 더 눈길이 가는 게 남자란 동물이죠."

"뭐, 그렇죠. 사실 나라도 바람을 피우고 싶겠어요. 하물며 상대가……."

그 이름이 똑똑히, 내 귀에 들어왔다.

"탕크빌 영애인데."

마음을 정하는 데 그리 많은 시간이 걸리지는 않았다. 나는 킹슬리 대공이 기다리는 방으로 다시 돌아왔다. 그는 내가 제 옆자리에 앉자 다시 허리에 팔을 감아왔다. 그리고 나를 자신의 품으로 밀어 넣기 위해 힘을 주었다.

그 순간, 나는 자리에서 일어나 표정을 굳힌 채 그를 쳐다보았다.

"전하께서 저를 어떻게 생각하시고 이런 행동을 하시는지는 모르겠습니다만, 만약 전하께서 그저 저와의 밤이 어떨지 궁금해서 이러시는 거라면 저는 그것에 응하고 싶지 않습니다."

"부인과의 밤이 궁금해서 이런 행동을 하는 건 아닙니다."

2막을 시작하는 노랫소리가 울려 퍼졌지만 둘 중 아무도 오페라를 보지 않았다. 묘한 긴장감이 상황을 지배했다. 바로 그때, 그가 갑자기 일어나 내 어깨를 잡아 소파로 눕혔다. 소파가 푹신해 아프지는 않았으나 그렇다고 해서 이 상황을 자연스럽게 받아들이게 되는 건 아니었다.

"전하?"

"정정하겠습니다. 부인과의 밤이 진정, 궁금합니다. 하지만 그보다 부인과의 연애가 어떨지가 더 궁금합니다."

"어째서죠?"

내가 생각해도 우스운 물음이었으나 내 나름대로는 절박했다. 사실 궁금하지 않을 수가 없었다. 남편의 눈조차 사로잡지 못해 달아날 기회만 엿보고 있는 내가 어째서 다른 남자들에게는 줄줄이 고백을 받고 있는 건지. 나는 내가 어떤 매력을 가지고 있는지, 무엇이 그들을 그렇게 매혹시키는지 알아내어 이용하고 싶었다.

"자신감 있게 나를 설득하는 그 모습에 처음으로 여인이 예쁘다고 생각했습니다. 부인의 외모에 끌린 건 아닙니다. 하지만 그렇다고 해서 부인이 아름답지 않은 건 아닙니다."

그가 말하는 내 매력은 나로서는 공감하기 어려웠다. 그러나 기분이 좋았다. 어쩌면 나는 이런 말을 원하고 있었던 건지도 모른다.

잠시 에드먼드가 생각났다. 오래 생각하지 않아야 할 사람이건만 때때로 그는 내 머릿속에서 맴돌았다. 그리고 지금 이 순간은 킹슬리 대공과 비교가 되었다.

에드먼드는 내 죄책감을 자극하는 사람이다. 나는 그가 나로 인해 좋은 여자를 놓치고 나쁜 선택을 하게 되는 것을 바라지 않는다. 그러나 킹슬리 대공은 아니다. 나는 내가 마음 없이 만나 사랑을 나눈다고 해서, 또 나로 인해 그가 바르지 않은 선택을 한다고 해서 그에게 죄책감을 느끼지는 않을 것이다.

"대공 전하."

"조지입니다. 나는 당신에게 이름을 불리고 당신의 이름을 부르고 싶습니다."

어딘가에 홀린 것처럼 고개가 저절로 끄덕여졌다. 나는 아름다운 그의 황금색 눈동자를 하염없이 바라보았다. 그 금안에 비친 내 모습이 무척이나 사랑스러워 보였다. 내 모습이 예뻐서 나는 그 눈에서 눈을 뗄 수가 없었다.

불가항력이었다. 나는 다가오는 킹슬리 대공의 입술을 피할 수가 없었다. 정말 마법에라도 홀린 것 같았다.

"대공 전하, 저는……."

망설임에 멈춰달라는 의미로 그를 부르려 했으나 대공은 그럴 의향은 조금도 없다는 듯 곧바로 내 입술을 자신의 입술로 덮었다. 맞닿은 입술 위에서, 그가 웃음과 함께 속삭였다.

"조지입니다."

그의 입술은 무척이나 따뜻하고 부드러웠다. 나는 눈을 감은 채 마음껏 그 입술을 음미했다. 어디선가 산뜻한 바람이 불어오는 것 같았고 좋아하는 꽃향기가 느껴지는 것 같기도 했다.

키스가 이렇게 낭만적일 수 있었나. 처음 알게 된 사실에 감격스러워 그 감동에 몸을 잘게 떨었다. 마음이 아릴 정도로 간절한 키스에서 헤어 나올 수가 없었다. 그저 키스일 뿐임에도 항상 말라 있던 꽃잎에서 꿀물을 뚝뚝 흘릴 정도로 달콤했다.

그것은 욕망의 키스도, 위로의 키스도, 눈물의 키스도 아니었다. 진정한 연인의 키스였다. 가슴이 벅차올랐다. 나는 나도 모르게 조지의 목을 끌어안았고 오랫동안 내 입술을 탐하던 조지는 어느새 입술을 떼고 내 눈을 바라보고 있었다.

그는 아름답게 웃었다.

"나를 봐."

갑작스러운 하대는 나를 놀라게 했지만 나는 그것을 곧 자연스럽게 받아들였다.

"스칼렛."

"……네."

내가 놀란 건 오히려 그가 나의 이름을 기억하고 있다는 거였다. 그는 수도에서 가장 인기 있는 신랑감이었고 미혼의 아리따운 영애들은 앞을 다투어 자신을 소개하고 매력을 뽐냈다. 그런데 그는 나를 기억하고 있었다.

"스칼렛."

조지는 다시 한 번 내 이름을 불렀다. 무척이나 감미로운 목소리로.

"제 이름을 기억하고 있었어요?"

나도 모르게 바보 같은 질문이 나왔다. 그는 내 물음이 재미있다는 듯 낮게 웃었다. 그리고 반문했다.

"내가 당신의 이름을 기억하는 게 이상한가?"

"네?"

"처음으로 내 눈에 들어온 여자인데."

어느새 오페라는 클라이맥스에 다다랐다. 여배우의 아리아가 끝나자 관중들은 기립 박수를 쳤다. 마치 그와 나의 시작을 축복하는 것 같다는 착각에 혼란스러웠다. 그리고 뛰는 가슴도 내 마음을 복잡하게 했다.

나는 조지를 사랑하지 않는다. 방금에서야 그를 남자로 느끼기 시작했는데 어떤 감정을 품고 있을 리가 없었다. 그럼에도, 그럼에도 나는 이 남자를 놓치고 싶지 않다는 욕심에 몸을 떨고 있다.

스스로에게 묻는다. 이건 내게 무슨 의미인가.

헌팅턴 공과 나는 식사를 함께하는 일이 무척이나 드물었다. 그래서 그가 함께 식사를 하자고 제안했다는 로렌스의 전달에 더더욱 각오할 수밖에 없었다. 그가 오지 않은 자리에 홀로 앉아 있다는 것은 더 삭막한 느낌을 받게 했다.

분위기가 나를 질식할 것처럼 만든다. 기분이 나빴다. 그리고 이 식사 자리가 끝나면 분명 소화제를 챙겨 먹어야 할 것 같다는 생각이 들었다. 얼마 지나지 않아 헌팅턴 공이 도착했다. 그의 입에서 나온 건 평범한 저녁 인사였다.

"분위기 있는 저녁입니다. 오늘 하루는 어떠셨습니까, 부인?"

"저택의 일을 처리하면서 보냈어요. 아, 무어 부인에게 휴가를 줬는데 혹시 들으셨나요?"

"로렌스에게 어느 정도는."

칼질이 서툴렀다. 스테이크를 자르는 데 서툰 내 모습을 본 남편은 자신이 스테이크를 잘라놓은 접시와 나의 접시를 바꾸어주었다. 헌팅턴 공이 베푸는 친절은 나를 더 짜증스럽게 했다. 주도권자는 제 기분에 따라 상대방에게 내키는 대로 행동할 수 있다는 게 떠올랐기 때문이다. 나는 굳은 얼굴로 짧게 감사 인사를 전하며 말을 이어나갔다.

"무어는 전하가 태어나기 전부터 공저에서 일했다고 하더군요. 나이가 있어서인지 어린 하녀들도 잘 하지 않는 실수를 자주 범하기에 휴가를 줘야겠다고 생각했어요. 한데 오늘은 좀 일찍 퇴근하신 것 같군요?"

"황제 폐하께서 자주 피로감을 느끼십니다. 날씨가 추워질 때면 몸이 더욱 약해지곤 하시지요. 그런 이유로 집무가 빨리 끝났습니다."

저택에서 일어나는 일을 남편에게 실시간으로 보고하는 자가 있을지를 확인하고 싶었건만 그가 내놓은 대답은 의외의 것이었다. 나는 무미건조하게 대답했다.

"저런, 빨리 회복하셔야 할 텐데요."

"이런 일은 잦은 편입니다. 곧 쾌차하시겠지요."

한동안 누구도 입을 열지 않았다. 나는 식사를 하면서도 남편이 바꾸어준 내 접시를 조금도 건드리지 않고 있음을 눈여겨보았다. 그러다 먼저 입을 연 건 헌팅턴 공이었다.

"오늘 소란이 있었다고요."

"예, 전하. 저택과 고용인 관리에 소홀한 제 불찰이었어요."

와인을 한 모금 마신 그는 내 대답에 차가운 얼굴로 고개를 끄덕였다.

"아시니 다행입니다."

신랄한 평가에 놀라 순간 포크를 놓칠 뻔했다. 아마 손에 힘을 주지 않았다면 분명 굉음과 함께 포크가 떨어졌을 것이다. 손이 덜덜 떨렸다. 나는 그를 감추기 위해 무척이나 애를 썼다.

"그러나 이번까지는 넘어가겠습니다."

"……어째서죠?"

"결혼식 드레스 사건과 저번에 있었던 하녀에 관련한 소동을 잊지 않았기 때문입니다. 그러나 앞으로는 이런 일이 없도록 주의해 주십시오. 이건 당부가 아닙니다."

남편은 처음부터 나와 마주하고 식사를 할 생각이 없었던 모양이다. 제 할 말을 끝내자 곧바로 자리를 뜨는 그의 뒷모습을 가만히 바라보던 나는 잠시 뒤 식탁에 놓여 있는 와인 잔을 모두 목구멍으로 털어버렸다.

방으로 돌아오는 발걸음은 무척이나 무거웠다.

다음 날, 나는 처음으로 조슈아를 응접실로 안내하라고 지시했다. 밀린 업무를 처리해야 했기 때문에 시간이 많지는 않았으나 계집과 독대할 만큼의 시간은 충분히 남아 있었다. 응접실로 들어가니 조슈아가 다리를 오므리고 조심스럽게 앉아 있었다. 앞에 놓인 케이크는 조금도 손댄 흔적이 없었다.

"임산부는 많이 먹는다고 하더구나. 먹으렴."

"감사하지만 괜찮아요. 요즘 입덧을 해서요."

나는 조슈아가 음식을 의심하고 있다는 사실을 눈치챘지만 조금도 내색하지 않고 고개를 끄덕였다.

"마님께 여쭤볼 것이 있어요. 밤을 꼬박 새워서 생각하다가 결국 찾아온 거예요. 마님이 정말 만나주실 줄은 몰랐지만요."

말을 멈춘 조슈아가 잠깐 고개를 숙였다. 다시 고개를 든 그 아이의 눈에는 눈물이 잔뜩 고여 있었다. 임신을 하면 감정적인 행동을 많이 보인다는 이야기를 들은 적이 있다. 하지만 굳이 나를 찾아와 눈물을 흘리는 이 아이가 이해가 되지 않았다.

"……저를 동정하시나요?"

떨리는 목소리였다. 무슨 소리냐고 물어보려던 나는 그냥 입을 다물었다. 아무것도 모르는 양 되묻기에는 어제 우연히 알게 된 탕크빌 영애와 남편에 대한 정보가 있었다. 어쩌면 조슈아가 보이는 이상한 행동이 탕크빌 영애로 인한 것인지도 모른다는 생각이 들었다.

"샘의 관심이 마님께 갔다는 것을 알고 있어요. 이제 제 아이를 살릴지 말지는 마님께 달려 있다는 것도 알고 있고요. 샘이 이상한 눈으로 저와 제 배를 번갈아 볼 때면 두렵기까지 해요. 죽일 것만 같아서. 네, 죽일 것만 같아서요."

나는 그제야 이 아이가 무슨 오해를 하고 있는지를 알 수 있었다. 그러나 굳이 사실관계를 바로잡아줄 필요가 없었기에 입을 열어 해명을 하지는 않았다. 조슈아는 눈물을 손수건으로 닦아내며 떨리는 음성으로 물었다.

"이제 마님께서는 저와 제 아이의 목숨을 쥐게 되셨어요. 저에게 동정심을 가지고 계시나요? 아니면 이제는 제게 신경 쓸 가치가 없다고 생각하시나요?"

무슨 말인지는 이해했으나 궁극적으로 내게 어떤 도움을 구하고자 하는 건지는 알아차리기 어려웠다. 나는 소모적인 대화를 좋아하지 않았다.

"너는 하고 싶은 말이 있다 했고, 나는 그것을 들어주었어. 할 말이 끝났다면……."

"마님, 제발, 흐흑, 제발 살려주세요. 샘을 원망하지도, 마님을 증오하지도 않을게요. 그저 아기만, 흐흐흑, 아기만 보고 살게요."

무슨 말을 해야 할까. 나는 무표정한 얼굴로 서럽게 울음을 터뜨리는 조슈아를 가만히 바라보기만 했다.

"아기를 가진 순간부터 저는 아기와 대화를 해요. 어떻게 이렇게 사랑스러운 아이를 포기할 수 있겠어요? 으흐흑, 저는 안 돼요. 원하신다면 사라질게요. 그러니 제발 목숨만 살려주세요. 제가 죽어도 괜찮아요. 제발 아기만……."

조슈아가 처연하게 눈물을 쏟아내는 모습은 그림으로 남겨도 좋을 만큼 아름다웠다. 나는 전시회에서 한 폭의 그림을 감상하는 느낌으로 소녀를 보았다. 애석하게도 그 슬픔에 공감이 되지 않았다. 무엇을 그리 두려워하는지는 모르나 헌팅턴 공은 여전히 소녀를 비호하고 있다. 도움을 줄 수 없었고, 줄 필요도 없었다.

내가 보기에는 아기를 가진 이후 지나치게 불안감을 느낀 이 어린아이의 정신에 어떤 문제가 생긴 것 같았다. 감정 없는 눈으로 조슈아를 보던 나는 곧 한숨과 함께 자리에서 일어났다.

"마님, 제발!"

진짜 제 아이를 죽이려는 사람이 누구인지도 모르고 손이 발이 되도록 빌어대는 꼴은 가련하기보다는 우스웠다.

Chapter 4 진실을 마주한다는 건

밀린 업무를 처리하다가도 문득문득 조슈아와 탕크빌 영애에게 생각이 미치곤 했다. 새롭게 시작하게 된 조지와의 연애보다 헌팅턴 공과 탕크빌 영애의 스캔들에 더 관심이 가는 스스로가 이상하게 여겨지지는 않았다.

그녀는 황제와 깊은 사이로 알려져 있었고 헌팅턴 공은 황제의 최측근이었으니까. 그런 두 사람이 눈이 맞았다는 것, 남편이 조슈아를 배반했다는 것이 좀처럼 믿기지가 않았다.

물론 탕크빌 영애의 밤 다루는 솜씨는 훌륭하다고 소문이 파다했다. 남자들은 조슈아의 아름다운 외모보다는 그런 부분에 더 매력을 느낄지도 모르고. 게다가 그녀는 조슈아보다 못할 뿐, 빼어난 미모를 가진 게 사실이다. 그러나 그 모든 것을 차치하고서라도 헌팅턴 공의 변심은 납득되지 않았다.

그는 나를 부인으로 들여서라도 조슈아를 보호하려고 했을 만큼 간절했다. 그리고 내 예상과는 달리 조슈아 외의 다른 여인들에게는 눈을 돌리지 않았고 그녀를 보호하기 위해 존재도 철저하게 감추고 있었다. 게다가 조슈아와 그 아이를 건들지 말라고 경고까지 했으며 에리카와 싸움이 있었을 때는 나를 면전에 대고 책할 만큼 신경을 쓰고 있었다.

그런 그가 임신한 시점과 맞아떨어지게 눈을 돌렸다니. 그의 행동, 그리고 그에 감춰진 속뜻까지 의문이 너무 많았다. 굳이 헌팅턴 공의 심리를 파악하고자 하는 건 아니었으나 이해할 수 없는 행보는 호기심을 유발했다.

업무 처리에 생각까지 겹치자 머리가 띵하게 아파왔다. 급한 업무는 이미 끝낸 후였기에 목욕을 하면서 머리를 좀 식힌 뒤 급하지 않은 업무를 처리해도 될 것 같다는 생각이 들었다. 나는 옷을 모두 벗고 곧바로 욕실로 들어갔다.

욕조에는 역시 임신이 잘된다는 약초가 떠 있었다. 사실 이런 게 효과가 있을 리 없다. 아무런 죄가 없는 약초지만 괜히 꼴 보기가 싫었다. 나는 가까이에 떠 있는 약초를 집어 던지며 욕실 밖까지 들릴 수 있게 소리쳤다.

"노라! 내일부터는 욕조에 담근 이 지긋지긋한 것들을 빼렴."

"주인님께서 직접 지시한 것인데 그렇게 해도 괜찮을까요?"

"남편이?"

의외였다. 평범한 약초가 괜히 달라 보여 나는 한참 쳐다보다 욕조 밑바닥까지 한 번 잠수한 뒤 자리에서 일어났다. 밖으로 나오자 노라가 수건으로 몸을 꼼꼼하게 닦아주었다.

"마님, 약초가 불편하시다면 뺄까요?"

"아니, 괜찮아. 그냥 두렴."

나는 머리를 말리고 자리에 앉아 남은 업무를 빠르게 끝냈다. 그리고 다이어트를 위해 저녁 식사를 거르고 내일 저녁에 있을 루이스가의 송년회에서 입을 드레스와 장신구를 골라놓기 위해 드레스룸으로 들어갔다.

고민하며 옷 하나하나를 꺼내어 보던 나는 한참 뒤 연두색이 섞여 있는 금색 드레스를 골랐다. 가슴 부분이 눕힌 타원형으로 뚫려 가슴골이 드러나 보였고 치맛단은 길게 트여 아슬아슬해 보였다.

"내일 이 드레스를 입으시면 아마 다들 반할 거예요."

"세련되고 성숙해요."

시녀들의 말에 나는 고개를 끄덕이며 드레스를 내밀었다. 그들은 실밥을 정리해 놓겠다며 드레스를 들고 사라졌다. 그리고 혼자가 되었다.

나는 가만히 누워서 일주일간의 스케줄을 정리해 보았다. 사교 모임도 예정되어 있었고, 곤돌라 사업에 대해 푸치니 씨와 이야기를 나누기 위한 약속도 잡혀 있었으며, 조지와도 약속이 있었다. 아무래도 누워 있다 보니 눈이 스르르 감겨왔다. 금방이라도 잠이 들려던 찰나, 촛불을 끄지 않았다는 것을 생각해 냈다.

촛불을 끄기 위해 바람을 불기 전, 나는 무슨 변덕인지 문을 열고 밖으로 나갔다. 향한 곳은 에리카의 방이었다. 에리카와 조슈아가 싸웠던 날 이후 나는 에리카를 만나 다독여 줄 시간을 갖지 못했다. 방문을 똑똑 두드리니 곧 여동생이 나와 문을 열어주었다. 다행히 아직 잠들지 않고 있었던 모양이다.

"안 잤니?"

"아직 이른 시간이니까. 언니는 안 자? 요즘 언니 많이 바쁘다고 들었는데……."

"연말이니까 바쁠 수밖에. 물론 견딜 수 있을 정도는 돼. 사람 하는 일이 다 그렇지."

나는 에리카의 침대 위에 자연스럽게 걸터앉았다. 읽던 책을 놓아둔 에리카는 내 옆으로 다가와 허리를 감고 내 품 안에 머리를 묻었다. 비누 냄새인지, 꽃향기가 은은하게 풍겨왔다.

귀엽고 어여쁜 내 동생. 지금은 햇빛에 많이 그을려 미모가 빛을 발하지 못하고 있지만 조금만 더 자라면 마음에 드는 남자를 가뿐히 제 것으로 만들 수 있을 정도로 예뻐질 것이다. 이 아이가 그렇게 아름답게 자라는 모습을 내 눈으로 직접 볼 수 없다는 사실이 안타까웠다.

나는 에리카와 함께 보내는 이 순간이 마지막 시간임을 알고 있다. 그래서 더 아쉽고, 더 마음이 아프다. 이 아이가 바로 내 눈앞에서 웃고 있음에도 불구하고 헤어짐은 벌써부터 내 마음을 섭섭하게 했다.

"언니, 부모님을 원망하고 있지?"

"그게 무슨 말이니?"

"사랑하는 사람과 결혼시켜 준다고 약속했었잖아. 그런데 언니를 정부가 있는 남자한테나 보내고. 시골에서는 그런 나쁜 일은 꿈도 못 꿀 텐데, 정말 너무한 것 같아. 언니, 나 정말 언니한테 미안하게 생각해."

에리카는 쓸쓸한 눈으로 나를 올려다보았다. 나는 이 아이의 눈에 눈물이 맺혀 있었다는 사실을 그제야 알아차릴 수 있었다.

"나, 언니가 행복하게 살고 있는 줄 알았어. 그래서 혼자 맛있는 음식, 좋은 옷 입고 화려한 저택에서 산다고 질투도 했었어. 이런 줄은 꿈에도 모르고……."

"그런 생각을 했어?"

"미안해, 언니. 그리고 이번에도 폐를 끼쳐서……."

에리카는 내 품에 얼굴을 파묻으며 얼굴을 가렸다. 그러나 촉촉하게 묻어나는 물기로, 나는 이 아이가 울고 있다는 사실을 알 수 있었다. 좋은 것만 보여주고 좋은 것만 들려주려 했으나 그조차 해주지 못하고 이 아이를 슬프게 했다는 사실이 슬퍼 마음이 아렸다.

"언니는 많이 바뀐 것 같아. 옛날에는 우리랑 있을 때만 말하고, 우리가 아니면 화도 못 내고 바보처럼 동네 애들한테 당하기만 했잖아. 나는 그때만 해도 언니가 지금처럼 이렇게 변할 수 있을 줄은 꿈에도 몰랐어."

"환경이 변하면 사람도 변해야지. 언제고 자기에게 편한 대로만 살 수는 없으니까. 그렇지만 언니가 변했다고 해서 너무 걱정하지는 마.”

“하지만…….”

“에리카, 언니는 지금 삶에 완벽하게 적응을 한 거야. 적응하기 위한 노력이 네게도 보였다면 난 성공한 것일 테고.”

알 수 없는 얼굴로 나를 보던 에리카는 곧 나의 허리를 끌어안은 팔에 더욱 힘을 주었다. 그리고 조용히 속삭였다.

“오늘 언니랑 자도 돼?”

나는 빙긋 웃으며 고개를 끄덕였다. 그러나 조금은, 울고 싶다는 생각이 들었다.

햇살이 눈꺼풀을 간질였다. 조심스럽게 몸을 일으킨 나는 아직 곤히 잠들어 있는 에리카에게 이불을 덮어주고 내 방으로 살금살금 돌아왔다. 주말이라 평소보다는 시간을 여유롭게 보낼 수 있었지만 저녁에 루이스가의 송년회에 참석해야 했으므로 느긋할 때 하려고 미뤄두었던 서류 몇 개를 골라 책상에 꺼내두었다.

이번 달에 지급될 고용인들의 월급 명세서를 통해 나는 무어 부인과 로렌스가 다른 고급 시녀와 시종들에 비해 세 배가량의 월급을 더 받고 있음을 확인했다. 비합리적이라는 생각이 들지 않을 수가 없었다. 로렌스의 경우 완벽주의 기질이 있어 일적으로도 내게 큰 도움을 줄 만큼 가치 있는 사람이었지만 무어 부인은 이런 금액을 받을 만큼 필요한 사람이 아니었다.

무어 부인이 하는 일을 오랫동안 관찰해 본 결과, 결론적으로 그녀가 하는 일은 거의 없었다. 무어 하나를 쓰는 것보다 고급 시녀 몇을 더 고용하는 게 나을 텐데. 나는 한참 동안 장부를 들여다보다, 결국 종이를 넘겼다.

집무를 끝낸 뒤 시계를 보니 생각보다 이른 8시였다. 입맛은 없는데 허기는 졌다. 나는 간단한 스프와 과일을 부탁하고 다른 가문에서 온 송년회나 사교 모임 초대장을 훑어보았다. 사실 사교 모임은 월 세 번 정도가 가장 좋지만 신년에는 특별히 더 바쁘게 움직여야 했다.

일단 이번 달에는 오늘 있을 송년회와 황궁에서 해맞이 축제 기간에 열리는 해맞이 무도회가 있다. 이미 정해진 일정이 있어 추가적으로 일정을 잡는 것은 무리였다. 분명한 이유가 있었으므로, 나는 나머지 초대장을 모두 모아 불태우려 했다. 그러나 그때 내 눈에 들어온 초대장 하나가 있었다.

미드가의 자선 바자회.

얼굴을 본 적은 단 한 번도 없지만 내게 이 다홍색 머리카락을 물려주신 할머니께서 미드가 출신이셨다. 한번 가봐도 나쁠 것은 없어 보였다. 나는 미드가의 자선 바자회 초대장을 따로 빼놓고 푸치니 씨와의 약속을 위해 준비를 시작했다.

푸치니 씨와 사업에 대한 이야기를 한 후 곧바로 저택에 들러 옷을 갈아입고 송년회로 향해야 했으므로 시간이 빠듯했다. 어차피 화장도 새로 할 것이었고 다른 연회용 드레스로 갈아입을 예정이었기 때문에 나는 평소보다 무성의하게 단장을 끝냈다.

추운 바람을 피할 수 있는 두꺼운 소재의 벨 라인 드레스에 토끼털 코트, 그리고 부츠식의 구두를 신은 나는 푸치니 씨를 만나기 위한 마차에 올랐다. 어찌나 바람이 매서웠던지 그리 껴입었음에도 불구하고 코끝이 빨갛게 달아오를 정도로 날씨가 추웠다.

디시마드 상단의 건물에 도착하자 안내원이 곧바로 나를 따뜻한 방 안으로 안내해 주었지만 그럼에도 불구하고 한동안 코트를 벗지 못한 채 앉아 있어야 했다. 잠시 후 뜨거운 차와 함께 푸치니 씨가 들어왔다. 그는 나를 위해 손수 찻잔에 차를 따라주었다.

"감사해요."

내 짧은 인사에 그가 미소를 지었다. 시간이 잘 맞춰지지 않는 나 때문에 주말에 일을 하러 나오는 게 짜증이 날 법함에도 푸치니 씨는 싫은 내색 하나 하지 않았다. 상인이어서 사람 좋은 얼굴을 잘 꾸며내는 건지 기본적으로 마음이 너그러운지는 여전히 헷갈렸다.

"말씀하신 로제타 양의 예술 학원뿐만 아니라 다른 성악가 양성소가 있기에 여러 곳에 접선을 해놓은 상태입니다. 예술가들의 반응도 생각보다 괜찮았습니다."

"제시한 월급은 마음에 들어 하던가요?"

"예. 2,000테르 정도면 실패한 이들에게는 두 달을 일해도 벌기 어려운 금액이니까요. 다만 건당으로 계산해 달라고 요청하는 이

들도 있었습니다. 그러나 어디까지나 조심스러운 요청일 뿐이었습니다."

"건당은 계산하기 어려울 테니 불가하다고 못 박아주세요. 그리고 양성소장이나 학원장의 추천을 받은 자들에 한해서 직접 면접을 보고 뽑는 게 좋을 것 같아요. 아, 대리인은 뽑으셨나요?"

내 물음에 푸치니 씨가 고개를 끄덕였다. 표정이 나쁘지 않은 것으로 보아 뽑은 대리인이 꽤 마음에 든 것 같았다.

"제임스 카빈이라는 사람입니다. 총괄 매니저로 고용했고, 앞으로는 그가 사람을 뽑는 일이나 곤돌라에 관련된 모든 일을 담당하게 될 겁니다."

"그렇군요. 성격은 어떤가요?"

"음, 완벽주의자 기질이 있는 것 같더군요. 게다가 참견하는 것을 못 견뎌 하는 깐깐한 성격이어서 조금 걱정이 되는 부분도 있습니다만…… 그래도 잘할 거라 생각합니다."

"어디서 데리고 온 사람이죠?"

"사실, 로데 상단에서 20년 넘게 일하던 사람입니다. 상단주의 아들에게 밉보여 능력이 출중함에도 불구하고 승진도 못 하고 쥐꼬리만 한 급여를 받고 있기에 물밑 작업을 통해 스카우트한 자입니다."

깐깐하기도 하고, 제 일에 참견하는 것을 못 견뎌 한다니 왜 밉보였는지 알 만했다. 피곤한 사람일 거라는 직감이 있었지만 그런 점이 크게 문제가 될 것 같지는 않았다. 일을 하라고 뽑았으면 일만 잘하면 되는 것이다. 푸치니 씨의 확신 어린 얼굴을 보니 제임스 카빈은 일적인 부분에서는 믿을 만할 것 같았다.

총괄 매니저를 두지 않고는 귀찮을 법한 일이 많았는데 손을 뗄 수 있어 다행이었다. 거슬리는 부분이 없었기 때문에 나는 딴죽을 걸지 않았다. 논의 진행은 점차 속도가 붙었다.

“그러니까 이걸 ‘로즈’라고 이름 붙이자는 겁니까?”

“네. 그리고 디자인은 적어도 이런 식은 안 돼요. 마티아스 씨에게 말해주세요. 겉면의 색상은 모두 동일해야 해요.”

“그렇다면 어떻게 구분을 하는 겁니까?”

“음, 선미에 다는 장식용 닻으로 구분하는 게 나을 것 같은데요. 색을 다르게 하지는 말아주세요. 물에 벗겨지면 지나치게 흉해 보일 거예요.”

“비싼 안료를 쓰면 물에 잘 벗겨지지 않을 겁니다. 그리고 그 친구의 의견에 의하면…….”

한참 동안 얘기를 나눈 끝에 나와 푸치니 씨는 몇 가지의 결론을 내릴 수 있었다.

하나, 곤돌라의 겉면 디자인은 같게, 내부 디자인은 달리 하는 것. 또 하나, 가격은 모두 상향 평준화할 것. 마지막 하나, 손님을 가려 받을 것.

수익 배분에 대한 내용은 먼젓번에 얘기가 모두 끝났기 때문에 그것에 대해서는 다시 언급하지 않았음에도 이야기를 하다 보니 시간이 꽤 많이 지체되었다. 시간을 확인한 나는 급히 푸치니 씨와 인사를 나누고 집으로 돌아왔다.

아침부터 바쁘게 움직여서 그런지 무척이나 허기가 졌다. 물론 몇 시간 뒤 루이스가의 송년회가 열린다는 특별한 건물에서 아주 훌륭한 식사를 할 예정이기는 하지만, 그 전까지 간단히 요기라도 해야 할 것 같았다. 노라가 가지고 온 쿠키를 딱 한 입 먹은 나는 입술을 우물거리며 욕실로 들어가 아주 간단하게 씻고 나왔다.

머리를 말리는 것만으로도 시간이 촉박했기 때문에 세 시녀뿐만 아니라 나까지 바쁘게 움직여야 했다. 노라가 머리를 말려주는 동안 제인은 화장 붓을 바쁘게 움직였고, 나와 베스는 드레스를 껴입기에 바빴다.

나는 어제 드레스와 장신구를 미리 골라놓기를 잘했다고 생각하면서 제인이 눈썹을 그리는 동안 입술을 열심히 찍어 발랐다. 그 뒤로도 쭉 전쟁터를 방불케 하는 상황이 이어졌다. 평소보다 훨씬 조급하게 굴어서인지 외투를 깜빡하고 말았던 것이다. 결국 제인이 외투를 들고 뛰어와서 마차를 멈추고 나서야 제대로 된 출발을 할 수 있었다.

가는 내내 나는 되뇌었다. 내가 앞으로 하루에 두 개 이상의 일정을 잡으면, 정말 사람이 아니라고.

루이스가의 송년회는 수도 외곽 호수 앞에 위치한 화려한 단독 별장에서 열렸다. 이 별장은 플로리치아 운하와 이어져 있는 아름다운 경관도 경관이지만 빌리는 데 드는 엄청난 금액으로 인해 돈

좀 있다 싶은 이들에게는 늘 주목받고 있는 곳이다.

메타세쿼이아 나무가 뻗어 있는 길을 지나 건물 내로 들어가자 시종이 외투를 받아주었다. 나는 초대장을 보여준 뒤 음악 소리가 들리는 홀 안으로 천천히 걸어 들어갔다. 초대받은 귀족은 내가 생각했던 것보다 훨씬 많은 것 같았다. 그들은 저마다의 화려함을 뽐내며 웃고 떠들고 있었고, 나는 어렵지 않게 그들 사이에 섞여들 수 있었다.

"스칼렛!"

아멜리의 음성이었다. 나는 혹시 드레스 자락에 발이 걸려 넘어질까 천천히, 그리고 조심스럽게 걸어가 루이스 백작가의 식솔들과 인사를 나누었다.

"와줘서 고마워요. 오랜만에 보는데 더 예뻐지면 어떻게 해요? 매번 저를 질투 나게 하네요."

"그런 말 하지 마세요. 아멜리는 항상 혼자서 빛나니까요."

내 뒤를 이어 오는 손님이 있었기 때문에 나는 아멜리와 백작 내외가 수월하게 인사를 나눌 수 있도록 옆으로 비켜섰다. 우연히도 비켜선 자리에 에드먼드가 서 있었다. 눈이 마주친 순간 내게 닿는 뜨거운 눈빛은 나를 움츠러들게 했다. 나는 조금 망설이다 곧 그에게 손을 내밀었다. 에드먼드는 자연스럽게 내 손등에 입을 맞추었다.

"반가워요, 루이스 경. 잘 지내셨나요?"

"오랜만입니다."

대답은 딱딱했지만 표정은 조금도 딱딱하지 않았다. 하지만 특별하게 내게 어필을 하지도 않았기에 나는 그를 어색하게 여긴 게 되레 민망해졌다. 자리를 피하기 위해 핑곗거리를 찾던 나는 곧 뒤이어 온 손님을 핑계로 자리에서 물러났다.

"조금 있다 봐요, 스칼렛."

아멜리의 속삭임에 나는 살짝 고개를 끄덕이며 여인들이 모여 있는 곳으로 발걸음을 재촉했다. 웅장한 음악이 홀 내에 울려 퍼지고 있었다. 연말이라 제대로 된 악단을 섭외하는 일이 무척이나 어려울 텐데도 루이스가는 실력이 출중한 악단을 잘 섭외한 것 같았다. 황실 무도회에서나 들을 법한 아름답고 조화로운 음악의 향연에 내 기분도 함께 좋아졌다.

"황제 폐하께서 또 집무 도중에 쓰러지셨다는 거 들으셨어요?"

웨스트미스 부인의 목소리였다. 얼마 전, 남편은 황제가 겨울이면 쉽게 피로해진다는 이야기를 했었다. 알고 있는 정보에 입을 보태는 것은 쉬웠기에 나는 슬며시 몸을 비틀어 부인들 사이에 자리를 잡았다.

"흔한 일인걸요. 워낙에 겨울이면 그러신 분이라."

"겨울마다 그러시면 겨울에 자식 볼 일은 없으시겠네요. 뭐가 움직여야 말이죠, 호호호."

"어머, 짓궂기도 하셔라. 아, 탕크빌 영애가 요즘…… 다들 들으셨죠?"

딱히 상관없는 일이다. 부부간의 금슬과 관계없이 제각각 연인을 두는 건 흔한 일이었으니 말이다. 하지만 내가 있는 자리에서 남편과 탕크빌 영애의 스캔들에 관한 소문이 퍼지고, 나에 대한 동정을 늘어놓거나 혹은 비웃는 것은 단연 사절이었다.

"뭘 말인가요?"

"어머, 헌팅턴 부인!"

탕크빌 영애의 스캔들에 대한 서두를 꺼내던 더비셔 부인은 나를 보더니 깜짝 놀란 모습을 보였다. 거의 까무러칠 듯한 반응이었다. 그러나 루이스가의 송년회에 초대받아 온 여인들은 대부분 사교계에서 잔뼈가 굵은 사람들이었고, 그녀 역시도 곧 평정을 되찾을 수 있었다.

"별건 없죠, 뭐. 탕크빌 영애가 워낙 매력적이고 사랑스러우니 여전히 폐하께 사랑받고 있다는 그런 평범하고도 심심한 이야기 아니겠어요?"

"그렇군요. 그나저나 다들 건강하셨나요? 이런 모임에서 뵙게 되니 특별히 더 반갑군요. 다들 연말이라 바쁘실 것 같은데 괜찮으신가 봐요."

"이런 느긋한 시간을 보낼 여유는 마련해 두어야 하지 않겠어요?"

"헌팅턴 부인께서는 첫해이니 조금 힘은 드시겠어요."

에일스포드 영애가 생긋 웃으며 나를 은근히 걱정했다. 어찌 보면 비꼬는 것으로 들릴 수도 있었지만 나는 오해하지 않았다. 에일스포드가에는 안주인이 없어 아직 시집가지 않은 영애가 가계 일을 도맡아 하고 있었다. 그녀는 비슷한 나이 또래인 내가 충분히 걱정되었을 것이다.

"시골에서 올라오셔서 일에 서투른 건 당연한 것이지요. 혹 도와줄 게 있으면 말씀하세요, 부인. 내 신경을 써드릴 테니."

그러나 캐번 부인의 말속에는 나를 낮춰 보려는 의도가 짙게 깔려 있었다. 나는 아무렇지도 않다는 듯 미소를 지었다.

"마음은 감사하나 굳이 필요치는 않아요. 넓은 마음씨에 감사드려요."

초청객들을 위해 마련된 원형 테이블에 자리를 잡고 앉은 여인들은 다양한 주제로 수다를 떨었다. 실수로라도 탕크빌 영애나 남편에 대한 화제가 나오는 일은 없었지만 나는 그 자리를 계속 지키고 있기로 마음먹었다. 내가 잠깐만 자리를 비워도 언제 그랬냐는 듯 관련된 추문을 꺼낼 수 있는 사람들이니 항상 긴장하고 있어야 했다.

"황비 전하의 정부가 바뀌었다는 이야기는 다들 들으셨나요?"

트위드데일 영애 특유의 높은 목소리였다. 그녀는 체구가 작고 귀여워 전형적으로 남자들의 보호 본능을 일으키는 스타일의 영애였는데 또래 영애들보다는 부인들과 어울리는 것을 더 좋아해, 나 역시 다른 자리에서 몇 번이나 인사를 했었다.

"아, 맞아요. 새로 만나는 분이 머레이 남작이라면서요? 얼마 전 리치몬드 영애와 헤어졌다고 들었는데 황비 전하를 새로 만나네요."

"한 3년 정도 연애를 하지 않았나요? 길게 만났는데 결국 결혼은 하지 않았네요. 가여워라."

"저는 황비 전하로 인해 헤어졌다고 들었는데……. 사실, 시골의 고리타분한 귀족들이 자유분방한 연애를 이해할 수 있을 리가 없죠."

여인들의 대화는 시골 출신의 내가 듣기에는 거슬리는 부분이 있었으나 그들의 말이 완전히 틀린 건 아니었기에 입을 다물 수밖에 없었다. 나 역시 처음 수도로 올라왔을 때 약혼자에게 정부가 있다는 사실을 알고 충격을 받긴 했었으니.

"어쨌든 머레이 남작이 황비 전하와 만나고 있다면 좀 아쉽기는 하네요. 그분, 굉장히 잘생겼잖아요. 몸도 좋으시고."

"매너도 좋고 돈도 많으니 괜찮은 신랑감이죠. 리치몬드 영애와 헤어졌다면 이게 좋은 기회일 텐데 아쉬워요. 황비 전하께서는 한번 집중하면 꽤 오래 붙들고 계시니까요."

사실 수다라고 해봐야 스캔들, 연인, 드레스, 보석…… 비슷한 대화의 반복이었기에 나는 점차 지루함을 느꼈다. 그때 내 눈에 띈 건 에드먼드였다. 그는 미혼의 영애들에게 거의 갇혔다는 표현이 어울릴 정도로 둘러싸여 있었다. 그중에서 내가 아는 얼굴로는 웨스트미스 영애와 노샘프턴 영애가 있었다.

"어머, 루이스 공자께서 인기가 대단하시군요."

"그나저나 루이스가에서의 행사인데 대공 전하께서는 안 오시나요? 저는 대공 전하께서 오늘 오시는 줄 알고 있었거든요."

"초대장을 보냈다는 이야기는 들었는데……."

조지의 이야기가 나왔으나 나는 동요하지 않았다. 많은 화제 중 하나로 흘러가고 있는 한 조각 단어에 신경 쓰기에는 시선을 붙드는 힘이 너무 강했다. 그가, 에드먼드가 나를 뚫어질 것처럼 바라보고 있었다. 한참 그와 눈을 맞추고 있던 나는 그 시선을 애써 모른 척하며 아무렇지 않게 대화에 참여했다.

와인이 너무 과했던 걸까. 머리가 아파와서인지 방향 감각이 온전하지가 않았다. 게다가 복도가 너무나도 어둡고 길었기에 화장실을 찾는 건 더욱 고되었다. 내가 없는 사이 누군가 탕크빌 영애와 헌팅턴 공의 가십을 입에 올릴 것 같아 마음은 점점 더 급해졌다. 걸음 역시 그만큼 흐트러졌다.

그러던 중 내게 닿던 복도의 희미한 불빛이 거의 가려진 듯한 묘한 느낌이 들었다. 뒤를 돌아본 그때, 누군가가 나를 훅 끌어당겼다. 갑자기 어둠 속으로 끌어당겨진 터라 무척이나 당황스러웠으나 비명은 나오지 않았다.

딸깍 하고 문이 닫히는 소리가 났다. 그리고 성냥개비 소리와 함께 초가 켜졌다. 사실 나를 붙드는 손길이 거세지가 않아 예상은 하고 있었지만 정말로, 그였다.

"뭐 하는 짓이죠?"

에드먼드는 내 물음에도 아무런 대답을 해주지 않았다. 그가 촛대를 탁자 위에 올리자 그제야 탁자 위에 와인과 잔 두 개가 놓여 있는 것이 보였다. 에드먼드는 아무 설명도 없이 코르크 마개를 따 잔에 와인을 적당히 부었다.

"뭐 하시는 거냐고요?"

"한잔하죠."

"술은 이미 많이 마셨어요. 함께 마실 이유도 없고요. 저는 갈 거예요. 비켜주세요."

에드먼드는 돌아서는 내 팔을 망설임 없이 잡아챘다. 그 손아귀가 조금 전과는 달리 군세어 팔이 저려왔다. 나는 결국 인상을 잔뜩 찌푸리며 소리를 높였다.

"도대체 왜 이래요?"

"돌아서면 욕하고, 돌아서면 시답잖은 이야기를 하는 여인들 틈에서 같은 부류로 취급받고 싶으십니까?"

"그 사람들이 제가 떠나고 난 뒤 저에 대한 이야기라도 열심히 떠들었나 보죠?"

에드먼드는 순간 꿀 먹은 벙어리가 된 것처럼 아무 대답을 하지 못했다. 그 모습은 내가 말한 그대로의 상황이 벌어졌음을 알게 했다. 표정 관리 하나 제대로 하지 못해서 결국 몰라도 될 사실을 알게 하는 이 남자가 되레 원망스러워졌다.

"……가지 않았으면 좋겠습니다."

나는 에드먼드의 말에 픽 웃었다. 정말 바보 같은 남자가 아닌가. 방금 전까지만 해도 나 역시 그들의 틈에 섞여서 열심히 혀를 놀려댔다. 내가 그들과 무엇이 그리 다르다고 상처에 약한 어린 양 취급을 하는 걸까.

"제가 상처라도 받을 거라고 생각하시나 봐요."

"……그럼 아닙니까?"

"저를 정말 모르시네요. 전 그렇게 약하지 않아요. 그리고 당신이 그에 대해 신경을 쓸 이유도 없고요. 하룻밤 쾌락을 나눈 가벼운 사이일 뿐, 지나친 의미 부여는 하지 마세요."

모질게 대하고 싶지 않았다. 진심으로. 하지만 저 묘한 얼굴이 날 더 과감하게 만들었다. 다른 사람이라면 모르겠지만 그에게는 미련 한 자락도 남기고 싶지가 않았다.

에드먼드에게 말로 표현할 수도 없을 만큼 큰 빚을 졌다. 그래서 그가 하지 못한다면 내가 할 수 있도록 도와야 했다. 바라지 않지만 동시에 간절히 바란다. 에드먼드가 자신과 격이 맞는 사람과 어울릴 수 있기를, 나와의 관계를 깔끔하게 끊어낼 수 있기를.

그러나 정말 이상하긴 했다. 독설을 하고 있는 사람은 나임에도 불구하고 내가 독설을 듣고 있는 것처럼 마음이 불편했다.

"저에게는 당신이 그런 의미가 아닙니다."

대체 무엇일까, 철렁 내려앉는 이 가슴은. 나는 무어라 말해야 할지 몰라서 에드먼드에게 등을 보인 채 가만히 허공만을 응시했다. 먼저 다가온 건 에드먼드였다. 그는 순식간에 내 어깨를 잡아당겨 내가 그를 마주 보게 만들었다.

희미한 촛불 사이로 눈이 마주쳤고 순식간에 입술이 가까워졌다. 나는 나도 모르게 눈을 감아 그를 받아들였다. 그건 어떠한 본능과도 같았다.

꽃향기도, 달달한 쿵쾅거림도 없었지만 싫지 않았다. 안정감을 줄 정도로 고요한 키스는 그저 심통이 난 내 마음을 달래는 게 먼저인 것처럼 아주 섬세하고 부드러웠다. 자신을 어필하려는 키스가 아니었다. 그저 나와 마음을 나누고 싶다는 바람이 담긴 그런 접촉 같았다.

이윽고 나는 눈을 뜨고 그를 밀어냈다. 이래서 에드먼드는 더 위험하다는 생각이 들었다. 그는 나를 너무나도 쉽게 무방비 상태로 만들었다. 또 아무렇지도 않게 내 마음을 흔들었다. 그러면서도 달아나지 않고 자신이 내 선택지가 되었으면 좋겠다는 바람을 분명히 했다.

하지만 그래서는 안 된다.

"뭔가 착각하고 있는 모양인데 분명하게 말씀드릴게요. 당신은 그저 육체적으로 끌렸던 사람일 뿐이에요."

"스칼렛."

"제게 다가오지 마세요. 엮이고 싶지 않아요. 아멜리에게도 미안한 기분이고요."

나는 그의 대답을 기다리지 않았다. 모진 말은 내게도 쉽지 않았다. 어렵게, 깊게 고민하고 뱉어낸 한 마디 한 마디들이다. 에드먼드의 마음을 확인하게 되면 마음이 흔들릴 것 같아, 나는 도망치듯 자리를 피했다. 다행히 어둡고 싸늘한 복도에는 아무도 없었고, 내 눈물과 번진 눈 화장을 발견할 사람도 없었다.

다시 돌아간 홀에서 에드먼드의 모습은 찾을 수 없었다. 안심하려던 찰나 내 눈에 새로 등장한 남자가 들어왔다. 멀리서도 빛이 나는 사람이라서 몰라볼 수가 없었다. 내가 그를 발견했듯 그 역시 나를 발견한 것 같았다. 조지는 화려한 미소를 머금고 내게 다가왔다.

여인들과 대화를 나누던 도중에 양해를 구하고 내게 다가온 것이었는지 조지와 함께 있던 여인들이 나를 노려보며 못마땅한 표정을 감추지 않았다. 나는 그들을 완전히 무시한 채 치맛자락을 잡고 조지에게 무릎을 굽혀 인사했다.

"대공 전하."

조지는 아무 말 없이 크고 매끈한 손을 내게 내밀었다. 나는 자연스럽게 그의 손 위에 내 손을 올렸다. 내 손등에 닿은 입술은 촉촉하고 따뜻했으나 마음까지 데우기에는 턱없이 부족했다. 물론 나는 그것을 굳이 내색하지 않았다.

"어디를 다녀온 거지? 꽤 오래 자리를 비운 것 같은데."

조지가 음악에 맞춰 나를 리드하며 속삭였다. 이미 홀의 분위기가 무르익어 있어서인지 그와 내가 춤을 추고 있는 사람들의 틈에 섞여드는 것은 제법 자연스러웠다.

"가볍게 산책을 했어요. 안의 분위기가 답답해서요. 그러는 조지, 당신은 언제 온 거예요? 여기에서 보게 될 줄은 꿈에도 몰랐어요."

"나도 당신이 이렇게 아름다운 모습으로 남자들을 유혹하고 있을 거라고는 예상하지 못했어. 새뮤얼이 불참한다는 소식을 알았더라면 당신에게 함께 입장하자고 했을 텐데."

"현명한 생각은 아닌 것 같네요."

새침하게 대꾸하며 조지의 목에 오른쪽 팔을 두르자 그가 내 허리를 잡고 나를 옆으로 들어 한 바퀴 돌렸다. 이런 순간에 할 생각은 아니지만 춤 교습을 추가로 받길 잘했다는 생각이 잠시 들었다.

"기회 봐서 발코니로 와요. 아멜리와 대화하다가 바람 쐬러 나가는 척 나갈 테니까."

"상냥하고 아름다운 부인이 원하시는 대로."

치맛자락을 잡는 시늉과 함께 춤을 마무리한 나는 그를 지나치며 손가락을 일부러 살짝 부딪쳤다. 손가락에 잠시 닿은 온기는 기분을 훨씬 나아지게 했다.

"대공 전하께서는 춤을 굉장히 깔끔하게 추는 것 같지 않나요?"

아멜리는 내게 포르르 다가와 음료를 건넸다. 나는 고개를 끄덕이며 잔을 받아 들었다. 생각해 보면 조지의 동작에는 조금의 군더더기도 없었다.

"그러네요. 아멜리는 오늘도 역시 아름답네요. 손님을 받느라 고생하셨어요."

"해야 할 일이었을 뿐이죠. 와인이나 한잔할까요?"

"좋아요."

아멜리와 나는 시종이 들고 다니는 쟁반 위에서 와인 두 잔을 잡아 들었다.

"아멜리와 나의 우정, 그리고 신의가 신년에도 여전하기를 바라며 건배할게요."

"마찬가지예요."

아까 전에도 몇 차례나 술을 마셨음에도 불구하고 와인은 부담감 없이 쉽게 목구멍 아래로 넘어갔다. 요즘 들어 너무 술을 찾는 것 같다는 생각이 잠시 들었지만 술을 잘 못 마셔서 실수를 하는 것보다는 나을 거라며 무거운 마음을 떨쳐 냈다.

자기 합리화라는 사실을 알고 있었지만 내 손은 멈추지 않았다. 조지와의 약속을 지키기 위해 발코니로 나왔을 때에는 이미 술에 거하게 취한 뒤였다.

"음주가 지나치게 과했던 건 아닌가?"

"너무 약하게 보시네요. 이렇게 멀쩡한걸요. 만약 당신이 여인을 보호해야 하는 대상으로만 보는 멍청한 돼지 같은 남자라면, 나는 당신과의 만남을 재고해 볼 작정이에요."

"취했군."

술기운으로 인해 잔뜩 달아오른 상태에서 바람을 맞자 찬 기운에 몸이 저절로 부르르 떨렸다. 나는 잔뜩 얼굴을 붉힌 채 조지의 어깨에 얼굴을 기댔다. 그는 자신의 옷을 조심스럽게 벗어 내 상체를 덮어주었다.

"사실 궁금한 게 있어요. 물어봐도 되죠?"

"얼마든지."

"나, 당신과 그날 키스했을 때 꽃향기가 막 나는 것 같았어요. 착각 아니고 정말로. 그거, 조지가 마법을 쓴 건가요?"

내 물음에 조지가 묘한 얼굴로 나를 보더니 픽 웃었다.

"맞아."

"세상에, 정말로요? 다시 한 번 해줄 수 있어요?"

"키스라면 얼마든지."

조지는 순식간에 내 허리를 잡아 꺾어 나에게 입을 맞추었다. 정신이 멀쩡하지 않았지만 그와 키스하는 데는 조금도 문제가 없었다. 저번처럼 꽃향기가 나는 건 아니었으나 조지와의 키스는 변함없이 좋았다. 그건 어쩌면 그의 행동 하나하나에 숨길 수 없는 자신감이 담겨 있기 때문인지도 모른다.

"엉큼하세요. 제가 부탁드린 건 그게 아닐 텐데요."

"이렇게 아름다운 여자가 눈앞에 있는데 엉큼해지지 않는 남자가 있다면 나는 그의 생식 기능에 문제가 있다는 의심이 들 텐데."

"말은 잘하시네요."

"유혹하고 싶은 여자 앞에서는 때로 궤변의 달인이 되어야 하니까."

그의 말에 나는 결국 웃음을 터뜨렸다. 조지를 사랑하지 않지만 그의 유쾌함은 나를 때때로 즐겁게 했다. 이런 시간이 계속된다면 어느 순간, 조지는 내게 의미 있는 사람이 되어 있을지도 모른다.

"웃는 모습이 예뻐, 스칼렛."

"주관적이죠?"

"아니, 이보다 더 객관적일 수 없을 정도로 객관적인 견해야."

"그 객관적인 시각으로 차라리 제 곤돌라 사업을 평가해 주세요."

내 요청에 조지는 이런 자리에서까지 일 얘기를 하고 싶지는 않다고 말하면서도 결국 입을 열었다.

"굳이 판단하자면 최근에 들어야 했던 무의미한 사업 건에 비해서는 월등하게 창의적이었어."

"기분 좋은 평가네요."

"당신을 기분 좋게 한 것에 대한 선물은?"

그는 내가 사랑스러워 견딜 수 없다는 듯 내 허리를 끌어안았다. 무언가를 바라는 듯한 눈빛을 모른 척할 수가 없었던 나는 조지의 목을 끌어당겨 그의 윗입술에 내 아랫입술을 겹쳤다. 그리고 몰캉한 입술을 짓궂게 깨문 뒤 다시 입술을 뗐다.

"만족하나요?"

"당신은 고양이 같아. 마음이 갈 땐 더 사랑스럽기가 힘들 정도로 애교를 부리면서 내키지 않을 때는 날 거들떠도 보지 않는 도도한 고양이 말이야."

나는 조지의 말을 일부러 못 들은 척하며 발코니에 몸을 기댔다. 찰랑거리는 운하의 물소리는 무척이나 듣기가 좋았다. 실로 평화로운 밤이다.

사건 사고 없는 평화로운 일상을 맞이할 수 있다는 건 행복이다. 모든 게 순탄하게 흘러가는 와중에도 유감스러운 소식이 단 하나 있다면, 그건 바로 내일 무어 부인이 돌아온다는 것이다. 나는 마지막 휴일을 보내는 심정으로 오늘 하루를 조용히 지내기로 결심했다. 그러나 원래 사람 일은 마음먹은 대로 흘러가지 않는 법이다.

“저, 마님. 어제부터 에리카 아가씨가 조금 걱정스러운 모습을 보이고 계세요.”

제인은 오늘은 함께 점심 식사를 하지 않겠다는 에리카의 말을 전달하며 덧붙였다. 그러나 영문을 알 수가 없었다. 바로 어제까지만 해도 밝은 얼굴이지 않았나. 의아한 얼굴로 그녀를 보자 제인이 한숨과 함께 다시 입을 열었다.

“무슨 일 때문에 그러시는지 잘 모르겠어요. 어제 저녁에 교습을 마치고 돌아오신 이후부터는 피곤하다며 줄곧 밖에 나오지 않으셨어요.”

수업을 다녀온 이후부터 우울했다고 해도 교사들과 트러블이 생겼을 것 같지는 않았다. 사교계에서 활발하게 활동 중인 나와 척을 지려는 멍청이는 없었다. 에리카가 엄청난 수재가 아닌 만큼, 교사들은 에리카에게 크게 공을 들이지는 않더라도 예의는 갖추는 편이었다.

그래서 더 걱정스러웠다. 나는 거의 끝낸 집무를 완전히 치우고 자리에서 일어났다. 하지만 바로 만날 수 있을 거라는 생각은 내 착각인 듯, 에리카는 한참을 기다려도 들어오라는 말이 없었다. 결국 억지로 문을 열고 들어가는 수밖에 없었다.

“대체 뭐 하니? 식사도 거르고.”

분명히 내 목소리를 들었을 것임에도 에리카는 이불을 뒤집어쓴 채 아무 말도 하지 않았다. 하지만 이불이 심하게 들썩이고 있었기에 나는 에리카가 울고 있다는 사실을 금방 눈치챌 수 있었다.

"이불을 걷어보렴."

"밥 안 먹어……."

잔뜩 힘이 빠진 목소리에 나는 막무가내로 이불을 들췄다. 어찌나 울었는지 얼굴 전체가 퉁퉁 부어 붉게 물들어 있었다. 전염병이라도 걸린 듯한 몰골에 나는 인상을 찌푸리며 언성을 높였다.

"대체 무슨 일이니? 내게 얼른 말하렴."

"싫어, 아무 일도 아니니까 그냥 묻지 마."

"얘기를 해야지. 여기서는 내가 네 보호자야. 그리고 네가 이러면 난 너한테 더 신경이 쓰여서 아무것도 할 수가 없단다."

평소라면 못 이긴 척 털어놓았을 것임에도 에리카는 아무 말 없이 한참을 울먹거리기만 했다. 윽박이라도 질러야 하나 고민하던 차에 에리카가 눈물을 펑펑 쏟으며 안에 담고 있던 감정을 털어놓았다.

"해맞이 무도회에서 입을 드레스를 찾아오는 길에 웬 여자랑 부딪혔거든. 근데 그 여자가, 흐흐흑, 내가 누군지 듣더니 시골에서 팔려온 비천한 상인 계집애의 동생이라고 하잖아, 흐흑."

"에리카, 너……."

"흐흐흑. 사실 그 여자가 나를 욕하는 건 별로 기분 나쁘지 않았어. 근데 언니를 그런 식으로 이야기하는 게 싫었어, 흐흑. 처음으로 엄마, 아빠를 무자비한 사람이라고 생각했어. 언니는 적응했다고 하지만…….”

에리카가 내 품에 와락 뛰어들었다. 갑작스러운 무게감보다는 나 때문에 내 동생이 눈물을 보이고 있다는 사실이 더 신경이 쓰였다. 나는 에리카를 꽉 껴안으며 등을 다정하게 두드려 주었다. 그러나 에리카의 흥분은 쉬이 가라앉지 않는 듯했다.

“나는 언니가 전혀 행복해 보이지 않아…….”

이 아이의 앞에서 한숨을 쉬고 싶지는 않았지만 절로 한숨이 나왔다. 나 자신이 한심하게 여겨졌다. 내가 괜찮다고 해서 이 순수한 아이가 괜찮으리라는 생각을 해서는 안 되는 거였는데, 더 에리카에게 주의를 기울였어야 했는데.

“많이 놀랐겠구나.”

“아니, 내가 놀란 것보다는…….”

“나는 괜찮아. 감히 내 앞에서 그런 말을 할 만큼 용기 있는 자는 없단다. 그 여자는 네가 그 사실을 잘 모른다는 걸 알고 널 상처 입히려고 그런 말을 했을 거야.”

나는 흐느끼는 에리카를 다시 한 번 꽉 안아주었다. 여동생의 등 뒤로 걸려 있는 드레스가 눈에 들어왔다. 잘 어울릴 것 같다며 골라 주었던 주황색의 앙증맞은 드레스가 고의적인 발자국에 의해 더럽혀져 있었다. 싸늘한 표정으로 드레스를 노려보던 나는 곧 에리카를 안고 있던 팔을 풀고 따뜻한 미소를 지어 보였다.

“내일 언니랑 드레스 보러 가자. 새로운 장신구도 사줄게. 이제다 컸으니 높은 구두를 신어도 될 것 같고."

"언니……."

"네가 무엇을 걱정하는지는 알겠지만 앞으로도 내 앞에서 감히 그런 말을 지껄일 용기 있는 사람은 없어. 일어나지도 않은 일로 시간을 낭비하는 일은 여기서 그만하자꾸나."

에리카의 마음이 다 풀린 것 같지는 않았지만 나는 제인에게 스프를 내오라고 지시하며 자리에서 일어났다. 앞에서는 부드럽게 미소 짓고 있었지만 속은 온전하지가 않았다. 내 여동생을 상처 입힌 그 방자한 계집이 누구인지를 알아내야 했다.

내가 안일했다. 수도의 귀족 여인들은 속으로는 나를 미천하다 생각할지라도 앞에서는 죽는 시늉이라도 할 것처럼 굴었다. 가식적이라는 사실을 알고 있었으면서도 이런 식으로 내 주변인을 상처 입힐 거라고는 생각지도 못하고 있었다.

귀족과 상인의 사이, 그것도 상인에 더 가까운 자의 여식. 그런 내가 분에 겨운 자리에 앉았다는 이유로 자주 구설수에 오르내린다는 사실을 알고 있었지만 그들이 내게 영향을 끼칠 수 없다고 생각했기에 무시만 했었다.

그러나 내 행동은 잘못되었다. 예상했어야 했다. 에리카를 그런 비난에서 보호할 만한 장치를 마련해 놓지 않았기 때문에 이런 일이 생긴 것이다. 대부분의 사람이 내 앞에서는 호의적인 태도를 취한다는 것이 날 방심하게 만들었다.

극장의 휴게실에서도 귀족 여인들은 나를 비웃었지만 나는 대수롭지 않게 그를 넘겼었다. 뒤에서 들을 법한 욕이라고 몇 번 상상해 본 적이 있었기 때문이다. 하지만 내가 무시할 수 있다고 해서 나를 소중히 대하는 사람들도 담담하게 넘길 거라고 생각해서는 안 되는 거였다.

분노가 치밀었다. 물론 화가 난다고 해서 섣불리 행동할 마음은 없었다. 나는 서두르지 않을 것이다. 천천히 내 악마성을 깨워 잔혹하게 보복하는 게 내 방식이었다. 나는 내가 가슴에 품은 독기가 짙을수록 질긴 근성을 갖게 되는 전형적인 사람임을 알고 있었다.

감히 예고한다. 나는 입을 함부로 놀린 것들을 제물로, 내게 이빨을 드러내는 모든 방해물을 짓밟고 깨부술 것이다. 속에서는 검은 피가 드글드글 끓고 있었다.

아침이 가뿐했다. 에리카와의 약속이 있었기에 나는 일찍부터 일어나 씻고 간단한 서류를 처리하기 시작했다. 그러다 들려온 노크 소리에 나는 고개도 들지 않고 대답했다.

"들어오렴."

에리카라고 생각했기 때문이었으나 들어온 이는 뜻밖에 무어 부인이었다. 나는 그제야 오늘이 그녀가 돌아오는 날이라는 사실을 기억해 냈다. 이번 일이 꽤 충격이었는지, 며칠 안 본 사이 그녀의 눈 밑은 움푹 들어갔고 주름도 깊게 번져 있었다. 무어 부인은 풀이 죽은 얼굴로 내게 허리를 숙여 인사했다. 그래도 그 자세만큼은 제법 단정했다.

"복귀하였습니다, 마님."

"고개를 들게. 푹 쉬었는가?"

"마님께서 돌봐주신 덕택에 쉴 수 있었습니다. 앞으로 같은 실수를 반복하는 일이 없게 하겠습니다."

반성의 기색이 보였다. 그러나 안타깝게도 아무런 동정심이 생기지 않았다. 나는 무감정하게 고개를 끄덕였다.

"그래. 자네가 그런 결심을 했다면 다행이로군. 가서 업무를 보게."

"예, 마님."

"아, 혹시 에리카가 아직 일어나지 않았다면 깨워서 준비시키고 후에 마차를 준비시키게."

"……알겠습니다, 마님."

하녀의 일이지 그녀의 일은 아니다. 잘 알고 있음에도 그 일을 맡긴 건 의도적인 보복이었다. 내 마음이 돌아섰다고 생각할는지, 아니면 그저 화가 덜 풀렸을 뿐이라고 안일하게 판단할지는 모르겠으나 무어 부인은 아무 말도 하지 않고 고분고분하게 방을 나섰다.

나는 그런 그녀의 뒷모습을 응시하다가 기지개를 한 번 쭉 켰다. 답답하던 가슴이 조금이나마 나아지는 것 같았다. 창문을 열어 방안을 환기시킨 나는 에리카가 준비를 끝내고 나와의 아침 식사를 위해 올 때까지 찬바람을 그대로 맞고 있었다.

"무어 부인이 직접 깨우러 와서 놀랐어. 그 사람, 시녀들을 관리하는 꽤 높은 사람인 거 아니야?"

"벌을 받고 있는 중이란다. 식사하렴. 빨리 먹어야 빨리 나갈 수 있지 않겠니? 요즘은 해가 지면 날씨가 많이 춥단다."

에리카는 내가 대답해 주지 않을 것임을 눈치챘는지 묵묵히 식사를 이어나갔다. 일어나기에 급급해 씻지도 않고 올라온 에리카를 위해 노라와 제인을 붙여준 나는 천천히 드레스룸을 둘러보며 에리카에게 보낼 드레스와 오늘 입을 드레스를 골랐다.

"에리카에게 모두 가져다주고 입는 것까지 모두 도와주렴. 재킷이 두툼하니 부해 보이지 않으려면 코르셋을 많이 죄어야 할 거야."

"아가씨께서는 코르셋을 좀처럼 잘 참아내지 못하는 편인데 괜찮을까요?"

"너무 힘들어하면 적당히 풀어주고. 준비를 끝내면 미리 마차에서 기다리게 하렴. 이후에 기별해도 늦지 않으니까."

"네, 마님."

시녀들이 워낙에 솜씨가 좋았기에 오래 걸릴 것 같았던 에리카의 준비는 금방 끝이 났다. 애초에 생각했던 것과 달리 나는 서류를 전부 확인하지 못한 채 외출을 나서야 했다.

오늘은 에리카에게 영지나 학원에서 입을 만한 편한 드레스를 여러 벌 사줄 생각이었다. 그러기에는 양장점 중 비너스가 가장 무난했다. 나는 다홍색 머리카락인지라 입지 못했던 드레스를 에리카에게 몽땅 사주리라 생각하며 양장점 안을 신나게 누볐다.

"언니, 난 이 드레스가 마음에 들어."

나는 곧바로 고개를 저었다. 에리카가 고른 건 몸에 밀착되는 야한 드레스였다. 나는 어린 여동생이 이런 드레스를 입고 남자들의 시선을 받는 게 탐탁지 않게 여겨졌다.

"왜? 언니는 이런 드레스가 더 많잖아."

에리카는 입술을 쭉 내밀며 토라진 표정을 지었다. 그런 에리카의 모습은 과거의 일을 떠올리게 했다. 챈들러에 있을 때에도 이 아이는 내가 사는 모든 것을 욕심내고 따라 하려 들었다. 글쎄, 그런 심리를 뭐라 표현할 수 있을까. 에리카는 항상 나와 닮고 싶어 했다. 어렸을 때는 그런 상황이 늘 싫었고 또 한편으로는 지긋지긋하게 여겨질 때도 있었지만 내가 많이 어른스러워진 건지 그 마음을 이해할 수 있었다.

나는 아멜리의 안목이 남다르다는 사실을 깨닫고 그녀를 따라 하려 애썼다. 아마 에리카 역시 그런 것일 터다. 제 안목보다는 내 안목이 더 괜찮을 거라는 믿음, 그리고 나를 모방하고 싶을 정도로 큰 애정. 어렸을 때는 거부감이 들었지만 지금은 그 마음을 어렴풋이 이해할 수 있었기 때문에 싫지 않았다.

"좀 더 크면 입자. 언니가 그때는 드레스 많이 보내줄게."

"치, 알았어."

겨우 달래가며 드레스 계산을 마친 나는 여전히 뾰로통한 에리카의 마음을 풀어주기 위해 보석상점 중 하나인 티아라로 향했다. 에리카는 처음 와보는 수도의 보석점이 신기한지 이리저리 구경을 다녔다. 그러다 갑자기 내 소매를 당겼다.

"언니, 저 여자 봐. 장난 아니다."

자신이 토라졌다는 것을 잊어버린 듯한 에리카의 모습에 나는 원인이 궁금해 뒤를 돌아보았다. 화려한 금발은 이젠 내게 무척이나 익숙했다.

여동생의 감탄을 자아내게 한 여인은 다름 아닌 탕크빌 영애였다. 그녀는 머리를 한쪽으로 땋아 내리고 춥지도 않은지 코트도 없이 몸에 딱 밀착되는 하얀색 드레스를 입고 있었다. 드레스 사이로 드러난 높은 굽의 구두는 그녀를 더 늘씬하고 고혹적으로 보이게 만들었다. 탕크빌 영애는 정말 존재만으로도 주의를 집중시키는 사람이었다. 그래서일까, 나는 한참 뒤에야 그녀의 옆에 한 남자가 서 있다는 사실을 알아차렸다. 심지어 그는 내가 몇 번이나 본 랜스터 공자였다.

"어머, 헌팅턴 부인."

나를 발견했는지, 탕크빌 영애가 우아한 걸음걸이로 다가왔다. 그녀는 친근함의 표시로 내 팔을 살짝 잡으며 미소 지었다. 상황이 흥미롭게 돌아가는 듯했다. 유부남과 연인 관계를 맺을 경우 보통은 그 부인을 피하게 마련이다. 한데 탕크빌 영애는 무슨 생각을 하고 있는 건지 내게 당당하게 접근했다.

모른다고 생각하는 걸까, 아니면 알아도 어쩔 수 없다고 비웃고 있는 걸까. 사실 뭐든 상관없었다. 헌팅턴 공의 연인이 탕크빌이든 웨스트미스든 트위드데일이든 나는 조금도 신경 쓰지 않을 터였다.

굳이 궁금증을 가진다면 그가 다른 여인과는 어떤 밤을 보낼 것인지 정도랄까. 나는 밝게 웃으며 인사했다.

"잘 지냈나요, 영애? 어쩐지 오랜만인 것 같네요."

내가 탕크빌 영애와 랜스터 공자에게 에리카를 소개하고 두 사람이 에리카에게 자신을 소개한 후 인사를 나누는 다소 긴 과정이 끝나고, 그녀가 먼저 질문을 던졌다.

"여동생의 보석을 골라주러 오신 건가요?"

"영애도 아시다시피 곧 해맞이 무도회가 열리잖아요. 에리카는 거기서 데뷔를 할 거예요."

"세상에나! 모름지기 사교계에 첫발을 내딛는 건 인생에 있어 무척 중요한 시작이죠. 저는 사교 모임에 자주 참석하는 편인데도 제가 사교계 데뷔 때 얼마나 떨렸는지 기억하고 있답니다."

내 대답에 탕크빌 영애가 약간은 과장되게 탄성을 내질렀다. 그런 모습조차 예뻐서인지 랜스터 공자는 자신이 얼마나 얼빠진 얼굴을 하고 있는지도 모른 채 열렬한 눈빛으로 그녀를 바라보았다. 에리카가 그런 그를 너무 대놓고 한심하게 쳐다봤기에 나는 에리카의 손등을 잡아 주의를 주었다.

"영애께서는 그날 가장 신경을 써야 될 부분이 어떤 것이라고 생각하세요?"

에리카의 물음에 탕크빌 영애는 어린 여동생을 대하듯 다정하게 웃으며 대답했다.

"글쎄요, 굳이 꼽자면 목걸이가 아닐까요? 아, 아까 전에 랜스터 공자님께서 제게 추천해 주셨던 목걸이가 생각나네요. 저에게는 좀 부담스러워서 죄송하지만 사양했었는데, 챈들러 영애께는 잘 어울릴 거라고 생각해요."

탕크빌 영애는 직접 그 보석을 가져와 에리카의 목에 대보기도 하고 다른 장신구를 추천해 주기도 하며 필요치 않은 친절을 베풀었다. 상황이 재미있었기에 나는 모르는 척하며 그저 그녀의 행태를 관망하기만 했다.

에리카는 그런 나의 태도를 허락으로 받아들였는지 탕크빌 영애와 함께 사교계에 대해 다양한 대화를 나누었다. 그녀는 에리카에게 몇 개의 보석 세트를 추천해 주었는데, 그 모습을 본 랜스터 공자가 자신의 능력을 과시하기 위해 그 보석을 모두 계산해 주었다.

"그럼 해맞이 무도회 때 봐요."

"네, 조심히 들어가세요. 오늘 감사했습니다."

마차에 오르면서, 나는 랜스터 공자의 사랑이 이루어지지 못할 것임을 확신했다. 탕크빌 영애는 그의 호의에 대해 고마움을 충분히 표시하긴 했지만 그라는 사람 자체에 대해서는 전혀 호기심을 보이지 않고 있었다. 에리카와 눈을 맞추는 것보다 랜스터 공자와 눈을 맞추는 횟수가 현저히 적다는 것이 그들의 결말을 충분히 예상할 수 있게 했다.

"아까 전에 그 영애, 너무 멋있는 것 같아. 자신감도 넘치고 엄청 매력적이고. 옆에 공자님은 영애에 비해 너무 부족하던데?"

"수도에서도 유명한 영애란다."

“저런 여자라면 내 남편과 바람을 피운다고 해도 이해할 수 있을 것 같아.”

농담 섞인 말은 지금의 내 처지였다. 무엇이라도 알고 있을까 싶은 불안감에 에리카의 눈을 한번 들여다보았지만 여동생의 눈은 투명하기만 했다. 에리카가 아무것도 모른다는 확신이 들자 나는 그제야 아무렇지 않게 어깨를 으쓱했다.

“정말 그럴 것 같아?”

“응. 매력적인 분이지만 진심으로 사랑하기는 어려운 사람인 것 같아.”

“진심이 아니면?”

“즐기려는 대상으로 보겠지. 그래서 그런지, 나는 미래의 남편이 탕크빌 영애와 바람이 난다고 해도 위기감을 느낄 것 같지는 않아. 화는 조금 나겠지만.”

“그래서 그런 걸까?”

“응?”

속마음이 무심코 입 밖으로 나와 버렸다. 조금 당황한 얼굴로 나를 보는 에리카의 모습에 나는 미소와 함께 고개를 저었다.

“아니야, 아무것도.”

쇼핑한 것들을 에리카의 방으로 모두 보내고 나니 비로소 혼자가 될 수 있었다. 나는 침대에 몸을 뉘였다. 푹신한 침대에 머리가 닿자마자 떠오른 이는 탕크빌 영애였다. 생각했던 것과는 달리 그녀에 대한 감정은 나쁘지 않았다.

이상하게도 헌팅턴 공과 그녀의 만남이 공공연한 소문이 되어 나를 수치스럽게 하고 있음에도 기분은 그저 그랬다. 평소와 다를 바가 없었던 것이다. 그저 헌팅턴 공과 그녀가 함께 있는 모습이 상상이 잘 되지 않는다는 생각을 했을 뿐이다.

물론 처음 그들의 만남을 알게 되었을 때에도 이로 인해 탕크빌 영애를 미워하게 되리라곤 생각지 않았지만…… 나는 정말 아무렇지 않을 수 있는 내가 신기했다. 사랑하는 이와 가정을 꾸려 행복하게 살겠다는 꿈을 가졌던 소녀가 정말로 내 안에서 사라졌기 때문에 더욱 이런 감정이 드는 건지도 모른다.

어쨌든, 나는 괜찮았다. 다만 남편에 대한 감정은 괜찮지 않았다. 나는 그가 혐오스러웠다. 그가 조슈아를 지키고 보호하기 위해 나와 결혼했다고 생각했었다. 그들의 틈바구니에 끼인 게 끔찍하다고 생각했고 그 대단한 사랑이 얼마나 가는지 보자며 벼르기도 했다. 그런데 겨우 이 정도라는 사실이 나를 허탈하게 했다.

실망스러웠다. 또한 우습기도 했다. 이렇게 얕은 사랑이었다면 나를 아내로 맞이할 필요가 있었을까 싶은 마음이 들었다. 그 작은 몸에 아이를 품은 채 엉엉 울던 소녀가 날 동요하게 한 건 아니었으나 아무것도 모르는 채 헌팅턴 공만 보고 살아가는 건 가엾게 여겨졌다.

동시에 그가 혹 다른 꿍꿍이라도 있는 것일까 봐 염려가 되었다. 헌팅턴 공이 변한 시점을 정확하게는 모르겠으나 조슈아의 말에 의하면 그녀가 임신을 한 이후부터 확연하게 보이는 변화가 있었던 것 같다. 하나 그에 더 의문이 들었다. 보통은 제 자식을 밴 여인을 더 아끼고 사랑하지 않나.

분명한 이유 없이 변한 그의 행동이 나를 불안케 했다. 괜한 기우이길 바라자. 나는 몇 번을 되뇌며 눈을 감았다.

에리카와의 점심 식사를 함께할 날도 얼마 남지 않았다. 여전히 부족함이 많이 보이긴 했으나 처음 왔을 때와는 달리 어엿한 숙녀태가 나고 있었다. 헤어짐의 시간이 다가오고 있음에도 내가 해줄 수 있는 건 기껏해야 식사를 빼먹지 않고 함께하는 것뿐이다.

"제인."

문득 에리카의 가방을 꾸리고 있는 제인의 모습이 눈에 들어왔다. 나는 그녀의 이름을 부드럽게 부르며 다리를 꼬았다.

"네, 마님."

"에리카의 짐을 거기 두렴. 너보다는 거기, 무어가 에리카를 돕는 게 훨씬 더 나을 것 같으니."

생각해 보면 내 시녀들이 굳이 에리카를 도와줄 필요는 없었다. 그들은 나를 도와주는 것만으로도 할 일이 많이 쌓여 있었다. 나보다는 무어 부인이 에리카의 뒤치다꺼리를 잘할 수 있을 것이다. 나는 할 일이 없어 심심한 노부인을 도와주기로 마음먹었다.

"무어, 에리카가 배움을 무사히 마칠 수 있도록 자네가 도와줬으면 좋겠네. 내 사랑스러운 여동생의 안전을 자네에게 맡기는 것이니 이번에는 실수가 없어야 할 걸세."

저택 내에서 무어 부인의 영향력을 줄이는 건 반드시 필요한 일이다. 강제적으로 휴가를 다녀온 까닭에 당당한 기세가 많이 죽기는 했으나 이십 년이 넘는 시간 동안 공저에서 일했던 무어가 그렇게 쉽게 물러날 리가 없었다. 그러니 더욱 신경을 기울여야 했다.

무어 부인은 한참 동안 내 눈을 바라보다 곧 고개를 숙였다. 그리고 들릴 듯 말 듯한 목소리로 대답했다.

"알겠습니다, 마님."

어쨌든 듣고자 했던 대답이 나온 건 사실이었기에 나는 미련 없이 자리에서 일어났다. 미드가에서 열리는 자선 바자회에 늦지 않으려면 지금 바로 준비를 시작해야 했다.

할머니인 베티 미드는 할아버지와 결혼할 당시 미드가의 가주였던 미드 백작의 차녀였다. 내가 태어났을 때 할머니는 이미 돌아가신 뒤여서 나는 할머니의 얼굴을 한 번도 본 적이 없었다. 하지만 아버지가 종종 할머니에 대한 이야기를 하곤 했기에 나는 그분이 낯설게 여겨지지는 않았다.

그리고 그분과 나는 다홍색 머리카락이라는 공통점이 있었다. 아버지께 말로만 들었던 할머니가 유년 시절을 보낸 곳이라 하니 더욱 감회가 새로웠다. 그리 가깝지는 않으나 그래도 피가 섞인 집안에 가는 것인 만큼, 나는 얌전한 옷차림으로 준비를 마쳤다.

에리카도 데리고 가고 싶었지만 에리카는 사교 모임에 당당하게 나설 수 있을 만큼 예법을 확실하게 익히지 못했다. 먼 친척 가문이라고 해서 가깝게 여길 수 있는 이들이 아니며, 흠잡힐 행동은 무조건적으로 조심하는 게 현명한 행동이기에 나는 여동생의 애원을 거절할 수밖에 없었다.

상심한 에리카가 내 드레스를 모두 찢겠다며 소란을 피웠지만 나는 마차에 타자마자 그에 대해 완벽하게 잊어버렸다. 먼 친척이긴 해도 피가 섞인 가문에 방문한다는 것이 날 설레게 했다. 또 한편으로는 미드가에서 나를 어떻게 대할지 궁금했다. 얼마 지나지 않아 마차는 미드가의 저택에 다다랐고, 나는 한 번의 심호흡 뒤 마차에서 내렸다.

"오셨군요, 부인."

미드 부인이 웃는 얼굴로 나를 맞았다. 그러나 그녀의 기분은 표정과는 달리 좋은 것 같지 않았다. 미드가의 자선 바자회는 완전히 실패한 듯, 이른 시간이 아님에도 불구하고 타 귀족 가문의 마차는 두세 대밖에 보이지 않았다. 어제부터 갑자기 몰아닥친 한파가 행사 실패의 원인인 것 같았다. 나는 내색하지 않으려 애쓰며 그녀의 인사에 답했다.

"이렇게 좋은 행사에 초대해 주셔서 감사해요."

"그리 말씀해 주시니 고맙군요. 날씨가 추운데 얼른 안으로 들어가세요."

괜한 오지랖으로 위로하는 것보다는 자릴 피해 주는 게 훨씬 더 현명한 행동일 것 같다는 생각이 들었다. 나는 오래 지체하지 않고 곧장 안으로 들어갔다. 다량으로 깔려 있는 탁자가 무색할 정도로 사람의 수는 적었다. 결국 잠시 뒤 미드 부인은 어색한 얼굴로 자선 바자회가 취소되었음을 알렸다. 행사는 참석한 이를 위한 저녁 만찬으로 대체되었다.

머무를 수 있는 사람들은 남고 따로 일정이 있는 사람들은 미드가에서 준비한 선물을 받고 돌아가기로 했는데, 놀랍게도 저녁 만찬 때까지 머무르겠다는 의사를 표한 사람은 나와 두들 부인밖에 없었다. 미드 모녀는 나와 두들 부인을 친절하게 안내했다. 대화하는 것을 들어보니 두들 부인은 예전부터 미드가와 친한 사이인 것 같았다.

"남아주셔서 고마워요, 부인."

"뭘요. 저는 눈치 없이 제가 폐를 끼치고 있는 게 아닐까 염려가 되네요."

내 말에 미드 부인이 전혀 아니라며 손사래를 쳤다. 미드 부인과 두들 부인은 나와 20살 정도의 나이 차가 있었는데 그 때문인지 나는 이들과의 대화에 크게 흥미를 느낄 수가 없었다. 스캔들이나 가십거리를 함께 씹는 건 익숙한 일이었지만 뜨개질 모양이나 인망이 좋은 신랑감, 남편의 흰머리를 염색해 주는 일 등에 몰입하여 대화를 나누는 건 내게 고난도의 일이었다. 다행히 미드 부인이 잠시 뒤 나를 그 자리에서 해방시켜 주었다.

"델라, 헌팅턴 부인께 저택을 구경시켜 드리렴. 부인, 괜찮겠지요? 델라가 부인의 또래이기도 하고 말재주가 좋아 심심치 않으실 거예요."

"그저 영애께 폐가 될까 부끄럽네요. 부탁드려도 될까요?"

"물론이죠. 일어날까요?"

미드 영애는 성격이 좋은 편이었고, 그런 그녀와 친해지는 건 그리 어렵지 않았다. 나는 이런저런 얘기를 하며 그녀와 함께 복도를 거닐었다.

"아, 저 가고 싶은 곳이 있어요."

"저희 집에서요?"

"네. 서재에 한번 가보고 싶어서요. 괜찮을까요?"

미드 영애는 조금 의아한 듯했지만 내 취향이 독특하다고 생각하는 건지 곧 아무렇지 않게 고개를 끄덕이며 나를 서재로 안내했다.

귀족들은 으레 성인식 전 초상화를 그리는데, 보통 남겨놓는 초상화는 서재에 걸려 있거나 창고에 따로 보관했다. 할머니의 경우 태어난 지 60년이 채 되지 않았기에 아직까지 서재에 걸려 있을 것이다. 나는 단 한 번도 본 적이 없는, 그토록 인자했다는 할머니를 그림으로나마 보고 싶었다.

"잊고 있었던 일이 생각났어요. 잠시 다녀올 테니 구경하고 계시겠어요?"

"저는 괜찮아요. 편히 다녀오세요."

혼자서 구경하고 싶다는 생각을 하고 있었던 터라 자리를 비운다는 영애의 말은 무척이나 반갑게 여겨졌다. 그녀가 서재에서 나가자 나는 할머니의 초상화를 찾기 위해 빠르게 걸음을 옮겼다. 태어난 년도에 맞게 초상화가 걸려 있었기에 할머니의 초상화를 찾는 것은 어렵지 않았다. 그러나 나는 몇 번이고 그 초상화를 확인해야만 했다.

혹여 눈이 잘못된 것일까? 나는 눈 화장이 번질 것을 감수하고 몇 번이나 눈을 비벼보기까지 했다. 하지만 내 눈은 무척이나 멀쩡했다. 잘못된 것은 저 초상화거나, 아니면 내가 알고 있던 사실이었다.

베티 미드라는 이름을 가진 앳된 얼굴의 소녀는 델라 미드 영애와 조금도 다를 바 없는 평범한 밤색 머리카락을 가지고 있었다. 나와 비슷한 또래로 보였지만 나와 닮은 구석은 정말 조금도 없었다. 내가 가지고 있는 다홍색 머리카락 역시, 어디에서도 찾아볼 수 없었다. 착각할 여지도 없는 뚜렷한 밤색 머리카락. 부모님은 돌아가신 할머니가 다홍색 머리카락을 가지고 있었다고 말씀하셨다.

할머니의 초상화가 주는 의미는 생각할 필요조차 없을 정도로 분명했다. 사람들이 나를 손가락질하던 그 행동, 눈빛에서 드러난 경멸, 그것은 착각에서 비롯된 것이 아니라 그들이 알고 있는 온전한 진실로부터 비롯된 거였다. 그리고 영지의 거의 모든 사람이 알고 있었던 그 진실을 나만 모르고 있었던 것이다. 내가 이만큼이나 자랐음에도 지금까지 이 사실을 모르고 있었던 것은 진실을 은폐하는 이가 있었기 때문이다.

아버지와 어머니는 내가 스스로 생각하고 행동할 무렵부터 내가 자신들의 자식임을 끊임없이 주입시키려 애쓰셨다. 이상하게 여겨졌던 일들이 하나하나 머릿속을 스치고 지나갔다. 나를 제외한 가족 모두가 뚜렷한 밤색 머리였고, 부모님은 나를 장녀라는 이유로 은근히 홀대하셨으며, 어렸을 적 동생들과 어색했던 기억이 남아 있기도 했다.

생각해 보면 이상한 일이었으나 내가 어렸을 적 몸이 약해 요양을 다녀오느라 동생들과 떨어져 있었다는 그 설명은 당시의 나를 납득시키기에 충분했다. 이후 잔병치레 하나 없이 건강하게 자랐음에도 불구하고.

약혼을 위해 수도로 올라온 나는 상식적으로 생각하면 너무나도 비정상적으로 짧은 시간 안에 나를 가로막고 있던 벽을 깨부수고 헌팅턴가의 안주인으로 자리 잡았다. 이것도 우연이라고 할 수 있을까. 내 노력의 결과물이라고만 판단하기에는 지나치게 뛰어난 성취이지 않나.

나는 사람들의 손가락질이나 흉을 보는 시선으로 인해 내가 내성적이고 소극적인 성격을 가질 수밖에 없었다고 생각했었다. 하나 조금만 틀어 생각해 보면 챈들러의 월셔 저택에서 벗어났기 때문에 '본래의 성격'을 되찾은 것인지도 모른다.

월셔 저택의 장녀 스칼렛이 본디 내 자리가 아니었다면 내가 지나치게 눈치를 봤던 일이 설명이 된다. 나는 무의식적으로 내 가족이 진짜가 아님을 알고 그들의 눈 밖에 날 일을 차단해 왔던 게 아닐까?

"스칼렛, 뭐 해요?"

미드 영애가 돌아왔지만 나는 굳어진 표정을 감출 수도, 어떤 대답을 할 수도 없었다.

"스칼렛? 무슨 일 있어요?"

"……갑자기 몸이 너무 좋지 않네요. 가끔 이렇게 복통이 심할 때가 있어서요. 저녁 만찬은 못 하고 돌아가서 쉬어야 할 것 같아요. 미안해요."

"뭐가 미안해요, 스칼렛. 많이 안 좋은 건 아니죠? 마차를 준비시키고 올게요. 일단 여기 앉아서 기다리고 있어요. 혹시 너무 나쁘면 말해줘요. 주치의를 부를 테니까요."

그녀의 적극적인 도움으로 나는 큰 어려움 없이 미드가에서 빠져나올 수 있었다. 나는 마부에게 따로 일러 디시마드 상단으로 향했다. 푸치니 씨에게 부탁하면 내가 원하는 것을 구할 수 있을지도 모른다는 판단이 나를 여기까지 오게 했다.

상단은 반드시 정보원을 가지고 있다. 그리고 가끔은 세밀한 정보를 전문적으로 판매하기도 한다. 나는 내가 푸치니 씨와 동업을 한다는 사실을 알고 있는 안내원의 도움으로 신용 조사부서에서 차출되어 온 조사원과 만날 수 있었다. 그를 앞에 두고도 고민이 되었지만 챈들러 상단으로 가거나 직접 확인해 보려고 덤비는 것보다는 나을 거라는 생각이 들었다.

"챈들러 영지의 벤자민, 월셔 저택에서 집사로 일하는 남자예요. 그의 약점이 될 법한 정보를 원해요. 그가 경제적 곤란에 겪게 된다면 더 편할 것 같군요."

“약점이 될 만한 정보 수집은 1,000테르, 경제적인 문제가 생기도록 조작하는 것은 4,000테르가 추가됩니다. 의뢰금 500테르를 제하면 4,500테르가 되고, 의뢰금은 선지불입니다.”

“나갈 때 지불할게요. 나머지 금액은 정보를 받으러 올 때 드리면 되나요?”

“예, 괜찮습니다. 삼 주 뒤쯤 연락드리겠습니다. 혹시 일정이 당겨지거나 늦어지는 일이 생긴다면 따로 편지를 드리겠습니다.”

나는 그와 악수한 뒤 자리에서 일어났다. 거래를 하고 있는 상단에 이런 정보를 의뢰한다는 게 마음에 걸렸지만 달리 선택지가 없었다.

오늘의 의뢰는 아버지의 가르침을 철저히 따른 것이다. 그분은 혹시 알고 싶은 정보가 있다면 정공법을 쓰기보다는 조금 느리더라도 돌아가는 법이 안전하다고 강조하셨다. 벤자민은 오랫동안 아버지와 함께 일했지만 어쩔 수 없는 선택이었을 뿐, 아버지를 그리 좋아하지는 않았다. 약점을 잡고 협박하거나 돈으로 회유한다면 알고 있는 사실에 대해서 금방 털어놓을 것이다.

집으로 돌아가는 길이 유쾌하지 않았다. 심지어 오늘은 남편과 밤을 보내야 하는 날이기까지 했다.

“마님, 오셨군요. 그렇잖아도 목욕물을 받아놓았어요.”

“다시 받으렴.”

“네?”

“평소보다 더 뜨거운 물로.”

아직도 내가 알아낸 사실이 착각이고 오해이길 바라고 있다. 나를 판 대가로 조나단은 기사가 되었지만 그래도, 나는 덜 사랑받았을 뿐 가족으로서 사랑받았다고 믿고 싶다. 그러나 생각할수록 부모님이 나에 비해 에리카와 조나단을 더 애정 있게 대했다는 사실이 와 닿는다.

하지만 덜 사랑받았다는 게 내 착각이 아닌 진실이라 해도 그 사실이 내가 부모님의 딸이 아니라는 것을 의미하는 건 아니지 않을까. 미련스럽고 구차한 생각이 슬펐다. 몸을 담근 욕조로 눈물이 뚝뚝 떨어졌다. 이렇게 나약한 눈물을 흘리고 싶지 않건만 상황은 왜 점점 더 최악으로 치닫는 걸까. 이 물 안에 잠기고 싶어, 나는 눈을 감았다.

"마님!"

눈을 뜬 건 한참이 지난 뒤였다. 나를 부르는 목소리는 급박했고, 얼마나 오래 있었는지 뜨거운 물로 인해 흰 몸이 발갛게 익어 있는 게 보였다. 곧이어 노크와 함께 제인이 욕실의 문을 살짝 열었다.

"무슨 일이니?"

"너무 오랫동안 계셔서 혹시 쓰러지신 건가 싶었어요. 벌써 1시간이 넘게 욕실에 계셨어요."

"그랬구나. 잠시 잠이 들었던 거야. 걱정하지 않아도 돼."

"마실 물이라도 가져다 드릴까요?"

수증기로 안이 온통 뿌옇게 흐려졌음에도 제인의 걱정스러운 얼굴은 선명하게 보였다. 내가 손을 내젓자 그녀는 기다리겠다며 바깥으로 나갔다. 나는 그제야 욕조에서 일어났다. 현기증이 일었으나 버틸 만했다.

시녀들은 욕실 밖으로 나온 내 몸의 물기를 바쁘게 닦아냈다. 그러는 동안 아무 생각도 할 수 없었다. 정신이 멍했다.

"마님, 컨디션이 좋지 않은 것 같아요. 감기 기운이 있으신 건 아닐까요?"

"괜찮으니 걱정하지 않아도 돼."

"하지만 몸이 너무 뜨거우세요. 약이라도 드시는 게 어떨까요?"

나는 약을 준비해 준다는 시녀들의 친절을 거부하지 않았다. 감기약을 먹고 나자 확실히 그들의 말처럼 몸이 뜨거워진 게 느껴졌다.

"괜찮으세요?"

"일단은 퇴근하렴. 사람이 많이 모여 있으니 머리가 더 울리는 것 같아."

시녀들은 내 말을 듣지 않으려 했지만 나는 단호하게 그들을 보내 버렸다. 그러나 오늘은 푹 쉬어야 할 것 같다는 그들의 권유까지 무시할 필요는 없을 것 같았다. 오늘처럼 힘든 날까지 남편과 억지로 부딪혀야 한다면 정말 내일 일어날 수 없을지도 모른다. 결정을 마친 나는 남편이 찾아오기 전 그를 먼저 찾아갔다.

똑똑.

"들어와."

서늘한 음성에 몸이 굳는 것 같았지만 문 앞에서 오래 지체하지는 않았다. 문을 열고 들어가니 남편이 호의적이지 않은 표정으로 나를 보고 있었다.

"무슨 일입니까, 부인?"

"오늘 몸이 너무 좋지 않아 날을 미루고 싶다고 말씀드리러 왔어요."

"원하신다면 그리하십시오."

그는 대답조차 귀찮은 것 같았다. 어쨌든 허락이 떨어졌기에 나는 고개를 숙여 인사한 뒤 몸을 돌렸다. 체온이 너무 뜨거워 피부에 닿는 공기가 지나치게 차게 느껴졌다. 나는 드러난 피부를 가리기 위해 숄을 다시 덮고 문고리를 잡았다.

"대공 전하와 수상한 소문이 돌고 있더군요."

헌팅턴 공의 목소리가 들린 건 바로 그때였다. 순간적으로 머릿속이 복잡해지면서 여러 생각이 뒤엉켰다. 소문이 어떻게 퍼진 건지, 연인이라는 것 또한 알고 있는지, 또 서로의 사생활에 신경 쓰지 않기로 했음에도 이런 말을 꺼내는 저의가 무엇인지. 무슨 말부터 입 밖에 꺼내야 할지가 난감했다.

"어떻게 가까워진 건진 모르겠으나 그분은 부인이 함부로 다가갈 만한 분이 아닙니다. 행동, 조심하십시오."

그는 여전히 뒤를 돌아보지 않는 내게 나지막이 경고했다. 나는 아무런 대답 없이 방을 빠져나왔다. 그의 말은 내게 많은 생각을 하게 한다. 그러나 그 수많은 생각조차 내 가슴속에 묵직하게 자리 잡은 오늘의 고민을 잊게 하지는 못 했다.

평소와 같은 아침은 없었다. 끓는 가슴으로 잠자리에 들어서인지도 모른다. 아팠다, 무척이나. 가슴이 너무 답답해 주먹으로 쳐보기도 하고 머리칼을 뜯어 정신을 차려보고자 하기도 했다. 미친 여자처럼 구는 나를 저지하는 손길이 느껴졌으나 의식이 없는 와중에도 손톱을 세우고 괴성을 질러댔다.

몇 번이나 토사물을 흘렸고 눈앞은 시력을 잃은 사람처럼 하얗고도 까매 아무것도 구분할 수가 없었다. 왱왱대는 벌레의 날갯짓 소리, 여자의 비명, 음침한 자의 웃음소리……. 환청은 나를 두렵게 했으나 몸을 짓누르는 고통을 잊게 하지는 못 했다.

완벽한 고립. 그 끔찍한 고통 속에서 나는 오롯이 혼자였다. 그 누구도 나를 달래주지 못 했다. 그리고 내 아픔을 완화시켜 주지도 못했다. 몸은 타고 있는 마음을 대신하기라도 하듯 딱 그만큼 아팠다. 정신적 고통과 육체적 고통이 섞여, 나는 정말 죽지 못해서 사는 초주검 상태로 며칠을 버텼다.

어느 새벽, 나는 겨우 그 고통 속에서 빠져나왔다. 시야가 흐릿했으나 전과 같지는 않았다. 눈을 비비자 아픔에 절어 울던 것이 꿈이 아니라는 걸 증명하기라도 하듯 잔뜩 낀 눈곱이 느껴졌다. 눈을 몇 번이나 비비고 또 깜빡이다 보니 그제야 초점이 맞춰졌다.

몸을 일으키고서 가장 먼저 본 것은 손가락 사이에 덕지덕지 걸려 있는 다홍색의 머리카락이었다. 아픔을 이기지 못하고 내 머리카락을 스스로 쥐어뜯었던 흔적이었다. 그다음으로 본 것은 새벽임에도 사그라들지 않고 활활 타고 있는 벽난로였다.

나는 비척거리며 일어났다. 아무것도 먹은 게 없어서 그런지 현기증이 나고 금방이라도 쓰러질 것 같았으나 그럼에도 한 발짝씩을 내디뎠다. 책상 위에 내게 온 편지가 다발로 놓여 있었다. 그러나 시야가 흐릿해 글자가 읽히지 않았으므로 결국 읽기를 포기할 수밖에 없었다.

갑자기 현기증으로 눈앞이 아찔해졌다. 나는 의자를 잡으며 그 자리에 주저앉았다. 균형을 잃고 쓰러진 탓에 책상 모서리에 찍힌 허리가 아파왔다. 너무나도 아팠다. 몸이 아프고 마음도 아프고 나를 지켜줄 사람 하나 없다는 것도 아팠다. 이곳에서 홀로 눈물을 흘리고 있음이 서럽고 서러웠다.

그랬다. 정말로 내가 어떤 곤경에 처하든 나를 구제해 줄 이는 아무도 없었다. 결혼은 가정을 떠나 새로운 가정을 만드는 일이라 생각했건만, 원래 있던 가정 역시 내 것이 아니었고 지금 이루게 된 가정 역시 거짓에 불과하다. 그러나 나는 이 자리에 서 있어야 한다. 내 성은 챈들러가 아닌 헌팅턴이었으니까.

나는 어떻게 되는 것일까. 내가 진실로 사생아라면 귀족과 결혼하는 건 불가능하다. 여태껏 속여왔으니 앞으로도 쭉 속여야 한다는 것이다.

생각하면 생각할수록 확신이 들었다. 내 비밀을 만들어낸 부모님은 계속해서 이 사실을 숨길 수밖에 없다. 사생아는 귀족이 될 수 없다는 게 법이니, 부모님은 이미 국법을 어겼다. 결코 발설할 수 없을 것이다. 달라질 건 없다. 달라지는 게 있다면 그저 내 마음일 것이다.

알고 있던 모든 것이 거짓이라는 사실이 두렵다. 그래도 상황이 아주 어두운 건 아니다. 부모님의 의도가 어땠는지는 모르나 나는 이미 고위 귀족과 결혼했다. 내가 귀족이 아니라면 부모님은 고위 귀족을 기만한 것이 되니 앞으로도, 나는 챈들러가의 장녀이자 헌팅턴가의 안주인일 것이다.

하지만 신뢰는 깨어졌다. 그분들은 나를 동생들과 그리 다르지 않게 길러주었으나, 그 은혜는 이미 사랑하는 이와 결혼할 수 있게 해주겠다는 약속을 깨뜨리고 정부가 있는 공작의 허수아비 아내로 보냈을 때부터 끝났다. 결론은, 나는 완전한 신분을 얻었고 조나단은 견습 기사가 되어 남작 이상의 작위를 받을 길을 확보했다는 것이다.

원윈, 이라고 생각해야 마음이 편할 테지만 자꾸 눈물이 난다. 아무리 상황을 정리하려 해봐도 마음만큼은 진정이 되지 않는다. 몰려오는 배신감과 답답함을 어찌 이겨야 할까. 할 수 있는 건 결국, 울다 지쳐 잠이 드는 것뿐.

안정되지 않는 마음을 억누르고 평소처럼 행동할 수 있게 된 건 처음 정신을 차리고 나서부터 3일 정도가 지나서였다. 공교롭게도 해맞이 무도회가 열리는 날이었다.

새해를 맞이하는 해맞이 축제 기간 동안 황궁에서는 귀족들의 화합을 위해 해맞이 무도회를 연다. 사실 지금 기분으로는 아무것도 하고 싶지 않고 어떤 곳에도 가고 싶지 않지만 내가 멈춰 있어도 세상은 나를 기다려 주지 않는다는 것을 너무 잘 알기에, 나는 평소처럼 준비를 시작할 수밖에 없다.

“얼마 전까지만 해도 심하게 앓으셨으니 이번에는 너무 무난하더라도 두꺼운 재킷을 입을 수 있는 벨 라인 드레스였으면 좋겠어요.”

“저도요. 아무래도 머메이드라인 드레스는 위에 재킷을 걸치면 너무 이상해져 버려서…….”

“몸에 힘이 없어 무거운 벨 라인 드레스를 입기는 힘들 것 같구나. 다른 방법은 없겠니? 차라리 마차에 있을 때까지는 두꺼운 옷을 입고 들어갈 때부터 옷을 벗는 게 나을 것 같은데.”

내 말에 시녀들은 가볍게 떨어지는 드레스를 추천했고, 나는 그들의 의견을 받아들여 등이 훤히 드러나면서 사락사락하게 펼쳐지는 은색 드레스를 골랐다. 평소처럼 치장에 신경을 기울일 수가 없었다. 나는 내가 무슨 장신구를 끼고 있는지, 무슨 구두를 신었는지, 어떤 부채를 골랐는지도 알지 못했다. 물론 시녀들은 해야 할 일을 완벽하게 해냈으므로 나는 별문제 없이 무도회 준비를 끝마칠 수 있었다.

모든 준비를 마치고 에리카와 함께 남편을 기다리기 위해 1층으로 내려오자, 로렌스가 민망한 얼굴로 내게 다가왔다.

“저, 마님, 공작 전하께서는 먼저 출발하셨습니다. 황궁에 급한 일이 있으시다고…….”

난감한 기색이 너무 역력해 말을 꺼내기 전부터 어느 정도는 예상하고 있었던 일이다. 며칠이나 앓아누운 아내를 한 번도 보러 오지 않은 사람에게 어떤 배려를 기대하는 게 더 무리가 아닐까. 나는 그의 비매너에 어떠한 감흥도 느끼지 못한 채 준비된 마차에 탑승했다.

에리카는 내가 모욕당했다고 생각했는지 분기를 숨기지 못했지만, 나는 되레 경망스럽다며 동생을 꾸짖었다. 우리는 한참 동안 서로에게 말을 걸지 않았다.

“언니.”

“에리카, 몸이 회복된 지 얼마 되지 않아서 피곤해.”

에리카의 입이 다물어졌다. 사교계에 첫 발걸음을 내딛는다고 잔뜩 긴장한 여동생의 마음을 풀어주고 싶었으나 그건 마음뿐, 누군가를 돌봐줄 만큼 멀쩡한 기력이 아니었다.

겉은 평온할지 몰라도 속은 어느 때보다도 일렁이고 있었다. 슬픈 건 이 마음을 알아주고 달래줄 사람이 한 명도 없다는 것이다. 하다못해 에리카에게도 이에 대한 고민을 털어놓을 수가 없었다. 그 사실이 나를 더 울적하게 만든다.

“일어나자.”

마차가 멈추자, 나는 드레스 위에 둘렀던 담요를 풀고 코트를 벗었다. 맨살이 드러난 탓일까, 에리카가 걱정스러운 눈으로 나를 보았으나 모르는 척하는 건 그리 어렵지 않은 일이었다. 아무리 피곤하고 의욕이 없다 해도 에리카의 앞에서는 끝까지 강한 언니이고 싶었다.

나는 도도한 발걸음으로 앞장섰다. 나는 황궁 무도회 때 이미 봤기 때문에 황궁의 화려함에 그다지 놀라지 않았지만, 에리카는 황궁의 어마어마한 규모에 정신을 완전히 빼놓은 것 같았다. 평소였다면 내버려 뒀을지도 모르나 애석하게도 오늘의 나는 상당히 예민했다.

"에리카, 언니 추워."

"아, 응. 미안해, 언니."

에리카는 내가 컨디션이 나쁘다고 생각했는지 토를 달지 않고 잠자코 나를 따라왔다. 홀 안으로 들어가고 나서야 그나마 공기가 따뜻해서 살 것 같았다. 들어오는 우리를 보고 시종이 다가와 에리카의 재킷을 받기 위해 조심스럽게 손을 내밀었다. 나는 어리둥절하게 서 있는 에리카에게 재킷을 건네주라고 조용히 속삭였다.

에리카가 얼굴을 붉히며 재킷을 벗어주자, 나는 동생을 데리고 귀부인들이 모여 있는 곳으로 향했다. 굳어 있던 입가는 어느새 자연스럽게 풀려 있다. 다른 건 몰라도 이런 자리에서 표정 관리를 못해 구설수에 오르내리고 싶지는 않았기에 나름대로는 필사적이었다.

"제대로 걸어, 에리카."

"응?"

"네 데뷔잖아. 지금 네 걸음걸이 하나하나와 말 한 마디 한 마디가 네 첫인상을 결정할 거야."

"아, 알겠어."

"내가 사람들을 소개하면 잠자코 네 소개를 하고 힘들어도 웃음을 잃지 마. 그리고 너를 모욕했던 그 여자를 만나도 무조건 웃어."

너무 빨리 말한 나머지 에리카는 주의 사항에 대해 제대로 숙지하지 못한 것 같았지만 한 번 더 알려줄 여유는 없었다. 캐스카트 영애와 해밀턴 부인이 나를 발견하고 다가왔기 때문이다. 나는 활짝 웃으며 그들을 맞이했다.

"어머, 해밀턴 부인, 그리고 캐스카트 영애."

"너무 오랜만이에요, 부인."

"반가워요, 부인. 뒤에 영애는…… 소개를 부탁드려도 될까요?"

캐스카트 영애는 그렇게 말하면서도 대충 에리카가 누군지를 눈치챈 것 같았다. 나는 에리카가 내 옆에 설 수 있도록 살짝 몸을 틀어 자리를 만들어주었다.

"제 여동생이랍니다. 에리카, 인사드리렴."

"만나 뵙게 되어 진심으로 기뻐요. 챈들러의 에리카입니다."

"캐스카트의 필리아예요. 헌팅턴 부인이 아름다우신 만큼 영애께서도 매력이 넘치시는군요. 사랑스러워요."

해밀턴 부인까지 인사를 마치자 그들은 에리카에게 가볍게 질문을 던지고 대답을 하며 대화를 나누었다. 수위가 있는 질문도 있었으나 사교계에 갓 데뷔한 어린 소녀를 장난스럽게 놀리려는 것이지 악의가 있는 것 같지는 않았기에 나는 별다른 제재를 하지 않았다.

"그런데 헌팅턴 부인과 챈들러 영애께서는 닮은 듯, 닮지 않으신 것 같아요. 느낌이 묘하게 비슷한 것 같기는 한데……."

캐스카트 영애가 던진 농담에 에리카의 얼굴이 조금 창백해졌다. 이 자리가 어떤 자리인지 잊지 않았는지 입가에 미소를 지우지는 않았지만 분명 당황한 기색이었다. 과거, 에리카는 내가 가족과 닮지 않았다고 사람들에게 모욕을 당할 때면 나보다 더 분노하곤 했다. 그때가 생각난 게 틀림없었다.

참 여리고 착한 아이가 아닌가. 나는 에리카의 손을 살짝 잡았다가 뗐다.

"에리카는 어머니를 많이 닮았고 저는 아버지를 많이 닮았죠. 그렇지만 자매는 자매라고, 생김이 달라도 닮은 구석이 있기는 한가 봐요."

"그렇군요, 분위기가 비슷해요. 챈들러 영애가 조금 더 자라면 헌팅턴 부인과 정말 비슷할 것 같아요."

해밀턴 부인이 나와 에리카를 번갈아 보며 순진한 어조로 말하자 캐스카트 영애 역시도 별다른 의문을 품지 않고 고개를 끄덕였다. 잠시 뒤 나는 두 사람과 나중에 다시 보자는 인사와 함께 에리카를 데리고 자리를 벗어났다.

"에리카, 민감한 질문이 들어와도 자연스럽게 넘기렴."

"하지만 나는 언니가 혹시라도 좀 그럴까 봐……."

풀이 죽은 목소리였다. 나는 참지 못하고 멈춰 서서 에리카를 보았다. 내게 짓궂은 장난을 치고 떼를 쓰다가도 이럴 때면 내 편이 되어 나보다 훨씬 더 크게 화를 내고 민감하게 반응하는 이 아이. 이 사랑스러운 아이가 진짜 내 가족이 아닐 수도 있다는 사실에 복받치는 감정을 참기 힘들었다.

나는 에리카의 손을 꼭 붙잡았다. 그리고 눈물을 쏟지 않으려 안간힘을 쓰며 에리카와 맞잡은 손을 보았다. 호흡을 가다듬고 나니 그나마 진정이 되었다. 내 얼굴이 조금 나아진 것을 알았는지 에리카가 조심스럽게 물었다.

"몸이 많이 안 좋지? 나 때문에 괜히 온 거지?"

"나를 위해서 온 거야. 중요한 무도회니까."

단호하게 입장을 밝혔음에도 여동생은 저 때문에 내가 억지로 무도회에 참석했다는 죄책감을 지우지 못하는 모습이었다.

"물론, 몸이 안 좋은 건 사실이야. 너도 정 신경이 쓰인다면 함께 휴게실에 가서 조금만 쉬자."

그제야 에리카의 얼굴이 밝아졌다. 동생은 황궁에 처음 와 길을 잘 모름에도 불구하고 힘들어하는 나를 대신해 이곳저곳을 들쑤시다 결국 휴게실을 찾아냈다.

"조금만 쉬다 나가자."

"알겠어. 지금은 좀 어때?"

"괜찮아."

에리카의 걱정 어린 표정을 보던 나는 잠시 눈을 감았다. 눈시울이 뜨거워졌다. 눈을 뜨는 순간 눈물이 주르륵 흘러내릴 것 같아서 차마 눈꺼풀을 들 수가 없었다. 나도 내가 너무 약하게 굴고 있다는 것을 안다. 그러나 감정이 한번 요동치니 쉬이 진정이 되질 않았다.

혼자 감정을 가라앉히고 싶었으나 사교계에 무지한 에리카를 그냥 방치할 수는 없었다. 게다가 저번에 시비를 걸었다던 체셔 부인과 다시 마주하면 어떻게 하나. 아무래도 걱정이 되었기에 나는 벅차는 가슴을 꾹꾹 누르려 애를 썼다.

"물 한 잔 줄래?"

다행히 휴게실에는 물 잔과 물이 준비되어 있었던 모양이다. 에리카는 여전히 눈을 감은 채 내민 내 손에 물 잔을 쥐어주었다. 물을 조금 마시고 나니 훨씬 나았다. 잠시 뒤, 나는 일부러 에리카를 쳐다보지 않으며 애쓰며 자리에서 일어났다.

"가자. 혹시 황제 폐하께서 입장하시면 곧장 예를 갖춰야 해. 황족에게 예를 갖추는 건 배웠어?"

"응."

"다행이구나. 배운 그대로만 하면 돼. 잘 기억이 나지 않으면 귀족들이 하는 것을 따라 하면 되고. 어렵지 않아, 네 동작을 누군가가 자세히 보지도 않을 거고."

우리가 다시 홀에 들어간 지 얼마 지나지 않아 황제가 입장했다. 일이 있다는 게 거짓말은 아니었는지, 헌팅턴 공의 모습 역시 황제의 옆에서 볼 수 있었다.

"즐겁게 새해를 맞이할 수 있도록."

잔뜩 힘이 빠진 목소리의 짧은 축사가 끝나자 헌팅턴 공이 내게로 걸어왔다. 그리고 가벼운 미소를 띤 채 꽤 다정한 미소와 함께 손을 내밀었다.

"한 곡 추실까요, 부인?"

주변을 둘러보니 부부들은 대부분 플로어로 나가고 있었다. 헌팅턴 공은 이 상황을 통해 나와 그에게 퍼진 소문을 잠재우려는 것 같았다.

그가 원하는 대로 해야지 어쩌겠나. 이 자리마저 잃으면 나는 하나도 가진 게 없다. 가식적인 미소와 함께, 나는 무릎을 굽히며 치맛자락을 살짝 들었다.

"영광입니다, 전하."

어린 공자의 춤 신청을 받아 허락을 구하듯 나를 보고 있는 에리카에게 고개를 끄덕여 준 뒤, 나는 그의 불친절한 에스코트에 의지해 플로어로 걸어 나갔다.

웅장하고 아름다운 이 음악은 불행하고 거짓된 부부에게는 분에 넘치는 것이다. 둘 다 장갑을 껴서일까, 손을 맞잡았음에도 온기라곤 느껴지지 않았다. 이렇게 마주 잡은 손이 마치 나와 그의 거리를 나타내는 것 같았다. 그러나 불편한 느낌은 들지 않았다. 그냥, 차라리 이런 게 낫다.

"오늘 먼저 집으로 들어갈 생각입니다."

"그러세요. 저는 무도회를 즐길 생각이니까요."

"합의된 일로 알겠습니다."

나와 남편은 딱 한 곡을 추었다. 그리고 그와 춘 춤은 몹시 불편했다. 헌팅턴 공은 사소한 동작 하나조차 놓치지 않고 완벽하게 춤을 추었지만 그에게서는 상대방에 대한 배려를 찾아볼 수가 없었다.

초면에 춤을 신청하는 사람조차도 높은 구두를 신고 있는 여인들을 배려하여 들어 올리는 동작이 있을 땐 조심히 잡고, 내려줄 때는 구두로 인해 다리에 충격이 가지 않게 사뿐히 내려주었다. 그러나 공은 그런 사소한 배려조차 하지 않았다.

그 때문에 나는 춤을 함께 추면서 제발 이 음악이 빨리 끝나기를 바라야 했다. 춤이 끝나자 흡사 다리가 너덜너덜해진 것처럼 통증이 올라왔다. 아픔을 참아내는 것보다 아무렇지 않게 웃는 모습을 보이는 게 더 힘들었다. 겨우 평온한 미소를 담아낸 나는 비틀거리지 않으려 초인적인 힘으로 버티며 플로어 밖으로 나왔다.

벌써부터 피곤했다. 혹사당한 다리는 점차 나아지는 것 같았으나 내면의 불안정함이 몸에 자꾸 영향을 주는 듯했다. 애써 피곤함을 숨긴 나는 플로어에서 멀찍이 떨어져 대화를 나누는 여인들 틈으로 끼어들었다.

"그럼 헌팅턴 부인은 믿었던 탕크빌 영애에게 뒤통수를 맞은 거군요, 호호호."

"신분 상승에 성공했다고 그렇게 오만하게 고개를 쳐들고 다니는 꼴이라니. 사실 저는 이런 결과를 예상했답니다."

장내가 아무리 복잡해도 자극적인 소재가 거론되면 주의가 쏠릴 수밖에 없다. 그럼에도 대화를 나누는 귀부인들은 조심하지 않고 저들에게 관심이 집중되는 게 마음에 든다는 듯 더욱 의기양양하게 떠들었다. 실수였다. 금방 합류한 내가 타이밍 좋게 그 이야기를 들어버렸기 때문이다.

"그러셨나요?"

내 목소리에 순식간에 길이 열리듯 여인들이 몸을 비켜섰다. 주변에 모여 있던 여인들은 자신은 그 대화에 참여하지 않았음을 내게 어필이라도 하듯 순식간에 중심에 서 있던 여인들과 거리를 벌렸다.

그러한 주변 여인들의 태도에 중심에 자리하고 있던 여인들의 얼굴이 하얗게 질려갔다. 어느 정도 예상했지만 나는 그 가운데에 체셔 부인이 자리 잡고 있음을 알 수 있었다.

"부인들이 제 앞날을 예측하고 걱정해 줄 만큼 친밀한 사이라고 생각한 적은 없었는데……. 여기 계신 분들은 생각보다 제게 관심이 많았군요?"

사실 넘어갈 수 있는 문제이긴 했다. 실제로 이런 경우가 적지도 않은 게 사실이었고.

사교계는 온갖 소문이 떠돌아다니는 곳이다. 그리고 내가 못 들을 법한 곳에서 나에 대한 소문을 나르는 것은 흔한 일이다. 대개 나와 같은 상황을 맞닥뜨린 경우 여인들은 못 들은 척하며 소문을 낸 상대방에 대한 보복으로 더욱 민감한 소문을 내게 마련이었으나 나는 그러지 않고 상대방에게 직격타를 날렸다.

평소라면 하지 않았을 일이다. 보통 때라면 조용히 넘어갔을 일을 굳이 크게 만드는 건, 나를 험담하던 여인이 체셔 부인이었기 때문이다. 그녀가 바로 에리카를 모욕하고, 그 아이가 무도회를 위해 설레는 마음으로 들고 오던 드레스를 짓밟았으며, 또 나에 대한 험담을 줄줄이 늘어놓아 그 아이의 마음에 상처를 새긴 여자였다.

짓밟기 위해 벼르고 별러왔던 여인이 내 험담을 하는 것을 듣게 되다니, 나는 참 운이 좋았다. 이 일이 없었더라면 그녀에게 싸움을 걸 만한 다른 방법을 마련해야 했을 테니까.

"……헌팅턴 부인, 계셨군요."

체셔 부인의 옆에서 맞장구를 치던 다른 여인이 파리하게 질린 얼굴로 내게 말을 붙였다. 어떻게든 상황을 수습하려는 것 같았으나 동조할 마음이 딱히 없는 나는 시선을 돌리는 것으로 간단하게 그녀를 무시했다.

"체셔 부인, 왜 대답이 없으신가요? 갑자기 벙어리라도 된 건가요?"

노골적인 비난에 체셔 부인의 얼굴이 굳어졌다. 그녀는 이내 단단히 결심한 듯 나를 노려보았다. 호적수라도 보는 듯한 얼굴. 그 추한 얼굴이 내게는 너무나도 우스웠다. 금방이라도 비웃음이 터져 나올 것 같았다. 나는 혹 그런 불상사가 생겨서 시작하기도 전에 체셔 부인의 기라도 꺾게 될까 봐 단단히 내 입술을 여몄다.

"말씀이 지나치시네요. 저를 공개적으로 비난이라도 하고 싶으신 건가요?"

"여태 모르셨다니."

잔뜩 꼬여 있는 내 대답에 이 흥미로운 상황을 구경하는 여인들 사이에서도 작은 경악이 오갔다. 체셔 부인의 얼굴이 잔뜩 일그러지는 모습을 보는 건 내가 상상했던 것보다 훨씬 재미있었다. 억지로 싸움을 만드는 것보다 내게 유리한 상황을 잡아낸 것이 승리의 요인일까.

"말을 조심하시는 게 좋겠군요. 귀족이라 인정하기도 껄끄러운 준남작의 딸이 헌팅턴 공작 전하와 운 좋게 결혼에 성공하니 눈에 보이는 게 없나 봅니다."

다른 의미로는 100점짜리의 답안지였다. 이 인내심 없는 여인을 살살 긁으면 그녀가 내가 바라던 말을 즐겁게 노래해 주리라 예상했는데 정말 그 예상이 맞아떨어졌다.

만족스러웠다. 하지만 정작 나는 유쾌함에도, 이 상황을 공유하고 있는 여인들은 무척이나 충격을 받은 듯했다. 체셔 부인은 안타까움을 담은 낮은 신음에도 아직 상황을 파악하지 못한 모양이었다. 몇몇은 내가 충격을 받고 자리를 피할 거라고 예상하는 모양새였기에 그녀의 착각이 아주 이해하지 못할 만한 일은 아니었다.

"재미있네요. 부인은 준남작은 귀족이 아니라고 생각하시나 보군요. 그 말에 책임질 수 있나요?"

"못 질 이유가 있나요? 제가 말한 것 중 틀린 건 없는걸요. 시골의 준남작을 진정한 귀족이라 칭하는 이는 이 자리에 없을 겁니다."

체셔 부인은 자극이라도 받았는지 어떻게든 나를 할퀴고 싶다는 얼굴로 표독스럽게 한 글자 한 글자를 내뱉었다. 나는 싱긋 웃었다.

어떻게 내 발밑에 납작 엎드리게 할지 생각하고 고민했던 그 시간이 아까울 정도로 쉽게 밑천을 드러내서 사실 조금은, 시시할 정도였다. 겨우 이런 자를 상대로 내가 걱정을 했었나.

"황제 폐하께서 인정한 귀족을 부인께서 인정하지 못하겠다고 말씀하시는 것은 반역이 아닌가요? 국법에 무지하지만 이조차 모를 정도로 멍청하진 않은데, 부인은 아닌가 봐요?"

내 말은 큰 파란을 일으킨 것 같았다. 당황한 여인들의 웅성거림 속에서 나는 승리의 여신이 내게 보내는 웃음소리를 들었다.

"……세상에."

체셔 부인의 기절할 것 같은 표정이 마음에 들었다. 오래도록 기억에 담아두고 싶을 정도로. 나는 그녀에게 가까이 다가가 그녀의 귓가에 속삭였다.

"이렇게 어리석을 데가."

초점을 잡지 못하고 흐릿하던 그녀의 눈이 내 말에 갑자기 활활 타올랐다. 그녀는 내 조롱에 화를 참지 못하고 가까이 다가온 내 어깨를 세게 밀쳤다.

"꺅!"

"어머, 괜찮으세요?"

"세상에, 헌팅턴 부인!"

순간적인 힘에 옆으로 쓰러진 나를 일으키려 여인들이 몰려들었다. 여인들의 영역을 벗어나 다른 쪽에서도 눈치챌 정도의 소란이었다. 가벼운 몸싸움이 내게 큰 상처를 입힐 수 있는 것은 아니나 갑자기 중심을 잃어서인지 현기증이 나 몸을 일으키기가 어려웠다.

"아아."

다른 여인들 역시 무거운 드레스를 입었기에 쓰러진 나를 일으켜 주지 못하고 발만 동동 굴렀다. 누군가 그런 내 앞을 막아섰다.

"어떻게 이럴 수 있어요? 헌팅턴 부인은 병석에서 일어난 지 얼마 되지 않은 환자예요!"

카랑카랑한 목소리가 귓전을 때렸다. 나는 목소리만으로 내 편을 들어주는 이가 누구인지 알 수 있었다. 아멜리가 나를 위해 이 많은 사람 앞에 나서준 거였다. 구경은 해도 직접적으로 연루되는 것은 피해야 한다는 여인들의 지침과는 상반되게.

"이, 이건 그저 실수였어요."

체셔 부인이 떨리는 목소리로 변명하는 것이 왱왱거리는 와중에도 선명하게 들렸다. 누군가 나를 붙잡아 일으켰고 나는 익숙한 느낌을 주는 단단한 팔에 완전히 기대어 일어났다. 조지였다. 나는 안도감을 느끼며 더더욱 그에게 매달렸다.

"이게 무슨 일입니까?"

그의 물음에 대답하는 여인은 아무도 없었다. 폭력 행위는 아주 저질스럽고 수치스러운 일로 간주된다. 고고한 여인들 사이에서 이와 같은 폭력 행위가 일어났다는 것을 발설할 만한 이가 여기에 있을까. 다 위선자에 비겁한 사람들뿐이었다. 물론 인정한다, 나도 그 중 하나임을.

"조지, 물러나렴."

"누님."

머리가 어지러워 고개를 들지 못했지만, 조지가 그녀를 부르는 호칭으로 인해 나는 그녀가 아마릴리스 공주임을 알 수 있었다.

"이건 여인들의 일이지 않니? 내가 알아서 하마."

"그러나 헌팅턴 부인이 지금……."

"괜찮습니다. 저와 관련된 일에 제가 자리하는 것은 당연하니까요."

그와 나의 시선이 허공에서 잠시 마주쳤다. 조지의 눈빛은 곧 나를 찾을 거라 말하는 것 같았다. 그는 나를 아멜리에게 넘겨주며 한 발짝 뒤로 물러났다. 아마릴리스 공주는 이 자리에 있는 모든 여인에게 자리를 옮길 것과 소동을 눈치챈 사람들에게 이 일을 함구할 것을 명령했다. 여인들은 그녀의 명령에 따라 일사불란하게 움직였다.

"이게 도대체 무슨 소란이며 수치란 말입니까."

낮은 목소리였으나 모두가 듣기에는 충분했다. 서슬 퍼런 아마릴리스 공주의 모습에 그 자리에 있었다는 이유로, 또 직접적인 연관이 있다는 이유로 한데 모인 여인들은 불안함을 느끼고 있었다. 나는 현기증으로 인해 계속 눈을 감고 있었다. 그러나 곧 눈을 떴다.

"소란을 일으켜 송구합니다, 전하."

"그대에게 하는 말이 아닙니다. 그러나 체셔 부인, 그대에게는 해당되는 말입니다. 어떻게 감히 황궁에서 상대방에게 비겁한 폭력을 행사할 수 있단 말입니까? 이것은 황실을 모독하는 행위입니다."

"……제, 제가 그만…… 분노로 눈이 멀어 실수를 하였습니다. 용서하여 주십시오, 전하."

아마릴리스 공주는 차갑게 체셔 부인을 쏘아보았다. 여인이 많은 곳에서 다툼이 일어나는 것은 흔히 있는 일이다. 하나 폭력 행위만큼은 결코 일어나서는 안 되는 수치스러운 일이다.

귀족이라면 누구나 체면과 명예를 중시했다. 남자들은 여자들에게 제 힘을 과시하고 싶어 했고, 여자들은 기품을 뽐내고 싶어 했다. 체셔 부인은 자신의 분노를 위해 귀족 전체의 명예를 무너뜨리고 여인들의 고고함 역시 깎아내린 것이다. 심지어 장소는 황궁. 이만큼 그녀에게 불리할 수는 없었다.

"어찌하여 다툼이 일어나게 된 것입니까? 내 당사자들에게는 묻지 않겠습니다. 루이스 영애, 그 상황을 설명할 수 있나요?"

"그렇습니다. 제 가문에 맹세코, 공주 전하께 객관적인 사실만을 말씀드리겠습니다."

아멜리는 차근차근 자신이 본 상황을 설명했다. 그녀는 중간에 소란을 느끼고 합류를 한 것이어서 나와 체셔 부인이 무엇을 원인으로 대립각을 세우게 되었는지에 대해서는 모르고 있었지만 문제가 되는 그녀의 발언에 관해 객관적으로 진술했다.

"두 사람은 애초에 왜 이런 자리에서 부딪힌 겁니까?"

"그것은 여인들 사이에 있을 법한 사소한 일 때문이었습니다."

체셔 부인이 대신 답하자 아마릴리스 공주가 내게 그 사실을 확인하기 위해 고개를 돌렸다. 당연하게도 나는 고개를 저었다.

"체셔 부인이 저를 두고 신분 상승 후 오만하게 고개를 쳐들고 다닌다고 모욕하는 것을 들었습니다. 저는 저와 제 친정을 모욕하고, 나아가 헌팅턴가를 욕되게 하는 언사를 넘기지 않았을 뿐입니다."

내 말에 체셔 부인의 얼굴이 부끄러움으로 붉게 달아올랐다. 그녀의 벌게진 얼굴로부터 진실을 확인한 아마릴리스 공주가 혀를 끌끌 찼다.

"그렇다면 체셔 부인은 자신이 험담을 해놓고도 그 사실을 들키자 입에 담기조차 꺼려지는 그런 행위를 벌였단 말입니까?"

그녀는 아무런 대답도 하지 못했다. 결과적으로 체셔 부인은 저택에서 근신할 것을 명령받았다. 그리고 나는 가문과 더불어 나를 모욕하는 것을 참기 어렵다는 사실은 이해하지만 때와 장소를 가리지 않았으므로 마음 깊이 반성하라는 관대한 처분을 받았다.

아마릴리스 공주의 개입으로 상황이 생각보다 빠르고 명쾌하게 정리되었다. 나는 아멜리의 부축을 받아 여인들이 모여 있던 방에서 나왔다. 그나마 숨이 좀 트이는 것 같았다.

"괜찮아요? 조금 쉬다 갈래요?"

"괜찮아요, 아멜리. 괜한 다툼에 말려들게 해서 즐거운 해맞이 무도회를 망쳤으니 이를 어떻게 사과하면 좋을까요?"

내 말에 아멜리가 전혀 아니라며 도리질을 쳤다.

"사과할 것 없어요. 나라도 그 괘씸한 발언은 참지 않았을 테니까요."

아멜리는 한참 동안 나를 위로하고 달래주었다. 나는 혼자 있고 싶다며 아멜리를 먼저 보내고 휴게실 안에 홀로 남았다. 소파에 앉아 눈을 감고 있으니 흥분했던 마음이 조금이나마 진정되는 것 같았다.

수도에 올라온 이후, 진정 내 마음대로 되는 것은 없었다. 나를 시험하는 상황과 마주할 때면 나는 대부분 내 한계를 확인하고 패배감을 느껴야 했다. 그러던 중 오늘의 성취를 이룩한 것이다.

이것은 온전한 나의 승리였다. 사교계에서의 잔뼈가 굵고 인맥이 넓은 체셔 부인을 무너뜨렸다. 발을 뺄 수 없는 명분으로 그녀를 옭아매고 거세게 압박하는 강인한 면모를 보여준 나는 여론을 내 것으로 만드는 데 성공할 수 있었다.

사실 온전한 승리를 이끈 데에는 연인이라는 동맹 관계를 맺은 조지가 심판자의 역할을 소화해 낼 수 있는 아마릴리스 공주를 끌어들인 공이 컸다. 그녀는 '처벌'을 내릴 수 있는 몇 안 되는 사람 중 한 명이었으니까.

의도한 것은 아니었지만, 상황 자체가 내게 유리하게 흘러간 것도 사실이었다. 일렁이는 마음이 모두 가라앉은 건 아니었지만 체셔 부인에게 거둔 승리로 인해 나는 조금이나마 가족에 대한 생각에서 벗어날 수 있었다.

무도회의 분위기는 어느 정도 무르익어 있었다. 황제가 악화된 건강을 이유로 빨리 들어가고 나서부터 탕크빌 영애는 노골적으로 남편의 곁에서 남편과 함께했다. 솔직히 말해 나는 귀족들 사이에서 퍼질 소문과 에리카가 그 모습을 발견했을 때의 충격을 걱정했을 뿐, 그 외에는 그들이 공개적인 스킨십을 한다고 해도 전혀 상관이 없었다. 다만 에리카가 그 모습을 발견하기 전에 빨리 돌려보내야겠다고 생각했을 따름이다.

"에리카, 넌 이만 집으로 돌아가렴."

자정이 가까워지고 있었다. 성년이 되지 않은 어린 귀족들이 하나하나 귀가하고 있는 시점이었고 에리카라고 예외로 둘 수는 없었다. 아주 어린 건 아니었지만 그렇다고 해서 다 큰 성인도 아니었다.

나는 집으로 돌아가고 싶지 않다고 투정을 부리는 에리카에게 결국 내일 수업을 면제해 주겠다고 약속했다. 단단히 약속을 하고 나서야 에리카는 집으로 돌아갔다. 물론 내일은 일요일이라 어차피 수업은 없었다. 하지만 에리카는 마차에 탈 때까지도 그 사실을 눈치채지 못했다.

다시 혼자가 된 나는 마치 기다렸다는 듯 내게 다가온 조지의 춤 신청을 받아들였다. 그의 배려 가득한 에스코트는 남편의 딱딱한 것과는 차원이 달랐다. 이 남자는 나를 진정으로 아껴주고 있었다. 고마움 때문일까, 마음이 떨렸다. 나는 가슴을 진정하려 노력하며 그의 팔에 완전히 의지했다.

조지는 매끄럽게, 그리고 능숙하게 나를 이끌었다. 그러면서도 몸이 좋지 않은 내가 염려되었는지 박자에 조금 뒤처지더라도 내게 무리가 가지 않는 쪽으로 춤을 췄다.

"괜찮아?"

그러면서도 몇 번이나 내게 버틸 만한지 물었다. 이렇게 걱정할 거면 춤 신청은 왜 했는지 몰라, 픽 웃으며 괜찮다고 고개를 끄덕였다. 춤이 끝날 때까지 그는 나에 대한 걱정을 놓지 않았다.

"아까 체셔 부인에게 왜 그랬던 거야?"

그 물음에 나는 바로 답을 해주지 않았다. 조지는 내가 그녀에게 가해한 것처럼 표현하고 있었기에 말을 정정하는 게 먼저였다.

"무슨 소리예요? 일의 시시비비를 가리는 걸 좋아하지는 않지만 굳이 말하자면 시작한 쪽은 그쪽이었어요."

내 말에 조지는 한쪽 눈썹을 장난스럽게 추켜올렸다.

"글쎄, 내가 보기에 당신은 그 여자를 완전히 파악한 채로 싸움에 임하고 있던걸. 그게 우연처럼 보이지는 않았어."

"대단한 관찰력이시네요."

장난스러운 말투였지만 그 날카로운 분석에 가슴이 뜨끔했다. 장난처럼 되받아치며 그것을 흘려 넘겼으나 조지는 무언가 다른 생각을 하고 있는 것 같았다. 나는 그 기색을 모르는 척하며 화제를 전환했다.

와인 잔을 들고 대화를 나누던 우리는 바람을 쐬기 위해 정원으로 나갔다. 정자의 기둥에 몸을 기댄 내 모습을 물끄러미 바라보던 조지는 곧 자신의 코트를 벗어 내 어깨에 덮어주었다. 나는 고맙다는 말 대신 정자에 기댔던 몸을 조지에게 밀착시켰다. 귓가에 낮은 웃음소리가 들렸다.

"당신은 사람을 홀리는 취미가 있나 봐."

"무슨 뜻이에요?"

"상상력을 자극하는 이런 드레스를 입고 남자들의 시선을 잡고 있으니 말이야. 나를 불안하게 하려는 얄팍한 수일까?"

나는 웃음을 터뜨렸다. 조지는 언제나 기분 좋은 칭찬을 이렇게 돌려서 하곤 했다. 그런 방식은 구닥다리라고 생각했지만 막상 기분이 나쁘지는 않았다. 우리는 한참 함께 있었다. 그러나 시간이 지나면 지날수록 약간 초조한 마음이 들었다.

신경 쓰고 싶지는 않았지만 남편의 경고를 아예 무시할 수 있는 건 아니었다. 헌팅턴 공이 이 상황을 알고 있을까 봐, 그래서 내게 어떤 해를 가하려 할까 봐 조금 걱정이 되었다. 결국 나는 혹시 모를 상황에 대비하기 위해 그에게서 살짝 떨어졌다.

"조지, 이런 날 저와 오랫동안 함께 있지는 말아요."

"무슨 말이야, 그게?"

"당신은 이목이 집중되어 있는 사람이잖아요. 당신을 단 한 번이라도 보고 싶어 하는 사람이 많아요. 들어가요. 저는 조금 쉬다가 돌아갈게요."

그 말에 그는 못내 아쉬운 기색으로 나를 보다 결국 고개를 끄덕였다.

"알겠어."

그리고 내 이마와 뺨에 차례대로 키스했다. 차가운 얼굴에 따뜻한 입술이 와 닿았다. 그의 입술이 닿은 곳마다 냉기가 가셨다. 나는 그의 볼에 내 볼을 비비며 온기를 갈구하고 싶다고 생각했다. 화장이 조금 지워질지라도 개의치 않고.

"스칼렛, 몸이 안 좋으면 그냥 집으로 가. 오늘 당신이 쓰러지는 거 보고 많이 놀랐어. 아팠다는 소식도 들었고."

조지는 내가 바로 홀로 돌아올 수는 없다고 생각했는지 휴게실까지 바래다주면서 당부했다. 나는 고개를 끄덕였고 조지는 내 이마에 한 번 더 입을 맞추고 돌아섰다. 여유로운 척은 했지만 사실 시간이 그리 넉넉지는 않았던 모양이었다. 무도회장으로 돌아가는 그의 발걸음은 생각보다 훨씬 더 빠르고 급했다.

혼자 남으니 나아졌던 기분이 전부 거짓이었던 것처럼 다시 우울해졌다. 다른 생각에 집중하려 해봐도 내 태생이나 출신에 대한 불안감이 가시는 건 아니기에 더 그런 것 같았다.

물론 안다. 고민한다고 해서, 생각한다고 해서 괜찮아질 문제가 아니라는걸. 그러나 계속 떠올리게 되는 건 불가항력이다. 명확한 결론이 내려지면 이 불쾌한 두려움에서 조금이나마 벗어날 수 있을까. 나는 얼굴을 무릎 사이에 파묻었다.

오늘, 나는 에리카의 사교계 데뷔를 지켜보았다. 에리카는 큰 눈에 호기심과 기쁨을 잔뜩 담아 이리저리 기웃거리고 즐겁게 춤을 추며 시간을 보냈다. 그러면서도 나에 대한 걱정을 잊지 않았다. 자신의 사교계 데뷔에 흠뻑 취해 있을 만도 한데 내가 얼마 전까지 앓았다는 이유로 무도회에 완전히 몰입하지 못한 것이다.

체셔 부인의 일로 잠시 자리를 떴을 때에도 에리카는 나를 찾고 있었다. 나는 영애들과 산책을 하고 왔다며 거짓말을 했고 에리카는 그 대답을 듣고 나서야 안심한 얼굴을 보였다. 그리고 오늘 집으로 먼저 가라고 했을 때도 뾰로통해졌으나 결국에는 내 말을 들어주었다.

챈들러에 있었다면 생떼를 썼을 아이건만 떠나기 전에는 자신의 외투까지 빌려주려 했다. 어느새 어른이 되어가고 있다는 걸까. 시간의 흐름과 돌이킬 수 없는 내 상황에 대한 안타까움이 다시 마음을 울적하게 했다.

아마 마지막이겠지. 그래, 내 어린 날 그렇게 지지고 볶으며 싸워댔던 여동생과 함께하는 시간은 이번이 마지막일 터다. 그리고 어쩌면 나는 이번에 에리카를 챈들러로 보낼 때 가족들에게 주었던 믿음, 신뢰, 애정을 하나도 남김없이 함께 돌려보내야 할지도 모른다. 그렇게 되면 나에게 가족이라는 단어는 지워지게 될 것이다.

챈들러가는 이미 대가를 받았다. 인연을 끊고 지워내도 내게 할 말은 없을 것이다. 하지만 이런 계산적인 생각을 하면 할수록 마음이 아픈 건 나였다.

똑똑.

문을 두드리는 소리에 눈가에 고인 눈물을 닦으며 일어났다. 문이 열렸고, 막을 새도 없이 누군가가 방 안으로 들어왔다. 나는 감정에 취해 있던 표정을 얼른 지워내고 냉랭한 시선으로 그를 쳐다보았다.

"무슨 일인가요?"

에드먼드는 아무 표정도, 대답도 없이 내게 다가왔다. 마치 목적이라고는 내 얼굴을 살피는 것밖에 없는 사람처럼 보였다. 그는 숨소리마저 들릴 정도로 가까워지고 나서야 내 물음에 대답했다.

"괜찮으신지 확인하고 싶었습니다. 쓰러지시는 것을 보았으니까요."

감동받을 법한 말이나 나는 굳은 얼굴을 풀지 않았다. 에드먼드는 가까워져서는 안 될 사람이었다.

"거기서는 아무 행동도 보여주지 않았으면서 이렇게 뒤에 와서야 몰래 찾아와 제가 괜찮은지 확인하려는 모습은 조금 비겁하지 않나요?"

말해놓고도 너무 심했나 싶어 되레 내 가슴이 철렁 내려앉았다. 게다가 내 말은 마치, 그곳에서 나를 도와야 했다는 의미로 들리지 않나. 잘하고 있다는 확신이 없었지만 이 바보 같은 남자를 단념하게 해야 할 것 같다는 의무감이 지금은 더 컸다. 긴장으로 인해 손까지 바들바들 떨면서도 나는 끝까지 비웃음을 잃지 않았다.

"정말이지 매력 따윈 눈 씻고도 찾아볼 수가 없네요, 당신."

"당신은 내가 그 자리에서 당신을 일으키고 그 상황에 끼어들기를 바라셨습니까?"

에드먼드의 물음에 순간적으로 말문이 막혔으나 나는 곧 그의 시선을 피하며 고개를 끄덕였다.

"거짓말을 하고 계시군요."

그 말에 나는 옆을 보고 있던 눈을 그에게로 고정시켰다. 에드먼드는 마치 내 속을 꿰뚫어 보고 있는 듯한 묘한 표정을 짓고 있었다. 나는 그가 나의 거짓말을 파악했다는 사실을 알아차렸다. 그러나 패배를 인정하고 싶지는 않았다. 나는 입술을 살짝 깨물며 사나운 기색으로 물었다.

"무슨 근거로 그렇게 말씀하시는 거죠?"

"그 싸움은 당신의 선택이었습니다, 스칼렛. 내가 당신과 같은 공간에 있으면서 어떻게 당신에게서 눈을 뗄 수가 있었겠습니까. 그건 온전히 당신이 우위에 있음을 보여주기 위한 당신 스스로의 선택이었지 않습니까?"

"그건 당신의 추측일 뿐이에요. 저는 그저 그 자리에서 피해자로서……."

에드먼드는 고개를 저었다. 그는 모든 것을 다 알고 있었다. 사랑이라는 헛된 감정에 홀렸다 생각했건만 그는 이성적인 면모를 잃지 않았다.

"모든 사람이 당신의 의도대로 생각하고 판단할 거라고 자만하지 마십시오, 스칼렛. 이미 수없이 많은 일을 겪어온 귀족들이 과연 그들이 본 그대로의 사실을 믿을 거라고 생각하십니까?"

"무슨 말을 하고 싶으신 거죠?"

담담한 말투가 무척이나 낯설었다. 에드먼드는 진중한 얼굴로 내게 천천히 다가왔다. 평온했던 눈빛은 알 수 없는 감정을 담고 있었고 나는 그 묘한 기세에 위축될 수밖에 없었다.

"당신을 지켜보고 있고, 당신을 알기 위해 끊임없이 노력하고 있다고 말씀드리고 싶은 겁니다. 당신에게 품은 감정이 별것 아닌 한때의 열기였다면 그 자리에서 당신을 안아 드는 사람은 나였을 겁니다."

잠시간 침묵이 흘렀다. 나는 떨리는 음성으로 물었다.

"대체 저한테 왜 이러시는 거죠? 왜 저를 마음에 담았다 말씀하시는 건가요? 간절히 원한다 해도 어차피 가질 수 없을 거예요. 저는 남편이 있는 몸이니까요."

"미안합니다."

"그게 무슨……."

"이미 그 사실은 제게 조금도 중요하지 않습니다."

어느새 에드먼드는 내게 무척이나 가까이 다가와 있었다. 눈이 마주친 순간 내 삶에 에드먼드 루이스라는 남자가 처음 들어오게 되었던 그날처럼 짜릿하고 묘한 시선이 오갔다.

이상한 일이다. 거부하고 또 거부했으면서도 나는 어느새 내게 성큼 다가온 그의 입술은 정작 받아들이고 있었다. 에드먼드에게서 나는 술 냄새가 나까지 취하게 만든 건지도 모른다.

그는 나를, 나는 그를 갈망하고 있었고 맞닿은 뜨거운 피부는 서늘해졌던 내 안을 타오르게 만들었다. 원한다. 바란다. 나는 에드먼드가 내게서 떨어지는 것을 이 순간 용납할 수가 없다.

"당신이 정말 지독하게 싫어요."

귓가에 읊조린 증오의 말에 그가 나와 눈을 맞추었다. 나에 대한 욕망으로 빛나는 그 눈을 똑바로 바라보는 게 힘들어, 나는 두 팔고

목을 힘껏 껴안고 미미한 와인 향이 나는 입술을 급히 맛보았다. 그리고 눈을 급히 감았다. 굳게 오므리고 있었던 다리는 어느새 열린 채 그의 허리를 감고 있었다.

“그래도 저는 봐줄 수가 없습니다. 헤아릴 수도 없고요.”

“하아, 정말, 정말 싫어…….”

이유를 알 수 없는 눈물이 뚝뚝 떨어졌다. 에드먼드는 그조차 핥아 없앴다. 가슴이 뭉클해졌다. 나는 마음을 서럽게 만드는 이 감정을 감히 규정하려 애쓸 수도 없었다. 그저 되뇌어야 했다. 에드먼드와의 이 은밀한 일은 단지 우울한 기분을 떨쳐 내기 위한 일탈 행위라고.

나는 미친 사람처럼 스스로를 세뇌했다. 그러면서도 그의 옷을 벗기며 뜨거운 살갗을 느끼고, 느끼고, 또 느꼈다. 어느새 열기 밴 숨이 턱 끝까지 차올랐다. 아쉬운 입술을 떼자 에드먼드가 내 귓가에 키스했다.

질척한 소리에 애가 닳는다. 발가락이 절로 오므라들고 손은 그의 탄탄한 어깨를 움켜쥔다. 드레스가 천끼리 부닥치는 사르륵 소리와 함께 아래로 떨어져 내리고 그 어떤 것도 걸치지 않은 맨 피부가 낯선 공기와 접촉한다. 그러나 춥지는 않았다.

“만지고 싶고, 닿고 싶고, 그러면서도 멀어지고 싶어요.”

스스로가 놀랐으나 그야말로 솔직한 진심이었다. 에드먼드는 헐떡이는 내 목에 키스하며 대답했다.

“나 역시 늘 그랬습니다. 아닌 것 같습니까?”

흐트러짐 없이 단정한 그의 목소리가 미워서일까, 이 우직한 남자의 가슴을 두들기고 싶어진다. 이 모든 게, 이렇게 이상한 기분이 드는 게 당신 때문이라 탓하며.

"하아……."

하지만 이지를 상실한 손은 그의 뜨거운 심장이 뛰는 탄탄한 가슴을 어루만질 뿐이다. 그러면서 느끼게 된다. 그가 살아 있음을, 내가 숨 쉬고 있음을.

온기를 전달받고 싶다는 바람에 몸이 바르르 떨렸다. 이 남자의 뜨거운 심장이 저번에 날 위로했듯 이번에도 달래줄 수 있을까. 에드먼드에게 육체적 쾌락 그 이상을 바라고 있는 내가 무서웠지만 이 감정을, 마음을, 가슴을 어찌할 수가 없었다. 눈물이 흘렀다. 이 눈물의 의미는 나조차도 무슨 의미인지 알 수가 없다.

"알고 있습니까? 당신, 아름답습니다."

그 감상에 괜한 부끄러움으로 피부 전체가 달아올랐다. 술에 취한 상태에서의 관계와 지금의 관계는 사뭇 다르다. 결국 나는 맨 정신임에도, 또 내가 이 사람을 밀어내야겠다고 생각했음에도 이 남자와의 관계로 내 마음을 위로받고 싶다는 욕구를 떨쳐 내지 못했다.

에드먼드의 몸과 내 몸이 아까와는 다른 느낌으로 닿자 긴장감에 자연스럽게 몸이 굳어졌다. 그는 그런 내 상태를 귀신같이 눈치챈 듯 몸을 일으켜 다시 한 번 진하게 키스했다. 그리고 내 눈 위에도 장난처럼 짧게 키스했다.

"울지 마십시오."

"무슨…… 흐읏."

하나가 되었다. 에드먼드는 나 자신이 타오르는 이상한 기분에 눈물을 뚝뚝 흘리는 내게 반복적으로 입을 맞추었다.

"당신에게 눈을 뗄 수 없습니다. 그래서 당신의 눈물까지 모두 너무나도 잘 보입니다. 그게 어느 순간부터 제 마음을 아프게 하더군요."

"……차라리 내 몸이 마음에 들었다고 해요. 육체적, 흐흑, 관계라도 이어나가고 싶었다고 솔직하게 말해요. 난 차라리 그게……."

"당신 앞에서 어떻게 내가 거짓을 말합니까."

아무 말도 할 수가 없었다. 이후부터는 사실 어떤 말이 필요하지 않기도 했다. 에드먼드는 내 속살을 살짝 베어 물고 하얀 피부를 빨갛게 물들이기 시작했다. 마치 갓 태어난 아기가 살기 위해 어미의 젖을 빨듯 간절하게 나를 탐하는 그의 모습에, 나는 끊임없이 신음을 흘리며 그를 껴안았다. 따뜻한 체온은 차갑게 식은 내 몸을 뜨겁게 데웠다.

조금만 더 가까이 왔으면 좋겠다는 생각, 조금만 더 깊게 닿았으면 좋겠다는 생각, 그리고 조금만 더 긴 시간을 함께했으면 좋겠다는 생각이 엉켜 폭발했을 그때에 나와 에드먼드는 동시에 신음을 흘리며 서로에게 쓰러졌다. 그렇게, 폭풍과도 같았던 시간이 끝났다.

"사랑…… 합니다."

담담한 고백이었다. 그러나 그는 고백에 대한 답을 바라지 않는 듯했다. 가타부타 덧붙이지 않았으나 그냥 눈을 맞추는 것만으로도 알 수가 있었다. 나는 인정해야 했다. 그에게 흔들리고 있다는 사실을.

마음을 달래려 했으나 이상하게 가슴이 미어지기만 했다. 어떤 말을 해야 할지 알 수 없어 열두 번도 더 입술을 열었다, 닫았다…… 그러다 겨우 뱉어진 한마디는 무척이나 차가웠다.

"당신은 그저 육체적으로 끌리는 사람일 뿐이에요."

그 야멸찬 대꾸에 아픈 가슴을 움켜쥐고 달아날 법하건만 왜 나를 놓지 않나.

에드먼드는 들리지 않는다는 듯 오히려 다시 힘을 주어 나를 껴안았다. 그리고 딱딱하게 굳어진 내 몸을, 경직된 내 마음을 자상함으로 녹였다. 그에 반응할 수밖에 없었다. 억지로라고, 내 뜻이 아니라고 합리화를 하고 싶었지만 이 남자의 진심을 알기에 그조차 어려웠다.

나는 에드먼드와의 모든 시간 속에서 배려를 받고 있었다. 그는 나를 세상에서 가장 고귀한 사람처럼 대했다. 그게 나를 더 아프게 했다. 나는 받은 만큼 돌려줄 수가 없었으니까.

정말 어쩌면 좋을까. 나는 이 열화와 같은 감정을 어찌해야 하는 걸까.

햇볕이 눈가를 간질였다. 빛이 닿지 않도록 이불을 머리 위까지 눌러쓰고 자려던 나는 아무것도 손에 잡히지 않음에, 동시에 몸을 감싸는 따뜻한 팔에 화들짝 놀라며 잠에서 깨어났다. 상체를 벌떡 일으킨 뒤 뒤를 돌아보자 막 잠에서 깨어난 에드먼드가 조금은 놀란 얼굴로 나를 보고 있었다.

그제야 알 수 있었다. 나와 그는 이 비좁은 소파에서 서로의 체온을 이불 삼아 잠을 청했던 것이었다.

"아침…… 인가요?"

"예. 아직 이른 시간이니 안심하셔도 좋을 것 같습니다."

"돌아가야 해요."

단호한 태도에 에드먼드는 한숨을 푹 쉬었다. 그는 나를 말릴 수 없다는 사실을 알고 있는 듯 고개를 끄덕였다.

"여기 계십시오. 마차를 잡겠습니다."

내가 먼저 일어나게 할 수는 없었는지 에드먼드는 곧바로 옷을 갖춰 입고 일어나 밖으로 나갔다. 낑낑거리며 드레스를 갖춰 입고 자리에서 일어나자 그가 방 안으로 들어왔다.

"마차가 기다리고 있습니다."

"고마워요."

"그런 말씀은 않으셔도 됩니다. 제가 당신에게 해줄 수 있는 몇 안 되는 것 중 이런 사소한 일이 포함된다면 더 초라해지는 기분이니까요."

"당신에게 이런 것 이상의 배려는 바라지 않아요."

나는 차갑게 끊어내며 그의 눈을 피했다. 가슴이 짜르르하게 울렸다. 내가 표정을 드러내지 않을 수 있음이 그나마 다행으로 여겨졌다.

간밤에 에드먼드는 쾌락에 취한 내게 세뇌라도 시키려는 것처럼 끊임없이 고백했다. 사랑한다고, 내가 어떤 행동을 해도 나이기 때문에 자신은 받아줄 수 있다고, 모든 것을 감내할 것이고 그것은 자신의 몫이니 부담은 갖지 말아달라고.

그 간절한 고백이 내 마음을 흔들었지만 그에게 같은 대답을 돌려줄 수는 없었다. 나는 사랑을 모르는 사람이고 그에게 느끼는 이 특별한 감정을 '사랑'이라는 변하기 쉬운, 아주 헛된 감정으로 정의하고 싶지 않았다.

남편과 조슈아만 봐도 사랑이라는 것이 얼마나 쉽게 변질되는지 알 수 있었다. 신기루 같은 감정에 영혼을 팔지 않을 것이다. 단정한다. 안타깝지만 나는 에드먼드의 마음을 받아줄 수 없고 사랑에 취할 수도 없다.

할 수 있다 해도 하지 않을 것이다. 나는 에드먼드의 인생에 오점을 남길 만한 여자다. 그나마 다행이지 않나. 내가 미래를 걱정하지 않아도 되는 창창한 사람의 구애를 거절할 수 있는 분수를 아는 사람이라는 게. 거절이라는 건 내가 그에게 줄 수 있는 가장 큰 보답이다.

"묻지 않으려 했으나 묻고 싶습니다."

"아뇨, 아무것도 묻지 마세요. 제가 단 하나 확신할 수 있는 게 있다면 당신이 궁금해하는 것을 알아봤자 나와의 관계에 변화는 없을 거라는 거예요."

"잔인하시군요."

"입에 단 것만 취하고자 하는 건 모든 사람의 욕망이에요."

에드먼드는 참 달았다. 내 정신을 좀먹던 온갖 문제를 잠시나마 잊게 해주었으니까. 알아주지 않았으면 좋겠다고 생각하면서도 알아주었으면 좋겠다. 내가 그 고마움을 이런 방식으로 표현하고 있음을, 결코 은혜조차 모르는 파렴치한 사람은 아님을.

"저는 조금 더 솔직한 사람일 뿐이고요."

참 감사한 사람이기에 그를 하자 있는 남자로 만들고 싶지 않았다. 지금은 날 원망할 테지만 곧 에드먼드 역시 나의 거절을 고마워하게 될 것이다. 사랑이라는 감정이 얼마나 한시적인 것인지 곧 깨닫게 될 테니까.

"마차가 기다리겠네요. 다른 배웅은 하지 않으셔도 좋아요."

이른 시간이라서 그런지 사람은 없었다. 나와 그를 이상하게 여기는 시선은 없는 것 같았지만 그럼에도 사람들에게 목격당해 말이 만들어지는 건 끔찍한 일이다. 나는 일부러 에드먼드와 떨어져 걸으며 조심스럽게 마차에 올랐다.

"스칼렛."

"아직 하실 말씀이 남으셨나요?"

"이것만큼은 알아주셨으면 합니다. 당신과 함께 떠오르는 해를 맞이하는 이 사소한 행위조차 나에게는 행복입니다. ……살펴 가십시오."

나는 그 어떤 대답도 하지 않았다. 에드먼드 역시 내게 어떤 대답을 바란 건 아닌 듯했다. 마차의 문이 닫혔다. 나는 그제야 마음 놓고 그가 서 있던 방향을 볼 수 있었다. 벽으로 막혀 보이는 건 아무것도 없었다. 비겁한 나는 그가 시야에서 벗어나고 나서야 용기를 낸다.

"미안해요. 조심해서 잘 가요."

공저로 돌아왔다. 피곤한 걸음을 재촉하여 방으로 돌아온 나는 방문을 열자마자 보게 될 거라고는 생각지도 못한 얼굴과 마주했다.

"어딜 다녀오십니까, 부인?"

헌팅턴 공이 차가운 얼굴로 나를 노려보고 있었다. 전혀 예상하지 못했던 상황에 잠시 얼어붙었던 나는 곧 정신을 차리고 당당한 태도로 되물었다.

"왜 주인이 없는 방에 계신 거죠?"

"귀가하시지 않아 기다리고 있었습니다."

"제 귀가를 왜 공께서 신경 쓰시는지는 모르겠지만 이런 상황이 결코 유쾌하지는 않네요. 하실 말씀이라도 있으신 건가요? 그래서 절 기다렸나요?"

말 같지도 않은 소리에 참지 않고 쏘아붙이자 헌팅턴 공은 조금 당황한 듯했다. 내가 이렇게까지 공격적인 태도를 보일 거라고는 생각지 못한 모양이었다.

"나와 부인은 부부 사이가 아닙니까."

"보통의 부부는 아니죠. 상대방에게 피해를 주지 않는 선에서의 사생활은 서로 용인한다고 알고 있건만 제 기억이 잘못된 걸까요? 귀가 여부는 지극히 개인적인 문제인데 말이죠."

싸늘한 침묵이 흘렀다. 무거운 공기가 짙어질수록 기분은 점점 더 나빠졌다. 나는 내 방에 그가 함부로 들어와 있는 것부터 무척이나 짜증스러웠지만 무언가 할 말이 있는 듯하면서도 제대로 입을 열지 않는 애매한 태도가 내 불쾌함을 더욱 가중시켰다.

"얼굴을 마주하고 있는 게 피차 짜증스러운 건 마찬가지인 것 같은데 용건이 있으시다면 빨리 말씀하시는 게 서로에게 좋지 않을까요?"

내 공격적인 말투에 그가 헛웃음을 터뜨렸다. 그러다 곧 딱딱하게 얼굴을 굳히며 서늘한 목소리로 물었다.

"여태까지 대공 전하와 함께 있었습니까?"

의외의 물음에 나는 아무런 대답도 하지 않았다. 그의 의중을 파악할 수 있을지도 모른다는 생각이 들어서였다. 내가 침묵을 지키자 헌팅턴 공은 멋대로 단정을 지은 듯 고개를 끄덕였다.

"밤을 보낸 모양이군요."

"무례한 판단이네요."

"아니란 말입니까?"

"글쎄요."

당황스러웠다. 내가 맞바람을 피우든 남창과 노니든 그건 지극히 개인적인 사생활이다. 정부를 저택 내로 들여 수시로 찾는 형식적인 남편이 관여할 일은 아니었다. 불쾌했다. 찌푸린 인상에 그는 다른 결론을 도출해 낸 모양이었다.

"천박합니다."

그러나 혼자 무슨 망상을 하든 알 바는 아니다. 나는 그 야멸찬 평가에 입꼬리를 올리며 그를 쏘아보았다.

"분명 경고했습니다. 대공 전하와 거리를 유지하라고."

"제가 전하의 '명령'을 들을 필요는 없죠. 제 사생활에 관여할 권리가 없으니까요."

내 대꾸에 그는 인상을 찌푸렸다. 나는 그런 헌팅턴 공의 모습을 보는 게 더욱 어이가 없었다. 아니, 어이가 없다는 말로는 내 황당함을 다 표현할 수가 없었다. 그는 내게 경우도, 예의도 없는 행위를 너무 아무렇지 않게 하고 있었다. 더 몰아붙이고 싶었지만 딱히 들어먹힐 것 같다는 생각이 들지 않아 애써 입을 다물었다. 그러자 그가 명령조로 말했다.

"마지막 경고입니다. 대공 전하께 접근하지 마십시오."

이 말도 안 되는 상황을 어떻게 타개할지 궁리하고 있던 차에 그는 멋대로 경고를 하고 밖으로 나가 버렸다. 얼토당토않은 상황에 나는 한참 동안이나 그 자리에 멍청하게 서 있었다. 그러나 시간이 지난 후 기분이 조금 가라앉고 나니 그의 행동이 조금 다른 각도로 보였다.

다소, 이상한 데가 있었다.

조지는 내가 몸이 좋지 않아서 인사도 하지 못한 채 급하게 귀가했다고 생각한 듯 오후가 되기 무섭게 편지를 보내왔다. 걱정이 가득 담긴 편지는 딱히 와 닿지는 않았으나 마음은 고마웠다. 나는 만나자는 요청에 대한 간단한 답변을 적어 보낸 뒤 그의 편지를 벽난로에 던져 버렸다.

"마님, 어디 가시나요?"

"잠깐 나가려 해. 따뜻한 드레스를 골라주겠어? 몸이 좋지 않아서."

"물론입니다, 마님. 식사는요?"

"됐어."

원래 스케줄이 없어 푹 쉴 작정이었으나 편지의 내용이 너무 구구절절해 어쩔 수가 없었다. 아침부터 기분이 상했지만 이상하게도 어제보단 훨씬 나은 기분이었다. 뭐 때문인지 모르겠으나 마음이 훨씬 안정된 것이다.

나는 평소보다 평온한 기분으로 시녀들이 골라 온 드레스 중 하나를 골라 옷을 갈아입고 치장을 시작했다. 보석이 잔뜩 박힌 화려한 흰색 드레스와 연두색의 두꺼운 코트를 입은 나는 토끼털 머플러를 목에 두르고 밖으로 나갔다.

하늘은 높고 구름은 없었다. 얕은 실구름이 간혹 보이긴 했으나 그 여윈 몸으로 따사로운 햇살을 가리기에는 역부족이었다. 추운 날씨였지만 햇살이 꽤 쨍쨍했기에 챙이 넓은 모자를 선택할 걸 그랬다는 후회감이 잠시 들었다. 물론 이런 사소한 것조차 돌이키기는 힘들다. 시간은 날 기다려 주지 않으므로.

조지는 내게 플로리치아 운하의 세 번째 다리 앞에서 만나자고 말했다. 약속 시간이 다 되어서야 전달된 뜬금없는 장소에 당혹스러웠지만 이유를 묻기에는 시간이 너무 촉박했다. 다행히 공저에서 그리 멀지 않은 장소라 금방 도착할 수 있었다.

운하의 다리 주변은 수많은 사람으로 북적였다. 대부분 평민이어서인지 그들은 나를 이질적인 시선으로 보았다. 민망함에 고개를 돌렸으나 내가 보지 않는다 해서 그들이 내게서 시선을 거두는 건 아니었다. 그때, 옆으로 기다란 그림자가 드리워졌다.

"스칼렛."

반가운 목소리에 나는 미소를 띠며 옆으로 고개를 돌렸다. 두 남자가 동시에 시야에 잡혔다. 조지, 그리고 에드먼드였다. 순간적으로 머리가 띵해졌다. 표정 관리가 잠시 안 된 것 같기도 했다. 조지는 모든 것을 알고 추궁하기 위해 에드먼드를 대동한 걸까?

"조지, 옆은……?"

"호위 기사인 에드먼드 루이스 경. 루이스 영애와 친하다면 한 번쯤은 소개를 받았을 텐데."

"안면은 있는 사이예요. 오랜…… 만이네요, 루이스 경."

다행히 조지는 무언가를 알고 그를 데리고 온 것 같지는 않았다. 나는 이 상황을 제발 모면할 수 있기를 바라며 그에게 딱딱한 인사를 건넸다.

"반갑습니다, 헌팅턴 공작 부인."

"오래 기다린 건 아니겠지?"

"네. 방금 전에 도착했으니까요. 그나저나 왜 갑자기 이곳에서 보자고 한 건가요?"

"플로리치아 운하가 당신과 나를 만나게 했으니까. 함께 와보고 싶었어, 스칼렛."

그는 빙긋 웃으며 내 허리를 감싸 안았다. 단지 에스코트일 뿐임에도 나는 소스라치게 놀라며 몸을 뺐다. 조지는 잠시 당황하다 내가 에드먼드의 눈을 의식하는 거라 생각한 듯 웃으며 고개를 저었다.

"에드먼드 경은 괜찮아, 스칼렛. 경은 무척이나 입이 무겁거든."

그의 말에 나는 어설픈 웃음과 함께 고개를 끄덕였다. 그러다 문득 깨달았다. 여기서 조지와 친근한 모습을 보인다면 에드먼드가 단념할지도 모른다는 사실을. 나는 스스로에게 좀 더 약아빠지게 행동해도 괜찮다고 타이르며 조지의 어깨를 애정 어린 손길로 쓰다듬었다.

"그렇다면 다행이네요. 그리고 저 역시 당신과 한번쯤은 이곳에 와보고 싶었어요."

"좋아해서 다행이야. 조금 걸어야 하지만 번화가로 갈까? 어제 몸이 안 좋았었는데 걸어도 괜찮겠어?"

"물론이죠."

나는 대답과 함께 일부러 조지에게 몸을 기댔다. 그는 내가 완전히 긴장을 풀었다고 생각하는지 다정하게 내 팔꿈치를 쓰다듬었다. 걷는 동안 그는 내 귓가에 무어라 속삭이기도 하고 장난을 치기도 하며 나를 웃게 만들었다. 나는 부러 평소보다 즐거운 웃음을 터뜨렸다.

하나 마음이 편하진 않았다. 계속 에드먼드에게 신경이 쓰이는 탓이었다. 정작 그는 무덤덤한 얼굴로 나와 조지에게 시선조차 두지 않았음에도 불구하고.

"여긴……."

조지가 나를 데리고 향한 곳은 로젤라였다. 로젤라는 나도 이야기를 들어 알고는 있었지만 단 한 번도 방문해 보지 못한 보석점이었다. 이곳에서 고객을 가려 받았기 때문이다.

희귀하고 질 좋은 보석만을 취급하는 이곳은 초대장을 받은 손님만이 방문할 수 있는 비밀스러운 장소다. 초대장을 받는 이들은 건방지다고 평가받는 로젤라를 능히 지켜줄 만한 힘이 있는 사람들이었는데 그중 조지도 포함되어 있었던 모양이다.

"봄이 오면 수도를 떠나야 하잖아. 그 전에 당신에게 무언가 특별한 걸 선물하고 싶었어."

무척이나 어색했지만 나는 내색하지 않고 고개를 끄덕였다. 나는 조지의 에스코트를 받아 로젤라 안으로 발을 내디뎠다.

천장에는 화려한 그림이 그려져 있었고 벽면은 보석으로 장식되어 있었다. 띄엄띄엄 걸려 있는 그림은 하나같이 유명하고 귀한 명화로, 그림에 대해 그리 잘 알지 못하는 나조차도 무슨 그림인지 알 수 있을 정도로 대중적인 것들이었다. 장식에 얼마나 큰 공을 들였는지 대강이나마 짐작할 수 있었다.

볼 수 있는 보석들 역시 무척이나 귀한 것들이었다. 점원은 나와 조지에게 로젤라에서 취급하는 10점의 보석 세트를 보여주었지만 나는 쉽게 무언가를 고를 수가 없었다. 내 취향인 보석이 없었던 것은 아니다. 다섯 번째와 일곱 번째 보석 세트는 우아한 디자인으로 완벽한 내 취향에 가까웠다. 하나 문제는 보석이 아니라 그 값어치를 한눈에 알아본 내게 있었다.

"왜 아무것도 고르지 않는 거지? 전부 마음에 들지 않나?"

대답할 수가 없었다. 이 보석 중 그 어떤 것도 내가 감히 손대기에는 귀한 것이라고 말할 수가 없었으니까.

이곳에서 손님을 가려 받는 이유를 이제야 알 것 같았다. 아마 로젤라의 주인은 보석에 지배되지 않고 온전히 보석을 차지할 수 있는 사람들만 고객으로 대접하고 싶었을 것이다. 분수를 아는 나는 보석들이 나 따위가 가지기엔 너무 반짝이는 것임을 알았다.

"스칼렛?"

"그냥요. 이곳에 제 것은 없어서요."

나는 미소를 지으며 그를 올려다보았다. 조지는 한숨을 푹 쉬더니 양해를 구하고 담배를 피우러 밖으로 나갔다. 담배 냄새를 싫어하는 나를 배려해 주어 고맙긴 했지만 에드먼드와 함께 있는 건 어색한 일이었다. 나는 일부러 딴청을 피우며 벽에 걸린 그림을 구경했다.

"스칼렛, 왜?"

짧은 물음이었으나 에드먼드가 내게 무엇을 묻고 싶어 하는지는 충분히 알 수 있었다. 그 가치를 아는 사람들이라면 누구나 가지고 싶어 하는 보석들이 전시되어 있는 곳이 바로 로젤라다. 그런 로젤라에서 보석을 사주겠다는데도 왜 고르지를 못하는 건지 의아해하지 않는 게 이상할 테지.

"말 그대로 내 것이 없어요."

"그대와 어울리는 보석은 많았습니다."

"아닐걸요?"

쓴웃음이 절로 나왔다. 유감스럽게도 그 말은 틀린 말이다. 정말로 이곳에는 나와 어울리는 보석이 없었으니까.

"제 것이 없었어요. 저는 이곳에 전시되어 있는 보석보다 빛날 자신이 없으니까요."

"당신보다 빛날 수 있는 건 없습니다."

"착각이에요. 빠르면 며칠 뒤, 늦어도 몇 년 뒤면 사람이 이토록 어리석어질 수 있다는 사실에 수치심마저 느낄 만큼 우스운 착각."

단호한 대답에 에드먼드는 입을 다물었다. 어색한 정적이 감돌 때 조지가 돌아왔다. 그는 조금 피곤한 얼굴로 나를 에스코트했다.

조지와 에드먼드는 절대 이해할 수 없겠지만 나는 로젤라의 보석을 가질 수 없었다. 그 보석들은 그 값어치를 알고 가치를 진정 누릴 수 있는 사람이 차지해야 했다. 외모의 아름다움을 말하는 게 아니다. 보석을 차지할 수 있는 사람이란 원래부터가 반짝반짝 빛이 나서 보석의 눈부심에 가려지지 않는 사람을 말하는 것이다.

불운하게도 나는 그에 해당되지 않는다. 내가 누리고 있는 모든 것이 가짜일지도 모르니까. 포장된 당당함 속에 한없이 위축되어 있는 내가 어떻게 원래부터 빛나는 사람인 양 태연하게 연기를 할 수가 있을까. 할 수 있대도 오래가지 못할 것이다. 로젤라의 보석을 가지게 된다고 해도 나는 마네킹에 지나지 않을 것이다. 그 빛에 나는 씁쓸하게 가려질 테고.

그러한 사실과 별개로 로젤라까지 데리고 와준 조지에게는 고마웠다. 하지만 어쩔 수 없이 분위기는 가라앉아 있었다. 나는 곧 너무 피곤해 공저로 돌아가야겠다고 말했다. 마음이 심란해 실수를 해버릴지도 모른다는 생각이 들어서였다.

"에드먼드, 스칼렛을 공저까지 안전하게 데려다줘. 나는 돌아가지."

"그러실 필요 없어요. 혼자서도 잘 갈 수 있으니까요."

"어제도 컨디션이 안 좋았고 오늘도 피곤하다고 했잖아. 내 호의를 너무 거절하지는 말아줘."

그 말에 결국 나는 조지와 인사한 뒤 에드먼드의 에스코트를 받는 수밖에 없었다. 하지만 조지가 보이지 않을 정도로 멀어지자 나는 곧바로 그에게서 내 몸을 빼냈다.

"이제 가도 좋아요. 이런 건 피차 불편하잖아요."

"몸이 안 좋다고 하지 않으셨습니까. 이렇게 보낼 수는 없습니다.”

“혼자 집도 못 찾아갈 만큼 멍청하진 않아요. 왜, 제가 그렇게 바보처럼 보이나요?”

그는 한숨을 푹 쉬었다. 그리고 타이르는 듯한 어조로 말했다.

“제가 당신을 그런 식으로 여길 리가 없지 않습니까. 전 그저…… 대공 전하의 명령을 따를 뿐입니다.”

“지금 이곳에는 대공 전하가 없잖아요. 제 마음대로 해도!”

“당신이 당신 마음대로 하시겠다면 저 역시 제 마음대로 할 겁니다. 그래도 괜찮겠습니까?”

“저를 협박하시는 건가요?”

아니라는 걸 알면서도 에드먼드와 벽을 쳐야 한다는 생각에 지나치게 공격적으로 묻고 말았다. 그는 잠시 입을 다물고 눈을 내리깔았다. 울컥 터져 나오는 감정을 참는 듯한 그 모습에 나는 내가 너무 무례하게 굴었다는 사실을 인지했다.

“미안해요. 저는 그저, 저 혼자 갈 수 있다는 말을 하고 싶었던 것뿐이에요.”

“자꾸 비틀거리는 건 알고 계십니까?”

“네?”

“안색이 너무 창백합니다. 로젤라를 나올 때부터 쭉 그랬습니다. 다른 건 욕심내지 않을 테니 가는 길이라도 안전하게 지킬 수 있도록 허락해 주십시오.”

그 간곡한 요청을 도저히 거절할 수가 없었다. 아니, 거절할 수 있었지만 거절하지 않겠다는 내 마음을 스스로 돌릴 수가 없었다. 그래서 나는 말없이 고개를 끄덕였다.

"마차를 잡는 곳이 떨어져 있습니다. 그래서……."

"함께 갈게요."

긴말을 하고 싶지 않았기에 그가 하려는 말을 파악하고 대답부터 했다. 그는 잠깐 나를 내려다보았다 고개를 끄덕이고는 내 허리를 감싸 안았다. 떨어지고 싶다고 생각했건만, 이상하게도 조심스럽게 몸을 부축하는 그의 손길이 너무 따뜻하고 편해 기대고 싶었다.

정신을 차리려 해봤지만 내 몸은 어느새 에드먼드에게 간절히 기울어져 있었다. 이래서 위험하다 생각했던 거다. 기회만 되면 그와의 시간을 하나하나 새기고 싶어 하는 나 자신을 어떻게 할 수가 없을 것 같아서.

속이 상해 입술을 깨물었다.

"입술이 상할 겁니다."

에드먼드는 그런 나를 계속 응시하고 있었던 모양이다. 나는 입술을 더욱 꾹 깨물며 고개를 숙였다.

"……제가 밉습니까?"

"답을 들으면 달라지는 게 있기라도 한가요?"

"그 말이 맞습니다. 달라지는 게 없으니 들을 필요도 없겠군요."

그 목소리가 너무 슬프게 들려 나는 참지 못하고 고개를 들었다. 그리고 그와 눈을 마주했다. 몸은 어느새 에드먼드에게서 떨어진 뒤였다.

"대체 왜……."

"이유를 알면 달라지는 게 있습니까?"

할 말이 없었다. 대신 이유 모를 눈물이 떨어졌다. 언제부터 넘쳐흐를 만큼 고여 있었는지는 나도 모르겠다. 그저 속상해서 드러나는 감정을 누르기가 어려울 뿐이다.

"왜 당신이 웁니까."

"당신이 한심해서요. 잘났으면 얼마나 잘났다고 감당도 못 할 짓을 자꾸 저지르려 해요? 봤잖아요. 제가 남편을 두고 있으면서 대공 전하와 불륜까지 저지르는 되바라진 여자란 걸!"

해 저문 거리에 사람이 드물어 다행이었다. 그렇지 않으면 내 약점을 모두에게 흩뿌리는 게 되어버렸을 테니까. 이 와중에도 이런 계산을 하고 있는 스스로가 우스워서 눈물과 함께 웃음이 났다. 에드먼드는 내 표정을 다르게 해석한 듯했다.

"압니다. 이런 제가 우습겠지만 말처럼, 스스로를 다스릴 수가 없습니다. 사실 그렇게 하고 싶지 않기도 합니다."

"전 모든 걸 망칠 사람이에요. 당신이 여태까지 쌓아놓은 모든 것을요."

"그저 무시하면 될 일이지 않습니까? 매력적인 여인의 순간이라도 훔치고 싶어 쫓아다니는 남자는 너무나도 많습니다. 저 역시 그중 하나라 치부하면 될 것 아닙니까? 왜 저를 설득하려 합니까?"

그 질문에 어떤 변명을 댈 거리가 없었다. 어떤 대답이든 그를 의식하고 있다는 결론으로 빠져 버릴 것 같아서였다. 나는 한참 말을 잇지 못하다 겨우 그럴 듯한 변명을 찾아냈다.

"아멜리의 혈육이니까요."

"한순간의 유희라 생각하면 될 일입니다. 온갖 일이 다 일어나는 사교계에서 친우의 혈육과 정을 통하는 일이……."

"말은 바로 하세요. 정을 통한 게 아니라 한순간을 즐겼을 뿐이니까요. 저는 아멜리에게 고마운 게 많아요. 그래서 당신이 이런 식으로 사리분별도 못하는 걸 안타깝게 여기는 거예요."

"한 번이라도 저를 더 생각했다는 말이니 아멜리에게 고마워해야겠군요."

어떻게 이렇게 한심한 사람이 다 있을까. 내가 원하는 대로 다 해주는 듯하면서도 가장 결정적인 것을 놓지 않는 이 남자의 어리석음에 가슴을 치며 비명을 지르고 싶었다. 답답했다. 정말 너무 답답해서 자꾸 눈물이 났다.

"왜 자꾸 눈물을 보이십니까."

"싫어서요."

"……."

"이 상황도, 당신도. 시간이 지나면 날 얼마나 역겹고, 더럽고, 경멸스럽게 여길지 눈에 선연해서 그래서 더…… 싫어요."

에드먼드는 내 말을 이해할 수 없는 듯한 모습이었다. 솔직해지지 않으면 이야기는 빙빙 돌 뿐이다. 나는 부디 그가 단념하길 바라며 다시 입을 열었다.

"고맙게 여겼어요. 나를 생각해 줘서, 구제해 줘서, 달래줘서. 이 얼마나 다정하고 자상한 사람인가, 내 인생에 이렇게 친절한 사람이 또 있을까 생각하기도 했어요. 솔직히 욕심났어요. 그래서 제대로 거절할 수가 없었던 거예요."

"스칼렛."

"제가 자비를 베푸는 거라고 생각하세요. 에드먼드, 당신과 한 일을 조지와는 하지 않았을 거라 어떻게 장담하나요?"

늘 단정하던 얼굴이 처음으로 고통스럽게 일그러졌다. 사랑하는 여인이 다른 남자와도 똑같이 밤을 보내고 있다는 이야기가 아무렇지 않을 수 있는 사람은 없을 것이다. 아무리 욕심내지 않는다 해도 독점을 원할 수밖에 없다. 사람이란 그런 동물이니까.

"한순간의 유희라 생각하면 될 일이라 말씀하셨죠. 한순간의 유희였다면 이러진 않았을 거예요. 당신이 자꾸 구질구질하고 짜증나게 구니까 이렇게까지 말하는 거예요. 마음만 먹는다면 부족함 없는 여인을 만날 수 있을 텐데 어째서……."

"당신이 아니면 안 되니까."

"갖지 못한 것에 대해서 비정상적으로 집착하는 건……."

"당신이 내가 아니면 안 되는 것처럼."

에드먼드의 말에 나는 말을 멈추고 눈을 크게 떴다. 그의 입에서 나올 거라고는 전혀 생각지 못한 말이었다. 무어라 말하기도 전에 그가 입을 열었다.

"가끔 당신이 스스로를 숨기지 못할 때 드러나는 그 눈빛이, 내게 당신의 진심을 전달합니다. 내가 같은 마음을 담은 눈빛조차 눈치채지 못할 거라고 생각합니까?"

"착각…… 이에요!"

"당신이야말로 착각하고 있습니다. 날, 결코, 사랑하지 않는다고."

돌아섰다. 도망가는 게 아니라, 더 이상 어떤 말도 섞고 싶지가 않아 그를 등진 것이다. 사랑? 말도 안 된다. 나는 그렇게 변질되기 쉬운 감정 따위는 믿지 않는다. 사랑은 허상에 갇힌 사람들이 만들어낸 허구일 뿐이다.

나는 이름을 부르는 그를 뒤로하고 걸음을 재촉해 마차가 잔뜩 늘어서 있는 거리로 들어섰다. 그리고 뒤조차 돌아보지 않은 채 아무 마차에나 올라타 행선지를 말했다. 내 급한 음성에 마부는 급하게 말을 몰았고 나는 얼마 지나지 않아 공저에 도착할 수 있었다.

그리고 다음 날, 선물이 도착했다. 그 선물은 로젤라에서 일곱 번째로 본 앤드리아 황후에게 바치는 보석 세트였다.

얼마 지난 것 같지 않음에도 벌써 1월의 마지막 주를 보내고 있는 나를 발견할 때면 시간의 흐름이 참 빠르다는 것을 다시금 느끼게 된다. 1월을 보내는 동안 조슈아의 배는 점차 불러왔고 에리카의 예법은 나름 봐줄 만해졌으며 나와 남편의 사이는 더욱 나빠졌다. 그렇다고 남편과 조슈아의 사이가 회복된 건 아닌지 가끔 마주치는 그 아이의 안색은 늘 어둡기만 했다.

똑똑.

노크 소리에 나는 고개를 들었다.

"로버츠 백작께서 도착하셨습니다."

"응접실로 안내했니?"

"네. 바로 옆방입니다."

그다지 필요하지는 않을 것 같았지만 대접에 소홀했다는 소문이 돌게 내버려 두고 싶지는 않았기에 다과를 내오라고 명령한 뒤 몇 가지 서류를 챙겨 들고 응접실로 자리를 옮겼다. 결혼 전 얼굴을 마주한 이후 몇 달 만에 다시 보는 그는 이전보다 멀끔해진 모습이었다. 그에게 호감이라고는 없었지만 나는 호의적인 미소를 입에 걸고 예의 바르게 그를 맞이했다.

"오랜만이군요, 로버츠 백. 그간 잘 지내셨나요?"

"물론입니다. 아, 그리고 해맞이 무도회 때 부인을 뵈었었습니다. 인사할 여유는 갖지 못했지만 말이지요."

"아쉽네요. 어쩌면 백에게 딱 맞는 참한 영애를 소개해 줄 수 있었을지도 모르는데."

마음에도 없는 소리가 몇 번 오가다 침묵이 내려앉았다. 나는 더 이상 만들어낼 이야기도 없다고 생각하며 그를 부른 이유에 대해 설명했다.

"이번 달 예산이 줄었더군요. 그에 대한 어떠한 이유도 보고받지 못했는데 말이에요. 이 서류를 보면 아시겠지만……."

"굳이 볼 필요는 없을 것 같군요. 대충 무슨 말씀을 하시려는 건지 알겠습니다. 영지 관리에 문제가 발생하여 지출이 생겼습니다."

말을 도중에 끊는 무례에 대한 불쾌함과 그 내용의 괘씸함에 나는 찌푸린 인상을 걷어내지 않았다.

"왜 그 사실을 알리지 않았죠? 제가 관리할 예산이 어떤 설명도 없이 줄어든 거였어요."

"하고 있는 일이 많은데 어떻게 사소한 것까지 일일이 보고를 할 수 있겠습니까?"

"백은 헌팅턴가의 가신이에요. 다행히 문제가 발생하지 않았지만 지난달 지출이 조금만 더 컸더라면 심각한 문제가 생겼을 거예요. 그런데 이게 사소한 일인가요?"

어쩌면 로버츠 백작은 나를 챈들러 영지에서 봤던 멍청한 영애라고 생각했는지도 모른다. 하지만 그 멍청한 스칼렛 챈들러와는 작별 인사를 한 지 오래였다. 나는 신경질적인 목소리로 그를 몰아붙였다.

"무언가 착각하고 계신가 본데, 저는 헌팅턴가의 가신이지 부인의 아랫사람이 아닙니다. 저는……!"

"재밌네요. 경이 헌팅턴가의 가신이기 때문에 제게 이 일을 보고했어야 하는 거예요. 달고 있는 머리는 장식인가요?"

유들유들한 그 음성이 나를 조롱하고자 하는 의도가 분명해 나 역시 참지 않았다.

내가 이렇게 모욕적으로 쏘아붙일 거라고는 생각지 못했는지 로버츠 백작은 얼굴을 딱딱하게 굳혔다. 멍청한 자다. 아직 내가 훌륭한 꼭두각시가 될 거라 생각해서 선별해 온 처량한 여아라고 생각하는 걸까.

"부인, 감히!"

"감히?"

"하, 공작가의 안주인 놀이에 단단히 심취하신 모양입니다. 챈들러가에서 무척이나 자랑스러워하겠군요."

빈정대면서도 그는 아까 전과 같은 오만한 표정을 짓지 못하고 있었다. 나는 싱긋 웃었다. 처음부터 나를 공작 부인으로 대우할 생각이 없었던 그에게 나 역시 예의를 차릴 필요는 없었다.

"멍청하게도 아직 상황 납득이 안 되는 모양이네요. 나가세요. 말이 안 통하는 머저리를 이해시키는 건 지나친 심력 소모니까."

로버츠 백작은 헌팅턴 공의 사람이다. 그가 나를 어떻게 생각하는지 이 무례한 태도에서 분명히 읽어낼 수 있었다. 불쾌한 상황을 오래 지속하고 싶지 않았던 나는 서류를 쥐고 자리에서 일어났다. 그때, 로버츠 백작이 내 손목을 움켜쥐었다.

찰싹!

일이 일어난 건 순간이었다. 나는 그의 손아귀에서 내 손목을 거칠게 빼낸 뒤 그 자신만만한 얼굴을 세게 후려갈겼다.

"어딜 감히 손을 대는 거죠?"

로버츠 백작이 무어라 입을 열기도 전에 나는 노한 얼굴로 그에게 소리쳤다. 소란에 놀란 시녀들이 문을 열고 들어왔다 그와 나의 대치 상황에 얼른 고개를 숙였다.

“나는 당신이 모시는 주인의 안사람입니다. 이런 무례한 행동을 두 번은 참기가 어렵군요. 감히 허락도 구하지 않고 내게 손을 대다니!”

그는 너무나도 당황한 나머지 무어라 할 말조차 잃어버린 얼굴이었다.

나는 그 멍청한 모습을 아래위로 훑어본 뒤 들으라는 듯 큰 소리로 입을 열었다.

“길거리의 무뢰배도 하지 않을 이 행동, 결코 잊지 않겠어요.”

묘한 쾌감과 승리감이 발끝마저 짜릿하게 만들었다.

나는 남편이 퇴근해 돌아오면 곧장 나를 찾을 거라고 예상했다. 그러나 그는 나를 찾지 않았다. 로버츠 백작의 무례에 대해 내게 사과할지, 아니면 충실한 가신에게 손찌검을 했다며 나를 추궁할지 내심 궁금했는데 반응을 알 수 없으니 은근히 애가 탔다.

정해진 건 아니었지만 생각하고 있었던 스케줄이 없어지자 저녁 시간이 여유로워졌다. 나는 간만에 서랍을 열어 보석 상자를 꺼냈다. 보석의 모양에 맞게 패어 있는 홈에 가지런히 놓여 있는 보석들이 무척이나 아름다웠다. 이종족 노예들을 해방시켜 주고 정당한 노동 계약을 정립한 앤드리아 황후에게 엘프의 지도자가 바친 보석 세트가 바로 이것이다.

그녀의 지적이고 고상한 모습을 담아낸 보석이라는 설명이 단숨에 납득될 정도로 우아한 보석. 이 보석 한 알 한 알에 담긴 예술적 값어치는 과연 금액으로 환산할 수 있는 걸까. 이 보석이 내게 전달되었을 때, 나는 조지의 선물이 틀림없다고 생각했다. 그는 나와 에드먼드만을 남겨두고 자리를 비웠으니까. 하나 상자의 오른쪽 틈에 보이지 않게 끼워져 있던 짧은 엽서로 인해 나는 내가 잘못 생각하고 있었음을 깨달았다.

보석의 빛은 감히 당신을 능가할 수 없습니다.

에드먼드가 아니라면 누가 내게 이런 말을 할 수 있을까. 눈물 나게 달콤한 말이었다. 하지만 유감스럽게도 나는 얼마 전, 내가 정말 이 보석을 가질 자격이 안 된다는 사실을 스스로 증명해 버리고 말았다.

"듣고 싶은 것이 있어 찾았어. 오랜만이지?"

간만에 만났음에도 그는 나를 반가워하는 기색이 아니었다. 오히려 경계 어린 얼굴이었다. 은밀한 협박에 못 이겨 수도까지 억지로 올라왔음을 알았기에 그 모습이 그다지 서운하게 느껴지지는 않았다.

"마, 마님. 도대체 무슨 일로 저를……."

불필요한 대화로 힘을 빼고 싶지 않았다. 협상 따위는 고려조차 하지 않았기에 나는 벤자민에게 돈주머니부터 던져 주었다. 그는 멍하니 제 앞에 떨어진 돈주머니를 보다, 곧 허겁지겁 주머니를 풀어내 금액을 확인했다.

"만 테르야. 상황을 타개하고 싶다면 묻는 말에 제대로 대답하는 게 좋겠지."

"무, 물으십시오. 아는 건 전부 실토하겠습니다."

그는 입이 무거운 사람이라고 알려져 있었으나 나는 상단에서 함께 일했던 경험으로, 벤자민이 이득이 되지 않는 일에 입을 보태지 않을 뿐 입이 무겁지는 않다는 사실을 알고 있었다. 그는 예상했던 것과 다르지 않은 행동을 보였다.

"난 누구의 자식이지?"

"단주님 쪽입니다."

"친모는?"

책상 위에 쌓여 있는 돈주머니를 곁눈질하는 시선에 나는 주머니 하나를 더 던졌다. 묵직한 돈주머니의 무게감은 벤자민의 입을 가볍게 하는 것에 많은 도움을 주는 모양이었다. 그는 죄책감 한 점 없는 얼굴로 순순히 실토했다.

"소금 거래를 위해 판델로 갔을 때 단주님께서는 한 달가량 그곳의 여인과 즐겼던 적이 있습니다. 그러다 다시 테베로 돌아왔고, 지금의 마님과 결혼한 뒤 에리카 아가씨와 조나단 도련님을 낳았지요. 그런데 조나단 도련님이 태어난 지 얼마 지나지 않아 판델에서 늙은 여인이 찾아왔습니다."

"늙은 여인?"

"아가씨의 외조모였습니다. 판델의 유명한 주술사였지요. 아가씨의 친모는 출산 중 죽음을 맞이했고 그 주술사는 홀로 아가씨를 키우고 있었습니다. 그러다 기가 쇠하자 단주님을 찾았던 거지요."

돈주머니를 하나 더 던지자 이제는 벤자민의 얼굴에 화색까지 돌았다. 그는 무엇이든 물어보라는 듯, 나와 상반되는 밝은 얼굴로 나를 응시했다.

"왜 나를 받아들인 거지?"

"주술 때문이었습니다. 그 주술사는 자신의 목숨을 바쳐 주술을 걸었습니다. 스칼렛 아가씨가 본인이 친자식이 아니라는 사실을 눈치채면 조나단 도련님의 목숨이 끊어진다는 것이 그 주술의 내용이었습니다."

"그렇다면 조나단은 지금……!"

"효력은 다 자라 결혼하기 전까지. 그러니 지금은 효력이 사라진 거지요."

벤자민은 놀란 나는 안중에도 없다는 듯 아무렇지 않게 말을 이었다.

"주술사는 그날 월셔 저택에서 숨을 거두었습니다. 수소문 끝에 단주님은 목숨을 건 주술이 마법과도 같은 효력을 지닌다는 사실을 알게 되었고 결국, 아가씨를 받아들일 수밖에 없었습니다."

"누가 그 사실을 알고 있지?"

"지금은 단주님 내외와 저, 그리고 베티뿐입니다. 심지어 에리카 아가씨와 조나단 도련님도 아가씨께서 혈육이라 굳게 믿고 계시지요.”

그는 더 말할 생각이 없는 것처럼 입을 꾹 다물었다. 돈주머니를 던진 지 꽤 시간이 흘렀다는 사실을 알아차린 내가 다시 한 번 대가를 치르자 벤자민은 그제야 말을 계속해서 이어 나갔다.

“아가씨는 어렸을 적 판델어를 했습니다. 외모도 판델인과 흡사했고요. 자라면서 단주님을 닮아 점차 외모가 변하긴 했지만…… 갑자기 챈들러의 장녀가 되었으니 사람들이 눈치채지 못할 순 없었지요. 대강 예상을 하고 떠들었던 겁니다.”

“대강 예상을 했다면, 실제로 확실하게 아는 이들은?”

“정리되었습니다.”

“친절하기도 하시지.”

나는 냉소적으로 대꾸하며 돌아섰다. 더 듣지 않아도 상황이 어떻게 흘러갔는지는 충분히 유추할 수 있었다. 하지만 그에게 묻고 싶은 게 하나 남아 있었기에 걸음이 쉽게 떨어지지가 않았다. 벤자민은 이전부터 눈치가 빠른 편이었다. 그리고 나를 오래 봐왔기에 내가 무엇을 궁금해할지를 금방 알아챈 듯했다.

평소 만져 보지도 못할 돈을 챙겨 기분이 좋았던 걸까? 그는 묻지도 않은 이야기를 술술 털어놓았다.

“단주님과 마님은 아마 한순간도 아가씨를 사랑한 적이 없을 겁니다. 생각해 보십시오. 아가씨가 그 사실을 눈치채기만 해도 죄 없는 조나단 도련님은 그냥 죽는 것 아닙니까? 아가씨는 월셔 저택에서 경계의 대상일 뿐이었습니다.”

"……나는, 나는 묻지 않았어."

"아가씨가 결혼하는 그날만큼은 진심으로 기뻐하셨을지도 모릅니다. 그 결혼은 챈들러가에게는 축복이었지요. 재앙 덩어리로 생각했던 아가씨 덕에 위태롭던 존 도련님이, 아가씨의 도움을 받아 기사가 될 줄은 누가 알았겠습니까?"

나는 상념에서 깨어났다. 잠깐 있었던 일을 떠올렸을 뿐임에도 보랏빛이던 바깥이 완전히 검은색으로 물들어 있었다.

겨울은 확실히 낮이 짧다. 지금 내가 보내고 있는 시기를 계절로 따진다면 겨울일 터다. 그러니 이렇게 춥고 건조한 게 아닐까. 긴 겨울이라 해도 참고 견디면 곧 봄이 올 것이다. 제발 그렇게 되기를 소망하며 나는 점점 말라가는 몸을 웅크렸다.

간만에 외부 일정이 비는 날이었다. 나는 오후, 에리카와 쇼핑을 하러 나가기로 결정하고 그 사실을 통보했다. 요즘 에리카는 수업을 모두 끝내고 저택에서 책을 읽으며 시간을 보내고 있었다. 함께할 수 있는 시간이 얼마 남지 않았기에 나는 당분간은 피로가 쌓여도 바쁘게 움직이기로 결심했다.

마음 놓고 쇼핑을 하기 위해서는 해야 하는 일은 전부 끝내야 한다. 예산 장부를 열심히 읽던 나는 한숨을 푹 쉬며 서류를 내려놓았다. 내부 예산의 20%가 순식간에 없어졌다. 어떤 정식 보고 절차도 거치지 않고. 어쩌면 헌팅턴가의 사람들은 정말 내가 공작가의 안주인 놀음이나 하고 있다고 생각하는 건지도 모른다.

"베스, 이걸 로렌스에게 가져다줘."

"네, 마님."

베스가 로렌스에게 가기 위해 문을 열었을 때, 마치 그 순간을 기다리기라도 한 것처럼 엄청난 고성이 들려왔다. 듣자마자 그 고성의 주인공이 누구인지를 알 수 있었다.

"마님?"

시녀들 역시 눈치챘는지 경악한 표정을 지우지 못하고 나를 보았다. 짧은 순간 정적이 흘렀고, 나는 자리에서 벌떡 일어났다. 그러고는 늘 우아한 몸가짐을 잃지 말아야 한다는 사실조차 잊어버린 채 1층으로 뛰어 내려갔다.

예상했지만 괴성을 지른 이는 에리카였다. 그리고 그에 맞서 함께 고함을 치고 있는 소녀는 조슈아였다. 단지 예상하지 못했던 건 두 사람이 싸우는 장소가 본관도 아닌 바깥이었다는 것이다. 얼마나 크게 소리를 질러댔으면 내 방까지 쩌렁쩌렁하게 울려 퍼졌을까? 나는 입술을 깨물고는 다시 바깥으로 내달렸다.

펼쳐진 광경은 혼자 보기 아까울 정도였다. 무척이나 처참한 모습에 나는 나도 모르게 신음을 흘렸다. 두 소녀를 보필하는 하녀들은 각각 뜯어말리다 나가떨어진 듯 옷에 흙을 잔뜩 묻힌 채 나동그라져 있었다. 그리고 그 가운데, 두 소녀가 서로의 머리카락을 얼마나 더 뽑을 수 있는지 경쟁이라도 하듯 머리채를 잡고 싸워대고 있었다.

"지금 뭐 하는 짓이지?"

내 음성에 에리카와 조슈아가 놀란 얼굴로 나를 쳐다보았다. 조슈아의 입술은 처참하게 터져 있었고 에리카의 얼굴 역시 손톱자국으로 엉망이 되어 있었다. 너무 당황스러워 말조차 제대로 나오지 않았다. 더 어이가 없는 건, 이 와중에도 두 사람이 서로의 머리채를 놓지 않았다는 것이다.

"당장 놓지 못하겠니!"

얼마나 열심히 싸워댔으면 서로의 손에서 엄청난 양의 머리카락이 우수수 떨어졌다. 정말이지 머리가 아플 정도였다.

"대체 뭐 하는 거야? 세상에, 기가 막혀서……."

너무 어이가 없는 나머지 말도 제대로 나오지 않았다. 두 사람을 노려보던 나는 결국 그들을 모두 끌고 방으로 올라왔다. 시녀들이 수선스럽게 서류를 치웠고 그 와중에 노라가 주치의를 부르러 밖으로 나갔다. 그리고 그 와중에도 두 소녀는 서로를 노려보며 씨근덕대고 있었다.

"이제 무슨 일인지 이야기해 보렴. 조슈아, 너부터."

"……할 말, 없습니다, 마님."

조슈아는 그 말만을 남기고 입을 꾹 다물었다. 몇 번을 다시 물어도 굳게 닫힌 입은 열릴 생각을 하지 않았다. 에리카를 쳐다보자 에리카 역시 아무 말 하기 싫다는 듯 입을 다물고 고개를 돌렸다. 그러면서도 두 사람은 얼른 고자질을 해보라는 듯, 죽일 것처럼 서로를 노려보았다.

"임산부에게 주먹질을 하면 어떡하니, 에리카. 그리고 조슈아, 너도 이제 갓 사교계에 데뷔한 애 얼굴을 이렇게 할퀴면 어떡해?"

내 꾸중에 두 소녀는 고개를 푹 숙였다. 반성을 하는 것 같지는 않았지만 잘못은 아는 것 같았다. 그들을 노려보던 나는 문득, 두 사람의 나이가 같다는 사실을 알아차렸다. 에리카가 어리다는 사실은 알았지만 조슈아 역시 에리카만큼 어리다고 생각해 본 적은 없었다. 그러나 어렸다. 그러니 감정 제어가 이토록이나 미숙한 것이다.

"너희 둘 다 벌을 받아야 한다는 사실은 알고 있겠지? 우선 주치의에게 치료부터 받고 에리카, 너는 다음 주에 당장 집으로 돌아가게 될 거야."

에리카가 눈을 동그랗게 뜨고 머리를 쳐들었다. 하지만 나는 재고의 여지를 보이지 않고 조슈아를 향해 고개를 돌렸다. 조슈아는 나와 눈을 마주치고는 화들짝 놀라며 고개를 숙였다. 임산부라는 사실을 알고 있기에 고민이 되었다. 어떤 처벌을 내려야 할지 사실 알 수 없었다.

"조슈아."

"네, 마님."

"다음 주부터 너는 예절 교육을 받게 될 거야. 에리카가 돌아간다 해도 이런 사고를 일으키지 않을 거란 신뢰가 가지 않아. 근본적인 원인부터 잡는 게 좋겠구나."

싸움의 원인에 대해 알 수 없는 상황에서 엄격한 처벌을 할 수는 없었다. 나는 이번 일을 좋게 넘기기로 결심했다. 어차피 에리카가 집으로 돌아가게 되면 이런 소란은 없어지게 될 것이다.

"너희를 보필하는 하녀들은 모두 벌을 받게 될 거야. 치료를 받고 각자 방에서 근신하렴."

두 사람은 토를 달지 않고 잠자코 내 말을 따랐다. 그들을 보내고, 나는 오늘 저녁 헌팅턴 공과 만나야겠다고 생각하며 남은 집무를 서둘러 처리했다.

날이 저물었다. 마차는 집으로 돌아왔고, 나는 저녁을 거른 채 헌팅턴 공을 찾아갔다. 노크 소리에 그는 내가 방문할 것을 이미 예상했다는 듯 자연스럽게 대답했다.

"들어오십시오."

발소리가 들렸을 진대도 헌팅턴 공은 나를 쳐다보지 않았다. 그의 시선은 처음부터 끝까지 책상 앞에 놓인 서류에 고정되어 있었다. 어떻게 말을 꺼내야 할지가 모호했다. 내 말에 대해 그가 어떤 반응을 보일지도 가늠이 되지 않았다.

"할 말이 있으셔서 내게 온 것이겠지요, 부인?"

"어제……."

"로버츠 백의 일은 사과하겠습니다. 그리고 예산은 앞으로도 한동안 그렇게 빠져나가게 될 겁니다. 눈사태로 영지의 방벽이 무너졌다 하여."

너무 산뜻하게 나오는 말에 나는 순간적으로 할 말을 잃고 그를 보았다. 그러다 이내 머뭇거리며 오늘 있었던 일을 꺼냈다.

"사실, 오늘 에리카와 조슈아가 서로 다투는 일이 있어서 전하께 말씀드려야 할 것 같았어요."

"해결하셨다고 들었습니다. 그거면 됐겠지요."

평소와는 다른 태도가 좀처럼 납득이 되질 않았다. 헌팅턴 공은 지금 무척이나 일관성 없이 행동하고 있었다. 같은 상황임에도 다른 반응이 나오고 있는 것이다. 기분이 가는 대로 모든 일을 처리해버리는 듯한 모습에 나는 멍청하게 그를 바라보았다. 그러자 헌팅턴 공이 귀찮다는 듯 고개를 저었다.

"사소한 일까지 모두 보고하려 하실 필요는 없습니다. 앞으로도 부인의 재량대로 적절하게 처리하시면 됩니다."

그는 나를 오랫동안 상대하고 싶지 않은 것 같았다. 알겠다는 내 대답에 그는 옆으로 고개를 돌려 버렸다. 명백한 축객령에 나는 미련을 두지 않고 그대로 헌팅턴 공의 방에서 빠져나왔다. 그리고 방으로 도착하고 나서야 무언가가 이상하다는 사실을 눈치챘다.

사실 너무 노골적이지 않나, 나를 극도로 기피하는 저 행동이.

2권에서 계속…